終の市《まち》

ドン・ウィンズロウ

田口俊樹 訳

CITY IN RUINS
BY DON WINSLOW
TRANSLATION BY TOSHIKI TAGUCHI

ハーパー
BOOKS

CITY IN RUINS
BY DON WINSLOW

Published by K.K. HarperCollins Japan, 2024

有言実行の人、シェーン・サレルノに。
最高の乗り心地だっただろう？
ありがとう、サレルノ。
そして、この旅を始めてから終えるまで、
実務の上でも精神的にも支えつづけてくれた
ジーンとトーマスにもありがとう。

終の市《まち》

あの者たちはトロイの戦場で死にきれなかったのか？
おとなしく打ち負かされたままでいられなかったのか？
——ウェルギリウス『アエネーイス』第七巻

おもな登場人物

ダニー・ライアン――アイルランド系マフィアの一員。〈タラ〉グループの共同出資者
ジミー・マックニーズ（マック）――ダニーの親友
ケヴィン・クームズ／ショーン・サウス――ダニーの配下。通称アルター・ボーイズ
マデリーン・マッケイ――ダニーの母親
マーティ・ライアン――ダニーの父親。故人
ネッド・イーガン――マーティの友人
バーニー・ヒューズ――ダニーの金庫番
テリ――ダニーの妻。故人
イアン――ダニーとテリの息子
ドム・リナルディ／ジェリー・クシー――〈タラ〉グループの共同出資者
ヴァーン・ワインガード――ラスヴェガスのホテル王
バリー・レヴァイン――ラスヴェガスのホテル王

ジョージ・スタヴロス――ラスヴェガスのホテル〈ラヴィニア〉のオーナー
エイブ・スターン――巨大ホテルチェーンの総帥
ジョシュ・スターン――エイブの孫
ジョン・ジリオーネ――イタリア系マフィアの次期ドン候補
クリス・パルンボ――イタリア系マフィアの元相談役。逃亡中
ケイト・パルンボ／ジェイク――クリスの妻と息子
ピーター・モレッティ・ジュニア――元海兵隊員。イタリア系マフィアのドンの息子
シーリア・モレッティ――ピーター・ジュニアの母親。故人
ヴィニー・カルフォ――ピーター・ジュニアの義父。故人
ポーリー／パム――ピーター・ジュニアの叔父・叔母
ティモシー（ティム）・シー――ピーター・ジュニアの友人。元海兵隊員。服役中
ブルース・バスコム――ピーター・ジュニアの弁護士

マリー・ブシャール――ロードアイランド州司法長官事務所の首席検事
パスコ・フェリ――イタリア系マフィアの長老
レジー・モネタ――FBI本部の上級捜査官
ジム・コナリー――〈ワインガード〉グループの警備部門統括
ロン・フェイヒー――ラスヴェガス警察組織犯罪対策部犯罪捜査課の警部補
カミラ（キャミー）・クーパー――ギャンブル管理委員会のメンバー
アリー・リカタ――デトロイトのマフィア
チャールズ（チャッキー）・リカタ――アリーの息子
エヴァン・ペナー――元CIA長官
ダイアン・カーソン――ハリウッドの女優。故人
イーデン・ランダウ――大学教員。心理療法士

人物相関図

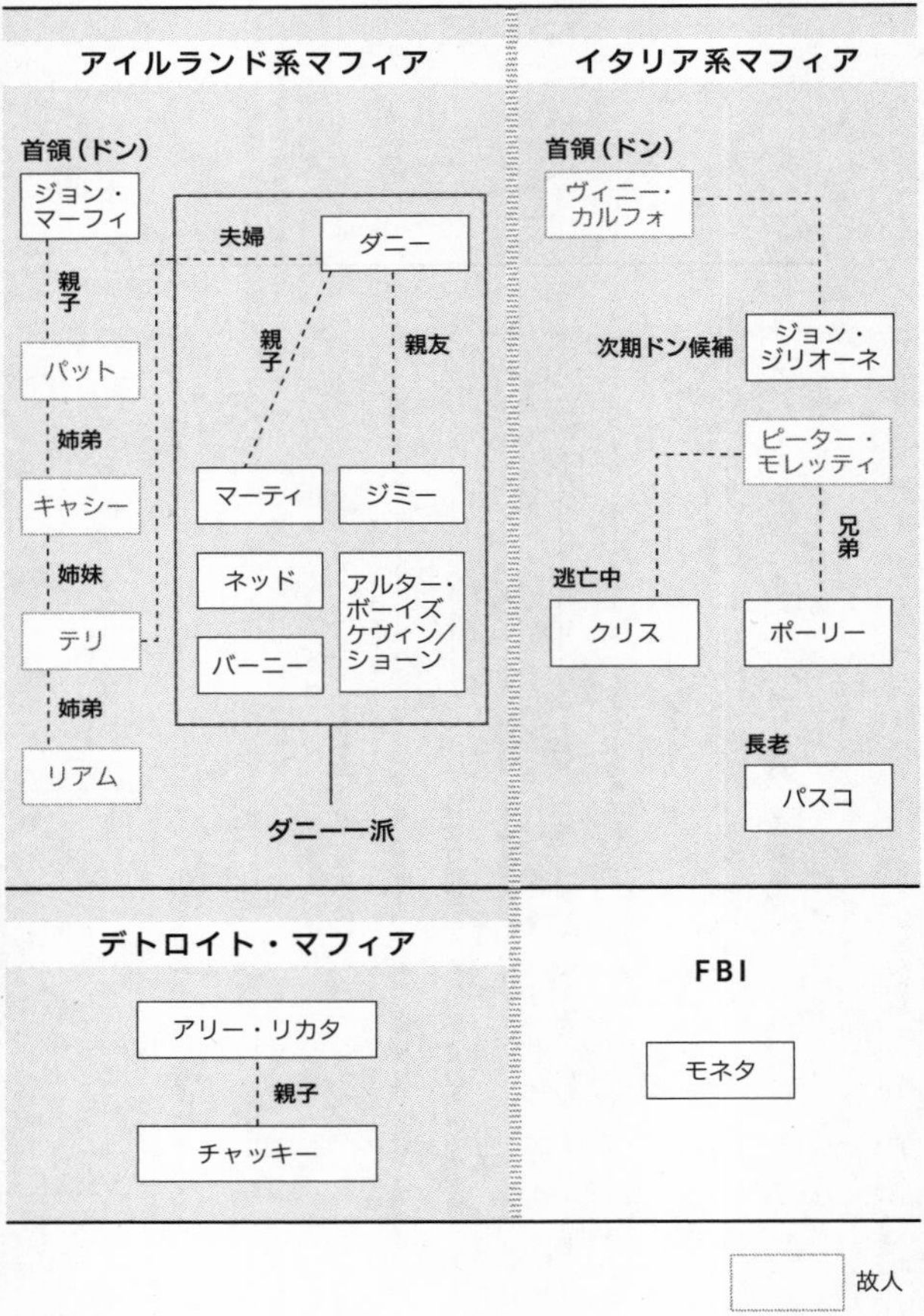
アイルランド系マフィア
首領（ドン）
ジョン・マーフィ
親子
パット
姉弟
キャシー
姉妹
テリ
姉弟
リアム
夫婦
ダニー
親子
親友
マーティ
ジミー
ネッド
アルター・ボーイズ ケヴィン／ショーン
バーニー
ダニー一派
イタリア系マフィア
首領（ドン）
ヴィニー・カルフォ
次期ドン候補
ジョン・ジリオーネ
ピーター・モレッティ
兄弟
逃亡中
クリス
ポーリー
長老
パスコ
デトロイト・マフィア
アリー・リカタ
親子
チャッキー
FBI
モネタ
故人

プロローグ

　ダニー・ライアンはその建物が倒壊するのを眺めている。

　その建物は撃たれた獲物のように震え、ほんの一瞬、おのれの死に気づいていないかのように完全に静止し、それから一気にくずおれる。かつて古いカジノが建っていた場所には、空に向かって立ち昇る塵芥《じんかい》の塔だけが残る。二流のマジシャンがどこかのラウンジで大げさに披露してみせるつまらないトリックさながら。

　〝内破《ないは》〟――と人は言う。

　内側からの破壊と。

　すべてがそういうわけではないが――

　まあ、たいていはそうだ、とダニーは思う。

　彼の妻を殺した癌《がん》も、彼の愛を破滅させた抑鬱《よくうつ》症状も、彼の魂を奪い去ったモラルの腐敗もそうだった。

　どれも内破――内側からの破壊だった。

　ダニーは杖に寄りかかる。脚にはまだ力がはいらず、強《こわ》ばっていて、ずきずきと痛む。

そうやって彼に思い出させようとしている……

崩壊とは何かということを。

ダニーが見ているまえで、塵芥は天高く舞い上がり、砂漠の澄んだ青空に灰色がかった汚い茶色のキノコ雲をつくる。

その雲も徐々に薄れ、やがては消えてなくなる。

跡形もなく。

ダニーは思う。どれほど戦い、どれだけのものを捧げてきたか……

それもすべて無と化す。

ただの塵《ちり》となる。

ダニーは倒壊した建物に背を向け、脚を引きずりながら市《まち》を歩く。

荒廃した彼の市《まち》を。

第一部

イアンの誕生日パーティ

ネヴァダ州ラスヴェガス
1997年6月

信心深いアエネーアースは、葬儀を終え、
土を盛って墓をこしらえ……船で旅に出る。

――ウェルギリウス『アエネーイス』第七巻

1

ダニーは不満を覚える。

オフィスの窓からラスヴェガス大通り《ストリップ》を見下ろし、不満のわけを考える。

古い車に一歳半の息子ともうろくした父親を乗せ、わずかな持ちものをすべてうしろに詰め込んでロードアイランド州を逃げ出したのは、ほんの十年たらずまえのことだ。その彼が今はストリップ沿いにあるふたつのホテルの共同出資者となり、大豪邸に住み、風光明媚《めいび》なユタ州に別荘を保有し、会社の金で毎年新車に乗り換えている。

今やダニー・ライアンは億万長者だ。その事実はあまりに現実離れしていて、滑稽《こっけい》にすら思える。翌月にもらう給料より高額な純資産を手にすることになるなど夢にも思っていなかった。そう、かつての彼を知っている者なら、誰がそんな話を信じる？　ましてや、熾烈《しれつ》なパワーゲームが繰り広げられるラスヴェガスという地で強大な力を持つ〝大物《モーグル》〟と見なされているなど。

ダニーは思う、なんたるジョーク、と。人生とは面白いものと端《はな》から思ってでもいないかぎり、このジョークの面白さはわからない。

ジーンズのポケットに二十ドルもはいっていれば金持ちになった気分になれたかつての日々を今でもまざまざと思い出せる。今は誂《あつら》えのスーツのポケットに、マネークリップにとめてたいてい千ドル以上持ち歩いている。昔は金曜日の夜に妻のテリと一緒に中華レストランに行く余裕があるだけで、大変な贅沢《ぜいたく》と思っていた。今の彼は望むより多くの機会にミシュランの星を獲得したレストランで〝お食事〟している。腹まわりがだんだん出っぱってきているのはそのせいでもある。

体重を気にしていないのかと訊《き》かれると、ちゃんと気にしているとダニーは答える。贅肉がベルトを乗り越えていくのはちゃんと見守っていると。ほとんど机について仕事をしているおかげで、五キロのボーナスがついたとも。

母親からはテニスに誘われたが、ボールを追いかけまわして打ち返し、すぐにまた相手が打ち返してくるだけのことのどこが面白い？　ダニーはゴルフもしない。理由のひとつは単にクソつまらないからだ。もうひとつは、ゴルフというのは医者や弁護士や株の仲介人がやるものだと思っていて、自分はそのどれでもないからだ。

その昔、ダニーはそういう連中を鼻で笑っていた。自分は社会の底辺にいながら、そういう者たちを女々《めめ》しいやつらだと見下していた。当時のダニーはぼさぼさの髪にニット帽をかぶり、着古したピーコートに体をねじ込み、簡素なランチを持ち、肩で風を切って喧嘩上等と言わんばかりにプロヴィデンスの波止場に仕事に行っていた。スプリングスティーンが歌う労働者そのものだった。今は千五百ドルするパイオニア社製のステレオでスプリングスティーンのアルバム『闇に吠《ほ》える街』を聞いている。

それでも、今でも神戸牛よりチーズバーガーのほうが好きだし、高級魚のメロよりもフイッシュ&チップスのほうがいい（もっとも、ラスヴェガスではどれだけ金を出しても美《う》味《ま》いフィッシュ&チップスにはありつけないが）。たまに飛行機でどこかに出向かなければならないときには、社用のジェット機ではなく、民間の旅客機を使う。

（ただしファーストクラスだが）。

ダニーが社用のジェット機を使いたがらないので、息子のイアンはいつも怒っている。その気持ちはダニーにもよくわかる。プライヴェートジェットに乗りたくない十歳児がどこにいる？　だから、今度のヴァカンスはどこに行くにしろプライヴェートジェットで行くと約束してある。そのことにいささか罪悪感を覚えながらも。

「ダニーのあほんだらは脳みそがチャウダーでできてる」共同出資者のドム・リナルディが一度そう言って、ダニーをからかったことがある。ダニーは昔ながらのニューイングランド気質で現実的……つまり安っぽい男で……あらゆる贅沢を疑ってかかる。そう言いたいのだ。

そのときダニーは話をはぐらかした。「この市《まち》でまともなチャウダーにありつけると思ってるのか？　赤ん坊が吐き出したミルクみたいに濁ったやつじゃなくて、透き通った本物のチャウダーに」

「専属のシェフが五人もいるじゃないか」とドムは言った。「彼らに頼めば童貞のペルーのカエルの包皮入りのチャウダーだってつくってくれるだろうよ」

それはそうだ。もちろん、ダニーはそんなことをしようとは思わないが。シェフには彼の客を喜ばせるために時間をかけてもらいたい。客が望むどんな料理にも。

その客こそ金の出所《でどころ》なのだから。

ダニーは立ち上がって窓辺に行き——窓ガラスにはラスヴェガスの容赦ない陽光をさえぎるためにほんのりと色がついている——そして、胸につぶやく、おんぼろ〈ラヴィニア〉。〈ラヴィニア・ホテル〉を見下ろす。一九五〇年代の建築ブームに乗じて建てられ、今も残る最後のホテルだが、実際のところはかろうじて持ちこたえているだけの過去の遺物だ。全盛期はとうに過ぎている。シナトラが仲間たちと結成したシナトラ軍団が人気を博した時代、ギャングとショーガールが幅を利かせ、会計事務所が売り上げの汚れた金の上まえをかすめ取っていたのは今や大昔の話だ。

ホテルの壁に口が利けたら？　いや、利けたとしても——とダニーは思う——壁は黙秘権を行使するだろう。

そのホテルが今、売りに出ている。

ダニーの会社〈タラ〉グループはすでにホテルの南に隣接する物件をふたつ所有しており、ダニーは今、そのうちのひとつにいる。ライヴァル企業グループ〈ワインガード〉はホテルの北側にカジノをいくつか持っている。誰であれ、この〈ラヴィニア〉を手に入れた者がストリップに残るもっとも名高い場所の支配権を得ることになる。ラスヴェガスは評判がものを言う土地柄だ。

ヴァーン・ワインガードがその土地を購入することはほぼ確定している。それはダニーも知っている。それでいいのかもしれない。〈タラ〉にとって、急激に事業を拡大するのは賢明とは言えないかもしれない。そうだとしても、そこはストリップ沿いで手に入れられる唯一の場所であり、それに……

ダニーは内線電話で秘書室のグロリアに伝える。「ジムに行ってくる」

「行き方、覚えてます?」

「笑える」

「ミスター・ワインガードとミスター・レヴァインとランチの予定があるのは覚えてます?」

「今思い出した」とダニーは答える。ほんとうのところ、思い出したくはなかったが。

「何時だ?」

「十二時半」とグロリアは言う。「場所はクラブです」

テニスもゴルフもしないダニーだが、〈ラスヴェガス・カントリークラブ〉の会員にはなっている。ラスヴェガスで事業をするなら入会は必須だと母親に言われたのだ。

「あそこに出入りしてるということ自体が重要なの」とマデリーンは言った。

「どうして?」

「ラスヴェガスではそれが昔からのしきたりだからよ」

「おれは昔ながらのラスヴェガスの人間じゃないけど」

「わたしは昔ながらのラスヴェガスの人間だから」とマデリーンは言った。「それに、好むと好まざるとにかかわらず、ラスヴェガスで事業をするなら、昔からいる人たちとつき合わなくちゃならない」

入会したのはそういうわけだ。

「そうそう、バウンシーキャッスル（城の形をした大きなバルーンに空気を入れて膨らませる遊具）が三時には届きます」

「バウンシーキャッスル？」

「誕生日パーティなんですから」とグロリアは言う。「今夜がイアンの誕生日パーティだってことは覚えていますよね？」

「ああ、覚えてる」とダニーは言う。「ただ、バウンシーキャッスルのことは知らなかった」

「注文しておきました」とグロリアは言う。「子供の誕生日パーティにはバウンシーキャッスルが欠かせませんから」

「そうなのか？」

「そういうものです」

まあ、そういうことなら、とダニーは思う。そういうものならしかたないが――嫌な予感がする。「ひょっとして組み立てないといけないのか？」

「彼らが膨らませてくれます」

「バウンシーキャッスルを運んでくる人たち」グロリアはだんだん苛立《いらだ》った口調になる。「いいですか、ダニー、あなたはただ会場にいて、ほかの子供たちの親御さんに愛想よくしていればいいんです」

いかにも、とダニーは思う。冷徹なまでに有能なグロリアと、同じく周到な彼の母親がタッグを組んでパーティを計画した。このふたりのコンビは最強だ。もしグロリアとマデリーンが世界を率いていたら——当人たちはそうなるべきだと思っている——失業者はひとりもいなくなり、戦争も飢饉《ききん》も疫病もなくなり、時間に遅れる者もひとりもいない世界になるだろう。

招待客に愛想よく振る舞うことは問題ない。ダニーはいつだって親切で、愛想がよく、人々を魅了してやまないと言ってもいいくらいだ。が、彼にはパーティから——それが自分の主催するパーティであっても——いつもいつのまにか抜け出すという検証済みの噂がある。誰かがふと彼がいないことに気づくのだ。そういうとき、ダニーはたいていひとりで奥の部屋にいたり、外を歩きまわっていたりする。パーティが深夜にまで及んだときには、だいたい寝室でもう寝ている。

要するにパーティが嫌いなのだ。くだらないおしゃべりも、世間話も、一口サイズの軽食も、ずっと立っていなければならないことも。そういう何もかもが嫌いなのだ。しかし、今は社交上のつき合いが彼の仕事の大部分を占めている。だからとても辛い。うまく立ちまわり、うまくこなしてはいるものの、実のところ、今の仕事で一番嫌なのがそれだ。

二年まえ、三年に及ぶ工事期間を経て〈ザ・ショアズ〉(岸辺)〉が完成したときのこと、当然盛大なパーティがオープン初日に催されたのだが、パーティ会場でダニーの姿を見た者はひとりもいなかった。

だから挨拶のスピーチもなかった。実際、どの写真にも写っていないので、ダニー・ライアンは自分のホテルの開業記念パーティでさえ出席しないという伝説さえ生まれたほどだった。

実際には出席していたのだが。ただ、裏方に徹していた。

「イアンは十歳になる」とダニーは言う。「バウンシーキャッスルを喜ぶ歳《とし》はもう過ぎたんじゃないかな」

「バウンシーキャッスルにかぎって言えば」とグロリアは言う。「歳を取りすぎるということはありません」

ダニーは電話を切り、もう一度窓の外を見る。

おれもずいぶん変わったものだ。

体重が増えただけではない。今の髪型はパット・ライリーのようなオールバックで、量販店の〈シアーズ〉ではなく高級ブランドの〈ブリオーニ〉でスーツを誂え、袖はボタンではなくカフスボタン。ラスヴェガスで暮らすようになる以前は、スーツを着るのは結婚式か葬式だけだった(当時のニューイングランドの実情は、前者より後者のほうが断然多かった）。今はポケットに札が何枚もはいっているだけではない。勘定を気にせず食事をし、スーツを買うときには仕立屋が巻き尺と生地の見本を持ってわざわざオフィスにやってくる。

そんな生活が気に入っている。それは事実だ。

それでも心のどこかに……

満たされない隙間がある。

どうしてだろう？　ダニーは疑問に思う。金は使いきれないほどある。ただの欲望なのか？　あのくだらない映画で投資家の男は――確かトカゲみたいな名前の男だったと思うが――なんて言ったのだったか？　「強欲は善だ」？（一九八七年公開の映画『ウォール街』で投資家のゲッコーが株主総会で言った台詞。〝ゲッコー〟は英語で〝ヤモリ〟の意）

そんなことばはくそ食らえだ。

ダニーは自分のことをよく知っている。欠点もあるし、罪も犯してきたが――それもかなりたくさん――その中に強欲はない。テリとよくこんなジョークを言い合ったものだ。おれは車の中でも暮らせる。ダニーがそう言うと、テリは決まって「お好きに」と返してきた。

欲ではないとしたら、この気持ちはなんなのか？　おれは何を欲している？

永遠に変わらないもの？　安定？

どちらもずっと手に入れられなかったものだ。

しかし、今はその両方を手に入れた。
ダニーは彼が建てた美しいホテル〈ザ・ショアズ〉のことを考える。
彼が欲していたのは美しさかもしれない。人生に美しさを求めていたのかもしれない。
これまでの人生は疑いようもないほど醜いものだったから。
妻は癌で死に、母親を失った子供が残された。
友達は死んだ。
それにおれが殺したやつら。
それでもおまえはよくやった。美しいものを築いた。
今求めているのはそれ以上のものだ。ダニーはそう思う。
正直になれ。おまえはもっと金が欲しいんだ。金は力であり、力があれば安全だから。
安全はいくらあっても充分ということはない。
この世界では。

2

ダニーは月に一度、最大のライヴァルとビジネスランチをする。

ヴァーン・ワインガードとバリー・レヴァインと。

もともとはバリーが提案したもので、実にいいアイディアだった。バリーはストリップの東側、ダニーの会社〈タラ〉が所有する物件の向かいに巨大なホテルを三軒所有している。もちろんほかにもカジノのオーナーはいるが、現在ラスヴェガスの権力の中心にいるのはこの三人で、共通の関心と問題を抱えている。

そんな彼らの目下の最大の関心事は連邦政府が調査に乗り出しつつあることだ。ギャンブルの社会への影響に関する調査委員会が連邦政府によって組織され、ギャンブル産業がアメリカの市民生活に与える影響が調査されることになったのだ。

ダニーも市場規模は把握している。

ギャンブルは一兆ドル規模の産業で、収益はそのほかのあらゆるエンターテインメント事業の収益を合わせた額の六倍以上になる。昨年一年間で人々がギャンブルで失った金は実に百六十億ドルを超えており、そのうち七十億ドルはここラスヴェガスに落ちている。

そんな中、最近ではギャンブルは単なる習慣、あるいは悪習などではなく、依存症というれっきとした病気だと考える風潮が広まりつつある。

禁酒法が撤廃され、密造で儲《もう》けられなくなったあと、当時はまだ違法だったギャンブルが犯罪組織の最大《ナンバーズ》の収入源となり、カジノがその一大産地となった。あちこちの街角で売られている数当て賭博、胴元が自分の資本で客を募る馬券のノミ行為、スポーツ賭博、店の奥の部屋で繰り広げられるポーカーやブラックジャックやルーレットなどさまざまあったが、いずれにしろ、ギャングがそれらのあがりを濡れ手に粟《あわ》のように得ていた。

当然ながら、それを見ていた政治家たちは自分たちも同じことをしようと考えた。その結果、州や自治体が独自の宝くじを発売するようになり、かつては個人の悪習だった行為が社会の美徳となった。それでも、カードなどのテーブルゲーム賭博やスポーツ賭博が合法なのは、依然としてネヴァダ州のみであり、ラスヴェガスとリノとタホ湖周辺だけがその特権をほぼ独占していた。

ところが、その後、アメリカ先住民が連邦法や州法の規制を受けない自治区という法の抜け穴を突いて、居留地に次々とカジノを開設し、アトランティックシティを有するニュージャージー州を筆頭に、各州もまたカジノ経営に乗り出した結果、ギャンブルが社会に蔓延《まんえん》するようになった。

今では、誰もがちょっと車に乗って出かけるだけで家賃や住宅ローンに相当するほどの額をいとも簡単に失いかねない。ギャンブルを麻薬のクラックに喩《たと》える社会改革主義者もいる。そこで、連邦議会が調査に乗り出したというわけだ。

ダニーはその動機を皮肉に思っている。自分たちも一枚噛みたいと画策しているだけではないかと疑っている。実際、民主党の内部にはギャンブルの収益に四パーセントの連邦税を課すことをすでに提案している者もいる。

が、ダニーにとって税負担は最大の問題ではない。

現状の法案では、委員会には尋問の実施、偽証すれば罪に問われる証人の喚問、会計や納税の記録の提出、実態のない名目上の会社や非執行パートナーの調査などあらゆる召喚権が付与される見込みだ。

狙われるのはおれみたいな人間だ、とダニーは思う。

調査の結果次第では、〈タラ〉グループは粉々に吹き飛ばされる。

ダニーは事業からの撤退を余儀なくされる。

それどころか投獄されかねない。

そうなれば、すべてを失う。

召喚権を持つ委員会の設置はただ腹立たしいだけではない——下手をすればこっちの死活問題になりかねないのだ。

「ギャンブルが病気だと?」とヴァーンが尋ねる。「病気というのは癌やポリオのことだ」

ポリオ? 今時ポリオなんて覚えているやつがいるか? ダニーはそんなことを内心思うが、それには触れずに言う。「われわれがこの動きに逆らってると思われるのはまずい。

見栄えが悪い」

「ダニーの言うとおりだ」とバリーが同意して言う。「かつてのアルコール産業と同じように対処しないと。それか煙草産業の大手――」

ヴァーンがすかさず口をはさむ。「クラップステーブルのせいで癌になったやつがいるなら、そのテーブルを見せてもらいたいもんだ」

「ギャンブルに関して責任ある者としての声明を出そう」とバリーは続ける。「ホテルのどの部屋にもギャンブル依存症者の自助グループ《ギャンブラーズ・アノニマス》のパンフレットを置くのもいい。ギャンブル依存症の研究に資金援助するのも悪くない」

ダニーは言う。「声明を出すのはいい。バリーの提案に従って金をばら撒《ま》くのもかまわない。だけど、委員会がおれたちの事業を根掘り葉掘り調べようとするのだけは、なんとしても食い止めなきゃならない。召喚権だけは阻止しなきゃならない。これまでそうだったように、その一線だけは越えさせるわけにはいかない」

ふたりともそれにには反論しない。資金洗浄《マネー・ロンダリング》をしていることを公《おおやけ》にしたがるやつなどいやしない。汚れたシーツを洗濯したら、そのシーツはまっさらになっていないと意味がない。

「ただ、問題がひとつある」とダニーは言う。「おれたちがこれまで寄付してきたのは共和党だけだった――」

「連中はこっちの味方だ」とヴァーンが言う。

「ああ、そうだ」とダニーは認めて言う。「それはつまり、民主党にとっておれたちは敵だってことだ。委員会が民主党主導で進められたら、これまでの意趣返しとばかり、やつらはおれたちをとことん追いつめるだろう」

「敵に金をくれてやろうって言うのか？」とヴァーン。

「どっちに転んでもいいようにリスクは分散させておくほうがいい」とダニーは言う。「共和党にも今までどおり寄付は続ける。だけど、民主党にもこっそりいくらか渡しておく」

「袖の下を？」とヴァーンは言う。

「そんなことは思ってもみなかったよ」とダニーは言う。「あくまで選挙資金の寄付の話だ」

「おれたちから金を受け取るように民主党を言いくるめられると思うか？」とヴァーンは尋ねる。

「骨を欲しがらない犬がいるか？」とバリーが横から言う。「問題はどうやってやつらと仲良くなるかだ」

ダニーは少しためらってから伝える。「今夜、デイヴ・ニールをパーティに招待してる」

デイヴ・ニール。民主党の大物だが、公的な役職には就いていないので自由に動ける。民主党の上層部に近づきたいならニールを通せばいいというのがもっぱらの噂だ。

「さきに相談しようとは思わなかったのか？」とヴァーンが言う。

思わなかった、とダニーは心の中で答える。相談していたら、きっとおまえらは反対しただろう。事後承諾させるしかなかった。これはそういう類いの案件だ。「だから、今話してる。もしあんたが民主党に近づくべきじゃないと思ってるなら、おれも近づいたりはしない。招待した男はパーティに来て、飲み食いして、ホテルに帰って──」

「そのレヴェルの人間だと」とバリーが言う。「無料でホテルの部屋を用意して、口でしてやる程度じゃすまないな。ある程度まとまった金を期待してるはずだ」

「望みの額を払ってやる」とダニーは言う。「これは必要経費だ」

反論は出ない。ふたりも金を出すことに同意する。

そのあとヴァーンが尋ねる。「ダニー、今夜のパーティには奥方連中も来るのか?」

「もちろん」

「それは知らなかった。ちゃんと聞いてこいって女房にせがまれてな」とヴァーンは言う。「女房の心配が要らないというのはほんと、あんたはつくづく運がいいな」

バリーが顔をしかめたのにダニーは気づく。

確かに今のはいかにも無神経だ。ダニーが妻を亡くしたひとり者だということは誰もが知っている。ただ、ダニーはヴァーンに悪意があったとは思っていない。ヴァーンはそういう人間なのだ。ただそれだけのことだ。

ダニー自身はこのヴァーン・ワインガードという男が嫌いではないが、彼を嫌っている者が大勢いるのは知っている、もちろん。岩みたいに愛想がなく、マナーが悪く、たいていつも気むずかしく、横柄だ。それでも、いいところもある。ダニーにもはっきりとわかっているわけではないが、ふてぶてしい態度の裏にどこか傷つきやすいところがある。それに、ヴァーンは抜け目のない事業家ではあっても、誰かを騙《だま》して金を巻き上げたという話は聞いたことがない。

とはいえ、彼の発言に胸をちくりと刺された感じがするのも嘘のないところだ。息子の誕生日パーティにテリがいないという事実を改めて突きつけられた気がする。

いずれにしろ、会合は首尾よく終わる。欲しいものも必要なものも手にはいった。金で召喚権を排除できるなら、それに越したことはない。

それが駄目なら、また別の手立てを考えなければならない。

ダニーは腕時計で時間を確認する。

次の予定を入れる時間はありそうだ。

3

目覚めると、ほっそりとした首にかかる真っ黒な巻き毛が眼のまえにある。香水の麝香《じゃこう》の香りがして、部屋はエアコンで冷えきっているのに裸の肩に汗をかいている。

「寝てた？」とイーデンが尋ねる。

「うとうとしてただけだ」とダニーは答えながら思う、〝うとうと〟？　まるで死んだように眠っていた。行為のあとの短くも深い眠りに落ちていた。だんだん頭がはっきりしてくる。「今、何時だ？」

イーデンは腕時計を見る。おかしなもので、彼女は時計は絶対にはずさない。「四時十五分」

「しまった」

「どうかした？」

「イアンのパーティがある」

「パーティは六時半からだと思ってたけど」とイーデンは言う。

「そうだが」とダニーは答える。「ほかにもやることがある」

イーデンは寝返りを打ってダニーに面と向き合う。「あなたにだって愉《たの》しむ権利はあるわよ、ダニー。それに眠る権利も」

ああ。以前、ほかの人間にも同じことを言われたことがある。言うのはたやすい。いや、それはそもそも理に適《かな》ったことばだ。が、同じことを言ったほかの人間にもイーデンにも、彼の現実がまるでわかっていない。彼はふたつのホテルの経営者で、数億ドルの金と数千人の従業員と数万人の客を預かる身だ。おまけに彼の仕事は九時から五時までというわけにはいかない。カジノに時計がないのはよく知られていることだ。そういう場所では問題が二十四時間年中無休で発生する。

「おれが愉しんでることは誰よりきみが一番よく知ってる」とダニーは言う。

確かに、とイーデンは思う。

月曜日と水曜日と金曜日の二時きっかり。

実のところ、彼女にとってもその時間は都合がいい。スケジュールにぴったり当てはまる。授業があるのは火曜日と木曜日、それと水曜日の夜にひとコマ。イーデン・ランダウ博士担当。心理一〇一——心理学概論。心理四一六——認知心理学。心理四四一——異常心理学。

夕方と夜は患者とのセッション。彼女が昼下がりの情事を終えてベッドから出たばかりだと知ったら、患者はどう思うだろう。時々そんなことを考える。今もその考えが頭をよぎり、思わず笑ってしまう。

「どうした？」

「なんでもない」

「なんでもないことで笑うのか？」とダニーは揚げ足を取って言う。「精神科医《シュリンク》に診《み》てもらったほうがいいかもしれない」

「わたしはなんでもないことでも笑えるの」と彼女は言い返す。「それがプロの条件。それと、〝精神科医《シュリンク》〟っていう呼び方は蔑称にしか聞こえないんで、セラピストって言ってくれる？」

「ほんとうにパーティには来ないのか？」とダニーは尋ねる。

「患者とセッションの予定がはいってるし、それに……」

最後までは言わない。ふたりとも取り決めはわかっている。ふたりの関係を秘密にしておきたいと望んだのはイーデンのほうだ。

「どうして？」そのときダニーは尋ねた。

「ただ、あれやこれやが嫌なだけ」

「あれやこれやって？」

「ダニー・ライアンの恋人でいることにまつわるあれやこれや」とイーデンは言った。「注目されて、メディアの標的になって……第一に、そう、悪評が立ったら仕事に差し支える。学生はわたしの話をまともに聞かなくなる。患者もそう。第二に、わたしは内向的なの。ダニー、あなたがパーティが嫌いなら、わたしも嫌いなの。どうしても出席しなければいけない教員の親睦パーティには遅れていって早く帰るようにしてる。第三に、悪く思わないでほしいんだけど、カジノに行くと気が滅入るのよ。魂を奪われるんじゃないかって思えるくらい憂鬱になる。ストリップにももう二年行ってない」

実のところ、ダニーがイーデンに惹かれる理由のひとつはそういうところだ。彼女はダニーがこれまでラスヴェガスで出会った女たちと正反対だ。華やかさも、高級な食事も、ショーも、プレゼントも、セクシーさも、名声も求めない。

そういうものは何ひとつ欲しがらない。

彼女は端的に言った。「わたしの望みは大切に扱ってもらうこと。いいセックスといい会話があればそれで充分」

彼女の要望のチェックリストをダニーはすべて満たしている。彼は思いやりがあり、繊細で、時代遅れの騎士道精神がある。家父長主義の性差別になりかねない境界線上にはいるものの、境界を越えてはいない。ベッドの中でもいいし、行為を終えたあともちゃんと会話ができる。もっとも、本に関してはほとんど知識はないが。

イーデンは読書家だ。ジョージ・エリオット、ブロンテ姉妹、メアリー・シェリーなどを読む。最近はジェーン・オースティンに夢中で、今度の休暇にはオースティンゆかりの地を巡るツアーにすでに申し込んでいる。至福のひとり旅だ。

ダニーにもビジネス書だけでなく文学にも関心を向けさせようとしている。

「『グレート・ギャツビー』を読むべきよ」あるとき彼女はそう言った。

「どうして？」

まるであなたみたいだから。彼女はそう思ったが、それは口に出さずに言った。「きっと気に入ると思う」

イーデンもダニーの過去を多少は知っている。スーパーマーケットのレジに並んで会計を待ったことのある者なら誰でも知っている。ダニーと映画スター、ダイアン・カーソンのロマンスはタブロイド紙の恰好《かっこう》のネタだった。ダニーが彼女のもとを去り、ダイアンが自殺すると、マスコミはしばらくのあいだこれでもかとばかりに書き立てた。マスコミはダニーをギャングだのマフィアだのと呼び、麻薬の密売人でもあり、殺人犯でもあると根拠のない情報を垂れ流した。

そのどれもが彼女の知るダニーとはかけ離れていた。

彼女の知っているダニー・ライアンは親切で、やさしくて、思いやりに満ちている。また、実のところ、彼女としても、事実かどうかは別として、きな臭い噂のあるダニーのような相手とつき合うスリルとほのかな罪の意識を愉しんでいる。その自覚はもちろんある。同時に、そういうことを愉しめるくらいにはそもそも鍛えられている。彼女はごく普通の家庭で育った。きちんとした立派な家庭で。そういう自分とダニーとのちがいに魅力を感じている。それは否《いな》めない。

面白半分に火遊びをしているのはわかっている。そのことに少し罪悪感も覚えている。もしダニーについての噂がほんとうだったら？　そのうちのいくつかは事実に基づく噂だったら？　それでも彼とベッドをともにするのは正しいことなのかどうか。

今はまだその疑問に答を出そうとは思っていない。

ダイアン・カーソンとの一件はもう六年もまえのことだが、イーデンは彼が本気で彼女を愛していたと思っている。今なお彼はどこかしら悲しみのオーラをまとっている。それはもしかしたら、妻に先立たれて以降、ずっとひとり身ということのせいかもしれない。

ふたりの出会いは、乳癌患者を支援する資金集めのウォーキング・イヴェントだった。ひとり一日三十キロを三日間歩くというもので、ダニーは裕福な友人や仕事仲間からスポンサーを募った。結局、それでどれほどの額が集まったのか。それは神のみぞ知る、だ。いずれにしろ、と彼女はそのとき思った。彼は実際に歩いた。スポンサーのひとりとして自分も小切手を切るだけでもよかったのに。

彼女は言った。「ずいぶん熱心なのね」

「ああ」と彼は答えた。「妻が……亡くなった妻がそうだったんだ」

彼女は訊かなければよかったと思った。

「きみは？」と彼は尋ねた。

「母親」

「お気の毒に」

そのあとダニーは彼女自身について尋ねた。

「わたしは歩くステレオタイプよ」とイーデンは言った。「アッパーウェストサイドのユダヤ教徒の家庭で育って、バーナード・カレッジにかよって、心理療法士《サイコセラピスト》になった」

「ニューヨークの精神科医《サイカイアトリスト》がどうして――」

「サイコセラピスト」

「そのサイコセラピストがラスヴェガスでいったい何をしてるんだ？」

「こっちの大学で終身在職権のあるポストを提示されたの。でも」と彼女は言う。「ニューヨークの友達に同じ質問をされたときには、雪は嫌いだからって答えることにしてる。あなたは？　何をしてるの？」

「ギャンブル業だ」

「ラスヴェガスで？　嘘でしょ！」

ダニーは宣誓するように手を上げて言う。「ほんとうだ。そうそう、おれはダニー――」

「からかっただけよ」とイーデンは言う。「ダニー・ライアンが何者かはみんな知ってる。ギャンブルには縁のないわたしでも」

それが初日のことだった。三日目になり、十五キロを過ぎたところで、ダニーはようやく彼女をデートに誘った。

あまりに下手な口説《くど》き方に彼女は驚いた。

映画スターと、それも世界一の美女と言われた女性との色恋で名を馳せたことがあり、カジノを所有する億万長者で、望めばどんなに魅力的な女性でも手に入れられるはずなのに、彼の口説き方はどこまでもどこまでもぎこちなかった。

「もしよかったら……嫌なら断わってくれてかまわないんだけど、もちろん……悪く取らないでもらいたいんだけど……もちろん、なんというか、その……今度ディナーに誘ってもいいだろうか」

「答はノーよ」

「そうか。わかった。気にしないでくれ。すまなかった、いや、もちろん――」

「すまなくなんかないんですけど」と彼女はさえぎって言った。「外でデートしたくないだけ。ディナーを持ってうちに来てくれるなら……」

「だったら、シェフを連れて――」

「テイクアウトにして。〈ボストンマーケット〉がいいわ。あそこのミートローフが大大大好物なの」

「〈ボストンマーケット〉のミートローフ」とダニーはおうむ返しに言った。

「今度の木曜の夜ならあいてる。あなたは？」

「あけるようにする」

「それから、ダニー」と彼女は言った。「これはふたりだけの秘密よ、いい？」

「おれとつき合うのがもう恥ずかしくなった？」

「ゴシップ欄に自分の名前が載るのを見たくないだけ」

イーデンはその取り決めに今も固執している。たまのディナーはいい。週三日の昼下がりの情事もかまわない。が、それ以上は駄目。彼女は静かな生活を求めている。ダニーにもめだつことはしてほしくないと思っている。

「要するに、おれはセックスフレンドみたいなものだな」ある日の午後、ダニーは言ったことがある。

イーデンは笑って答えた。「男とちがって女がこういう関係を持つというのは簡単じゃないけど、それより聞かせてくれる？　わたしとのセックスはどう？」

「すごくいい」

「一緒にいるのは？」

「それもすごくいい」

「だったらどうしてわざわざ関係を複雑にしなくちゃいけない？」

「結婚を考えたことはないのか？」

「以前は結婚してた」と彼女は言った。「結婚生活は好きになれなかった」

彼女は話した――元夫のフランクは悪い人ではなかった。誠実で、いい人だったけれど、執着心が強すぎた。で、わたしを束縛しようとした。わたしが夜、患者と会ったり、ひとり静かに本を読みたがったりすると、ひどく腹を立てた。彼が勤める法律事務所の共同経営者とのディナーにやたらと同席させたがった。わたしにしてみれば、彼らの話には聞くに値するものなど何もないのに。話すこと自体退屈きわまりないのに。

そんなときに、折よくラスヴェガスからオファーが舞い込んだの。

フランクともニューヨークともきれいさっぱり別れられる恰好の口実になった。フランクも口にこそ出さなかったけれど、おそらくほっとしたんじゃないかな？　わたしは彼が望んだような妻じゃなかったから。

これは彼女自身大いに意外だったのだが、今ではラスヴェガスがすっかり気に入っている。当初は自分を立て直すつなぎの場所としか思っていなかった。失敗に終わった五年間の結婚の傷を癒やし、もっと文化的な場所に移り住むまでの一時的な休息の場所としか考えていなかった。

ところが、蓋を開けてみると、日光も暑さも自分好みであることがわかった。コンドミニアムのプールのそばに横になり、本を読む生活も。果てしない競争――居場所もタクシーも地下鉄の座席もコーヒーも何もかも勝ち取らなければならない日常――が続くニューヨークとは正反対ののんびりした暮らしも。

今は車でキャンパスに通勤しており、彼女専用の駐車場もある。患者の診察をする病院の建物にも屋根付きの駐車場がある。コンドミニアムにも。

とにかくすべてが簡単だ。

ニューヨークではただ食材を買いにいくだけでも一苦労だった。雪やみぞれが降る日はなおのこと。薬局やクリーニング店に行くことすら。ニューヨークでは日々のちょっとした用事をすませるだけで相当なエネルギーと時間を要した。

今ではより大事なことに意識を集中させていられる。

学生や患者に。

イーデンは学生のことをとても大切にしている。しっかり学んで、成功してほしいと思っている。患者のことも心から気にかけている。回復して、幸せになってほしいと心底願っている。これまでに習得したあらゆる知識と技能を総動員して、そのために尽くしたいと思っている。ラスヴェガスでの気楽な暮らしのおかげで、そういうことのためにエネルギーを使うことができる。

もちろん、学生も患者もニューヨークと変わらないが。ノイローゼ、不安、心的外傷後ストレス障害《PTSD》、どこにでもある人間の痛みのドラムビート《ハートビート》（心臓の鼓動？）。ギャンブル依存症患者や高級娼婦といったラスヴェガスならではの変化球もある。しかし、イーデンの生活にはいり込むカジノの世界はせいぜいその程度だ。

そう、ダニーを除くと。

ニューヨークの友達は彼女に尋ねる。「美術館はあるの？　劇場は？」ラスヴェガスにも美術館や劇場はある、と彼女は答える。正直に言えば、ニューヨークでは働いて生活するのが精一杯で、どのみち美術館の展覧会や芝居を見にいく余裕などなかった。

淋《さび》しくはない？　友人たちはそう尋ねる。

ええ、もうすっかり慣れたと彼女は思う。

ダニーとの取り決めは完璧だ（これを関係と呼べる？　彼女は自問し、そう呼んで差し支えないと思う）。お互いに愛情とセックス、それに一緒に過ごす時間と笑いを分かち合っているのだから。

なのに、今になって息子の誕生日パーティに来てほしい？ ラスヴェガスの権力者が軒並み顔をそろえる場所に？ 深みにはまるとわかっていて、飛び込めというの？ もっとも、イーデンにはダニーという人間がよくわかっている。ほんとうは来てほしいとは思っていないのに、誘わないと彼女が気分を害すると思っているのだ。

「ダニー」とイーデンは言う。「わたしはあなたに匿《かくま》ってほしいんじゃない。ただ隠れていたいだけ」

「わかった」

「気を悪くした？」

「いや」

ダニーは生涯でふたりの女性を愛した。そのどちらも若くしてこの世を去った。

妻のテリー――イアンの母親――を襲った乳癌は執念深く、容赦なく、移り気で、残忍だった。

ダニーは死にゆく昏睡状態の妻を病院に残して逃げた。

別れを告げることもできなかった。

ふたり目の女性がダイアンだった。

一昔まえは、〝映画黄金時代の女神〟などともてはやされていた。生きていた頃は映画スターで、誰からも愛されていながら、自分を愛せない典型的なセックスシンボルだった。

そんな彼女をダニーは愛した。

ダニーにとっては燃えるような熱い恋だった。堂々とデートに出かけて世間の注目を浴び、自ら進んでタブロイド紙の餌食《えじき》になった。カメラのシャッターが切られる音を聞くことが、彼女と一緒にいることを実感できる証《あかし》だった。

が、ふたりの関係はやがて彼の手に余るものとなった。

ふたりの異なる世界がふたりを引き離し、切り裂いた。彼女の名声は彼の秘密に耐えられず、彼の秘密は彼女の名声に耐えられなかった。が、最後にふたりの関係を粉々に砕いたのは、彼女がひた隠しにしてきた恥ずべき過去の秘密だった。

ダニーは彼女を捨てた。自分がいなくなることで彼女を救えると思ったのだ。

ダイアンは薬の過剰摂取で死んだ。いかにもハリウッドらしい悲劇的な結末だった。

だから、ダニーは恋愛などもうこりごりだと思っている。

ダニーは常にひとりの女性としかつき合えない男で、たとえ相手が娼婦でもセックスだけの関係というのが苦手で、そんなことで女の尻を追いまわそうとは思わない。そもそもそんな時間もない。それでも定期的に欲求を満たす必要はないではない。

だから、イーデンとの午後の密会はうまくいっている。

イーデンはすばらしい女性だ。

ゴージャスで――豊かな漆黒の髪、ふっくらとした唇、はっとするような眼――まるで昔のノワール映画から飛び出してきたみたいな女性だ。話すと愉しく、ウィットと魅力に満ち、ベッドの中ではそれはもう……逢い引きをするようになってすぐの頃にはもう彼女は彼に提供した――〝わが家の特別料理《ラ・スペシアリテ・ドゥ・ラ・メゾン》〟を。文句なしに特別だった。

ダニーはベッドを出て、シャワールームに行く。一分ほどシャワーを浴び、戻ってきて服を着る。

いかにもダニーらしい。イーデンはそう思う。いつも効率よく振る舞い、時間を無駄にしない。

「ほんとうにパーティには来ないのか？」

「ええ」

「タコスが食べ放題だけど」

「そそられるわね」

「バウンシーキャッスルもある」

「これはもう計測不可能な可能性を秘めた組み合わせね」と彼女は言う。「でも……」

「無理強《じ》いはしないよ」とダニーは言う。「また月曜日？」

「ええ、もちろん」

ダニーは彼女にキスをして部屋を出る。

4

この市《まち》の住人の半数がいるのではないか。

マデリーンの豪邸の広大な芝生の庭は大勢の招待客で埋め尽くされ、みな思い思いにワインを飲んだり、ケータリングの料理をつまんだり、ゴシップに花を咲かせたりしている。イアンの同級生とその親は全員招待しないわけにはいきません──グロリアはそう言った。それはつまりラスヴェガスの主要な人物の大半が来るということだ。が、そのときダニーはそこまで考えが及んでいなかった。

もっと早く気づくべきだった。ダニーは今さらながらそう思う。イアンは〈ザ・メドウズ・スクール〉にかよっている。ラスヴェガスの有力者の子供はほぼ全員がその学校にかよっており、そのほとんどが招待に応じた。子供の付き添いで来ている親もいれば、マデリーン・マッケイとダニー・ライアンに招待されたら断われないという理由で来ている者もいる。純粋に好奇心から出席している者たちも。

ダニーの昔の仲間たち、〈タラ〉グループの出資者や役員とその配偶者に加え、特別な招待客もいる。

このパーティにはいったいいくらかかっているのか。ダニーは知りたいとも思わない。ドリンクと料理と楽団の生演奏。それから、あの馬鹿でかいバウンシーキャッスル。グロリアが言っていたとおり、子供たちは——もちろんイアンも——風船でできた城の上で飛び跳ね、歓声をあげ、笑い転げ、大喜びで遊んでいる。

ダニーは子供時代を思い出す。父親のマーティはたいてい彼の誕生日を忘れていた。あれは九歳になった年だったか。ダニーは誕生日に父親のポケットから一ドル札をくすね、その金でコーラとチョコレートバーと漫画本を二冊買い、歩道でひとりそれらを満喫した。今になって思い返してみると、あれが生涯最高の誕生日だった。

背後から声がして、ダニーは現実に引き戻される。マデリーンが彼の肩越しに言う。

「イアンは愉しんでくれてるみたい」

「愉しくないわけないだろ？」とダニーは答える。

「お父さんのほうはどうかしら？」

「最高だよ」とダニーは言う。「おれはパーティのために生まれたみたいな男だから」

「そういうあてこすりはゲイやコメディアンが言うから面白いのよ」とマデリーンは言う。「あなたには似合わない。あなたは正直すぎるから」

これがおれの母親だ。ダニーは改めて思う。バーストウのトレーラーで育った少女が今ではこんな女王のように威厳に満ちた物言いをする——あてこすりはゲイが言うから面白いのよ。今時格子柄のスーツを着てるのはセールスマンくらいね。女は三十歳を過ぎたらいつなんどきもブラジャーをつけるものよ……きっとBBCの番組の見すぎなのだろうが。ギリシャ神話の女神を思わせるゆったりとした白いワンピースをまとい、赤毛の髪をアップにし、さりげなく、それでいて完璧な化粧を施した姿は、実際女王そのものだ。

マデリーンはさらに言う。「どの子のお母さんもみんな来ているみたい」

その続きはダニーにもわかる。だから、先手を打つ。「イアンを除いて？」

「あの子には母親が要る」とマデリーンは言う。

「いや、要らない」とダニーは言い返す。「あの子にはあんたがいる」

テリが死んだとき、イアンはまだ赤ん坊だった。だから母親のことは覚えていない。が、イアンにはお祖母《ばあ》ちゃんがいた。今さらほかの女性が登場したら、息子の人生を混乱させることにしかならない。昔に比べれば生活は驚くほど安定している。その安定を脅《おびや》かす存在は必要ない。ダニーはそう考えている。それに、イアンが想像する母親像もある。天使そのもので、完璧な母親が心の中にいる。現実世界の女性にはとうてい太刀《たち》打ちできない相手がいる。

「あなたはどうなの？」とマデリーンは尋ねる。

「おれなら問題ない」

「あなたにも欲求はあるでしょう」

「おれの性生活についての話なら――」

「尼僧にしっかり教育されたみたいね」とマデリーンはあきらめたように言う。「お客さまのお相手をしてきなさい」

事業のためにも、あなた自身のためにも。マデリーンはそう思うが、口には出さない。ラスヴェガスで理想の夫を探すなら、彼女の息子をおいてほかにいない。裕福で、成功者で、おまけにハンサム。本人さえその気になれば、相手は選び放題だ。彼の年頃の男には社会的責任の一部を引き受けてくれる妻が必要だ。慈善活動に委員として参加したり、仕事で重要なつき合いのある相手との仲を取り持ったりしてくれる妻の存在は欠かせない。

しかし、ダイアンとの一件以来、ダニーは……

彼女とのことはまさに悲劇だった。

甘く、美しく、すばらしく、思いやりに満ちた悲惨な女性。もはや手の施しようがないまでに壊れた魂。そんな彼女を、やさしく、傷つきやすいダニーは心の底から愛した。テリを失ってから初めて本気で愛した。

可哀そうなダニー。愛は彼にどこまでも残酷だった。彼はそういう星のもとに生まれたとしか言いようがない。

5

ダニーは招待客と歓談する。

社交の場は好きではないが、それでも客の相手ぐらいはする。カジノの経営者とは仕事やスポーツの話、その妻たちとは子供や学校についての話をする。そして、料理とこのパーティと豪邸への賛辞を受ける（「いや、ここは母の家なんだ、おれの家じゃなくて」）。

グロリアを見つけ、このあとの流れを確認する。

「ジャグリングのショーは七時半からです」とグロリアは説明する。

ありがたいことに、イアンはマジシャンも道化も求めなかった。だから、かわりにジャグリングの曲芸師が呼ばれたのだ。

「ケーキの登場は八時です」とグロリアは続ける。「そのあと花火を打ち上げます」

「象は出てこないのか？」とダニーは尋ねる。「剣闘士の試合と生け贄《いけにえ》の儀式は？」

「それ、なかなか笑えます」とグロリアはにこりともせず受け流す。「花火がパーティの終わりの合図です。お客が帰ったら、イアンにプレゼントを渡せます」

招待客からは絶対にプレゼントを受け取らない。ダニーはその点だけは譲らなかった。プレゼントを買うかわりに、イアンの名前でセント・ジュード小児研究病院かサンライズ小児病院に寄付してくれると嬉しい。招待客にはそう伝えてあった。イアンもダニーの意向に大賛成で(「すごくいいアイディアだと思うよ、パパ」)ダニーはそんな息子を誇らしく思った。

言うまでもないが、イアンは恵まれない子供ではない。子供に必要なものも、子供が欲しがるものもなんでも持っている。今年のダニーからの誕生日プレゼントは、イアンがずっとねだっていた高価なマウンテンバイクだ。

このプレゼントにはいい面がある。くだらないテレビゲームをする時間が減るし、ユタ州の別荘でも使える。もうひとつのプレゼントがこれだ。まるまる一週間、ふたりだけで過ごす休暇。ドライヴとサイクリングとハイキングに明け暮れ、キャンプをし、食堂《ダイナー》やファストフード店のドライヴスルーで、ジャンクフードを好きなだけ食べる。

十歳の子供の天国。

おれにとっても天国だ、とダニーは思う。ジャンクフード三昧《ざんまい》というところだけでも。

「おれにもマウンテンバイクを用意してくれ」とダニーは言う。「取っておきのサイクリングコースに連れていってくれるガイドも」

「すでに手配してあります」とグロリアは答える。

そうだろうとも、もちろん。

料理が並ぶテーブルのそばにジミー・マックがいる。ジミー・マックニーズ。ダニーの幼馴染みであり、長年にわたる運転手であり、右腕とも言える昔からの仲間。もしダニーたち一派がアイルランド系ではなくイタリア系だったら、ジミーはさしずめ相談役《コンシリエーレ》だ。

今はサンディエゴに住んでいて、自動車販売代理店を三つ経営し、事業はうまくいっている。そばかすだらけの顔はますます丸くなり、ずんぐりとした体はさらにいくらか肉づきがよくなったが、笑顔は昔のままだ。今も満面にあふれんばかりの笑みを浮かべている。

「立派なパーティじゃないか、ダニー」

ふたりはしっかと抱き合う。

「迎えの飛行機を手配してくれてありがとう」とジミーは言う。「最高のプレゼントだった。息子たちなんてちびりそうになってた」

「で、その息子たちはどこにいる?」とダニーは訊く。ジミーの息子は確かもう十四歳と十二歳だったか?

「タコスを食べにいってるんじゃないかな」とジミーは答える。「タコスが食べ放題とはね、ダニー」

「おれがタコスを好きな理由を知ってるか?」とダニーは言う。「皿がいらないからだよ」

「飛行機まで用意してくれなくてもよかったのに」とジミーが言う。「車で来られるんだから。せいぜい四、五時間だ」

「だけど、そんなに長時間運転するのは大変だろ?」

ダニーはジミーと彼の家族をパーティに招待するためプライヴェートジェットを手配した。バーニー・ヒューズも同じ飛行機で来ていた。バーニーもダニーと一緒にラスヴェガスに来るのではなく、ジミーと同じようにカリフォルニアに残ることを選んでいた。

飛行機を手配したのはジミーへのプレゼントとしてだったが、理由はほかにもあった。マッカラン国際空港を離着陸する民間旅客機の搭乗客にはＦＢＩが常に眼を光らせており、ダニーとしては昔の仲間たちがＦＢＩの眼にとまるのは避けたかった。そういうわけで、ジミーとその家族、それにバーニーはダニーの会社のジェット機でラスヴェガスまで来て、飛行機を降りるとすぐに滑走路で待っていた迎えの車に乗ってパーティ会場に直行した。

「アンジーも来てるのか?」とダニーは訊く。ダニーはアンジーのことが好きだった。彼女のことは高校生の頃から知っている。ジミーのよき妻であり、子供たちのよき母だ。一家がサンディエゴに残ることを決めたのは、アンジーが望んだからではないか。ダニーはそう思っていたが、だからと言って彼女を責めようとは思わない。

ジミーがそばにいないのは確かに淋しい。友情とユーモアがあって人好きのする彼の性格も、アドヴァイスも恋しくてたまらない。とはいえ、自分の人生を生きる権利は誰にもある。実際、ジミーはうまくやっているようだ。

「もちろん」とジミーは答える。「このパーティ会場を探検しまくってる。当然だろ? おれや子供たちの面倒をみることから解放されて、好きなだけワインが飲めて、料理しなくても飯が食えるチャンスに恵まれたんだから」

「〈ザ・ショアズ〉のスイートルームを押さえてある」とダニーは言う。「VIPフロアの部屋だ。無料だから好きに使ってくれ」

「そこまでしてくれなくても」

「わかってる」

「だったら一晩か二晩だけ世話になるよ」とジミーは言う。「長居はできない。仕事があるからな。わかるだろ？」

「ああ。だけど、アンジーと子供たちがもっといたいと言ったらそうしてくれ。帰りも飛行機で送るから」

ジミーがそのことばに甘えることはない。それはダニーにもわかっている。「飛行機じゃバーニーはどうしてた？」

ジミーは笑って答える。「ずっと文句を言ってたよ。この飛行機を手配するのにいったいいくらかかってるのかって。だけど、マフィンは食べてた」

「ただだからな」とダニーは応じる。

ふたりとも声をあげて笑う。今でこそ年老いているが、バーニーは会計士で、プロヴィデンスでは長年アイルランド系の金庫番を務めていた。最初はダニーの父親、次にジョン・マーフィ、それからダニーのもとで。ダニーたちと一緒にプロヴィデンスから逃げ出し、そのままカリフォルニアに住みついた。〈レジデンス・イン〉の無料の朝食サーヴィスがとても気に入ったので。それが大きな理由だ。ダニーはそう思っている。

今もそのホテルのシングルルームで暮らしており、宿泊費はダニーが払っている。

ダニーとジミーは互いを見つめる。束の間、ふたりにしかわかりえない時間が流れる。ともに過ごしてきたすべての出来事が甦《よみがえ》る。子供の頃のこと、やり遂げた仕事、一緒に闘った日々、失った友たち、奪った命。

それから、あの大きなヤマ。彼らは麻薬カルテルの金の隠し場所を武装して襲撃し、四千万ドルを強奪した。

ダニーはその取り分を使って〈タラ〉グループを手に入れた。

ジミーは自分で自動車販売代理店を始めた。

ジミーも今や充分金持ちだが、ダニーほどではない。ダニーは〈タラ〉に出資するように誘ったが、ジミーは慎重になって首を縦に振らなかった。

ジミーは誰かを妬《ねた》んだりしない。そんなタイプではない。どこまでもお人好しで、ダニーの成功を心から喜んでいる。自分が持てるものだけでいつも満足している。ジミー・マックとはそういう男だ。

しかし、アンジーもそうとはかぎらない。心のどこかにダニーを妬む気持ちがあるかもしれない。時間をつくって改めて話をする必要がある。ダニーは心の中でメモする。ジミーには良心的な金額を提示し、〈タラ〉への出資を（もう一度）持ちかけることにしよう。

「おれは客の相手をしなくちゃならない」とダニーは言う。「花火が終わったあとも帰らないで残っていてくれ。身内だけでパーティをするから」

「わかった。イアンにプレゼントを用意してきた」

「プレゼントはなしってことになってる」

「大したものじゃない」とジミーは言う。「大きな水鉄砲だ」

「きっと喜ぶと思う」

「さあ、客の相手をしてこいよ」ジミーはそう言ってダニーを見送る。

　ダニーはバーニーを捜す。バーニーは背が高く、猫背で、いつも仏頂面をしており、真新しい雪が何層も積もったような真っ白な髪をしているので、すぐに見つかる。

　噂では、その昔、ニューヨーク・マフィアの大物、マイヤー・ランスキーがアイルランド系で計算ができるのはバーニー・ヒューズだけだと言って彼を雇おうとしたことがあったという。が、バーニーはプロヴィデンスを離れようとしなかった。

「バーニー、来てくれてありがとう」とダニーは声をかける。

「お招きにあずかって参上したよ」

「旅はどうだった？」

「快適だった。ありがとう」

　バーニーは見るからに歳を取ったが、頭はしっかりしている。ダニーは今でも財務上の問題について彼に相談している。ダニーの経済状況は昔に比べるとはるかに複雑になっているが、計算の基本は変わらない。

「二足す二は四。二百万足す二百万は四百万。どんなに数が大きくても原則は同じだ」とバーニーは言う。

〈タラ〉グループの出資者はみなすばらしく、正直で、帳簿もきっちりつけている。バーニーはそう称賛する。余分な出費や贅沢な無駄づかいに思える費用を見つけて舌打ちすることはたまにあっても。バーニーがラスヴェガスに移ってくることはありえないし、ダニーもそれを望んではいない。それでもニューイングランドの時代遅れの倹約家の視点で見てくれる人間がダニーには必要だ。そんなバーニーの好きな格言がある。「蓄えた一ドルは稼いだ一ドルと同じではない。蓄えた一ドルには利子がついて一ドル十セントになる」だから、ダニーが彼のために用意した豪華な部屋を見て、彼はびっくり仰天する、もちろん。それでも、朝食は七時きっかりに部屋に届くようにしてあると聞くと喜ぶ。

ダニーが身内だけのパーティに誘うと、バーニーの眼に一瞬不安がよぎる。

「遅くまではかからない」とダニーは安心させて言う。「どんなに遅くても十時には終わるよ」

そう聞いてバーニーは安堵《あんど》する。

飛行機で来たのはこれで全員だ。

残りの仲間はラスヴェガスに住んでいる。

ミニサイズのリブロースバーガーを出すテーブルのそばに民主党の陰の実力者がいる。

「すばらしいパーティだね、ダニー」とニールが言う。「お招きに感謝する」

「来てくれてありがとう」とダニーは答える。

デイヴ・ニールは栗色の髪に人懐こい顔をした、人好きのする男だ。歳は四十代、背は百八十センチには足りないが、がっしりした体格をしている。

「敷地をひととおり案内しようか？」とダニーは申し出る。

「いいね」

ダニーは、デイヴと一緒に牧場のほうに歩きながら説明する。「ここはもともとアメリカの安物ランジェリー業界の帝王と言われたマニー・マニスカルコの家だった。そのマニーとおれの母親が結婚して、数年で離婚した。しばらくして、マニーがもう長くないとわかると、おれの母親は彼のもとに戻って看病を続け、最期を看取《みと》った。で、マニーは遺言でこの家と数百万ドルの遺産を母に遺《のこ》した。よけいな気づかいだったけど。その頃には母はもう大金持ちだったんだよ。投資で儲けたんだ」

ダニーは話しながら、こんなことはデイヴはとっくに知っているのではないかという気がする。マデリーンのことも、彼女がウォール街や連邦議会の大物にコネを持っていることも。宿題はちゃんとしてきた。彼の態度はそんなふうだ。

「おれはラスヴェガスに移ってきたときにこの家に身を寄せた」とダニーは続ける。「ほんの数週間、家が見つかるまで世話になるだけのつもりだった。それが六年まえのことだ。どうしてまだここに住んでいるのか、自分でもよくわからない。だらだら先延ばしにしてるんだと思う。息子がお祖母《ばあ》ちゃんになついているせいもある」

「お互いにそのほうがいいってことだろう」とニールは言う。「だけど、こうしてほかの客の眼に届かないところまで私を連れ出したのは、きみの家庭の事情を説明するためじゃない。ちがうか？」

「ああ」とダニーは認めて言う。「おれたちはギャンブルの社会への影響に関する調査委員会の動向を気にかけてる」

「だろうな」とニールは答える。「きみたちは共和党に何百万も寄付してる」

「彼らは企業にやさしい政党だからな」とダニーは答える。

「きみが何者かは知っている」とニールは言う。「きみは肉体労働者の多い町で育った。今でこそ億万長者だが、本質も心根も労働者のままだ。われわれはきみのことを敵とは思っていない」

「ギャンブルの収益に四パーセントの税金をかけるとか？」

「去年一年間でギャンブル業界はいったいいくら稼いだ？」とニールは訊く。「その稼ぎのいくらかは依存症から巻き上げた金だ。そういうやつらを助けるための金は出せないかな？　まあ、こういう問題は交渉可能だよ」

ニールにはこちらの要求を受け入れる心づもりがある。ダニーはそう読む。

「召喚権については？　そっちのほうも交渉可能だろうか？」

「面倒な遠まわしは省いてもいいか？」

「そうしてくれ」

「きみが〈タラ〉の大株主なのは知っている」とニールは言う。

「おれは雇われの身だ」とダニーは答える。

書類上では〈タラ〉グループのオーナーはミズーリ州出身の不動産業者、ドム・リナルディとジェリー・クシで、ダニーは運営ディレクターにすぎない。

「委員の中にはそのからくりを暴露してやろうと息巻いている者もいる」とニールは言う。

「ブッシュ政権は実情を知ろうとしなかった。上層部からダニー・ライアンは飛行禁止区域にいて、手出しできないと言われていたからだ。中央アメリカの反政府左翼に資金提供をしていた麻薬カルテルの掃討作戦に関わっていたとかなんとか、そんなだぼらを理由に。だけど、きみを守ってくれる人はもういない。ダニー、きみには敵がいる。委員会の一員になって、なんとしてもきみを失脚させようと狙っている議員もいる」

「なんともはっきり言ってくれるもんだ」とダニーは言う。

ニールは放牧地の柵に寄りかかり、豪邸を振り返って言う。「きみはどうやらまっとうな人間のようだ。われわれにとってきみの過去などどうでもいい。むしろきみが困るところは見たくない」

「で、面倒な遠まわしを省くと、いくらになる？」

ニールは言う。「そうだな、ラスヴェガスのギャンブル業界が百万ドル寄付したとなれば、きみたちを敵と呼ぶ者はいなくなるだろう」

「それなら出せる」とダニーは言う。

「ただし、うまくやらなきゃならない」とニールは釘を刺す。「カジノ産業から多額の寄付を受け取ったと世間に知らしめるわけにはいかない。そもそも合法的な寄付でなければまずい」

「もちろん」とダニーは応じる。「こういうのはどうだ？　地元の有力な民主党員が資金集めのランチパーティを主催するというのは？」

「ラスヴェガスにそんなパーティがあったか？」

「なければつくればいい」とダニーは答える。「半分はそのパーティで集める。残りの半分は個人名義で民主党全国委員会に寄付するということでどうだ？」

「それなら問題はない」

ダニーはさらにもっと繊細な問題に踏み込む。危険な橋を渡る。「あんたも何かと経費がかかるんじゃないのか、デイヴ？」

ニールは何も言わず、ただ肩をすくめる。

その仕種《しぐさ》が意味する答はイエスであって、ノーではない。

「ホテルの部屋の金庫に二十五万ドル分のカジノのチップがはいってる。受け取るか受け取らないかはあんたの自由だ。ギャンブルに興じるもよし、現金に換えてもよし。好きにしてくれ」

「ギャンブルは下手でね」

「朝になってチップがなくなってたら」とダニーは続ける。「契約成立ということで。それだけははっきり約束してくれ。委員会は召喚権を持たないと」

「おれたちを信じることだ」

「脅すつもりはないが」とダニーはたたみかける。「ちゃんと理解しておいてほしい。おれをこけにしたら、必ず報いを受ける」

「それが世の習いというものだ」

「いかにも」とダニーは言う。「是非タコスを味わっていってくれ。最高に美味《うま》いから」

ダニーはニールを連れてパーティ会場まで戻ると、彼と別れてまた客たちの相手をする。

そこにヴァーン・ワインガードがやってくる。「どうだった?」

「百万ドルに加えて二十五万ドルの手数料」

「おれは驚くべきか?」

驚くことがあるとすれば、破格の安値で話がついたということだ。

それでも、保険はかけておく。この市《まち》で一番力のある売春宿の主人、モニカ・セイヤーに頼んで、資金集めのランチパーティには女たちを送り込むこと。ダニーは心の中でそうメモする。もちろん、ニールがチップを取り出す様子を写真に収められるよう、ホテルの部屋には隠しカメラが仕込まれている。

〝おれたちを信じることだ〟だと?

〝信じる〟というのは、サンタクロースを待つ子供のためにあることばだ。

6

料理をのせた皿を持って、ダニーは厩舎《きゅうしゃ》に向かう。かつてはそこにサラブレッドがいたのだが、マデリーンはすでに馬を手放していて、今は一部が改装され、キッチン兼居間とバスルームと寝室がひとつのアパートメントになっている。

ダニーはドアをノックする。

ややあって、ネッドがドアを開ける。

ネッドに会うと自然と笑顔になる。背が低く消火栓のようながっしりとした体型で、二の腕はポパイみたいに太く、パグに似た皺《しわ》だらけの顔をしている。見るからにマーティ・ライアンの凄腕の用心棒。聞いた話では、昔、父親に虐待されていたネッドをマーティが助けたことがあり、その縁で船員を辞めたあとマーティを献身的に支えるようになったという。今はダニーに忠誠を尽くしている。

ネッド・イーガンはニューイングランドの裏社会では誰もが心底恐れる存在だった。誰もがクソも出なくなるほどビビる存在だった。

ネッドは冷酷無比な殺し屋だった。

しかし、それも昔の話だ。

マーティが死に、ダニーが裏社会から足を洗うと、ネッドは仕事も行き場もなくした。ダニーはそんな彼をラスヴェガスに連れてきて、彼のための部屋をつくった。ネッドはダウンタウンにある単身者用の長期滞在型ホテルがいいと言ったが、ラスヴェガスにはそんなものはない。それに、ネッドが孤独になってしまうのが心配だった。だから、マデリーンとイアンを警護してくれる人が要るという名目で、有無を言わさず従わせた。

「パーティには来ないのか？」とダニーは言いながら部屋にはいる。

ネッドはただ肩をすくめる。ネッドはもともと人と交わるタイプではないし、自分が行けば困ったことになるのではないかと心配もしている。ほかの客にあの人は誰かと訊かれても、ダニーには答えようがない。

「食事を持ってきた」とダニーは言う。

「ありがとう」

ネッドは歳を取った（いや、彼だけではない。みんな歳を取った）。五十代になり、かつての彼ではなくなった（いつまでも昔のままでいられる者などいるか？）。ダニーはこの部屋に特別な衛星回線を引き込み、レッドソックスの試合が見られるようにした。ネッドはマーティが生きていた頃と同じように、夏のあいだは一日の大半をテレビで野球中継を見て過ごす。

時々、イアンがこの部屋に来てネッドと過ごす。マデリーンは週に一度くらいネッドをランチかディナーに招待しているが、ふたりがどんな会話をしているか、ダニーには想像もつかない。ラスヴェガス大通り《ストリップ》にあるカジノに行こうと誘ったこともあったが、ネッドはまるで興味を示さなかった。女をあてがおうとしたときも、やはりまるで興味を示さなかった。

おだやかな今の暮らしに満足しているのだろう。

イアンやマデリーンの身に危険が及ぶことは考えにくいが、万が一そんなことになったら、ネッドは自らの命と引き換えにしてでも彼らを守るだろう。いささかのためらいもなく。もっとも、それはダニーについても言えることだが。

「リブロースを持ってきた」ダニーはそう言って、皿をカウンターに置く。「バーベキューのチキンとポテトサラダ、それにケーキもある」

タコスは持ってこなかった。頭の古いこの男を苛立たせるだけだとわかっていたから。ニューイングランドの人間は食材を別々に食べるのを好む。肉は肉、ジャガイモはジャガイモというふうに。

「ありがとう」とネッドは言う。

テレビがうなる音がしている。ダニーは訊く。「レッドソックスは勝ってるか?」

「ブルペンで準備を始めるまでは」

ネッドは下着のシャツ一枚で上着は着ていない。が、いつものようにホルスターを身につけ、三八口径の銃を差している。彼にとってはもはや体の一部のようなものなのだろう。

「あとで身内だけのパーティをする」とダニーは言う。「あんたが来てくれたら、イアンもきっと喜ぶと思う」

「プレゼントを用意してある。レッドソックスの野球帽だ」

「あの子もそろそろ人生において一番大切なものがわかってもいい年頃だ」とダニーは言う。

ロードアイランド州には三つの宗派がある。ダニーはそう思っている。アイルランド系カトリック、イタリア系カトリック、それからボストン・レッドソックスだ。カトリック教徒でいるのと同じで、どんなに歳を取ろうと、どれほど遠い地にいようと、レッドソックスからは永遠に離れられない。そういうわけで、プロヴィデンスに住んでいた当時、ダニーはレッドソックスの熱烈なファンだったし、ドジャー・スタジアムのお膝元であるロスアンジェルスで暮らしていたときも変わらずソックスの熱烈なファンだった。それはラスヴェガスに来てからも変わらない。カトリック教徒であり、レッドソックス・ファンでありつづけること。これは信念の問題で、苦しみをともなう。

それもたくさん。

マゾヒストでなければ続かない。

人生において一番大切なもの、とダニーはさっき言ったが、全部が全部ジョークではない。大切なのは忠誠心であり、レッドソックス・ファンは喪失を通じて忠誠心を学ぶ。

一九八六年のあの悲劇の瞬間を乗り越えた者なら誰もがそのことを知っている（ワールドシリーズの対ニューヨーク・メッツ戦で内野手がゴロをトンネルしたせいでレッドソックスは試合に負け、敗退した）。ダニーは今でも転がっていくボールを見たときの胸をぎゅっとつかまれるような痛みを覚えている……

「イアンもここで一緒に試合を見ることがあるのか？」

「時々」

それは知らなかった。ダニーは言う。「イアンはプレセントの野球帽を気に入ると思う。じゃあ、あとで？」

ネッドは黙ってうなずく。

ケヴィン・クームズは庭の芝生で盛大に吐く。シーフード・クレープのテーブルのすぐそばで。食べたばかりの海老がほとんど消化されずに出てくる。

「おっと」とケヴィンは言う。笑みを浮かべ、心の底から面白がっている。愉快ないたずらを披露して、パーティを盛り上げてやったとでも言わんばかりに。

ダニーは笑わない。

ケヴィンの相棒、ショーン・サウスのほうを向き、はっきりわかるように表情で伝える。こいつをここからつまみ出せ。

ショーンはケヴィンの肘をつかむ。が、ケヴィンはその手から逃れて言う。「触るな」

客たちが騒ぎに気づく。女性客のひとりが自分も吐き気を催したのか、顔をそむける。西海岸に来てもう十年近くになるが、ケヴィンはいまだに東海岸のちんぴら気質が抜けずにいる。ぼさぼさの茶色い髪は伸び放題で、クロゼットの床から拾ってそのまま着てきたかのような、品のないアロハシャツに破れたジーンズ、〈ケッズ〉のハイカットのスニーカーという恰好。黒いレザーのジャケットを着ていてもおかしくなさそうだが、さすがのケヴィン・クームズも六月のラスヴェガスでジャケットは着ない。手で口を拭《ぬぐ》い、顔を起こす。そこには本気で殺しかねないほど鋭い眼つきで彼を睨《にら》むダニーがいる。

「ヤバいヤバい」とケヴィンはにやけて言う。「ボスを怒らせちまった」

「やめろ、ケヴィン」とショーンがたしなめる。

「やめろ、ケヴィン。痩《や》せこけたアイルランドのまぬけ野郎」ケヴィンはダニーを見て言う。「ごめんよ、ダニー。あんたに恥をかかせちまったかな?」

ああ、そうだ。しかし、これが初めてじゃない。

かつてのケヴィンは泣く子も黙るほど恐れられた男だった。それもいい意味で。ケヴィンとショーン——ふたり合わせてアルター・ボーイズ（ミサの侍者）——は何をするにもきわめて有能なペアだった。強盗にしろ、強奪にしろ、標的の抹殺にしろ。

ケヴィンにはもともと何をしでかすかわからない危ない面があったが、それでもひとたび仕事となるとしゃきっとし、見事な働きをしてきた。強力な戦力だった。が、今はただの酔っぱらいに成り下がってしまっている。

コカインをやっていないときは。

彼はすでに数百万ドルを使い果たしていた。麻薬カルテルの金の隠し場所を襲撃して手に入れた分けまえも、ダニーが買収した映画に投資して儲けた金も、〈タラ〉グループのわずかな持ち株から得られる収益もすべて泡と消えていた。

酒とクスリと女とギャンブルにすべて注ぎ込んでいた。

この四つは、アメリカンフットボール史に残る伝説のディフェンスライン〝最強の四人衆《フィアサム・フォーサム》〟にも匹敵する組み合わせだ。

ありがたいことに、彼はその四つのどれとも切り離せない市《まち》、ラスヴェガスに住んでいる。身近にあるからといって全員が手を染めるわけではない、もちろん。それでも望めばいつでも手にはいる。そして、ケヴィンという男はいつでも手に入れたがる。

そのせいで、これまでにもあれこれ問題を起こしてきた。カジノではブラックジャックのディーラーと一悶着《ひともんちやく》起こし、通りでは酔って喧嘩し、レストランでは娼婦を三人連れていって、席を用意しろとすごんだ。

だから、ケヴィンはこのパーティに招待されなかった。

ショーンのほうはまるでちがう。真面目に暮らしている。赤毛で、〈アイリッシュ・スプリング〉の石鹸《せつけん》のCMからそのまま飛び出してきたような男だが、今では一端《いつぱし》の実業家だ。

手に入れた金でカジノホテルを相手に食品卸《おろ》しの事業を始めた。ダニーは彼の会社と数十万ドルもの契約を結んでおり、ショーンは適正価格で質のいい品を納めることでダニーの恩義に報いている。

そして、ケヴィンには高給の仕事をあてがった。が、今のケヴィンはショーンの重荷でしかない。

問題を起こしては、彼の足を引っぱってばかりいる。彼の気を引き、彼に手間をかけさせ、自分たちの金を食いつぶしている。

それでもショーンがケヴィンを見捨てることはない。

ふたりは兄弟同然だ。

それでも、ケヴィンはダニー・ライアンの息子の誕生日パーティで騒ぎを起こす。ラスヴェガスの有力者の半分が見ているまえでわめき散らす。「どうしておれは招待してもらえなかったんだ？　あんたのご大層なお友達におれを会わせたくないからか？　おれがそばにいるのが恥ずかしいのか？」

「恥ずかしがるべきなのはおまえ自身だ」とダニーは言う。

「おれはイアンが赤ん坊のときから知ってる」とケヴィンはなおも言い募る。酔っているせいもあって、眼には涙が浮かんでいる。「みすぼらしい車に赤ん坊だったあの子を乗せて、ロードアイランド州から逃げ出したときからずっと。おれはあの場にいたんだ。あんたは忘れちまったみたいだが」

ダニーは何も答えない。

ただ、今の発言は危険きわまりない。あの頃なら、人まえでそんな話をしようものなら誰かが殺されることになっていてもおかしくないところだ。まったく。もしパスコ・フェリがこの場にいたら、ケヴィンの命はもうなかった。

「覚えてるのはそれだけじゃない」とケヴィンは言う。「この立派なビジネスを始めた金がどこから来たのか。カジノのオーナーになるまえ、あんたは強盗を――」

ショーンの一撃が顎の下に炸裂《さくれつ》し、ケヴィンは気を失う。

ショーンは倒れた相方を引っぱり上げる。

ダニーが歩み寄り、ショーンの耳もとで囁《ささや》く。「こいつをつまみ出せ」

「わかった、ダニー」

「市《まち》の外にという意味だ、ショーン」

警備員がふたりやってきて、ショーンに手を貸し、ケヴィンを車に乗せる。

呆然と見守っていた客たちに向かってダニーは言う。「お騒がせして申しわけない。彼はどうやら気分がよくなりすぎたようだ」

気まずさをともなったひかえめな笑い声が起こる。

ヴァーン・ワインガードだけひとり大笑いする。「〝気分がよくなりすぎた〟か。うまいことを言うもんだ」

「ホテルでは酔っぱらった客をたいていそう呼ぶことにしている」とダニーは言う。

「そいつはいい。うちでも真似させてもらおう」外の気温は摂氏三十度を超えているが、ヴァーンは彼のトレードマークの黒い服――黒いポロシャツに黒いジーンズ――に身を包んでいる。ダニーの記憶が確かなら、彼はオークランド・レイダースのファンだ。そのことと何か関係があるのか（黒がレイダースのチームカラー）。そう言えば、いつかこのラスヴェガスにチームを連れてくるようなことも言っていた。

「あの男は誰なんだ？」とワインガードが尋ねる。

「不満を抱えた昔の従業員だ」とダニーは答える。

大勢の客がまわりでふたりの大物の会話に聞き耳を立てている。

「おれが学んだ教訓を教えようか、ダニー？」とワインガードは言う。「ひとたび機嫌を損ねた従業員の機嫌を取るのはむずかしい」

「なるほど」

ダニーはドーンのほうを見てうなずく。背の高いブロンドの女性で、脚が果てしない人生より長い。彼女がヴァーン・ワインガードと結婚したのは、彼の見た目に惹かれたからではなく、金のためだ、などとまことしやかに囁かれる噂を耳にするたび、ワインガードはいつもこう答える。「人は誰でもおのれが持てるものを利用する」

「ハイ、ドーン」とダニーは声をかける。

「素敵なパーティね、ダニー」とドーンは答える。

「一分まえまではね」

「誰にでもああいう友達がひとりくらいはいるものよ」

「ブライスも来てるのか?」とダニーはふたりの息子のことを訊く。「十五歳の頃の自分を思い出してみるといい」

「女の子を物色してる」とワインガードが答える。

「そうだな」

「あの子がラクロスのチームのキャプテンに選ばれてね」とワインガードは言う。

「それはすごい」ラクロス? ダニーはそう思うが、口には出さない、もちろん。ラスヴェガスでもラクロスをやるのか? あんなものは東海岸のコネティカット州あたりの高校生がやるものだとずっと思っていた。とはいえ、わからないでもない。ブライスはがっしりとした大柄な子で、父親に似て自信家でうぬぼれ屋だが、幸いにも容姿は母親からより多くを受け継いでいる。父親のヴァーンにとって、そんなブライスは自慢の息子であり、喜びであり、彼の人生を明るく照らす光だ。父親にないすべてを持っている――チームのキャプテンにして学園祭のヒーロー。

ワインガードはまたさきほどの騒動に話を戻す。ダニーにとってはいささか不都合な話と見て取ったのだろう、それに乗じて優位に立とうとする。「さっきの男はあんたのことをよく知ってるみたいだったな。イアンはまだ赤ん坊だったとか言ってなかったか? ロードアイランド州を出たときにはどうとかこうとか――?」

ダニーは顔が赤くなる。頬が火照《ほて》るのがわかる。が、どうにもできない。

無性に腹が立つ。

ドーンが不愉快そうな表情になる。男はときにラフプレーをするものだが、そこに子供を巻き込むのは禁じ手だ。「ヴァーン……」と彼女はたしなめる。

「訊いただけだ」とワインガードは言う。

まさに骨を得た犬だ。

「酔っぱらいの言うことなんて誰が信じる？」とダニーは言う。

大勢の客がこの会話を聞いている。聞いていないふりをしようとしているが、その努力はまるで実を結んでいない。

ワインガードとしてもこの話題はもう終わりにすべきだ。

それが彼のやるべきことだ。

が、彼はそうしない。彼自身わからない理由からまた笑いだし、グラスを掲げてこんなことを言う。「謎多き男、ダニー・ライアンに」

そうやってすべてを蒸し返す。

噂も、まことしやかな囁きも、あてこすりも全部。

息子の誕生日パーティにダニーの過去を持ち込もうとする。

ダニーは黙ってその場から立ち去る。

7

ダニーはマデリーンがケーキにキャンドルを立てるのを見ている。今は家の中にいて、キッチンで身内だけのパーティの用意をしている。

「またケーキ？」とダニーは言う。

「さっきのは表向きのケーキ」とマデリーンは答える。「これはプライヴェート・パーティ用。ちなみにわたしがつくったの」

「つくっただって？」とダニーは驚いて訊き返す。料理人が休暇でいない日にトーストを焼く以外、母親が料理をするのを見たことがない。

「わたしは謎多き女なの」

「おれたちの話を聞いてたのか？」

「みんな聞いてたわ」とマデリーンは言う。「ヴァーン・ワインガードごときにつけ上がらせちゃ駄目よ」

「彼の何が問題なんだ？」

「毎朝起きて、どうしてみんなに嫌われるのか思いあぐねてる。あの人はそういう人よ」

とマデリーンは言う。「それに彼はあなたを妬んでる」

「おれを？」

「本気で訊いてるの？」とマデリーンは訊き返す。「彼はリチャード・ニクソンで、あなたはジョン・F・ケネディだから」

「それがどういう意味であれ」とダニーは言う。

「どういう意味か、あなたにはよくわかってるはずよ。わたしは彼が初めて安っぽいカジノをオープンしたときから知ってる。彼がコカインをやり、カクテルウェイトレスとヤりまくってた頃から。彼とは距離を置いてつき合うほうがいい。あの男と一緒にぬかるみにはまることはないわ。関わらず、放っておくの。あなたにとっては取るに足らない相手よ。むしろ、あなたが心配しなきゃならないのはケヴィン・クームズのほうよ」

「あいつならこの市《まち》から追い出した」とダニーは言う。「警備会社とも話をする」

「もう契約を打ち切ったわ」とマデリーンは言う。「招待されていない人がどうしてわたしの家にはいれたのかって訊いたけど、誰も答えられなかった」

それでこそマデリーンだ。ダニーはそう思う。彼女を満足させる振る舞いができるかどうか。できなければ切り捨てられる。これまで大勢の恋人が彼女に捨てられてきたのがそのなによりの証拠だ。

「それはさておき、パーティは大成功だった」とマデリーンは言う。

そのとおりだとダニーは思う。料理は大好評だったし、ジャグリングのショーもすばらしく、花火は最高だった。グロリアの予想どおり（いや、計画どおりと言うべきか？）花火がフィナーレを迎えると客たちは礼儀正しく帰っていった。居間には家族と親しい友人だけが残っている。

ダニーは居間に行く。

室内を見まわす。

そこには息子がいる、もちろん。今夜はバウンシーキャッスルとプールで遊び、砂糖を大量に摂取し、庭じゅうを駆けまわってはしゃいだせいで、汗をかき、興奮している。ジミー・マックと彼の妻と子供たち、ネッド・イーガン、バーニー・ヒューズもいる。グロリアの姿も見える。ドム・リナルディと彼の妻と子供たち、ジェリー・クシとその家族もいる。ダニーのあとからマデリーンがケーキを運んではいってくると、ハッピーバースデーの合唱が起こる。

これがおれの大切なものだ。ダニーは胸につぶやく。

ここにいる人たち、彼らと一緒に築いてきた人生。

すばらしきかな、人生。

8

ずっとそうだったわけではない。

一九八八年、どんよりと曇った冬の日にロードアイランド州を出た（〝出た〟というのは遠まわしな表現だ。もう寝ようとベッドにはいってダニーは思う。正確には〝逃亡した〟〝追い出された〟〝命からがら逃げ出した〟だ）。あのときおれの人生は荒れに荒れていた。

テリは死んだ。彼のもとから永遠にいなくなった。

彼の生活の中心だったアイルランド系ファミリーは壊滅し、仲間はみな死ぬか、投獄された。彼自身、麻薬の密売、下手をすれば殺人の容疑でいつ起訴されるかわからなかった。その危険がダモクレスの剣のように――ダニーはそんな表現も知らないが――常に頭上にぶら下がっていた。

ダニーは逃亡の身だった。マフィアからもＦＢＩからも逃げていた。しかも、ひとり身軽にとはいかなかった。幼い息子ともうろくした父親の世話をしなければならなかった。それに、わずかながら残った仲間たち――ジミー・マック、ネッド・イーガン、アルター・ボーイズ、バーニー・ヒューズ——の面倒もみなければならなかった。

そこで彼はカリフォルニアに向かった。人生を新しくやり直そうと、夢の地である西に向かった（やり直さなければならない者がいたとすれば、それはおれだ。ダニーは今になってそう思う）。サンディエゴに腰を落ち着け、バーテンダーとして働き、来る日も来る日もシングルファーザーの役目をひたすらこなしながら、静かな生活を送っていた。

幸せそのものとは言えなかったが、その生活に満足していた。

が、やがて見つかってしまう。ものごとの常として。

連邦政府の捜査官（ＦＢＩか、それともＣＩＡか？）が彼を捜しあてた。が、逮捕するかわりに、断わることのできない提案を持ちかけてきた。よくある話だ。提案の内容は、麻薬カルテルの金の隠し場所を襲撃し、奪った金を国家と折半するというものだった（政府は中央アメリカでなんらかの秘密作戦を遂行中で、その資金が必要だった。具体的にどんな作戦なのか、ダニーは訊かなかった。興味もなかった）。協力すれば過去の悪事はすべて不問に付され、忘れられることになっていた。罪から解放され、新しい人生のスタートを切れる。そういう約束だった。

ダニーと仲間たちはその提案を受け入れた。

彼の取り分は一千。

ドルではない。万ドルだ。

夕闇にまぎれてこっそり姿を消し、息子と一緒にどこかよその土地でアメリカンドリームさながらの生活を始めるには充分すぎる額だ。

が、ダニーはそうしなかった。ベッドに横たわり、そのことを思い出す。

おまえはハリウッドに行った。

その夢の地で何が起きたか。

ニューイングランドのマフィアの抗争を題材にした映画の製作にアルター・ボーイズが首を突っ込んで、食いものにしようとした。製作会社は彼らをなんとかしてほしいとダニーに泣きついた。

ダニーはその映画を買った。

文字どおり、製作権を買収したのだ。

八百万ドルを投資して。

そして、映画スターと恋に落ちた。

ダイアン・カーソンと。

どうかしている、この恋はまちがっている、運命のいたずらとしか思えない。それはふたりとも最初からわかっていた。それでも止められなかった。

しかし、彼らは住む世界がちがった。それぞれの世界の人々はふたりの関係を快く思わなかった。タブロイド紙が〝マフィアと情婦〟と書き立てると、逆風はさらに強くなった。

ふたりは世間を騒がせるカップルになった。

おれには過去があった。彼女にも過去があった。ダニーは当時に思いを馳せる。

おれには過去を背負って生きることができた。が、彼女はそうはいかなかった。

ある夜、彼女はベッドで彼に秘密を打ち明ける。実の兄が彼女のベッドにはいってきて関係を持った、もっとはっきり言えば、兄とセックスした。そう話した。その兄がのちに彼女の夫を殺す(いやはや、タブロイド紙垂涎《すいぜん》のネタだ)。そして、終身刑を言い渡されて、カンザス州の刑務所で服役していた。

兄は彼女と関係を持っていたことを世間にばらすと言って彼女を脅迫した。

それが引き金になったのだろう。彼女は壊れた。役者としてもひとりの人間としても。

ダニーは彼の世界——裏の世界——に手をまわして、その問題を解決しようとした。その結果、彼女の兄は刑務所内で刺されて死んだ。その代償は大きかった。ダニーはダイアンとの別れを選ぶしかなかった。

ダニーは彼女に嘘をついた。彼女の兄の死には関わっていないと。それからもうひとつ嘘をついた。彼女のことはもう愛していないと。そう言って、彼女のもとを去った。

その夜、ダイアンは薬を過剰摂取した。

そして死んだ。

ダニーはその事実を背負って生きていかねばならない。

最初はその事実に向き合えなかった。飲み歩いて酔いつぶれる日々が何週間も続いた。

やがて酔いが覚めると、ラスヴェガスに向かった。母親に預けていた息子のもとに帰った。

映画製作で儲けた金を〈タラ〉グループに投資した。

帳簿には記載されない形で。

共同出資者はパスコ・フェリのほか数人。ダニーの母親のマデリーンと彼女とコネのあるヘッジファンド、それに不動産業界から若く野心的なふたりの若者——ドム・リナルディとジェリー・クシー——が出資し、集まった七千五百万ドルを投じて古いカジノを格安の特売価格で買った。

〈シェヘラザード〉は一九六〇年代半ば、第三次建築ラッシュのさなかに建設された。

説明するまでもないが、一九四六年の第一次建設ラッシュでできたのがかの〈フラミンゴ〉だ。バグジー・シーゲルが自身の夢を実現しようとしたホテルとして知られるが、その結果、彼は命を落とすことになった。マフィアの資金を大量に消費し、おそらくは建設費から上まえをかすめ取っていたとも言われている。彼の暗殺を命じたのはラッキー・ルチアーノ、それにシーゲルとは長年の盟友でもあったマイヤー・ランスキーだったと伝わっている。聞いたところでは、ダニーの昔からの友人でもあるパスコ・フェリもシーゲル暗殺にゴーサインを出したひとりらしい。

しかし、シーゲルがラスヴェガスに賭けたのは大正解だったことはすぐにわかる。五〇年代にはいると、マフィアのもとには大金が流れ込み、その潤沢な資金によって〈サンズ〉〈サハラ〉〈リヴィエラ〉〈デューンズ〉〈ハシエンダ〉〈トロピカーナ〉〈ロイヤル・ネヴァダ〉〈スターダスト〉といった巨大カジノホテルが次々に建設され、現在のストリップの礎《いしずえ》を築いた。

六〇年代になると、トラック運転手組合からの多額の融資で〈アラジン〉〈サーカス・サーカス〉〈シーザーズ・パレス〉〈シェヘラザード〉などが建設される。

〈タラ〉グループが買収した時点で〈シェヘラザード〉は赤字だった。

このカジノホテルはオープン当初から苦戦を強《し》いられていた。ストリップの南端に位置しており、市《まち》の繁栄が通りの端まで到達するには時間がかかる。ようやくその恩恵にあずかれるようになった頃には、もはや老朽化した時代遅れのホテルになっており、サーカスや海賊船ショーや火山の噴火などの見世物で客を集めるテーマパークのような大型ホテルには、とうてい太刀打ちできなくなっていた。

〈シェヘラザード〉という名前も問題で、きちんと発音できる人はほとんどいなかった。正しい綴《つづ》りを書ける人など言うに及ばず。『千夜一夜物語《アラビアン・ナイト》』をテーマにはしていたが、ベリーダンスの踊り子と、ダニーに言わせればタオルを巻いているとしか思えない衣装をまとった男たちが大勢いるだけの安っぽい演出に終始していた。〈タラ〉にはそのテーマを引き継いで全面的に改装できるだけの資金がなかった。だから名前をすぐさま〈カサブランカ〉に変えると、全面改装を始めた。

新参者の〈タラ〉はうまく言いくるめられてあんな場所を買わされた——当初、ラスヴェガスの実業界の大半はそう言って笑っていた。

が、ダニーにとっては笑いごとではなかった。彼は有り金をすべてホテルに投資したのだ。失敗は断じて許されない。母親の家の居間に集まった共同出資者たちにダニーは問いかけた。「おれたちのホテルにあって、ほかのホテルにないものは？」

「そんなものはない」とドム・リナルディが答えた。

ダニーは首を振って言った。「規模だ」

「規模が小さいってことか？」とジェリー・クシが訊いた。

「そのとおり」とダニーは答えた。「おれたちのホテルは千室もない。大型ホテルにはだいたい三千室はある」

リナルディが言った。「それが強みになる……？」

「このホテルはギャンブル事業でビジネスをしてるとみんなは考えてるかもしれないが」とダニーは説明する。「そうじゃない。おれたちが勝負するのはサーヴィス事業だ」

カジノだけを見れば、どのホテルもほとんど大差はない。スロットマシンの配当倍率を高めか低めに設定したり、テーブルゲームの賭け金を上げたり下げたりする程度だ。ほかとの差別化を図るならサーヴィスの質を変えるしかない。

「おれたちのホテルはワンランク上のサーヴィスを提供する」とダニーは言う。「ひとりひとりの客に合わせたサーヴィスで、弱点を強みに変える。〈カサブランカ〉を訪れる人は数千人の客のひとりじゃない。唯一無二のゲストとして迎えられる。ギャンブルの金づるじゃなく、ひとりの人間として扱われる」

ダニーはあらかじめ試算していた。

カジノホテルではギャンブルによる収益が年々減少する一方、室料や飲食の利益は増加きれいな部屋に泊まりたいとも思っている。もちろん。が、同時に、美味《うま》い料理を食べ、傾向にある。人々はギャンブルをしにくる、もちろん。が、同時に、美味《うま》い料理を食べ、

「客は壮大な見世物を好む」とクシが言った。
「通りを歩けば、歩道から海賊船ショーや火山の噴火が見られる」とダニーは言った。
「そのあとで、うちのホテルの部屋に帰ってきて、食事をし、ギャンブルに興じる。客の眼を愉しませる費用は競争相手に払ってもらえばいい」

潤沢な資金のある相手をうまく利用する——出資者たちはそのアイディアが気に入る。ディズニー・ワールドの真似事は巨大ホテルが数百万ドル出してやればいい、とダニーは言う。おれたちはほとんど金がかからないことをする。

ホテルのスタッフが宿泊客をひとりひとり名前で呼ぶ。ホテルの中だけでなく、ラスヴェガスにいるあいだ快適に滞在してもらうために何かできることはないか笑顔で尋ねる。お勧めの場所を提案し、行き方を教え、ショーのチケットを手配し、ディナーの予約をする。客の先手を打ってそういうことをする。

「そのためにかかる費用は？」とダニーは投げかける。「カジノで高額を賭ける客だけでなく、宿泊客全員にコンシェルジュがつく。誰もがＶＩＰになった気分を味わえる。そのために費用がどのくらいかかる？」

〝海賊〟やアクロバットのパフォーマーに金を出すかわりに、ダニーは到着した宿泊客がすぐにホテルにはいれるようにヴァレー・パーキングを増やし、短時間でチェックインで

きるようにフロントスタッフを増員した。できたての朝食を冷めるまえにルームサーヴィスで届けられるように料理人と給仕係も増やした。客室をただ清掃するだけでなく、時間をかけて塵ひとつない完璧な状態に仕上げるために清掃係も増やした。

　ひとつひとつは些細《ささい》なことで、費用もほとんどかからないが、その効果は絶大だった。清掃係は宿泊客個人の名前を記した手書きのメモを残し、すべてきちんと整頓されているか尋ねる。チェックイン時に対応したスタッフが客に電話し、快適に過ごせているか確認する。客が外出先からホテルに帰ってきたときには、毎回名前を呼んで出迎える。朝食の時間はマネージャーに食堂の見まわりをさせ、二度目、三度目のリピーター客を見つけたら伝票をそっと手に取って「今日はわたしにご馳走させてください」と申し出るように教育する。

「卵とトーストとコーヒーを無料にしたらいくらかかる？」とダニーは言う。「せいぜい一ドルか、一ドル五十セントだ。その客がまた泊まりにきてくれたら、どれだけ儲かる？」

　新規の客を獲得するより、既存客をつなぎ止めるほうがはるかに安上がりだ。ダニーはそう説く。

　マネージャー職にある者にはそのための予算を与える。その予算で客に飲みものをおごり、スロットマシンのメダルをこっそり手渡し、ときには話題のショーのチケットを融通したりもする。

　ダニーもスタッフも〈かわいい魔女ジニー〉（昔の米のテレビ番組。アラビア風の衣装をまとった魔女ジニーが主役のコメディ）みたいな野暮《やぼ》な制服はやめ、『カサブランカ』のハンフリー・ボガートとイングリッド・バーグマンの頃を思わせるような洒落《しゃれ》たレトロ調の制服に変える。ロビーも『カサブランカ』の〈リックス・カフェ・アメリカン〉そっくりに造り替える。いずれもマデリーンの助言によるものだ。

その変貌ぶりに誰もが驚いた。

さらに人々が――ダニー自身も――驚いたのは、再生の過程にダニーが直接携わって陣頭指揮を執ったことだ。ホテルの表向きのオーナーはリナルディとクシであり、ダニーは投資するだけで事業には関わらないと思われていた。出資はしているが、パスコ・フェリと同じように複雑なからくりによって名前が表に出ない陰の出資者のはずだった。

ダニー・ライアンがカジノのオーナーになることをネヴァダ州ギャンブル管理委員会が許可するとは思えなかった。

ＦＢＩと企業とネヴァダ州ギャンブル管理委員会は何年もかけて、ラスヴェガスから犯罪組織を排除した。犯罪組織がまたこの市《まち》にはいり込むことは絶対に許されない。ダニーは〝マフィアと関わりのあった人物〟――委員会はそう判断した。

たとえば、かつてニューイングランドの組織のボスだったパスコ・フェリと交友があるとか。

ダニーの弁護士は彼の潔白を主張した。

「ミスター・ライアンが犯罪組織に関わっていた事実はない」と主席弁護士は熱弁を振る

った。「逮捕も起訴もされていない。当然、有罪判決も受けていない。マフィアと関わりがあるとする根拠は、噂とタブロイド紙の記事でしかない。確かに彼はミスター・フェリが主催したビーチでクラムベイクをするパーティに出たことはある。が、マフィアが主催するパーティに出席することが資格剥奪の条件になるなら、委員会のメンバーの半数が委員としての資格をなくすことになる」

主張が認められないことは最初からわかっていた、もちろん。ダニーはカジノのオーナーにふさわしい人物ではない。委員会がカジノの経営権を彼に認めない理由はそれだけで充分だった。弁護士の狙いは、カジノへの出入りすら禁じられる〝ブラックリスト〟にダニーの名が載ることを防ぐことだった。

その戦略はうまくいった。

ダニーはカジノのオーナーにはなれなかったが、従業員にはなれた。カジノで働くために必要な主要従業員資格《KEL》を取得することができた。〈カサブランカ〉での彼の正式な役職はホテルの運営ディレクターだ。

加えて彼は〈カサブランカ〉のすべてだった。

事業に携わった経験がなかったので、ダニーは学校にかよい、夜遅くまで本を読んで経理や経営やカスタマーサーヴィスについて学んだ。ギャンブル業界のヴェテラン経営者、レストラン経営者、料理人、ホテルのマネージャー、株式仲介人など何か学べることがありそうな人には片っ端から話を聞いた。

〈カサブランカ〉にはいつもダニーがいた。空いている部屋を見つけては室内を確認し、メモを取ることで有名になった。トイレットペーパーが必要以上に長く引き出されている、壁のモールディングに埃が溜まっている、室温が適切に設定されていない。そういうメモを残した。その一方で、完璧に仕上がった部屋があれば、その部屋を担当した清掃員を見つけ出して礼を言い、チップを多めに渡したり、昇給させたりした。

ホテル内にある三つのレストランでダニーの姿を見かけることもよくあった。料理の味見をし、客と会話し、もっといい仕事をするためには何が必要か、料理人と給仕係に説いて聞かせた。カジノでは各ピットの責任者やディーラーやカクテルウェイトレスの働きぶりに眼を光らせた。

不正のないクリーンな経営をする。ダニーはそう心に決めていた。パスコが彼の会社に投資したときにもその条件をはっきり提示した。

「裏社会に戻るつもりはない」とダニーは宣言した。

「戻りたいやつなんていやしない」とパスコは答えた。「そこには未来がない」

そういうわけで〈カサブランカ〉は上まえをはねられることはなかった。バッグに入れた現金が会計課からこっそり持ち出され、シカゴやカンザスシティやプロヴィデンスの組織のボスのもとに届けられることはなかった。あくどい副業に手を出して危険を冒さなくても、合法的に得られる利益がありあまるほどあった。

ダニーは手荒な真似も禁じた。

いかさまを働いたディーラーに与える罰はただひとつ。昔のようにハンマーで指の骨を砕くのではなく、即刻解雇した。二度とラスヴェガスで働けないような悪評をばら撒いて。ダニーは初めて経営するカジノの中を歩く。彼がいるとわかると、スタッフの笑顔は少し明るくなり、背すじが伸び、カードを配る手ぎわがよくなる。書類上では誰がオーナーになっていようと、ここはダニー・ライアンのカジノホテルだ。それは誰もが知っている。経営を担い、すべてを監督しているのは彼だと。

今では細部まで確認するのが彼の日課で、いつも細かいことばかり気にかけている。数億ドルの資産があるのに、なぜナプキンがきちんとたたんであるかなどという些細なことを気にかけるのか。共同出資者はそう言ってダニーをたしなめる。

その些細なことから何百万ドルもの金が生まれるからだ、とダニーは答える。〈カサブランカ〉の立て直しに着手したばかりの頃、共同出資者たちは心配していた。ダニーは細かい点ばかりに眼が向いていて、大局が見えていないと。

が、まちがっていたのは彼らのほうだった。

収支が黒字に転じると、ダニーは次の大きな一手を提案した。〈カサブランカ〉の北に、〈スターライト〉という古いカジノホテルがあり、そこの経営は悪化の一途をたどっていた。

「あそこを買収しようと思う」とダニーは言った。

「で、また再生させるのか？」とリナルディが尋ね、少し考えてから続けた。「悪くない」

ダニーの構想はうわべをただこぎれいに造り替えることではなかった。それでは六十代の女性が厚化粧を施すのと変わらない。いくら照明を落としたところで、皺は隠しきれない。それに、ダニーとしては〈タラ〉グループが〝再生請負人〟と思われるのも気に入らなかった。もっとすごいことができることを知らしめたかった。

「〈スターライト〉は再生させるんじゃない」とダニーは言った。「取り壊して、一から新しいホテルを造るんだ」

「〈カサブランカ〉は黒字化したばかりだ」とリナルディは言った。「事業を拡張するのはまだ時期尚早じゃないかな」

「動くなら今しかない」とダニーは答えた。「おれたちがやらなければ、ワインガードがやる」

ヴァーン・ワインガードが野心家であることはダニーもよく知っていた。ラスヴェガスにこの男あり、と一目置かれる存在になりたがっており、すでにストリップに大型ホテルを三軒持っている。〈スターライト〉がワインガードに買収されれば、ワインガードの地所と〈カサブランカ〉を隔てるのは老舗《しにせ》の〈ラヴィニア〉だけになる。

「もしそうなったら、北側には拡張できなくなる」とダニーは言った。

リナルディは笑顔で答えた。「北側に拡張しようとしているとは知らなかったな」

ダニーは肩をすくめ、笑い返した。リナルディがこの提案に乗り気になるのはわかっていた。若くて、目立ちたがり屋で、有能な実業家だ。この業界に参入したときから小さくまとまって終わる気はさらさらない。

とはいえ、慎重で、保守的な面もある。

実際のところ、ダニーの母親も話を聞くと眉をひそめた。

その夜、母の豪邸でのディナーの席で彼女は言った。「ひとつで充分じゃない？」

ダニーは彼女の眼をまっすぐに見すえて言った。「いや、充分じゃない」

母親が何を考えているか、ダニーには手に取るようにわかった。長いあいだただ生き延びることに必死で、野心なんてものとはまるで縁がなかったのに……

その息子が今はより多くを求めている。

ダニー自身、いささか驚いていた。自分がとりたてて野心家だと思ったことはこれまで一度もなかった。常に彼を亡き者にしようとする世界で、どうにか生き抜くことだけを考えてきた。すでにそれまでの人生では考えられないほどの大金を手に入れた。少なくとも最後の数百万ドルはおおむねまっとうなやり方で稼いだ金だ。その金を息子に遺す。会社は合法的に経営している。それこそまさに彼がめざしたものだ。それで充分なはずだった。

が、そうはならなかった。

そもそもラスヴェガスには〝充分〟などということばがないのだ。常軌を逸したこの市《まち》では、多すぎても充分とは言えず、成功とは過剰の異名であり、多ければ多いほどいい。

ダニーは思う。おれは王国を築いた。が、欲しいのはより大きな帝国だ。

「大賛成よ」とマデリーンは言った。

帝国を築くとはどういうことか。マデリーン・マッケイも多少は知っている。バーストウのトレーラーパークでゴミみたいな人生を送っていた彼女は、ラスヴェガスに出てきてショーガールになり、その美貌を利用し、投資家として成功した。影響力を持つようになり、やがて権力を手に入れた。

だから、もっと欲しいという気持ちは彼女にもよくわかる。

ダニーは出資者を集めて〈ザ・ショアズ〉の建設について話した。

「〈ザ・ショアズ〉だって?」とクシが訊いた。「ここは砂漠のど真ん中だぞ」

「そのとおり」とダニーは答えた。「ビーチでヴァケーションを過ごす人たちの多くがどんな恩恵を得てるか知ってるか? 悪天候だ。ビーチで一週間の休暇を愉しむために千ドルもかけたのに、決まって雨が降る。その点砂漠はいつも晴れている」

「ここには太陽がある」とクシは言った。「砂もある。だけど、海がない」

「だから海をつくる」

ダニーは構想を披露した。

「ホテルに着いて、中にはいるまえにまず眼に何が飛び込んでくるか? 波だ。打ち寄せる波。青く美しい海みたいなプールが眼のまえに広がってる。駐車係に車を預け、ヤシの木が並ぶ砂の出州《でず》を歩く。ロビーも〝海〟と同じく青と緑に彩られている。そこに大きな水の壁が現われ、色とりどりの鮮やかできれいな魚が泳ぎまわり、さらに眼に飛び込んでくるのが――」

ダニーはもったいぶって間《ま》を置く。こらえきれずにリナルディが訊く。「なんだ？　何が見える？」

「サメだ」

「アニメーションを流すのか？」とクシが尋ねる。

「そうじゃない。本物のサメだ」とダニーは言う。「恐ろしくて、なまめかしくて、危険きわまりない本物のサメがいる。ギャンブルと同じだ。まだチェックインもすませないうちから、客はもうその気になる」

ダニーはさらに構想を説明する。

ホテルの裏手には四種類のプールがあり、どのプールも海のように砂浜に囲まれている。ひとつはただくつろぐため、もうひとつは子連れ客のための波がおだやかなプール。波の高いプールもある。

「サーフボードも貸し出す」とダニーは続ける。「インストラクターがいるから、初心者でもできる。習わなくてもできるという客は、思う存分愉しめばいい。完璧な波が四本まとまってくる。二十四時間年中無休で。サーファーの天国だ」

ホテルから一番離れた四つめのプールは巨大な洞窟の中にある。大きな岩に囲まれ、滝の裏側には小さな洞窟がいくつもある。子供は利用禁止。使えるのはパパとママ。大人だけの時間が過ごせる。

「考えてみてくれ」とダニーは言う。「ハワイまでは西海岸からでも飛行機で六時間かかる。タヒチまでは九時間。そういう場所に行くのと同じ経験を長くても三時間のフライトで、しかもより安く提供できる。天気は晴れという保証までつく。加えてギャンブルもできる」

リナルディが横から言う。「この市《まち》に子連れでくる客が一番困ることは何か？　ちょっとギャンブルしたいときに子供をどうするかだ。このホテルなら、ボビー坊やもシンディ嬢ちゃんも子供用のプールで遊ばせておける。資格を持ったライフガードとベビーシッターがいるから、安心してスロットマシンやテーブルゲームで遊べる」

「ディズニー・ワールドにはできない芸当だ」とダニーは言う。

「費用はどのくらいかかる？」とクシが訊く。

「五億五千万ドル」とダニーは答える。

あまりの金額に場が静まり返る。ややあって、リナルディが笑って言う。「細かいことにばかりこだわるダニーは今日でもう卒業というわけだ」

そうとも、とダニーは今さらながら思う。

これは度胸がなきゃできないことだ、だろ？

五億五千万ドルなんて大金がどこから出てくると思う？

9

ダニーはパスコとのやりとりを思い出す。

フロリダまで行くと申し出たが、パスコは〝昔のよしみで〟ラスヴェガスに出向くと言った。ふたりはラスヴェガスをよく知る人々が足繁くかよう有名なイタリアン・レストラン〈ピエロ〉で会った。カジノでパスコが目撃されてはまずい。投資して再生を支援したホテルに足を踏み入れることができないとは皮肉なことだが、パスコはその点については触れてこなかった。

「これが〝今のラスヴェガス〟か」とパスコは言った。「すっかり見ちがえたな。フランク・シナトラもシナトラ軍団もサム・〝モモ〟・ジアンカーナもみんないなくなっちまった。今じゃもう昔の話だ」

「そうだな」

「それは悪いことじゃない」とパスコは言った。「変わるべくして変わったんだ。もっとも、おまえの親父さんは昔のこの市《まち》が好きだったが。おまえのおふくろさんと出会ったのもここだったからな。知ってるだろ」

ダニーは笑って答えた。「話には聞いてる」

ふたりが出会った当時、マデリーンはマニー・マニスカルコと結婚していた。今で言うところの開かれた結婚――夫婦が互いに相手以外との関係も認める結婚――だった。マーティ・ライアンはパスコに頼まれた仕事でラスヴェガスに来て、バーでマデリーンと出会い、そこからふたりの燃えるように激しい真昼の情事が始まった。やがて、マデリーンがマーティの子供を身ごもると、マニーにはそれが許せなかった。彼女は荷物をまとめて家を出た。ニューヨークでダニーを産むと、数ヵ月後にプロヴィデンスに現われ、マーティに赤ん坊を渡して言った。「ほうら、あなたの子よ」

ダニーは改めてパスコをまじまじと見た。ファミリーのボスも歳を取った。今でもよく日焼けしているが、白い髪は薄くなり、額の上のほうまで後退している。前腕の筋肉はまだまだ力がありそうに見える。が、それは皺だらけの紙みたいな皮膚に覆われた筋肉だ。「かつての〈シェヘラザード〉だが」とパスコは言った。「おれは株をいくらか持ってた。知ってたか？」

「いや」

「大昔の話だ」とパスコは続けた。「おれとニューイングランドのやつら数人で金を出していた。そのホテルにこうしてまた出資することになるとはな。人生とは面白いもんだ。ちがうか？」

そう言ってアイスティーを飲み、リングイネのボンゴレ・ビアンコを食べた。「で、話というのは、ダニー？　おれはどうしてここにいる？」

ダニーは〈ザ・ショアズ〉の構想について話した。パスコは食事をしながら、途中で口をはさむこともなく黙って話を聞き、ダニーが話しおえると言った。「五億ドル？　おれの知り合いにはそんな大金を出せるやつはいない」

「銀行に融資を頼むつもりだ」

「銀行はカジノが嫌いだ」

「時代は変わってきてる」とダニーは言った。「説得できると思う」

パスコはしばらく黙ったままダニーを見つめた。誰もが知る淡い色の眼で。ダニーは知っていた。人生の最後に見たものがこの眼だった者も少なくないことを。「銀行に行って、〈カサブランカ〉を――今はなんて言うんだ？――〝担保〟に入れるのか？」

ダニーはうなずいて言った。「〈ザ・ショアズ〉単独で新しい会社を立ち上げることもできなくはないが、それだと銀行は援助してくれないだろう」

「ということは、もしこの計画が失敗に終わったら」とパスコは言った。「おまえはホテルを失い、おれは投資した金を失う」

「そうなる」とダニーは認めて言った。「でも、絶対に失敗しない」

「そう言ったやつがほかにもいたな。誰だか知ってるか？」とパスコは訊いた。「バグジー・シーゲルだ」

「彼は正しかった」とダニーは言った。「〈フラミンゴ〉は大成功を収めた。今のラスヴェガスがあるのはそのおかげだ」

「だけど、本人はその成功を見届けるまえに殺された」

「おれはそうはならない」とダニーは言った。

「脅してるわけじゃない」とパスコは言った。「そういうのはもう過去の話だ。もし失敗したとしても、おまえが相手にしなきゃならないのは銀行であって、おれじゃない」

「つまり、賛成してくれるってことか？」

パスコは給仕係に向かって人差し指で小さな円を描いて合図し、エスプレッソを注文した。「融資を受けたらおれの出資比率が下がる」

「ああ、そのとおりだ」とダニーはその点も認めて言う。「だけど、持ち分は少なくてもたくさん稼げる」

このことは昔から幾度となく繰り返されてきた。小さな会社に高い出資比率で投資するほうがいいか、あるいは保有比率が低くても大きな会社に投資するほうがいいか？「パスコ、おれたちはこのまま何もせずちっぽけなままでいることもできる。このままでもみんなに金がはいる。それもいいだろう。だけど、ちっぽけな存在のまま、いつまでも崖っぷちにいたいか？　ウォール街には世界は自分たちを中心にまわってると考えてるやつらがいるのに？」

「それがほんとうの理由なのか？」とパスコは言った。

「何が言いたい？」

「おまえは汚れた金をきれいにしたいのさ」

そのとおりだ。ダニーは内心そう思った。実際、それがダニーの考えていたことだった。今の会社は汚れた金が資本の大部分を占めている。マフィアだった頃に犯罪行為で手に入れた金だ。しかし、銀行から五億ドルの融資を受けられれば、汚れた金が占める比率ははるかに低くなる。グラスの水にスプーン一杯分の砂を溶かすと水は汚く濁る。が、同じスプーン一杯分の砂でも大海に捨てれば水に砂が混じっていることすらわからなくなる。

「若きライアンにひとつ教えてやろう」とパスコが言った。「金にきれいも汚いもない。今も昔も。金は金だ。ウォール街の金には汚れがひとつもないと思ってるなら、まだまだおまえは勉強が足りない」

ダニーは何も答えなかった。そのほうが賢明だとわかっている。パスコのことはずっとまえから知っている。彼がまだニューイングランドのボスで、隠居してフロリダに移住するまえから知っている。今でも全国の犯罪組織の上層部と強いつながりがあることも。ひょっとしたらシチリア島のファミリーともコネがあるかもしれない。いずれにしろ、ダニーはしゃべるべきときと黙っているべきときをわきまえている。

だから何も言わなかった。

エスプレッソが運ばれてくると、パスコは角砂糖をひとつ入れて、掻き混ぜた。そして、一口飲んで味を確かめてから言った。「ダニー、おまえに投資したのには理由がある。おれたちを古い世界から新しい世界へと連れていってくれると思ったからだ。そのおまえがやりたいと言うなら、何も言うことはない。神の祝福を《ケ・デイオ・ヴイ・ベネデイカ》」

ダニーが欲しいのは神の祝福ではなくパスコの承諾だった。銀行から融資を受け、マフィアの出資比率を下げてもいいと承認してもらうことだった。

それは簡単なことではない。

パスコが言うとおり、ニューヨークの投資銀行はギャンブル産業への融資に対して根強い抵抗感を持っている。ニューヨークのすぐ隣りのニュージャージー州アトランティックシティがギャンブル市場に参入し、全国のアメリカ先住民自治区がこぞってカジノをつくっていることもあって、ラスヴェガスのカジノはことさら不利な状況にある。以前はギャンブルをしようと思ったら飛行機でラスヴェガスに来るしかなかったのが、今ではたいてい車で二時間以内で行ける場所にカジノがある。全国津々浦々《つつうらうら》に。

おれたちがつくるのは、ギャンブルの収入より、室料と食事とエンターテインメントから多くの収入を得られる初めてのホテルだ。ダニーはそう力説した。客のめあてはサメを見ることであり、〝ビーチ〟でくつろぐことであり、波乗りを愉しむことだ。その合間にカジノに行ってスロットマシンやテーブルゲームを愉しむ。もっとも、実際に銀行に赴いて説得にあたったのはダニーではなくリナルディとクシだったが。ダニーが表に出るのはあまりにリスクが大きい。年を経るにつれて薄くなってきているとはいえ、ダニーから犯罪組織のにおいを嗅ぎつける人間はまだいる。

その点、リナルディとクシには誠実さと、いかにも中西部人らしい堅実さがあった。確固たる実績もあった。で、実際、ふざけたこともくだらないことも言わず、常識ある態度で交渉に臨み、交渉を成立させた。

マデリーンも数えきれないほどある伝手《つて》を利用していくつもドアを開け、リナルディとクシが銀行家やヘッジファンドのマネージャーや株式仲介人に会えるように手配した。が、ひとたびそのドアを通り抜けると、場を支配したのは彼らのほうだった。

ここでも彼らは見事に役目を果たした。

こうして五億ドルの金が集まった。が、それだけの融資を引き出せたのは〈ザ・ショアズ〉に投資すれば二十二パーセントの配当がつくというダニーの試算によるところが大きかった。

資金集めも大変だったが、〈ザ・ショアズ〉の建設も大仕事だった。

建物自体の設計から客室の引き出しの取っ手に至るまで、ダニーはあらゆる面に関わった。決められた期間までに予算内で完成させるために、工事は急ピッチで進められたのだが、近隣のホテルのオーナーは横目でその様子を見て笑い、〈タラ〉グループが無様《ぶざま》に失敗し、さらに大笑いできる日が来るのを待ちわびていた。

こんなホテルは誰も見たことがなかった。そもそもそういうホテルがなかったのだから。

砂漠の中のマッカラン国際空港に降り立ち、車に乗ると、その十分後にはポリネシアにいるのだ。

湿気にも虫にも悩まされることのないポリネシアに。

パスポートもビザも要らないポリネシアに。

砂の歩道を歩いて眼前に広がる〝海〟を進む。おだやかな波が砂の土手道に打ち寄せているのが見える。波しぶきが体を冷やす。空調の利いたロビーにはいると、そこにはサメがいる。

ダニーのサメが。

いやはや、サメの水槽を設置するのにどれだけ苦労したことか。ダニーは思い返す。いくつもの委員会で安全性について証言し、山ほどの報告書や影響調査研究にどれだけ金を注ぎ込み、やってもやっても終わらない役所の手続きにどれだけ時間を割いたか。

一気に行け、ダニー、一気に。

誰もがもうあきらめようとしていた。「ダニー、サメのことは忘れろ。大きな熱帯魚で手を打とう」

ここはおれのホテルだ――ダニーは思った――中華料理店じゃない。客は熱帯魚を見たいんじゃない。サメを見にくるんだ。

そんなにサメがいいなら、弁護士《シャーク》を雇い、ウェットスーツを着せて、水槽の中を泳がせておけばいい。クシはそう言って揶揄《やゆ》した。

「サメなんてどこに売ってるんだ?」リナルディも言いだした。「そもそも買えるものなのか? 心やさしい里親を捜しているサメの保護団体なんてものがあるのか?」

なんと、それがあったのだ。自治体が運営する水族館に飼育しきれないサメがいたのだ。

民間の仕入れ業者を通じて〈タラ〉はそこの四頭のイタチザメを入手した。

ダニーはそのうち三頭に名前をつけた。牙《ファン》とジョーズと尾びれ《フィン》。最後の一頭はイアンに任せた。イアンはしばらく考えてから言った。「マーク」

「マーク?」

「サメのマーク《マーク・ザ・シャーク》」理由はそれで充分でしょ、とばかりにイアンは言った。

かくして最後の一頭はマーク・ザ・シャークになった。

〈ザ・ショアズ〉がオープンした夜のことをダニーは思い出す。

緊張のあまり吐きそうだった。

が、何もかも順調にいった。

ダニーはひっそりと裏に隠れていた。リナルディとクシがスピーチし、拍手喝采を浴びたが、それを恨みはしなかった。彼の心にはこれだけのことを成し遂げた静かな満足感と誇りしかなかった。

最初の一年で〈ザ・ショアズ〉は二億ドル稼いだ。開業以来、客室の稼働率は九十八パーセントとほぼ満室の状態が続いている。

融資した銀行家たちも満足した、もちろん。

かくしてダニー・ライアンは伝説の人となった。

リナルディとクシの背後に誰がいるか、業界の関係者はみな知っていた。ふたりが有能であることは言うまでもないが、〈タラ〉グループを動かしているのはダニー・ライアンだということはみな知っていた。

ほかのカジノホテルのオーナーも。

銀行家も。

ヴァーン・ワインガードも。

おそらくネヴァダ州ギャンブル管理委員会も。彼らはただ見て見ぬふりをしているだけだった。ネヴァダ州のギャンブル業界の稼ぎ頭《がしら》のカジノを生み、何万人もの観光客を集め、経営も公明正大な企業にどうして文句を言わなければならない？

上納金はなし。

マフィアがうろついたりもしていない。

暴力沙汰《ざた》もいっさいない。

〈ザ・ショアズ〉は家族連れにやさしいホテルだ。

ダニーは警備員にホテルに娼婦を入れないよう徹底させた。どれほど高級な娼婦も必ず見つけ、二度と来ないようにと丁重に追い返した。独身男性のふりをした囮《おとり》のスタッフを配置し、売春婦が声をかけてきたら、そっと出口に向かわせた。

噂はすぐに広まった。〈ザ・ショアズ〉で客引きしても面倒なことになるだけで、時間の無駄だと知れ渡った。

中にはそういうお愉しみを求める客もいて、納得してもらうにはそれなりの代償が必要だったが、ダニーは気にしなかった。ちがいのわかる客だけが来て、スロットマシンやテーブルゲームに興じてくれればそれでいいと思っていた。

〈ザ・ショアズ〉の配当利回りは二十二パーセントではすまなかった。

二十五パーセントになった。

ダニーのことも彼のサメのことも笑う者はもはやいなかった。

それなのに、どうしてこんなに満たされない気持ちになるのか？　眠れない夜を過ごしながらダニーは思う。

深夜一時、ダニーは寝返りを打って体を起こし、電話を手に取る。リナルディに電話して言う。

「起こしてしまったか？」

「いや、電話を無視できるほどおれは偉くないよ」とリナルディは答える。「どうかしたか？」

ダニーは言う。

「〈ラヴィニア〉を買収したい」

10

一九九七年　ロードアイランド州プロヴィデンス

マリー・ブシャールが電話に出ると相手が言う。「捕まえました」

「誰を?」と彼女は訊く。

「ピーター・モレッティ・ジュニアです」

ブシャールはすっかり冷めたコーヒーのはいったスタイロフォームのカップを思わず左手から落としそうになる。「どこで?!」

「フロリダ州です」とエレインは答える。「ポンパノビーチ。ブロワード郡の保安官が身柄を拘束してくれています」

「なんとなんと」驚きが口を突いて出る。ブシャールたちは、ピーター・モレッティ・ジュニアがナラガンセットの実家で母親と義理の父親を殺害した夜から六年間彼を捜していた。

ロードアイランド州司法長官事務所の首席検事であるブシャールにとって、この事件はずっと追い求め、執念を燃やしつづけてきたヤマだった。聖なる使命と言ってもいいほどの案件で、実際、ひどい事件だった。イラクから帰還したばかりの海兵隊員、ピーター・モレッティ・ジュニアが散弾銃でヴィニー・カルフォの首を撃った。カルフォの頭はそれだけでもげそうになった。そのあと二階の寝室に行って母親の腹と頭を一発ずつ撃った。

「見つけたときの状況は？」

「〈セブン-イレブン〉の駐車場でハイになっていたそうです」とエレインは答える。「店員から通報があって、警察が連行し、データベースで検索したらビンゴというわけです」

幸運に恵まれたら誰にも文句は言えない。ブシャールは胸にそうつぶやく。

彼女はこの事件を自分のことのようにとらえている。

彼女自身のモラルが侵害されたように感じている。

母親殺し？

自分の母親を殺す？

わが子を殺すことを除けば――悲しいことながら、彼女は子殺しの事件も担当したことがある――これ以上ひどい事件はない。

ロードアイランド州が死刑を認めていれば、迷うことなく死刑を求刑するところだ。あいにくそれは無理だが、まだ若いピーターに仮釈放なしの終身刑《LWOP》を求めることは充分可能だ。悪魔のような彼の所業を考えれば、それでも軽い。

母親のシーリア・モレッティ殺害で終身刑がくだるのはまちがいない。ヴィニー・カルフォ殺害のほうは、いくらか刑が軽くなるかもしれない。が、事件当時、カルフォはニューイングランドのマフィアの残党のボスだった。そのボスがある日突然殺されたわけだが、陪審はマフィアの殺し合いには寛大な判断をしがちだ。

その危険は常にある。

しかし、それは気にかけなければならないほどのものでもない、とブシャールは思う。人は終身刑を何回務められる？　同時執行にしろ、順次執行にしろ、ピーター・ジュニアがこのさき一生刑務所で過ごすのはもはや規定事実と変わらない。

証拠はすべてそろっているのだから。

指紋、血のついた足跡、ＤＮＡ鑑定。

目撃者もいる。

お世辞にも巧みに計画された犯行とは言いがたい。実家のゲート脇の詰所《つめしょ》には警備係がいたが、ピーター・ジュニアは顔を見せて堂々と中にはいった。防犯カメラの映像にも彼が散弾銃を持って家に近づく様子がはっきり映っている。

監視カメラの映像には彼が乗ってきた車のナンバープレートも映っていた。おかげで、ロードアイランド州警察は事件発生からわずか数時間で車の持ち主にたどり着いた。ティモシー（ティム）・シーはピーター・ジュニアの海兵隊の仲間で、事件当夜、彼を実家まで乗せていったと白状した。

動かぬ証拠があることに加え、二件の殺人に関しては彼も同罪だとブシャールは主張した。その結果、ティム・シーは減刑と引き換えに罪を認め、灰色の壁に囲まれた成人矯正施設でそれぞれの罪について十年の刑期を過ごすことになり、今も服役中だ。

そんなティムは、自分ひとりに罪を背負わせて逃亡した旧友のピーター・ジュニアを恨んでいるにちがいない。早期釈放をちらつかせ、ピーター・ジュニアにとって不利な証言をさせることなどいともたやすいことだ。いずれにしろ、彼が宣誓した上で犯行について供述した記録は残っている。

こっちが裁判で負けることはない。

絶対に。

その理由のひとつ。彼女は勝てるとわかっている事案しか起訴しないからだ。プロとしてはもちろんのこと、それは倫理の問題でもある。「陪審を説得できる自信がないということは、事件そのものについて自信がないということよ」彼女は部下たちにそう語ったことがある。「被告人を有罪だと確信できないなら、初めから裁判に持ち込むべきじゃない」

もうひとつの理由は、彼女が完璧主義者だからだ。棺《ひつぎ》を閉じるときには、釘が全部そろっているのを確認してからハンマーを手にする。そんな彼女が実際にハンマーを持ったら、そのときは要注意だ。彼女の反対尋問は効果的なだけでなく、容赦がない。のちに〝OKジョンソン〟と呼ばれる伝説が生まれたのは、彼女が検事になってまだまもない頃のことだ。ジョンソンという名の自動車泥棒が、彼女の反対尋問で完膚《かんぷ》なきまでにやり込められ、最後には泣きそうになって「OK、OK、おれがやった」と罪を認めたのだ。

陪審もそんな彼女にみな好意的だ。

その理由としては、ロードアイランド州は圧倒的にカトリック教徒が多く、彼女が以前は修道女だったこともあるかもしれない。

カナダから移住してきたフランス系住民が大半を占める州北部のウーンソケット出身で、ウーンソケットはもともと繊維工業で栄えていた町だが、彼女が生まれた頃にはほとんどの工場が南部に移転していた。英語とフランス語のバイリンガルとして育ち、信心深く、失業と失望と絶望という未来しかない主婦には絶対にならない、絶対に別の生き方をするとずっと思っていた。とはいえ、選択肢はかぎられており、教会で働くくらいしかなかった。ただ、カトリックでは女性は司祭になれないため、慈善修道女会の一員となった。

とにかく人とちがう生き方をしたかった。修道女になれば、それが叶《かな》うと思った。

それは正しかった。ある程度は。

その後、サルヴェ・レジーナ大学に進み、教員免許を取得すると、高校で五つのクラスを担当し、どのクラスでも自分で満足できる授業ができた。

それはそれですばらしい体験だったが、それだけでは満足できなかった。で、休暇を取り、プロヴィデンス大学のロースクールに入学した。そして、学位を取得すると、司法試験に一発で合格して、そこで修道女会を去った。

信仰心がなくなったからではない。彼女は今でもカトリック教徒だ。彼女が修道女会を去ったのは教会のヒエラルキーのせいだった。上司の司教が彼女のことをこう思うようになったのだ、彼女を頭巾の中に押し込めるのは無理だと。そんなときに司祭による性的暴行事件を担当することになる。

起訴を取り下げるか、聖職から離れるか。彼女は選択を迫られ、後者を選んだのだった。

好戦的な男性社会の司法長官事務所で働くにはタフでなければならない。マリー・ブシャールはタフだった。小柄で可愛らしい外見のおかげで、男たちが彼女を脅威と思わなかったのも好都合だったが、それだけではない。彼女は皮肉屋で、ユーモアがあり、なにより優秀だった。

かくして首席検事にまでのぼりつめた。

陪審は次から次へ彼女が求めるとおりの評決をくだした。

教会を離れたことで人々の恨みを買ったのではないか。当初、彼女はそのことを心配した。が、みな彼女に好意を抱き、彼女を信用し、信頼した（修道女が嘘をつくはずがない）。世間の注目を浴びた裁判のあと、〈プロヴィデンス・ジャーナル〉紙が諷刺画を掲載した。彼女は、権威の象徴である定規を手に目撃者を尋問する彼女の姿を描いたその絵を今も執務室の壁に掛けている。数えきれないほどの裁判で勝利を収めた彼女のその執務室は、今では聖母最高裁判所と呼ばれている。

かくしてマリー・ブシャールはロードアイランド州の有名人になった。

修道女アッティラ《アッティラ・ザ・ナン》。（五世紀にヨーロッパに侵攻して帝国を築き、人々に恐れられたフン族の王アッティラ（アッティラ・ザ・フン）にかけた渾名）。

シスター無慈悲。

そんな彼女の経歴におけるただひとつの汚点、それがシーリア・モレッティを殺害した犯人を法の正義で裁けていないことだった。

その汚点もまもなく消えてなくなる。


ピーター・モレッティ・ジュニアは留置場の床に坐っている。

どこまでもイカれていて、どこまでも混乱している。

マリブにある居心地のいいリハビリ施設で禁断症状に耐えるのも辛いが、留置場の冷たいコンクリートの床の上はそれを超える。彼は震え、吐き、痛みに苛《さいな》まれている。このさきどうなるのか考えることすらできない。それはそれでいいことだったが。彼には将来などないのだから。

有罪確定の罪人なのだから。

罪は殺人。しかもひとりではなくふたり殺した。

ヴィニー・カルフォ殺しについてはこれっぽっちも悪いとは思っていない。カルフォがさきにピーターの父親を殺したのだ。バスタブにいて、なすすべもない彼の父を撃ったのだ。

が、母親を殺したことは？

そう、それについては悪かったと思っている。母親がカルフォをそそのかして父を殺させたのだとしても、だ。彼の母親は以前からカルフォとできていた。娘の自殺は夫のせいだと決めつけて。なんともイカれた家庭で育ったものだ。ピーター・ジュニアは今さらながらそう思う。自分で自分を抱きしめ、体を揺する。

思い出は残酷だ。

いや、思い出とは言えないかもしれない。今、この瞬間も眼のまえで何度も何度も繰り返し起きている気がするのだから。母親の顔、懇願するような眼。母がそんな眼を向けて近づいてくる。その腹は裂けている。おれを宿し、おれを産んだ場所が大きく引き裂かれ、腸《はらわた》が飛び出している。母は壁にもたれるようにして崩れ落ち、口を開けて、彼を見つめる。

ピーター・ジュニアは立ち上がり、壁に頭を打ちつける。何度も何度も。強く、もっと強く。頭がへこんでしまうくらい。あるいは、脳が飛び出すくらい。

見張りの警官が駆けつける。彼の体をつかんで壁から引き離す。椅子に坐らせ、どうにか拘束しようとする。

ロードアイランド州警察が来て、このイカれた男をさっさと連れていってくれないかと思いながら。

「ばかばかしい」とブシャールは言う。「心神喪失を主張するなんて」

「でも、あなたは護送中の彼の様子を見ていません」とエレインは言い返す。「飛行機の中でもずっと緊張病患者のようでした」

「ただの演技よ」

エレインが肩をすくめるのを見て、ブシャールもいささか確信が揺らぐ。エレイン・ウィーラーは彼女がこれまで一緒に仕事をしてきた中で一番優秀な捜査官だ。ブシャールはそんなエレインの直感を信じている。そのエレインが言うのだから、ピーター・ジュニアはほんとうにイカれているのかもしれない。ほんとうに救いようのないヤク中なのかもしれない、今は。

しかし、あの夜はそうではなかった。

彼は勲章まで受けた優秀な海兵隊員だった。

まちがいなく正気だった。

ブシャールはのぞき窓から取調室をのぞく。ピーター・ジュニアが坐っている。片方の手首は手錠で机につながれ、両足首に足枷《あしかせ》をつけられ、規則どおりオレンジ色のつなぎを着ている。同じ囚人服を着ていたらマザー・テレサでも極悪人に見えるだろう。

「準備はいいですか？」とエレインが訊く。

「六年まえから準備万端よ」

ブシャールはそう答え、取調室にはいる。

ピーター・ジュニアは弁護士の同席を拒否した。

どんなときにおいてもそれは大きなまちがいだ。罪を重ねたヴェテランの犯罪者なら絶対に犯さない初心者ならではのミス。ヴェテランになると自分は何も話さず、弁護士にしゃべらせる。その弁護士は決まってこう言う、では、証拠を見せてください。法廷でお会いしましょう。

ピーター・ジュニアは初心者だ。だからこう言う。「話すことは何もない。ただ、罪を告白したい」

「それなら話すことは山ほどあるだろうな」向かいに坐っている殺人課の刑事、ボニー・ドゥマニスが言う。「最初から全部話してくれ」

ドゥマニスはこの事件の担当になってまだ日が浅い。事件当時の担当刑事たちはみなすでに引退している。

ブシャールは取調室の隅に坐り、黙ってなりゆきを見守る。

「何を話せばいい？」とピーターは答える。「おれがやった。それだけだ」

そう、そのとおり。ブシャールはそう思う。ピーター・ジュニアは罪を告白し、有罪を認めている。裁判はなし。量刑審問で決着がつくだけのことだ。ブシャールとしては、どちらの殺人罪に対しても最高刑を求刑しようと思っている。

「だから、何をしたのか話してくれ」とドゥマニスが繰り返す。「車で家に向かったところから。最初から殺すつもりだったんだろ——」

そのとき廊下から怒鳴り声が聞こえ、続いて窓を叩く音がする。

「ストップ！　ストップ！　それ以上質問するな！」

ブシャールは席を立ち、ドアを開けて部屋を出る。そこには彼女がこの世で一番会いたくない人物がいる。

ブルース・バスコム。

長身で、針金のように細い。白い髪を真ん中で分け、ポニーテールにし、細長く編んで垂らしている。彼の背中で揺れるその髪を見るたび、ブシャールはどういうわけか無性に腹立たしくなる。バスコムは青い開襟《かいきん》シャツに黒いスーツという いでたちで、白いテニスシューズを履いている。

ロードアイランド州で一番有能な被告人側弁護人。

いや、ニューイングランドで一番か。

世界一と言っても過言ではないかもしれない。

「マリー」とバスコムは言う。「私の依頼人にこれ以上質問しないでもらいたい」

「あなたの依頼人ですって？　いつから？」

「たった今から」とバスコムは答える。

「彼は代理人は要らないって拒否したけど」

「そのときはまともな判断ができる精神状態じゃなかった」とブルースは反論する。「とにかく私は彼の弁護を依頼されている」

「誰から?」

「きみには明かせない。さて、依頼人と話をさせてくれないか?」

「彼があなたの依頼人かどうかはまだわからない」とブシャールは言う。「本人の口から聞くまでは」

「だったら、聞いてみるといい」

ふたりは取調室にはいる。

バスコムが声をかける。「ピーター・ジュニア、私はブルース・バスコム。弁護士だ。きみの弁護を依頼された。きみの弁護人はこの私ということでいいかな?」

「弁護士は要らない」とピーター・ジュニアは答える。「ただもう終わりにしたい」

「わかった?」とブシャールが割り込んで言う。「それじゃ、ブルース。さようなら」

バスコムは彼女に微笑んで言う。「マリー、とてもまともとは思えない容疑者を相手にまともな聴取ができると思ってるとはね。こんな状況できみが彼から何を訊き出したところで、裁判官は何も信じないよ。昨日の新聞と一緒にゴミ箱行きだ。それはきみも私もよくわかってる。きみの立場からしても弁護士をつけるほうが得策だ」

「わたしのことはご心配なく。自分の面倒は自分でみられるから」

「ミスター・モレッティと少しだけ話がしたい」

「ピーター、ミスター・バスコムと話がしたい？」とブシャールは訊く。

「話すだけなら」とピーター・ジュニアは答える。

「部屋を用意してほしい」とバスコムは要求する。「カメラも録音機器もない部屋だ。だからこの部屋じゃ駄目だ。アメリカはスターリン時代のロシアじゃないんだから」

ブシャールは心の中で毒づく。

「ここを使って」とブシャールは応じる。「録音は停止するから」

「きみを信じよう、マリー」

「そう言ってもらえて感激だわ」

ブシャールはドゥマニス刑事を連れて取調室を出る。

エレインが言う。「あの子は〈セブン-イレブン〉の駐車場でラリってたんです。どこにブルース・バスコムを雇う金があるんです？」

「姉がナラガンセットの豪邸を相続してる」とドゥマニスが言う。「彼女の差し金かもしれない」

「あるいは、ブルースが無償奉仕を買って出たか」とブシャールは言う。「この事件は世間の注目を集めてる。ブルースはカメラのまえでの身の処し方をよく心得てる。公民権運動家のジェシー・ジャクソンより性質《たち》が悪い」

「ピーターは彼の申し出に同意しますかね？」とエレインが尋ねる。

ブシャールは肩をすくめて言う。「同意したら、行き着く先へ向かうピーターのスピードは少しは落ちるかもしれない。でも、行き着く先は変わらない」
そう言いながらも、ブシャールは不安を拭えない。

11

バスコムは椅子を引っぱってきてピーター・ジュニアの横に坐る。「ピーター、私はパスコ・フェリに頼まれてここに来た。彼はきみを見捨てて悪かったと後悔していて、きみの力になりたいと思ってる。私に弁護させてもらえるか？」

「おれは有罪だ」とピーターは言う。

「きみは〝有罪〟ということばの意味がまるでわかっていない」とバスコムは諭す。「それから、二度と自分は有罪だなどと言わないように。現時点で約束できることは何もない。なんの保証もない。だけど、きみが協力してくれれば、いつかすべてを終わりにして、ここから抜け出せる可能性は充分にある。協力を拒むなら、残りの人生はずっと刑務所暮らしだ。それは約束してもいい。保証してもいい。きみはまだ若い、ピーター。とんでもなく長い時間を牢獄で過ごすことになるぞ」

「パスコおじさんに頼まれたのか？」とピーター・ジュニアは訊く。

「そうだ」

「費用は誰が払う？　おれにはそんな金はない」

「それはどうにかなる」

　ピーター・ジュニアはまだ踏ん切りがつかない。「でも、やったのはおれだ」

「さっきも言ったが」とバスコムはさらに言う。「法の観点から言えば、きみは自分が何をして、何をしていないかわかっていない。何をしたにしろ、あるいは何をしていないにしろ、きみには最高の弁護を受ける権利がある。つまり、私だ」

「わかった」

「それでいい。私はきみの弁護人だ、いいね？」とバスコムは訊く。

　ピーターは黙ってうなずく。

「ちゃんと口に出して言ってくれ」

「あんたはおれの弁護人だ」

　バスコムは立ち上がって言う。「このあとの流れはこうだ。彼らがここに戻ってきて、聴取を再開する。きみはこれ以上、何を訊かれても答えない。私から彼らにそう告げる。検察は二件の殺人の罪できみを起訴し、刑務所に送り込もうとするだろう。保釈金と引き換えの釈放は裁判官が認めないだろう。つまり、裁判が終わるまで、きみは監獄で過ごすことになる。そのことはしっかり理解しておいてほしい。いいかな？」

「わかった」

「一番大事なことを伝えておく。今、このときから、きみは私以外の人間とは一切話をしない。刑事とも、検事とも、同じ房に収容されている者とも。特に同じ房にいる人間と話をするのは厳禁だ。いいね?」

「わかった」

「それでいい」とバスコムは言う。「それから、ピーター? きっと大丈夫だ。心配しなくていい」

ピーター・ジュニアは今度も黙ってうなずく。

本心では大丈夫とは思っていない。

「それじゃ、聞かせてくれ。聴取で何を話した?」

ブシャールはバスコムの向かいに坐る。

「さて」とバスコムが促す。「これまでにわかっていることを教えてもらえるかな」

「まず彼は罪を告白した」とブシャールは言う。

「〝おれがやった〟と言ったことか? 彼は何をやったんだ? それについては何も言ってない。だから、どうとでも解釈できる。酒屋に盗みにはいったのかもしれないし、自動車泥棒だったのかもしれない。労働者の日は過ぎたのに夏用の白い服を着てたとか?

〝おれは自白したい〟。でも、何を?」

「ヴィニー・カルフォとシーリア・モレッティの殺害よ」

「それはきみが言ってることだ」とバスコムは言う。「そういう推測を裁判官と陪審に売り込むのはきみの勝手だが、そんな主張は簡単にひっくり返せる、彼はまともな精神状態じゃなかったということで。自白も強要されたものだったということで。なあ、マリー、きみの経歴はよく知ってる。きみは元修道女だ。もっと憐れみの心がある人だと思っていたよ」

「ステレオタイプで人を判断しないことね」とブシャールは応じる。「そう言うあなたはどうなの？　見た目で判断するなら、その髪型は何？　シャイアン？　スー？　誰も保守的な白人《WASP》とは思わない」

「アメリカ先住民のことを忘れてほしくなくてね。とにかく、私の依頼人は供述できるような精神状態じゃなかった」

「彼は心神喪失状態にあった。だから刑事責任は問えない。そんな弁護を本気ででっち上げるつもりなの？」

「彼の家族にはほかにも精神を病んでいた者がいる」とバスコムは言う。「妹が手首を切って自殺している。それはさておき、責任能力の有無を争うつもりはないよ。無罪放免を勝ち取るつもりだ」

　ブシャールは声をあげて笑う。

「きみは不当に重い罪を科そうとしている」とバスコムは続ける。「第一級殺人？　冗談じゃない」

「あれは計画的な犯行だった」とブシャールは反論する。「彼ははっきりとした殺人の意思をもって実家に行った」

裁判では、車でピーターをピーターの実家まで送ったとティム・シーが証言するだろう。散弾銃を持っていたことも、ヴィニー・カルフォとシーリア・モレッティを殺す明確な意図があったことも。実際、彼はピーター・ジュニアが散弾銃でカルフォを撃ったのを目撃し、二発目の銃声も聞いている。母親のシーリアが殺されていた二階の寝室からピーター・ジュニアが返り血を浴びて駆けおりてくるのも見ている。そういうこともすべて証言するだろう。

それだけではない。逃げる車の中でピーターが〝おれは何をした？　何をしちまったんだ？〟とわめいていたことも、散弾銃を分解して避難港に捨てたことも証言するだろう。さらに……

ブシャールはこのやりとりをいくらか愉しんでいる。「パスコ・フェリが夏のあいだ滞在する別荘に行ったことも。それはどう説明するの、ブルース？　どうして彼らはパスコの別荘に行ったの？　ふたりはそこで何を話したの？　たった今カルフォと母親を殺してしまった。ピーター・ジュニアはパスコにそう言ったんじゃないの？　パスコを裁判に召喚して尋問しなくちゃならないわね。ブルース、あなたはパスコの弁護はできないわよ？　利害相反になるから」

ピーター・ジュニアの弁護人としてバスコムを送り込んできたのはパスコ・フェリだ。それはバスコムの顔を見ればわかる。

ブシャールはさらに追い打ちをかける。

彼の依頼人が現場にいたこともその依頼人が現場から逃走したこともわかっている、本人も罪を認めている。指紋、足跡、ＤＮＡ鑑定。証拠はすべてそろっている。モレッティ家の警備係も家に来たのは確かにピーター・ジュニアだったと証言するだろう。もはや言い逃れはできない。そういうことだ。

「司法取引きをしたいなら、今がまさにそのときよ、ブルース」とブシャールは言う。

バスコムは取引きに応じるだろう。パスコ・フェリが彼を寄こしたのは、この事件の静かな幕引きを図るためだ。裁判になったら、パスコも証人席に着かなければならない。バスコムとしてもパスコにそんな報告はしたくないだろう。

「そちらの提案は？」とバスコムは訊く。

「ピーター・ジュニアがどちらの殺人についても有罪だと認めるなら、仮釈放なしの終身刑は求刑しない」

「それでも二件の殺人だ。それで何が変わる？」とバスコムは尋ねる。「いずれにしろ、彼は刑務所で一生を終えることになる」

「そのとおり」

「それはあまりにむごい」

「母親殺しはむごい犯罪よ」

「それとこれとは関係ない」

「でも、陪審はそうは思わない」

「きみは有能だ」とバスコムは言う。「有罪判決製造工場の工場長なんて辞めて、私のところで働かないか？　目先を変えて世のためになることをしないか？」

「ギャングを刑務所に閉じ込められれば、わたしはそれで満足よ」とブシャールは答える。

「この事件もそうだと？」とバスコムは言う。「もし彼がモレッティ家の人間じゃなかったら、きみもそこまで頑なにならないんじゃないか？　ピーター・ジュニアはファミリーの事業には関わっていない。海兵隊員だった。知ってると思うが」

「そう、彼は『ゴッドファーザー』のアル・パチーノよ。ちがう？」

「二件とも第二級殺人に格下げしてくれ。それで取引きに応じるように私が彼を説き伏せる」

「十年にしろって言ってるの？」とブシャールは訊き返す。

「それぞれについてだ」とバスコムは答える。「で、二十年服役する。それでも彼にはまだいくらか人生が残る」

「シーリア・モレッティにはどんな人生が残っていたかしらね？」

「彼女は夫を殺させたんだぞ」とバスコムは言う。「なあ、第二級殺人で手を打とう。そうすればふたりとも家に帰れる。それで一件落着だ」

「パスコ・フェリはさぞ喜ぶことでしょう」

「じゃあ、取引き成立ってことでいいかな？」

「こうしましょう」とブシャールは言う。「あなたの依頼人は二件の第一級殺人について有罪を認める。それが嫌なら裁判で争う」

「やっぱり修道女だな」とバスコムは吐き捨てるように言う。

「そのとおりよ」

ブシャールは心の中で思いつくかぎりの悪態をつく。時代錯誤のヒッピー。先住民気取りの馬鹿。新しがり屋のヌケ作。おさげのクソ野郎。

12

ケイト・パルンボはマグロの卸し値の交渉をしている。

「一キロ十三ドル？」と彼女は驚いて言う。「それじゃ儲けが出ない。売れば売るほど赤字になっちゃう」

「値上げすればいい」とジリオーネは言う。

「値上げしたら、ほかの店にお客を取られてしまう」

「おれにどうしろって言うんだ？　その値段でしか売れないんだよ、ケイト」

「ベイサイドじゃ九ドル九十で売ってる」とケイトは食い下がる。

「だったら連中から買えばいい」

「あの人たちはわたしには売ってくれない。それはあなたも知ってるでしょ？」

ジョン・ジリオーネは確かにそのことを知っている。彼がクリス・パルンボと独占契約を結んでいることはレストランの卸し売り業者なら誰もが知っている。そのあいだに割り込んで彼より安値で売ろうとする者はいない。

ジリオーネをはじめ、多くの者がクリスに誘われてヘロインの買い付けに出資した。とている。

ところが、ヘロインは強奪され、彼らは金を失い、クリスは姿を消した。それもみんな知っている。

クリスが十キロのヘロインを持ち逃げしたと考える者もいる。中には寛大にも彼はもう死んでいると思っている者もいる。いずれにしろ、クリスは自ら責任を取ろうともせず、すべてを妻のケイトになすりつけて姿を消した。それからというもの、ニューイングランドのマフィアの半数が、失った金を取り戻そうと彼女のところにやってきては、彼女から少しずつ金をこそげ取っていく。

その現実を誰よりよく知っているのがほかならぬケイトだ。

夫がいなくなり、彼女に残されたものは彼が経営していたレストランとストリップクラブとドライクリーニング店と自動車修理工場と高利貸しの事業だった。クリスの昔の仲間の中には、貸付金を回収して利子の一部を彼女に届け、残りを自分の懐《ふところ》に入れる者もいた。

ケイトはどうすればよかったのか？

彼女にはなんの力もなかった。

ピーター・モレッティに助けを求めるのは論外だった。ヘロインの一件で誰よりクリスに腹を立てていたのはピーターなのだから。それに、ピーターは家庭の問題でそれどころではなかった。そのピーターが殺され、ヴィニー・カルフォが新しいボスになったが、カルフォは彼女の苦境などまるでおかまいなしだった。

自分の金を取り戻すことを除いては。

「はっきり言わせてもらおう、ケイト」とヴィニー・カルフォは言ったものだ。「あんたのろくでなしの亭主のせいで大勢の人間が大金を失った。彼が置き去りにしていった商売なんぞ、なんと言うか、場所ふさぎでしかないんだよ」

ヴィニーは手を差し伸べてはくれなかった。

だから、ケイトは働くよりほかなかった。

現実は厳しかった。マフィアの妻だったケイトにできたことと言えば、メークやネイルの手入れをし、料理をつくり、家事をすることだけだった。〝口でするとき以外はその美しい口は閉じておくこと〟、それが妻としての役目だと夫に言われていた。公正を期して正直に言えば、彼女はそんな生活が嫌いではなかった。夫の稼ぎはよく、立派な家もあり、クリスは家族をちゃんと養ってくれていた。愛人が何人かいたのは事実だが、ああいう世界に生きていて愛人をつくらない男がどこにいる？　それに彼は節度を守っていた。

それなのに、今、彼女はこうして汗水垂らして働かなければならない。

いったいなんのために？

レストラン――そのスジの男たちは海岸沿いのシーフード・レストランに来て、飲み食いはするが、その都度支払いをするわけではないので、つけがどんどんふくらんでいく。テーブルクロスにしろ、食材にしろ、業者が不当な高値を吹っかけてきても、ほかにあてのない彼女はおとなしく言い値で払うしかない。

そうやってかすめ取られた上まえの多くがヴィニー・カルフォの手に渡っていた。それは彼女も知っていた。
そのカルフォも殺されたわけだが（厄介者がいなくなってせいせいしたものだ）ボスの座を引き継ぐ者は現われなかった。それ以来、ひたすら混乱が続いている。
まさにやりたい放題。
そのスジの誰もが――彼らの飼い犬でさえ――ケイトには好きに食らいついていいと思っている。
ストリップクラブ――まるで話にならない。バーテンダーは客に一杯出すたびに自分で二杯飲むので、酒にかかるコストがとんでもない数字になる。ストリッパーの女たちは売り上げの半分を店に納めることになっているが、ドアマンたちはただのフェラチオに加えて、女たちのその上納分もかすめ取るので、ケイトの手元には一セントもはいってこない。
ドライクリーニング店――一般の顧客も少しはいるが、契約先の大半はファミリーと関わりのある店で、クリスと話がついていると言って、格安の値段でタオルやシーツのクリーニングを依頼してくる。しかも二回に一回はその格安料金すら踏み倒す。
自動車修理工場――そのスジの男たちは工場に持ち込まれた車から状態のいい部品を取りはずし、修理部品工場で仕入れた粗悪品と取り替えることを彼女に強いる。盗難車も持ち込まれ、もはや彼女の修理工場は盗難車分解工場と化している。
かくして彼女はじわじわと削られている。

クリスのせいで失った金を返してもらっているだけじゃないか、とのたまう輩《やから》も少なくない。

借金に利息はつきものだろうが、と言って。このクソども。

ケイトは日に日に追いつめられている。速く走ろうとすればするほど、ますます追いつけなくなる。事業を全部たたんで、関係を絶って、まっとうな職に就こうとも考えるが、彼らがそうはさせてくれない。

ケイト、まだ支払いが残ってる。

そう言って執拗《しつよう》に彼女につきまとい、あらゆる事業から搾《しぼ》れるだけ搾り取ろうとする。これからさきも餌にありつけるように、ぎりぎり倒産しない程度に手加減しながら。

それとは別に邪《よこしま》な考えを抱く者もいる。

ジョン・ジリオーネもそのひとり。

「ケイト、おれたちはうまくやれるかもしれない。どういう意味か言わなくてもわかるだろ?」

ケイトは黙って彼を見つめる。彼女は今もきれいだ。ティーンエイジャーの言うところの〝やりたくなる子持ちの熟女《MILF》〟だ。彼女もそれはわかっている。青い眼は今も息を呑むほど美しく、腰まであるブロンドは歳には似合わないが、セクシーこの上ない。体型もまだ細く引きしまっている。ほかに売れるものはもう何もない。それもわかっている。

でもねえ、よりにもよってジョン・ジリオーネ?

「ジョン？」

醜男《ぶおとこ》ではない。ウェーヴのかかった灰色の髪をした男――〝銀狐〟を自称する男――が好みなら。しかし、この男に何か魅力があるとしても、地下の岩石さながら、表からは見えない。心は高利貸しシャイロック、ユーモアのセンスなどかけらもない。

クリスは誰がなんと言おうと、愉快な人だった。

いつも彼女を笑わせてくれた。

「マグロのためにヤらせろって言うの？」とケイトは言う。「それなら、ホンビノスガイを買うには口ですればいい？　手でしてあげたらイカを売ってくれる？　メカジキのためにはお尻でさせてあげなきゃ駄目かしら。あら、どうして駄目なの？　どうせヤるんでしょ？」

「そんなふうに言うもんじゃない」とジリオーネはたしなめる。「自分から嫌な女になることはない」

どうすればいいのか。ケイトにはもはや何もわからない。何もかもあきらめたほうがいいのか。いけ好かない男どものうち、すでに三人が彼女と結婚したいと言い寄っている。彼女の面倒をみたいと申し出ている。もはや降参して、彼らの言いなりになるしかないのか。

それがいい。彼女はそう思う。ほかのやくざを夫にすればいいだけの話だ。

どこにいるか知らないが、クリスなんぞはくそくらえだ。

ケイトはため息をついて言う。「一キロ十二ドル。どう？　ローションを使ってヤるってことで」

「わかった、わかった、それでいいよ、ベイビー」

すばらしい。「じゃあ、それで」

彼女の予想どおり、息子のジェイクは請求書を見て怒る。「母さん、こんな高値はありえない」

「ほんとよね」

「どうして承諾したの？」

息子はいい子だ。ケイトはそう思う。父親を慕っていて、その父が行方《ゆくえ》をくらませたときにはひどくショックを受けていたが、すぐに立ち直った。ロードアイランド大学に入学したものの、学費が払えなくなり、三学期目を終えたところで退学した。母親を助けたいという思いもあった。ジェイクはできることならなんでもしたが、それでも彼にできることはそう多くはなかった。クリスが残した負債のせいで事業は悪化の一途をたどっている。

そういうことだ。

「母さん、これじゃ商売にならない」とジェイクは言う。「マグロ一皿を十二ドルで売らなきゃ儲けが出ない。そんな高値はつけられない」

「わたしにどうしろっていうの、ジェイク？」

「もし父さんがここにいたら……」

最近ではそれが彼の口癖になっている。題目のようにひたすら唱えている。

父さんがいたら。父さんがいたら。父さんがいたら。

捨てられた傷や恨みも忘れ、ジェイクの心の中ではクリスがある種のヒーローになっている。家族を捨てた男ではなく、第二次世界大戦を勝利に導いた英雄のような存在に。

もっとひどいことが起きてもおかしくない。ケイトは内心そう思う。

ピーター・モレッティ・ジュニアは自分の母親を殺した。

ジェイクはまだ言いつづけている。「もし父さんがいたら――」

「あの人はここにはいないのよ」

「だけど、もしここにいたら――」

ケイトの心の中で何かがぷつりと切れる。かわりばえのしない毎日のせいか、ずっと上に向かって泳ぎつづけてきたせいか。八年もヤっていないからか。くそ忌々しいマグロのせいかもしれない。彼女はペンを机に叩きつけて怒鳴る。「あの人はもういないって言ってるでしょ！」

ジェイクは驚いた顔をする。

彼女の怒りは収まらない。「いい加減にして、ジェイク。そんなにお父さんが恋しいなら、捜し出せばいいでしょ？」

「それがいいかもしれない」

「好きにしなさい」

「きっと見つけてやる！」

「せいぜいがんばって！」

ジェイクは部屋を出ていく。

上等だ。ケイトはそう思う。夫だけでなく、息子も失ってしまった。

しかし、マグロ一キロが十三ドルとは……

13

ネブラスカ州についてクリス・パルンボが嫌いなところ――実を言えば、嫌いなところはそれだけしかないが――それは天気だ。

ネブラスカ州の冬はおよそ人間が暮らせる環境とは思えない。気温は氷点下で、北極圏から吹いてくる北風をさえぎる木々もない。

古い農家の二階で暮らしているが、冬の朝など起きてベッドから出る気にさえなれない。だからたいていは起きない。少なくとも、朝早い時間には。ローラがつくったキルティングの重い上掛けをかぶったまま、彼女が起きてサーモスタットのスウィッチを入れ、部屋が暖かくなるのを待つ。

ネブラスカ州では冬はバッファローのためにある。人間が生きていける季節ではない。クリスはそう考えることにした。一月と二月は牛でさえ外にいたら死んでしまう。ネブラスカ州の冬のもうひとつの問題は、いつまでも続くことだ。三月になればそのうち冬も終わると思うかもしれないが、それはまちがいだ。ことわざでは、三月はライオンのようにやってきて、子羊のように去っていくというが、ネブラスカではライオンのようにやってきてライオンのように去っていく。

春は美しい。

が、一時間半しか続かない。

ネブラスカでは冬からいきなり夏になる。たった一日で季節が移りかわることもある。実際、朝は雪景色で家にこもっていたのに、昼間外に出てみたら気温が摂氏二十八度まで上がっていたこともある。昼寝をしていたら、春はもう去っていたということも。

今はもう夏だ。

夏の厳しさも尋常ではない。

暑さについてはよくこんなふうに言われる。クリスは汗だくになり、ローラの愛車、フォルクスワーゲンのビートル・バグのつまみをまわして冷房を入れながら思う。〝問題は暑さではなく湿度だ〟？　馬鹿を言うな。暑さも湿度もどちらも問題だ。そのふたつは切っても切り離せない。スープとサンドウィッチ、ピーナツバターとジャム、あるいはローレルとハーディ（往年の喜劇俳優のコンビ）のように。ネブラスカ州マルコムの七月はそれほど過酷だ。

古い農家にはエアコンがないので、室内にいても暑さからは逃れられない。エアコンは必要ないというのがローラの言い分だ。「風がはいってくるでしょ？」「どこに風が吹いてる？」そのときクリスはそう訊いた。冬のあいだじゅう執拗に吹いていた風は夏になったとたんにぴたりとやみ、うんざりするほど静かになって肺から空気を奪う。

それでもローラは〝自然に即した《オーガニック》〟対策にこだわる。カーテンやブラインドや窓や網戸を開け閉めし、二台の小型扇風機に、腹立たしくも感心するほど信頼を寄せていて、窓ぎわから別の窓ぎわへと巧みに移動させている。

「こうすれば空気が循環する」と彼女は言う。

そうだろうとも、とクリスは思う。おかげで家の中を熱気が循環している。

クリスは秋が待ち遠しくてならない。少なくとも数日から数週間は秋を満喫できる。冬が来て舞台から追いやられるまでは。ネブラスカ州の秋はすばらしい。空気は澄んで清々《すがすが》しく、畑には作物が実り、鮮やかに色づく。夜は涼しく、寝るときも窓を開けておくととても気持ちがいい。

もっとも、厳しい気候を除けば、クリスはここでの生活が気に入っている。この国の真ん中でありながら、どこでもない場所での生活が。

こんなことになると誰が想像した？

あの日、クリスはミネソタ州とネブラスカ州で大量のコカインを売りさばいて手に入れた現金を車に積み、中西部を走っていた。そのときタイヤがパンクし、通りかかって助けてくれたのがローラだった。まさに運命の出会いと言ってよかった。

その流れで彼女の家で一夜を明かすことになったのだが、あれから気づけばもう……なんてこった。クリスは改めて思う。もう八年も経ったのか？

どうしてこんなことになった？

出ていくつもりだった。朝起きたら出発して、当時住んでいたスコッツデールに帰ろう。

そう思っていた。いっそ、ロードアイランド州に戻るのもいいかもしれないとさえ考えることもあった。ピーター・モレッティもヴィニー・カルフォも死んで、もうこの世にいないのだから。

　だからもう安全だ。そう思った。

　ピーターもヴィニーもいなくなり、パスコはフロリダ州でボッチャをしながら心臓発作に見舞われるのを待っている。今やニューイングランドのファミリーは舵《かじ》の利かない船、パドルを失ったカヌーのようなもので、小川でさえまっすぐ進めず、円を描いてぐるぐるまわっている。

　確かにそうだ。が、混乱は危険と隣り合わせだ。指揮官のいない組織では誰もが好き勝手に振る舞い、手あたり次第に危ないことをする。

　だから、その混乱から離れた場所にいられてよかったとクリスは思っている。

　ピーターの相談役だった頃は自分がボスになる日を夢見ていた。が、ボスになってどうする？　ＦＢＩに睨まれ、組織犯罪取締法《RICO》に悩まされ、仲間や兄弟までもが裏切る世界。

　そんな世界にはなんの未練もない。今はもう。

　ディナーも、パーティも、果てしなく続き、うんざりするほど退屈な仲間たちとの会合も、何もかもどうでもいい。

　ローラと一緒にキルティングの上掛けにくるまっているだけで充分幸せだ。

　妻のケイトもベッドではすごくよかった……いや、すごくいいどころじゃなかった……

が、ローラのやり方はそれとはまったく別物だった。彼女はセックスをとても大事なものと考えていて、クリスが存在すら知らなかったレヴェルまで高めている。

そういうわけで、出ていこうとは思っているが、いつまで経っても踏ん切りがつかない。ローラのあそこには磁石がついているのではないか、彼女に魔法でもかけられているのではないか。そんな気さえする。

それはそれで悪いことではない。今の彼の仕事は基本的に彼女とヤることなのだから。

クリスは自身の経済状態について彼女にほんとうのところは伝えていない。数十万ドルもの金があることは話していない。最初は車のトランクにしまってあったが、今は彼女の農場の納屋や物置きや屋根裏など何個所かに分けて隠してある。いったいなんのために貯め込んでいるのか、自分でもよくわからないのだが。ただ、いくら持っているかなど言わずにすめばそれに越したことはない。金を使わずに生きていけるなら、それに越したことはないのと同様。彼の直感がそう言っている。

クリスが仕事に就こうとせず、収入がなくても、ローラはまるで気にする様子がない。ベッドで務めを果たしてくれればそれでいい。そう思っているらしい。

そういうわけで、彼らはローラが近隣の農家に貸している農地と、ヨガのレッスン料と、彼女が自分で織ったり編んだりしてつくったキルティングの上掛けやらブランケットやらスカーフやら帽子やらミトンの手袋やらといった品を売って得た収入で暮らしている。ごくたまにではあるが、彼女のアート作品が売れることもある。古い写真、糸くず、小枝、石ころなどのがらくたをコラージュにした作品で、クリスにしてみればこんなものを買うやつがほんとにこの世にいるのかと不思議に思うような代物だが、時々買い手がつく。なんとも信じがたいことに。

家に金を入れない分、クリスは別のことで生活に貢献している。車の手入れをし、町のスーパーマーケットまで食材の買い出しに行き、食事もほとんどつくる。もっとも、食事をつくるのは自己防衛のためだ。そうしないと、ローラのつくる得体の知れない料理――刈り込んだ芝みたいな味のする、オーガニック野菜の蒸し焼き――を食べなければならなくなる。

クリスは町に出かけるのが好きだ。店員と軽口を叩き、食堂でコーヒーを飲みながら、地元の人たちとおしゃべりするのが愉しい。コーヒーは家で自分でいれるエスプレッソに比べると、味も色も薄くて飲めたものではないが。地元の人々もクリスに好意的で、立ち止まってあれこれ訊いてくる。何者なのか、どこから来たのか、何をしているのか。彼の仕事は主にローラとセックスすること。それはみな知っている。ローラの性欲は衰えることを知らない。それは周知の事実だが、これと言って愉しみのない、厳格なメソジスト教徒の多いこの町では大目に見てもらえている。

もっとひどい仕事はいくらでもある。クリスはそう考えながら、つまみをひねって車の冷房を最大にし、フードを閉める。

時々、ケイトを捨てた罪悪感に苛まれることもある。が、彼女は頭がよく、タフな女だ。

それに、繁盛している事業をいくつも残してきた。それで生計は充分立てられるはずだ。慣れ親しんだ暮らしを変えることなく。

子供たちに会えないのは淋しい。が、娘のジルは母親によく似てタフだし、ジェイクは頭のいい子だ。

哀れなピーター・ジュニアとはちがう。

どうしてあんなことになったのか？　ランチを食べようと家に向かって歩きながらクリスは考える。

事件からこれほどの時間が経って、ピーター・ジュニアがようやく逮捕されたことはネブラスカ州の新聞でも報じられた。あの子の人生はもう終わったも同然だ。

クリスは網戸を開けてキッチンにはいる。サンティー（陽あたりのいい場所に置いて少しずつ抽出させる水出し紅茶）が置いてある。講師をしているヨガのクラスに出かけるまえにローラが用意していったものだ。ネブラスカ州の夏は、サンティーをつくるのに必要な条件には事欠かない。クリスは紅茶をグラス代わりのジャムの瓶に注ぎ、食材を取り出してボローニャソーセージのサンドウィッチをつくる。

何もかもヴィニーが招いたことだ。クリスはそう思う。

クリスはあの男を好きだと思ったことは一度もなかった。

それから、ピーターの妻のシーリアも。

物欲にまみれた、口やかましい魔女のような女。ピーターが惨めな人生を送ることになったのは、あの女のせいだ。それにしてもなんと不幸な一家なのか。子供のひとりが自殺し、ひとりは母親を殺した。

きっと不吉な血が流れているのだろう。

クリスは食パン――町の小さなスーパーマーケットにはそれしか置いていない――を二枚取り出して並べ、ボローニャソーセージをふた切れ乗せてマスタードを塗る。それからテーブルについて食べる。

おれは恵まれている。そのことに感謝すべきだ。クリスはそう思う。

子供たちはふたりともいい子で、分別もある。

きっとうまくやってるだろう。

ケイトもそうだ。

美貌と知性を兼ね備え、性格もいい。いずれいい男を見つけるだろう。

そう思ったとたん、予期せぬ感情がクリスを襲う。急に胸を刺すような痛みを覚える。ほかの男が自分の妻とヤっていると思っただけで嫉妬心が頭をもたげる。怒りすら覚える。そんなのはフェアじゃない。それはわかっているが、それが正直な気持ちだ。よからぬ妄想をどうにかして頭の中から追いやる……

立ち上がり、シンクに食器を置いて、昼寝することにする。

のちのちのためにも少し休んでおくほうがいい。

二階の寝室は暑すぎるので――まるでオーヴンで焼かれているのかと思うほどだ――ク

リスは居間に移動してソファに寝そべる。じっと動かず、息をしなければ、暑さはほとんど感じない。

クリスはあっというまに眠りに落ちる。

14

夢――〈ドリーム〉。

ダニーは〈タラ〉グループの取締役会で展望を語る。

「ラスヴェガスはこの世にすでに存在するもののレプリカばかりつくってきた」と彼は話しはじめる。「ピラミッド、海賊船、遊園地……〈カサブランカ〉も〈ザ・ショアズ〉もそうだ。おれはまだこの世にないものをつくりたい。夢の世界を」

夢の中では、とダニーは続ける。まるで現実世界を生きているのと同じ感覚を味わえる。ただし、大きなちがいがひとつある。夢の中でならなんでもできる。時間も、空間も、前後のつながりも関係ない。夢の世界には知っている人もいるし、知らない人もいる。生きている人も、死んでしまった人もいる。昔あったものも、今あるものもある。絶対にあるはずがないものも確かにそこにある。見ることも、においを嗅ぐことも、触れることも、味わうこともできるけれど、それらは空を駆ける影のようにはかなく、一瞬で消え去ってしまう。

「たいていは眼が覚めたとたんに夢のことなど忘れてしまう」と彼は続ける。「だけど、一生記憶に残る夢もある」

〈ラヴィニア〉の跡地に彼がつくりたいのは、まさにそういう夢だ。

客室が三千あり、どこよりも美しく、ひかえめでありながら優雅で、繊細な色に彩られ、壁は光が移り変わり、さまざまな映像を映し出す洗練されたセクシーなカジノホテルにする。客室は品のある豪華なつくりで、ホテル内には五つ星のレストランがあり、劇場では斬新で想像力を刺激するショーがおこなわれる。

「一歩足を踏み入れたら、そこは夢の中だ」とダニーは語る。「夢の中で眠りにつき、夢の中で目覚める。夢の中で食事をし、夢の中で夢を見る。帰るときにはみなこう訊く。〝これは現実だったのか？　それとも夢を見ていたのか？〟って。そして、何度も繰り返しやってくる。そういう夢を見たことがあるだろ？　とても美しく、安らかで、わくわくして、官能的で、もう一度見たいと思う夢は誰にでもある。ちがうか？　それを可能にするんだ」

緊張とためらいと困惑が室内を満たす。ダニーにもそれはわかる。が、事業を拡大するときは今をおいてほかにないと確信している。

クシが訊く。「で、ホテルのテーマは？」

「テーマはない」とダニーは答える。「とにかく美しいこと。それだけだ」

ダニーは続ける——これまでに手がけたホテルのテーマは何年もうまくいっていた。

「家族で愉しめる場所、ディズニーランドに行くのと同じ愉しさをラスヴェガスで体験できるというのはいいアイディアだった。が、時代は変わった。インターネットによる革命が経済を変えつつある。ＩＴ企業で財を成した連中は贅沢を求め、その贅沢を享受する支払い能力がある。

そういう人々が求めるのは体験だ。彼らの好みと気まぐれに応えてくれる体験を求める。芸術品が飾られた部屋ではなく芸術そのものの部屋で過ごし、空腹を満たすのではなく食事を愉しみ、さらに冒険もしたいと思っている。彼らは自宅のＪＶＣステレオシステムでも高品質の音響で見られるコメディや歌手のライヴを見にいこうとは思わない。彼らが求めるのは、ほかでは体験できない世界にはいり込むことだ。彼らの知性に語りかけ、革新的な起業家精神――まさにそのおかげでここに来る金を得ているわけだが――を刺激するパフォーマンスを見ることだ。

なんであれ、偽物はもう要らない」とダニーは訴える。「そんなものはもはや使い古され、廃《すた》れたコンセプトでしかない。これ以上何をつくる？　より巨大なピラミッドを建てるか？　パリではなくロンドンを再現するか？　それとも、もっと大きな海ともっと大きな波か？　そういうものは一度見れば、それでおしまいだ。すぐに飽きる。でも、夢なら飽きることはない」

「ちょっといいか」とリナルディが口をはさむ。「人は夢の中でもギャンブルするか？」

「もちろん」とダニーは答える。「夢の世界には現実のものは何ひとつないから、どれだけ負けても現実には影響しない。そういう経験に惹かれる人々には自由に使える金がたくさんある。だから、大きな賭けに出るし、ミニマムベットの高いゲームに金を注ぎ込む。それでも、一番の収入源はギャンブルじゃない。客室と食事だ」

リナルディもクシも馬鹿ではない。ふたりとも事業の構造に精通した有能な実業家であり、ダニーが〈タラ〉のビジネスモデルの可能性を限界まで、ひょっとしたらその先まで押し上げようとしていることを即座に見抜く。ダニーが想定している客層はかなりかぎられている。客を限定しすぎており、彼の構想の実現にかかる莫大なコストを回収できないおそれがある。

それでも、中部のミズーリ州から来た田舎者と蔑《さげす》まれてきたふたりは、ダニー同様、雑種犬だ。困難に自ら挑む根性がある。そんなふたりは当然のことながら、既成の体制に抗《あらが》い、ほかに類のない最高のホテルをつくるというダニーのアイディアに惹かれる。抗しがたいほどに。

とはいえ、それを実現するためには大きな問題がある。いや、問題は山ほどあるが、着手するまえに頓挫《とんざ》しかねない喫緊《きっきん》の問題がある。

「〈ラヴィニア〉は〈ワインガード〉グループが買うことで決まってる。すでに手続きもだいぶ進んでる。もう契約を締結したも同然だ」とクシが言う。

「つまり、まだ締結はしていないということだ」とダニーは言い返す。「婚約はしたが、まだ結婚はしてない」

「今になって横取りしたらヴァーンはどう思うと思う？」とクシは案じて訊く。

「そんなこといちいち気にするやつがいるか?」

「ここにいる」とクシは言う。「市《まち》の人間の眼もある。横から割り込んで〈ワインガード〉から契約を奪い取れば、誠意あるライヴァル関係が崩れて戦争になる」

「だけど、このまま指をくわえて見ていたら」とダニーは言い返す。「ストリップの覇権はヴァーンが握ることになる。それだけじゃない。おれたちは長い下り坂をすべり落ち、いずれ取るに足らない存在になる。この市《まち》の未来もかかってる。ヴァーンがつまらない巨大ホテルをもうひとつ建設したら、ラスヴェガスはどこにでもあるただのテーマパークでしかなくなる。いずれ色褪《あ》せてみすぼらしい安物でしかなくなる」

マデリーンが皮肉を込めた笑みを浮かべて言う。「あなたは自分がこの市《まち》の創建の父だとでも思ってるの? それとも、救世主? ダニー・ライアンが市《まち》を救うの?」

「そんなんじゃない」とダニーは答える。「〈ワインガード〉グループにおとなしくトップの座を譲り、二番手に甘んじる理由が見あたらないだけだ」

「ひとまず話を先に進めよう」とクシが言う。「仮にジョージ・スタヴロスを説き伏せることができて、ヴァーンではなくおれたちに売ってくれることになったとして、買収する資金はどこにある? きみの夢を実現するのにどれだけコストがかかるか、大まかな見積もりはあるか?」

ダニーはまばたきひとつせずに答える。「ざっと十億ドルは要る」

「十億《ビリオン》?」とリナルディが驚いて訊く。「百万《ミリオン》じゃなくて?」

「そうだ」

「どうかしてる」とクシも言う。「銀行が十億ドルもの大金を融資してくれるわけがない。所詮、無理な話だよ、ダニー」

「だけど、もし……」とリナルディは言いかけて途中でやめる。

食いついた。ダニーはそう確信する。彼はもう船に乗りかかっている。「もし、なんだ、ドム？」

「株式を公開すれば資金は調達できる」とリナルディが言う。

「ちがう」とダニーは否定する。

〈タラ〉の株式は非公開で、この場にいる者がすべての意思決定をしている。もし株式を公開したら、株主に決定権を委ねることになる。

「このホテル建設を実現したいなら」とリナルディは言う。「資本を増資して銀行を株主に加えるしかない」

「それだと、支配権を失いかねない」とダニーは言う。

「そうなるかもしれない」とリナルディは認めて言う。「でも、その可能性は低い。現在の株式所有者の持ち分があれば、パワーバランスは維持できる。増資した分は友人や提携相手に多く売って、過半数を保てばいい」

「それはリスクが大きすぎる」とダニーは難色を示す。

「十億ドルもかけて豪華なホテルを建てること自体、大きなリスクじゃないのか？」とリナルディは言い返す。「ほんとうにやるなら——おれはまだやるべきかどうか確信を持てないけど——株式を公開するよりほかに方法はない」

「問題はそこじゃない」とクシが割り込む。「スタヴロスは〈ワインガード〉に売ると約束している。それに、噂ではスタヴロスの奥さんはヴァーンのことをすごく買ってるらしい」

「よし、まずはそこからだ」とダニーは言う。「スタヴロスを説得して、こっちに売ってもらえることになったら、おれの夢のホテルを建てる。それでいいか?」

「株式を公開して。いいな?」とリナルディが訊く。

ダニーはそうしたくない。絶対に。

が、ミズーリ州から来た若き同志はおれよりずっとものごとを知っている。ダニーはそう思い直す。その彼らがそれしかないと言うなら、ほかに方法はない。そういうことだ。

「よかろう」

「スタヴロスには誰が話をする?」とクシが言う。

「おれが行く」とダニーは言う。

「それが賢明だと思うか?」

「スタヴロスは友達の友達だ」とダニーは答える。「話はできる」

「わかった」とリナルディは言う。「ただ、そのホテルだが、名前がいただけない」

「〈ドリーム〉の何が悪い?」とダニーは訊く。

「平凡すぎる」とリナルディが答える。「イケてない。おれたちが思い描くものを表わしきれていない」

「そうね」とマデリーンも同意する。

「だけど、そのままの名前だ」とダニーは言う。「まさに〝夢〟なんだから」

「確かにそうだ」とリナルディも認めて言う。「そう、だったら別の言語で言い換えてみたらどうだろう？　たとえばフランス語とかイタリア語とか」

「イタリア語では〝夢〟はなんていうんだ？」とダニーは尋ねる。

誰も答を知らない。ダニーは内線電話でグロリアに調べてくれと頼む。三十秒後、折り返し返事がある。「Ｉｌ Ｓｏｇｎｏ《イル・ソーニョ》」とグロリアは綴りも教えてくれる。

「〈シェヘラザード〉と同じ問題がある」とクシが言う。「誰もきちんと発音できない。みんな〝ソグノ〟って読むだろう」

「いや」とダニーは言う。「そのほうが金持ちに受ける。事情通を気取るやつらはちゃんと発音する」

ダニーは口に出して音の響きを確かめてみる。〝ソーニョ〟。

「気に入った」

かくして〈ドリーム〉は〈イル・ソーニョ〉になる。

〈イル・ソーニョ〉の実現が彼らの夢になる。

まずはジョージ・スタヴロスの説得からだ。

15

ジョージ・スタヴロスは根っからのギリシャ人だ。おれが根っからのイタリア人なのと同じか、それ以上に。

パスコは電話でダニーにそう言う。「おれはやつがラスヴェガスに移るまえから知ってる。もともとは家族でマサチューセッツ州ローウェルに住んでいた。あそこにはギリシャ系の大きなコミュニティがあって、やつもそこの工場で働いていた。昔、おれの親父があの市《まち》でボクシングの興行をしたことがあったんだが、あいつの親父は食堂を経営していて、おれたちはそこで知り合ったんだ」

その後、第二次世界大戦で出征したスタヴロスは、工場にも父親の食堂にも戻りたくないと考えた。そんな彼を乗せた軍用列車がラスヴェガスに停車する。彼はそのとき眼にした市《まち》の様子が気に入った。で、その後、硫黄《いおう》島と沖縄での戦いを生き抜いて帰国すると、ラスヴェガスに移り住んだ。

そして、レストランを開業し、二店舗に増やし、やがてそれらを売却して小さなホテルを買った。そこでさらに成功を収め、一九六〇年代に巨大ホテルの建設ラッシュが始まると、スタヴロスもその流行に乗った。

「裏社会とはつながりがあったのか?」とダニーは尋ねる。

「うっすらとな」とパスコは答える。「もともと関係があったわけじゃない、もちろん。やつはギリシャ人だから。あの頃は誰もがラスヴェガスへの参入を目論《もくろ》んでいて、フロント企業が必要だった。スタヴロスは頭のいいやつで、自分が何をしてるかちゃんとわかってた」

「あんたも出資してたのか?」

「おれの記憶が確かなら」とパスコは言う。「おまえの親父も出資していた」

まるでサケの川上りだ。ダニーはそう思う。おれは命を授かった場所に戻ってきたということか。

「いいか」とパスコは言う。「スタヴロスは協力的だった。上まえをはねられてもある程度は大目に見て、文句は言わなかった。口は固いし、節度を守りさえすれば女たちが商売するのにも眼をつぶってた。聞いた話じゃ今もそうらしい。そうやって好機を待った。連邦政府がマフィアの排除に乗り出すと、やつは陰の出資者から株をすべて買い取り、ホテルを丸ごと手に入れた。そうして大儲けした」

「今はもう引退したいらしい」とダニーは言う。

「気持ちはわかる」とパスコは答える。「おれももう何年もまえから引退しようとしてるんだが、今のプロヴィデンスは……あれこれあって……みんなの責任は誰の責任でもなくなってる。わかるか？」

パスコが言わんとしていることはダニーにもわかる。が、プロヴィデンスで何が起きていようと、今の彼にはどうでもいい。昔は些細《ささい》な変化も敏感に察知しなければ生きていけなかった。が、今はそんなのはつまらないことだと思っている。今の彼にとって重要なのは〈ラヴィニア〉を買収できるかどうかだ。

〈ラヴィニア〉の沿革はすでにしっかり調査してある。

建設は一九五八年、ラスヴェガスが活気に満ちた市《まち》と評判を呼んだ伝説の時代のホテルで、シナトラやシナトラ軍団のメンバーがショーに登場し、大勢のギャングや映画スターが滞在してギャンブルに興じた。もし一九六〇年代のラスヴェガスを訪れることができたら、〈ラヴィニア〉は必ず訪れるべき場所と言っていい。が、その繁栄も一九六〇年代の終わりには陰りが見えはじめる。名声は〈シーザーズ・パレス〉に、さらに〈サーカス・サーカス〉に奪われ、〈ラヴィニア〉は懐かしさのほかにはほとんどなんの取り柄もない、二流の安いホテルと見なされるようになる。

それでも、スタヴロスはいかなる変化にも抗い、誰にも――あのハワード・ヒューズが買い取りたいと申し出たときでさえ――売ろうとしなかった。それでいて、金を出して改装することもしなかった。家から出るのを拒む老婦人のように、ストリップの一等地を占める六十エーカーの敷地に頑なに居坐りつづけた。新しいホテルが北からも南からも次々と迫ってきても断じて動かなかった。

つまるところ、それはどういうことか、老いたスタヴロスにはよくわかっている。ダニーはそう思う。建物の価値は下落する一方だとしても、ストリップに面した土地はどんどん希少になっている。だから土地の値段は上がりつづける。〈ラヴィニア〉はこの市《まち》に残る株式非公開の数少ないホテルであり、スタヴロスはたったひとりでその所有権をがっちり握っている。

が、ワインガードが破格とも言える一億ドルで買い取りたいと申し出ると、スタヴロスもようやく手放す決心をした。それが経緯だ。

「どうやってスタヴロスの懐にはいり込めばいい？」とダニーは尋ねる。

「敬意を示すことを忘れるな」とパスコは言う。「やつは昔気質《かたぎ》の男だ。おふざけはなし。たわごともなし。やつはあのホテルを愛してる。まるでわが子のように。あのホテルの名前の由来を知ってるか？」

「いや、変わった名前だとは思ってたけど」

「面白い話を聞かせてやろう……」

ダニーは苛立つ。昔話はもう要らない。欲しいのはスタヴロスにホテルを売る気にさせる情報だ。

電話越しでも彼の苛立ちはパスコに伝わる。パスコは言う。「わかった。急いでるんだな。だったら、これだけは言っておいてやろう。手ぶらで会いにいくな」

おお、ありがとう、パスコ。「何を持っていけばいい？」一億ドルより価値のあるものはなんだ？

「だから、さっきその話をしようとしたんだよ。なのに、おまえは急いでて、聞こうとしなかった」とパスコは言う。

結局、ダニーは昔話を聞くことになる。

ジョージ・スタヴロスは妻から小言を食らう。

「どうしてダニー・ライアンなんかと会わなきゃならないの？」と妻は言う。「いったいなんのために？　ヴァーンと契約するんでしょ？」

「商売上の礼儀だ」とスタヴロスは答える。銅製のコーヒー鍋《ブリキ》にはすでに挽《ひ》いたコーヒーがはいっており、そこに水を注いで、ジナのほうをちらりと見る。妻がこちらを見ていないとわかると、鍋にこっそりスプーン二杯の砂糖を入れて甘め《グリコ》にする。忌々しい糖尿病のせいで、砂糖はひかえなければならないのだが。「ライアンは善き隣人だ。話だけでも聞くのが礼儀というものだ」

「ヴァーンはどう思うかしら？」

「彼もわかってくれるだろう」スタヴロスはそう言うと、沸騰したコーヒーを搔き混ぜ、コンロの火を弱火にする。「どんな用事かまだわからないだろ？　ホテルを買収するためにくるわけじゃないのかもしれない。何かほかのことに関心があるのかもしれない」

コーヒーのエキスが充分抽出されたのを確認して、スタヴロスは搔き混ぜるのをやめる。

いつまでも混ぜつづける人がよくいるが、それはまちがっている。大事なのは我慢だ。コーヒーが煮えて泡《カイマキ》が立つまでじっくり待つ。

ジナはそれでも納得しない。するはずがない、もちろん。スタヴロスはそう思う。それがジナという女だ。この五十七年間、ずっとそうだった。

「ライアンのほうが高い値段を提示したらどうするの？」と妻は訊く。

「だとしても断わる」とスタヴロスは言う。「ヴァーンはいい条件を提示してくれて、おれたちは了承した。話はもうついてる」

「それならいいけど」とジナは言う。「そのコーヒーに砂糖ははいってないでしょうね？」

「おれは糖尿病を患ってるんだぞ」スタヴロスはそう言い返すことでごまかす。妻に嘘はつけないので。コーヒーが煮立ってくると、火を止めてコンロからブリキをおろす。

小さなカップにコーヒーを注ぎ、一口飲む。

苦みと甘みのバランスが絶妙だ。

多くの人がこれをトルココーヒーと言う。馬鹿も休み休み言え。スタヴロスはそう思う。あんな野蛮な民族にはどんな簡単なものも発明できない。ましてやまともなコーヒーなどつくれるわけがない。文明の産物はほぼすべてギリシャが発祥だ。

「オフィスで面会するわけにはいかなかったの？」とジナは訊く。

「そうすることもできた」とスタヴロスは答える。「でも、しなかった」

「彼はいつ来るの？」

「そろそろ来る頃だ」

「そろそろ来るですって?!」とジナは訊き返す。

「何か出さなきゃならないでしょう?」と
「おれにはわからん」

「そうでしょうとも」とジナは言う。ジナは訊き返す。「わたしたちは動物にでもなったの? クッキーがあるわ。あとチーズも……」

「糖尿病患者向けのクッキーはやめてくれ」とスタヴロスは言う。「あれは土みたいな味がする」

「ほんとうに土みたいな味がするのは何か知ってる?」と妻は訊く。「死よ。死は土の味がする。会うだけ会って、クッキーを二、三枚あげて、さっさと追い返して」

「そのつもりだ」

〈ラヴィニア〉をダニー・ライアンに売るつもりはない。

売る相手はヴァーン・ワインガードと決めている。

16

ヴァーン・ワインガードは大柄で肌の汚い男だ。若い頃のにきびの痕《あと》が頰全体に残っている。それが彼の性格を防御的にも攻撃的にもしたと言う者がいる。

もしそんなことを彼に面と向かって言う勇気のあるやつがいたら、ワインガードはきっと笑ってこう言うだろう――学生の頃はこのにきびのせいでずいぶん悩んだけど、親父にベルトで打たれたことやおふくろに瓶で殴られたことや、おれが生まれた年に故郷のカリフォルニア州アップルヴァレーのリンゴが胴枯《どうがれ》病で全部駄目になっちまって、もともと崖っぷちだった砂漠の町が一層衰退しちまったことに比べたら屁でもないよ、と。

彼はハンサムではない。誰よりもさきに本人がそう言うだろう。若い頃も、子供の頃もハンサムではなかった。人気者でもなかった。いわゆる孤独なオタクで、高校では視聴覚クラブに所属し、ビデオ機器やスライド映写機やテレビを教室に持ち込んでいた。クラスメートの男子はそんな彼を見てにやにや笑い、女子は彼を無視し、教師は彼の能力を過小評価した。

誰もが彼を侮《あなど》っていた。

彼の父親さえ（土ばかりで草花のない）殺風景な裏庭の小屋で、ひたすら機械を〝いじって〟ばかりいる息子をこう言ってからかった。

「そんなところで何してる？　オナニーか？」

「ちがうよ」

「ああ、ちがう」と父親は言った。「おまえはちっぽけなおもちゃで遊んでばかりいる」

ワイヤー、歯車、基板。そういうもので。

「〈プレイボーイ〉を買ってやらなきゃな」父親はそう言ったが、息子には〈プレイボーイ〉は要らなかった。彼が欲しいのはワイヤーと歯車と回路だった。プラスドライヴァーとラジオペンチとはんだごてだった。「そんなものが欲しいなら、自分で買え」父親にはそう言われた。

だから自分で買った。

誰もがその眼で見ていながら見逃していた能力――すさまじいほど粘り強い集中力――があった彼はめだつことはせず、アルバイトに明け暮れた。最初は定番の新聞配達をした。それから、レストランで皿洗いをし、ハイウェーの出口のそばにあるガソリンスタンドで給油係をした。

そうやって貯めた金で工具や機器を買った。高校を卒業すると――父親は卒業式に出席しなかった。母親も来なければよかったのにと彼は思った――貯めた金で学費を払って専門学校にかよい、航空電気工学関連の資格を取得した。

空を飛びたかったのではなく、飛ばすほうの人間になりたかった。空を見上げ、あの大きく美しい機体が頭上を通過するのを見て、おれのおかげだと言いたかったのだ。

おれが飛ばしたのだ、と。

仕事の稼ぎはよく、洒落た小さなアパートメントと車を手に入れた。が、孤独なダサい男であることは変わらなかった。真面目に働き、有能だが、家に帰って冷凍食品でディナーをすませ、少しテレビを見て、あとはほとんど機械いじりをしている。そういう人間だった。

航空機の修理工場から機械設計事務所に転職したが、ほかの従業員にヴァーン・ワインガードはここで働いているかと訊いても返ってくる答は決まっていた。〝ああ、そんなやつがいたかもしれない〟。

そう、誰も気づいていなかった。誰ひとりとしてわかっていなかった。彼がとんでもない天才だということを。

だから、彼がボタンひとつでジェット機の貨物室のドアを開閉できる電気回路を設計し、特許を取得し、販売資格を得て、あらゆる大手航空機メーカーに販売して特許使用料を得ていると知ったとき、人々は一様に同じ反応をした。あのヴァーンが？　あのヴァーン・ワインガードが？　ほんとうにあの男なのか？　たとえて言うなら、警察が独身男性の家の冷蔵庫で十二体のバラバラ死体を発見し、近隣住民があんなにおとなしそうな人だったたのにと驚きを隠せない。まさにそれだ。

飛行機の貨物室のドアが開閉するたび、彼のもとに使用料がはいってきた。

やがて彼は貨物機を一機購入し、それが複数になり、わずか数年で〈ワインガード商用航空〉は北アメリカじゅうの貨物輸送を担うようになった。友人たちに（おかしなものだが、この頃には少ないながら友人がいた）旅客機に参入しようとは思わないのかと問われると、彼はこう答えた。「冗談だろ？　荷物は足を伸ばせるスペースは要らないし、やたらとコーヒーやスコッチウィスキーを欲しがったりもしない。文句も言わないし、食事の用意も不要だ」

彼はどんなときでも人より物を好んだ。

そうしない理由がどこにある？

物について言えば、その結果、より上質な物を嗜《たしな》むようになった。キューバ産の葉巻、高級ワイン、豪華な食事。以前は調理済みの七面鳥の冷凍食品で満足していた男が、今ではインペリアルヴァレーでも最高級のレストランに昼食をとりに出かける。

車もしかり。キャディラックやシヴォレー・コルヴェットを何台も所有できるまでになった。初めて車でラスヴェガスに向かったときも、シヴォレー・コルヴェットに乗っていた。

ラスヴェガスに向かうインターステート一五号線がダマスカスの道――人生の転機――になるとは彼自身もまったく思っていなかった。

人々がボタンを押すことで、彼は大金持ちになった。誰かが貨物室のドアのボタンを押すたび、彼のもとに金が流れ込んでくる。そんな彼がラスヴェガスに来て見たものは？　何千という人がスロットマシンのボタンを押し、レヴァーを引く姿だった。誰かがそうするたび、ほかの誰かが金を手にしていた。

カジノのオーナーたちだ。

最後には大負けするとわかっていながら、それでもやらずにいられない。人をそんなふうに仕向けられるシステムを目《ま》のあたりにして、電気技師だった彼は畏敬の念を抱いた。ホテルやカジノを見まわせば、どれも客が勝ったから建てられたわけではないことがわかる。客は負けても負けてもボタンを押し、レヴァーを引きつづける。それを見て、彼は自分も参入したいと考えた。で、ストリップの北に位置するフレモント通りに面した安っぽい店を数百万ドルで買った。

店はひどいありさまだった。カーペットは染みだらけでぼろぼろにほつれ、壁は色褪せていて、料理はまずく（ただ、安かった）、サーヴィスもなっていなかった。それなのに……客が途絶えることなくやってきた。ボタンを押し、レヴァーを引き、負けて金を失う。それさえできればあとはどうでもいいとでもいうかのように。

彼はスロットマシンを増やした。

さらに多くの客が来るようになった。

彼の店にやってくるのは、大金を賭ける客《ハイローラー》やリスクを承知でバカラ賭博に数百万ドルも投じる熱狂的なギャンブラーではなかった。飛行機でラスヴェガスに来て無料のスイートに泊まるアジアの富豪でも、アラブの石油王でもなかった。そうではなく、まだ若い、ごく平均的な労働者階級の男女がどこかうしろめたさといたずら心に満ちたスリルを感じながら、これまでずっと虐《しいた》げられてきた社会構造に打ち勝つチャンスが万にひとつはあるかもしれないと期待してやってくるのだ。そして負けたときには――いつも決まって負けるのだが――むしろ晴れ晴れとした気持ちで帰っていく。人生というギャンブルはそもそも不当に操られていて、配当倍率は彼らに不利に仕組まれている。そのことを改めて実感しながら。

言うまでもないが、配当倍率はあらかじめ決められている。

そこに彼は天才的なひらめきを得る。

客にチャンスを与えたのだ。スロットマシンの配当倍率を〝ゆるめに〟設定し、当たる回数と金額を増やした。

その結果、さらに多くの客が来て、彼のもとにはさらに多くの金がはいり込むようになった。

彼は大金持ちになり、ベルトで彼を叩いた父親のことも、ジャックだかジョニーだかと駆け落ちして、枯れた果樹園しかないさびれた町と息子を捨てた母親のことも忘れた。

顔に残るにきびの痕も。

気づいたときには、女たちのほうが彼とヤりたがるようになっていた。商売女だけでなく（そういう女も大勢いたが）、脚が長く、胸が大きく、映画スターのように美しい女たちが金と力に惹かれて彼になびいた。もはや〈プレイボーイ〉は必要なかった。今の彼には〈プレイボーイ〉や〈ペントハウス〉の誌面を飾る本物のモデルがいた。

あとになって本人が認めたが、その頃の彼はどうかしていた。誰もがヤりまくっていた頃にしろ、彼も動くものなら何とでもヤった。ときには動かないものとでもヤった。

やがてそんな生活に飽きた。

飽きるばかりか、うんざりした。

で、モーターショーのモデルだったドーンと結婚し、身を固めた。息子が生まれ、ブライスと名づけた。

当時のラスヴェガスはマフィアが暗躍していた時代の末期——フランク・〝レフティ〟・ローゼンタールや〝トニー・ジ・アント〟ことアンソニー・スピロトロがまだ大きな影響力を保持していた時期——で、会計課から持ち出された上納金がシカゴやカンザスシティやデトロイトやミルウォーキーに流れていた。

しかし、彼の店はちがった。

彼の店にもマフィアはやってきたが、彼は一計を案じてある提案をした——おたくらはカジノの経営には口出ししない、そのかわり、こっちはおたくらと関わりのある業者から食材やシーツ類を仕入れる。

いいだろう、妥当な契約だ。

彼からすれば、それは時間稼ぎにすぎなかった。犯罪組織が幅を利かせる時代はまもなく終わる。もっと大きくて、もっと凝った仕組みのマシンが導入され、投資銀行と大企業が台頭する時代がやってくる。彼にはそれがわかっていた。

だから次々とカジノを買収した。投資家を集めて〈ワインガード〉グループをつくり、ストリップの北端にあるホテルを取り壊して建て直した。やはり安い賭け金で遊べるカジノではあったが、ごく普通のアメリカ人が愉しめる、より安全で、規模の大きなカジノに生まれ変わらせた。

「人々は何が好きか？」と彼は出資者に問いかけた。

遊園地の乗りものだ。彼は自らそう答えた。

みんな乗りものが大好きだ。

〈ディズニーランド〉や〈ディズニー・ワールド〉や〈シックスフラッグス〉では炎天下にもかかわらず、一日じゅう並んででも乗りものの順番を待つ。シートベルトで座席にくくりつけられ、くそみたいにビビるだけのために。そして、震えながら乗りものを降り、しこたま吐いて、また列に並ぶ。

ほかにアメリカ人が好きなものは？

ジャンクフード。

脂肪分も砂糖も多ければ多いほどいい。

それにギャンブル。

たとえわずかばかりの賞金でも、勝てればそれでいい。

彼は新しいホテルを〈ステート・フェア（州の祭）〉と命名し、ジェットコースターを設置した。広場のようなロビーをつくり、ホットドッグや綿菓子や揚げパンや揚げたチョコレートバーなどの屋台を並べて、歩きながら食べられるようにした。ゴムパチンコで瓶を撃ち落としたり、水鉄砲で競走馬の模型を移動させたりする露店のゲームも用意した。見世物の客引きや竹馬乗り、農家の娘の恰好をした無邪気そうでいて、ふしだらな雰囲気もあるカクテルウェイトレスもそろえた。

スロットマシンもあった。

それもたくさん。

ポーカーのテーブルもあった、もちろん。カジノではブラックジャックやルーレットなど高額を賭けるギャンブルもできたが、スペースの大半はスロットマシンが占めていた。人々はボタンを押し、レヴァーを引き、店に金を落とした。

彼は市場のどこにターゲットを絞ればいいかわかっていた。

ストリップの南へ勢力を拡大する際には、巨大な外輪式蒸気船そっくりな〈リヴァーボート〉を建設した。そこでは一時間ごとに汽笛の重低音が鳴り響き、デッキでは絶えずバンジョーの演奏が聞こえるだけでなく、地下にある二千席の劇場ではカントリー&ウェスタン・ミュージックの最高級のショーを見ることもできた。

かくして〈ワインガード〉グループのホテルには全国から客が押し寄せた。

どのホテルもこうあってほしいという最高のイメージを理想化した場所であり、喩《たと》えて言えば、列に並ばなくてもいいディズニーランド、あるいはいかがわしくないカーニヴァルと言えた。中流階級の人も訪れやすい手頃な料金で滞在でき、俗物っぽさなど微塵《みじん》もなく、慣れ親しんだ料理を安い値段で食べることができた。

かくして、ヴァーン・ワインガードはあっというまにラスヴェガスの王となった。

ところが、〈リヴァーボート〉が完成したちょうどその頃、ダニー・ライアンという新参者が現われ、彼が主導する〈タラ〉グループが落ち目の〈シェヘラザード〉を〈カサブランカ〉として再生させ、大成功を収めた。まあ、いい。新入りにしては上出来だ。が、〈タラ〉は次に北に進出して〈ザ・ショアズ〉という驚くべきホテルをつくりあげた。〈ワインガード〉グループが南に、〈タラ〉グループが北に向かって陣地を広げ、今では両者のあいだにあるのは、古い〈ラヴィニア〉だけとなった。

このライヴァル関係は、単に両者のせめぎ合いというだけでなく、それぞれ正反対のヴィジョンを示すものでもあった。

概して言えば、〈ワインガード〉グループの客層は基本的にアメリカの中流階級だ。そこそこの額で愉しむギャンブラー《ローローラー》――愉しくて気軽な趣向を好み、スロットマシンを愉しむ人々。一方、ダニー・ライアンの〈タラ〉グループは、豪華な客室やおいしい食事やテーブルゲームを求めてやってくる金持ち、そして高額の賭けをするギャンブラー《ハイローラー》だ。

昔から問われつづけている疑問。ひとりひとりが消費する金額は少なくても大勢の客が来てくれるほうがいいか、人数は少なくても高い金を払う客が来るほうがいいか？　どちらのグループにもそれぞれのビジネスモデルがある。だからまず競合することはない。

それでも、ダニーとヴァーン・ワインガードはこれまで何度もそのことで話し合ってきた。両グループのヴィジョンは相補的で、それほど競合しない、両者で幅広く市場をカヴァーし、この市《まち》により多くの観光客を呼び込もう——それがふたりの相互理解だった。〈タラ〉のホテルの宿泊客が、ちょっと気分を変えようと思って、〈ワインガード〉のカジノで数時間過ごす。〈ワインガード〉の客がちょっと贅沢をしようと思って、〈タラ〉のホテルに来る。両者はそういう関係だった。

ヴァーン・ワインガードとドム・リナルディはそろって記者会見や販促イヴェントに姿を現わし、マスコミが煽《あお》りたがるライヴァル関係を否定してきた。規律を守り、機転を利かせて同じメッセージを発信してきた。どちらにも居場所がある、それぞれに需要がある。両者は友好的なライヴァルであり、ラスヴェガスをよりよくするための同志だと主張してきた。

ただ、このままではヴァーン・ワインガードがより大きな支配力を持つようになる。〈ラヴィニア〉を買収したら。

〈ワインガード〉グループはもうすぐ〈ラヴィニア〉の敷地を買収する契約を結び、そこに巨大ホテルを建設する。そうなれば、〈タラ〉はこれ以上の拡大を阻止され、〈ワインガード〉がストリップの覇権を握ることになる。

17

マリー・ブシャールはひとりで〈プロヴィデンス・ビルトモア・ホテル〉のバーにいる。氷を浮かせないで、とバーテンダーに厳しく注文したスコッチのオンザロックをゆっくり味わっている。

今夜は飲まなければならない。ピーター・モレッティ・ジュニアの裁判に備えて。ウィスキーが心地よく咽喉《のど》をくだっていく。そのとき、トニー・スーザがいきなり現われ、隣りの席に勢いよく坐る。トニーは小男の痩せた弁護士だ。カールした髪は白く、きちんと整えた小さな口ひげを生やしている。「マリー、マリー」

「トニー」

「こちらのご婦人と同じものを」とトニーはバーテンダーに注文し、それからブシャールに向かって言う。「で、マリー、仕事は順調かな？」

この男がなぜここに来たのかブシャールにはわかっている。「わたしの証人リストを見たのね」

「パスコ・フェリを召喚するだって？」

「ピーター・ジュニアは殺人を実行するまえとあとにパスコ・フェリに会いにいってる」とブシャールは言う。「話を聞かないわけにはいかない」

「きみのところの捜査員が宣誓供述書を取っている」とスーザは言う。「裁判じゃそれを読み上げればいいんじゃないのか？」

「本人が現われると現われないとじゃわけがちがう」とブシャールは言い返す。「ブルースも反対尋問するでしょうし」

「それはどうかな」とスーザは言う。「ブルースはパスコの宣誓供述書の証拠認定に合意して、裁判の簡素化に貢献しようとするかもしれない」

「それっていかにもロードアイランドらしいやり方ね」ブシャールはそう言って首を振る。「パスコはピーター・ジュニアの弁護人としてブルースを送り込んだ。自分が証言しなくてすむように。否定しても無駄よ、トニー。それが事実だってことはわたしたちふたりとも知ってるんだから。ブルースじゃなかったとしても、弁護人の依頼料はどのみちパスコが払う。それはなぜか？　わたしの仮説を聞きたい？」

「聞かせてもらおう」

「パスコにはうしろめたいところがあるからよ」とブシャールは言う。「ピーター・ジュニアは彼に相談しにいった。〝父さんを殺したのはヴィニー・カルフォだって聞いた。おれはどうすればいい？〟って。パスコはかつてボスだった頃のようにゴーサインを出した。で、ピーター・ジュニアは自分が『ゴッドファーザー』のマイケル・コルレオーネになったつもりで、ヴィニー・カルフォを殺しにいった。でも、アドレナリンが出すぎてしまって、われを忘れ、母親まで殺してしまった。ピーター・ジュニアの眼のまえで天国の門が開かれそうになって、そう、今になって、パスコは罪悪感に苛《さいな》まれている。だから、あの子が扉を押し開けて門の向こうに行ってしまわないように手を差し伸べようとしている」

「パスコももう歳だ」とスーザは言う。「具合がよくない。外出できる状態じゃないという医師の診断書を提出することもできる。裁判を何週間も止めたままにすることもできる。しかもいつまで待っても出廷できないかもしれないんだぞ」

「それでもわたしは召喚するわ、トニー」

「どうしてわざわざ敵をつくろうとする？　きみがパスコを証人席に着かせて、根掘り葉掘り探ろうとするのを好ましく思わない連中が大勢いる。きみには政治家としての未来もある。そう、あるかもしれない。とりあえずこっちの——」

「——提案に協力すれば？」

「質問の内容を限定すれば」とトニーは続ける。「陪審はヴィニー・カルフォが何者かすでに知っている。何もパスコにわざわざ証言させる必要はない。きみは事件の夜に起きたことだけを訊く。彼は証人席には着くが、尋問はすぐに終わる。そうすればきみにはもっと大勢友達ができる」

「どうしてわたしが友達を欲しがってるなんて思うの？」とブシャールは訊く。

「友達は誰にも必要だよ」とスーザは答える。「たとえきみのような人でも。パスコはきみに好意を持っている。敬意を抱いてもいる。質問を限定すると約束してくれるなら、なんの支障もなく彼を出廷させられる。それができないなら、シートから落ちないようにベルトをしっかり留めておくことだ。このさききみは厳しい道を進むことになるだろうから」

ブシャールはウィスキーを飲み干して言う。「わたしはニューイングランドのマフィアがらみの裁判を全部やり直したいわけじゃない。パスコを追いつめて偽証罪に問いたいわけでもない。ただ、あの夜、ピーター・モレッティ・ジュニアが彼に何を話したか、ほんとうのことを聞きたいだけよ」

「そのことばを信じるよ」

「修道女が嘘をつくと思う？」

「『サウンド・オブ・ミュージック』じゃついてたけど」とトニーは言う。

「わたしは歌は歌えない」とブシャールは言う。

それに飛ぶことも……

18

クッキーは美味《うま》い。メロマカロナというギリシャの菓子で、蜂蜜とオリーヴオイルとクルミと砂糖がはいっている。

二枚は食べること。ダニーは自分にそう言い聞かせる。おいしいと思っていると相手に示すために。ほんとうはオリーヴは好きではないが、失礼にならないようにとにかく一枚は食べる。

スタヴロスは自宅の居間でコーヒーテーブルをはさんでダニーの向かいに坐っている。妻のジナは玄関でダニーを出迎えて挨拶し、ダニーは持参したブーケを彼女に渡すと、少しのあいだ世間話をした。やがてジナはめだたないように部屋から出ていった。

「このあいだのパーティはずいぶんと盛大だったな」とスタヴロスが言う。

「来てくれてありがとう」

「行かないわけがない」スタヴロスはクッキーをもう一枚手に取って言う。「ジナには内緒にしておいてくれ」

「告げ口なんかしないよ」

「ダニー」とスタヴロスは改まって言う。「時間を無駄にしたくない。きみの時間も。もし〈ラヴィニア〉を買いたいという話なら、ヴァーンに売る約束をした。関心を持ってくれたことは嬉しいし、感謝もする。だけど、きみが買いたい馬はもう納屋にはいない」

「もしこっちがより高い値段を提示したら？」

「だとしたら、改めて礼を言うよ」とスタヴロスは答える。「ただ、今の私の人生において金は問題じゃない。ありがたいことにもう充分稼がせてもらったよ。だから今は自分が一度口にしたことのほうが金よりずっと大事だと思ってる。だから答はやはりノーだ」

そういうことなら――とダニーは思う――したくなかった話をしなければならない。いや、そんなことをすることはないか。席を立って握手を交わし、この件はきれいさっぱり忘れるのだ。おそらくそうするのが正解なのだろう。しかし、ダニーはそうはしない。

「パスコ・フェリがあんたによろしく伝えてくれと言っていた」

スタヴロスの顔を暗い影がよぎる。「パスコは元気か？」

「パスコから昔話を聞いた」

話は一九五〇年代の終わり、スタヴロスがまだ小さなホテルを一軒しか持っていなかった頃にさかのぼる。ベニー・ルナという小物のギャングが彼からみかじめ料を巻き上げようとした。

スタヴロスはくたばれと言ってその男を追い返した。

スタヴロスとジナの夫妻にはラヴィニアという娘がいた。豊かな黒髪をした可愛い子で、あまりに毛量が多く、ジナが娘の髪を一度に切ろうとしたら、はさみの刃が折れてしまったという逸話がある。

娘はスタヴロスの人生にとってまさに光そのものだった。

当時、一家は金を貯めるために節約の一環としてホテルの裏手にあるアパートメントに住んでいた。ラヴィニアはそのアパートメントのキッチンが大好きで、七歳の娘は母親が料理するのを喜んで手伝った。ときには両親が寝ているあいだにベッドを抜け出してそっとキッチンに行き、お母さんになりきってままごとをしていたこともあった。

そんなある日、キッチンの窓から焼夷弾《しょういだん》が投げ込まれ、少女の豊かな黒髪に火がついた。スタヴロスが悲鳴を聞きつけ、煙のにおいに気づき、燃えさかる炎をかいくぐってキッチンに駆けつけたときにはもう遅かった。

「スタヴロスが絶対に半袖を着ないことに気づいていたか？」パスコはダニーにそう訊いた。「理由はそれだ。そのときの傷を隠してるんだ」

スタヴロスにもジナにもこの事件を乗り越えることはできなかった。

乗り越えられる者などいるか？

夫妻は二度と子供をつくらなかった。

警察は放火犯を捕まえられなかった。

パスコ・フェリがさきに捕まえたからだ。

パスコとマーティ・ライアンはベニー・ルナを車に乗せ、砂漠まで連れていった。スタヴロスも一緒だった。三人はベニーに自分で自分の墓穴を掘らせた。かなり深くまで。横になれる穴ではなく、立っていられるほど深い穴を。それからベニーを縛り、その穴に落とした。マーティがベニーの足もとにガソリンを流し込み――

――スタヴロスがマッチを投げ入れた。

「この話をしたのはあんたを脅迫するためじゃない」とダニーは言う。「話はこれで終わりだ。あえて言うなら、パスコは一度たりともあんたに見返りを求めなかった。今も求めていない。パスコはあんたが誰だか知ってる。あんたが正しい選択をするってことも」

ダニーは立ち上がって言う。「時間を割いてくれてありがとう。ジナにもおもてなしをありがとうと伝えてくれ。おれたちが提示する金額は一億ドル、ヴァーンと同じだ。それとは別に、小児病院のラヴィニア・スタヴロスやけど治療病棟に一千万ドル寄付する。見送りは要らない」

ダニーは砂漠の厳しい陽光を浴びて歩く。

スタヴロスは階上《うえ》の寝室に行き、ベッドで休んでいるジナに告げる。

ダニー・ライアンに〈ラヴィニア〉を売ることにした、と。

第二部

地獄の力

ネヴァダ州ラスヴェガス
1997年

天を動かせぬなら、地獄の力を目覚めさせるまでだ！

――ウェルギリウス『アエネーイス』第七巻

19

ダニーは岩だらけの急斜面をくだる。

死ぬほどビビっているが、それよりも怖いのは十歳の息子がフルスピードで山道を駆けおりていくことだ。ちっとも怖くないらしい。

いや、怖いもの知らずと言うべきか。ダニーはそう思う。

子供は命がどういうものか知らない。だから自分は無敵だと思っている。

だから、ダニーは万全を期す。ヘルメットと肩あてと肘あてと膝あてで中世の騎士みたいに完全武装させる。息子は文句を言ったが、ダニーは断じて聞き入れなかった。防具を着けないなら、マウンテンバイクはなしだ。そう言って譲らなかった。

自分の言うことは絶対だと言いながら自分自身はそうしないのかと息子から非難されないよう、ダニーも同じ恰好をしている。なんともばかばかしい気分だ。なにより暑くてたまらない。ユタ州南部の七月はサイクリングにうってつけの季節とは言えない。が、ダニーが休暇を取れる時期はそこしかなかった。それに汗と土にまみれることこそ今回の旅の醍醐味《だいごみ》であり、イアンはこの三日間、屋外で男の子にとっての至福の時間を過ごしていた。

イアンはサイクリングを愉しんでいる、もちろん。が、それだけではない。普段あまり一緒に過ごす時間がないせいもあって、とにもかくにもパパとふたりだけで過ごす時間が愉しいのだ。

最高だ。

車でラスヴェガスを出発して北に向かい、ザイオン国立公園を通り過ぎ、最初の夜はダッククリーク・ヴィレッジにある別荘に泊まった。翌朝は早起きして卵とパンケーキとベーコンの朝食をたらふく食べ、車でトーリーに移動して、エスカランテでサイクリングした。夜は脂《あぶら》っこい大きなチーズバーガーを食べた。翌日も同じように過ごし、それから脇道を通ってモアブまで行き、アーチズ国立公園でまたサイクリングを愉しんだ。

マウンテンバイクを漕いでいるあいだは、ダニーもイアンもほとんど口を利かなかった。道が険しくてそんな余裕はないのだ。それにたいていイアンがダニーのまえを走っていたから。一方、車で移動しているときや食事の時間になると、イアンはびっくりするくらいよくしゃべった。少なくともダニーの眼にはそう映った。

トーリーの東を走っているとき、だしぬけにイアンが尋ね、ダニーを驚かせた。「ママはどんな人だった？」

ダニーは数秒考えてから答えた。「面白くて、タフで、強くて、とっても愛情深い人だった」

「ぼくはママのことを覚えてない」

「無理もない」とダニーは言った。「ママが死んだとき、おまえはまだ赤ん坊だった」

「癌だったんだよね？」

「そうだ」

イアンはいっとき黙りこくってからまた訊いた。「もしママがまだ生きてたら、今も結婚してたと思う？」

「もちろん。どうしてそんなことを訊く？」

イアンは肩をすくめて言う。「学校の友達の家は……お父さんとお母さんが離婚してる家が多いから……ほとんどそうかもしれない」

「それは残念だ」

「そうだね。でも……」

「でも、少なくともお父さんもいればお母さんもいる？」とダニーは訊く。

「そう、そうだね」とイアンは答える。

「自分だけお母さんがいないのは不公平だ。おまえはそう思ってる」

「再婚しようと思ったことはないの？」

「一度考えた」

「でも、ダイアンは死んじゃった。そうだよね？」

イアンにそう言われてダニーはまたしても驚いた。当時、イアンはまだ幼くて、彼女のことを覚えているかいないか、微妙な歳だった。「そうだ」とダニーは答えた。

「あの人を愛してたの？」

「愛してた」

「ママと同じように？」

「どうかな」とダニーは正直に言った。「いや、ちがうな。別の人を同じようには愛せないと思う」

その答にイアンは納得したようだった。

翌日、サイクリングの途中、ダニーがリュックサックに詰めてきたサンドウィッチとグラノーラバーのランチをふたりで食べているときのことだ。ふたりは尾根に坐っており、眼のまえに赤い尾根と深い渓谷と高くそびえる山々の頂《いただき》が見えた。広々と開けた美しい場所で、おだやかで、神聖な雰囲気すらあった。

イアンが言った。「パパ、このあいだの誕生日パーティのことだけど……」

そのあと、イアンは気まずそうに、ためらいがちに言った。

「……ケヴィンおじさんが言ってたことだけど」

「おまえはその場にいなかった」

「みんなその話をしてた」

「みんなって？」とダニーは訊いた。「誰のことだ？」

弁解がましい口調になっているのがダニーは自分でもわかる。

「友達」とイアンは答えた。

「ケヴィンおじさんは飲みすぎた」とダニーは言った。このときが来るのを彼はずっと恐れていた。来なければいいとどこかで願っていた。が、その日がとうとう来た。もう少し先延ばししたかったのだが。

「うん、わかってる」とイアンは言った。「でも、おじさんはロードアイランド州から逃げ出したときのことを言ってた。どこからお金を手に入れたかとか……友達や友達のお父さんやお母さんの中には、パパが昔ギャングだったたって言う人もいる」

そら来た、とダニーは思う。

とうとうその瞬間がやってきた。

はぐらかすこともできる。が、それはこの子に対してフェアじゃない。自分に対しても。

父親は子供から、特に息子からは尊敬されたいと思うものだ。手本でありたい、完璧だと思われたいと願っている。そうではないと認めるのは辛い。怖くもある。なんとしても息子を失望させたくない。

が、正直に認めなければ、やはり失望させることになる。いずれ必ず知るときが来るからだ。そのときになって騙された、父親に嘘をつかれたとわかれば、もっとひどい結果になりかねない。何を話しても疑われ、信じてもらえなくなる。

だから、ダニーは正直に話す。「イアン、ずっと昔の話だが、おれは人には言えないようなことをした。ギャングだったのかと訊かれればそのとおりだ。おれは確かにギャングだった。だけど、もう昔のことだ。今はそうじゃない」

ほんとうにそうだろうか？　ダニーはマウンテンバイクで斜面をくだりながら考える。つい最近、その昔を呼び戻したのではなかったか？　パスコと親父が犯した犯罪を持ち出して、ホテルを売るようジョージ・スタヴロスを脅したんじゃないのか？

そのことをイアンに話せるか？

イアンはダニーの答を額面どおり受け取ったようだった。が、さらに訊いてきた。「ぼくたちはほんとうにロードアイランド州から逃げてきたの？　つまり、その、どうして？」

「おれの命を狙ってる人たちがいたからだ」

「今もその人たちに命を狙われてるの？」

不安が声に表われている。

「いや」とダニーは答えた。「もう終わったことだ、イアン。誓って言う。何も心配は要らない」

「わかった」

「もしおれの身に何か起きるとしたら、このくそ自転車から転げ落ちることくらいだ」

イアンは声をあげて笑う。

ダニーはハンドルをしっかり握り、どうにか首の骨を折らずに斜面をくだりきると、自転車を横すべりさせて停止する。

イアンも止まり、振り向いて笑顔で言う。「やったね！」

「おれには無理だと思ってたのか？」

「思ってた！」

「おれもだ！」

それからモアブでさらに二日間サイクリングを愉しむ。夜は慎ましいホテルに泊まり（贅沢ではないところがダニーには心地よかった）地元のレストランやファストフード店でハンバーガーやタコスを食べて過ごす。最後の夜、車の中で〈タコベル〉のタコスを食べていると、イアンが尋ねる。「明日、飛行機が迎えにくるの？」

「ああ」ダニーは約束を守った。モアブからラスヴェガスまではすぐそこだ。だから飛行機で帰るなど馬鹿げているが、社用ジェット機に乗せてやるとイアンに約束したのだ。

「それ、なしにできたりする？」とイアンは言う。

「どういう意味だ？」

「なんていうか、ドライヴが愉しいから」とイアンは言う。「このまま車で家まで帰るのは駄目？」

仕事のことを考えると、それは理想的な変更とは言えない。

二日後には〈タラ〉グループが新規株式公募を実施して上場する予定になっており、ダニーは急いで戻らなければならない。彼の夢を実現できるかどうかが決まる大事な局面だ。

この数週間は想定どおりにものごとが進んでいない。

むしろいい意味で。

バリー・レヴァインが主催した資金集めのランチパーティは大成功に終わり、百万ドルの寄付が集まった。内密の見返りとしてギャンブル産業の収益に四パーセントの税をかけるという案は、熱心すぎる元職員による時期尚早の失策と見なされ、立ち消えになり、委員会は召喚権を持たないことになった。

おかげでダニーも少しは気が楽になった。ジョージ・スタヴロスが〈ラヴィニア〉は〈タラ〉グループに売却すると発表したことによる余波もしかり。

ワインガードの反応は驚くほど落ち着いていた。記者の質問に対し、ワインガードはこう答えたのだ。もちろん残念に思っているが、ジョージ・スタヴロスには引退するにあたって誰に売るかを決める権限が十二分にある、と。さらに、〈タラ〉グループの幸運を祈っている、われわれはこれからもよき隣人だ。そう公言したのだ。

世間が肯定的な反応をすることは想定していたが、耳にはいってくるヴァーン個人の反応は予想外だった。怒り狂ってもおかしくなかった。が、彼をよく知る人たちが言うには、怒るというより彼は悔やんでいるとのことだった。「小児病院に新しい病棟を寄付するとはね。こっちもそこまで考えるべきだった」そう言っていたという。

かくして、〈ワインガード〉グループとの戦争になりかねない火種はどうやら消えた。〈タラ〉グループが株式を公開するというニュースに対する世間の反応も嬉しい驚きだった。ダニーも共同出資者たちも好意的に受け止められるだろうと予想はしていた。が、発表と同時にこれほど熱烈に歓迎されるとは思っていなかった。

ギャンブル業界専門メディアは、〈カサブランカ〉を見事に再生させ、〈ザ・ショアズ〉で驚くべき成果をあげ、短期間で前例を見ないほどの利益率を叩き出した〈タラ〉の記録的な偉業を視聴者に思い出させ、熱烈歓迎一色のニュースを配信した。

銀行やヘッジファンドによる分析結果も同様に良好で、リナルディは自分たちが株式の大部分を保有しつつ、新規公開株の値を上げるのも簡単だと言った。

どれもいいニュースばかりだ。だとしても、一週間の休暇——休みのあいだは携帯電話の電波が届く圏内にいたとしても絶対に電話には出ないとダニーは決めていた——を取るタイミングとして最適とは言えない。ましてや休暇を一日延長するなど論外だ。

とはいえ、プライヴェートジェットに乗るより、父親とふたりでドライヴし、ファストフード店やガソリンスタンドで食事をしながら長い一日を過ごすほうがいいと息子が望む機会がどれだけある？

父親と一緒にマウンテンバイクで旅したいと願う息子がこの世にどれだけいる？

「わかった」とダニーは答える。「電話して飛行機は要らないって言うことはできる。ほんとうにそれでいいのか？」

「もちろん」

モーテルの部屋に帰ると、ダニーは電話で社用ジェットをキャンセルする。そして、イアンと一緒にくだらないテレビ番組をしばらく見てから寝る。翌朝起きて朝食をすませ、車で家に向かう。

遠まわりになるが、景色のいい道をあえて選ぶ。そうやって九時間かけて家に帰る。ダニーにとって人生最高の一日となる。

20

ＦＢＩ本部組織犯罪捜査部門の管理職、レジー・モネタが飛行機からラスヴェガスに降り立つ。

彼女はギャンブルをしにきたのではない。酒を飲み、ショーを見て、日光浴をするために来たのでもない。リゾートウェディングや独身最後《バチェロッテ》のパーティや学会に出席するのでもない。

モネタの目的はただひとつ。

ダニー・ライアンの息の根を止めることだ。

彼が経営する〈タラ〉グループはカジノ業界の中でも、金融業界においてもきら星のごとく輝く存在なのかもしれない。小児病院に多額の寄付をして新しい病棟をつくると発表したことで、愛される慈善家の仲間入りを果たしたのかもしれない。ダニー・ライアンはふたつのカジノホテルを成功に導き、この市《まち》きっての人気者になるのかもしれない。が、モネタにとって彼はギャング以外の何者でもない。それももともとはニューイングランドのごろつきにすぎなかった成り上がりギャングでしかない。本人は蛇が脱皮するように過去をそっくり捨て去ったつもりになっていることだろうが。

いや、ほんとうに捨て去ったのかもしれないが。モネタはそんなことを考えながらタクシーに乗り込む。とりわけ腹立たしいのは、ダニー・ライアンが過去を帳消しにできる許可証を持っていることだ。それは、影響力を持つ売女《ばいた》の母親がウォール街やワシントンD.C.の大物たちに裏で働きかけたおかげなのか。麻薬カルテルに関わる作戦に加担して諜報機関に恩を売り、公的機関ときな臭い関係を築いているからなのか。あるいは、彼には不運なところもあるものの、まぎれもないカリスマ性があるからなのか。いずれにしろ、この世界ではダニー・ライアンは何をしても見逃してもらえるらしい。

彼と組織犯罪とのつながりに関して、ネヴァダ州ギャンブル管理委員会は見て見ぬふりをしている。彼がハリウッドであの映画女優と関係を持っていた当時、あの男はギャングだ、麻薬ディーラーだと書き立てたタブロイド紙は都合のいい選択的健忘症を発症している（なんとも皮肉なことにその女優は薬物の過剰摂取で死んだのだ）。政府が設置した委員会さえ――本来なら彼から防護服を剝ぎ取るのがその役目なのに――今では処罰すべき対象を見つけても、そのあとは避けて通るのが任務と心得ている。

かてて加えて、ダニー・ライアンはFBI捜査官を殺した可能性が高いのに、当のFBIがまるで関心を示そうとしない。

みんなが言う、あれはもう過去の事件だ、昔のニュースだと。モネタにとってはそうではない。一九八八年十二月にフィリップ・ジャーディン捜査官が射殺された事件の傷はまだふさがっていない。ジャーディンは彼女のよき友であり、恋人だった。彼はいい人間だった。FBI本部は彼が汚れた捜査官だった、四十キロのヘロイン強奪に関わっていたという根拠のない噂を信じているようだが。

FBIはその一件に蓋をして揉み消した。ダニー・ライアンがジャーディンを殺して真冬の海辺に置き去りにしたことなど大したことではないと思っているのだ。組織の名を守るほうがずっと大切だと。

モネタはロードアイランド州首席検事のマリー・ブシャールに事件の再捜査をそれとなく依頼した。が、ブシャールは世間を騒がせているピーター・モレッティ・ジュニアの裁判のことで頭がいっぱいで取り合ってくれなかった。

ジャーディンを殺害したあと、ライアンはいよいよ力をつけた。

信頼できるすじからの情報によれば、ライアンと仲間たちは麻薬カルテルの金の隠し場所を襲撃し、四千万ドルもの追跡不能な現金を盗み出した。その後、ライアンがそのときの取り分の一部を映画に投資したこともわかっている。映画は大ヒットした。だから、彼がさらに大金を手にしたのはまちがいない。彼と女優のダイアン・カーソンとの熱愛はテレビのありとあらゆるワイドショーで取り上げられ、この大恋愛を特集した雑誌がスーパーマーケットのレジ横に並べられた。が、結局、ライアンは彼女を捨て、彼女は薬物の過剰摂取で死んだ。それからしばらくのあいだ、ライアンが捜索のレーダーに引っかかることはなかった。

が、次に姿を現わしたときには〈タラ〉グループの陰の出資者になっていた。表向きはオーナーではないが、〈タラ〉の支配権は実質的に彼が握っている。ネヴァダ州ギャンブル管理委員会はその事実を認めようとせず、当然ながら対処もしていない。

ダニーは古いカジノホテル〈シェヘラザード〉を手に入れ、〈カサブランカ〉として生まれ変わらせた。モネタはその成功を怒りに震えながら見ていた。さらに〈ザ・ショアズ〉が経済界の奇跡ともてはやされ、ダニーが市《まち》の名士に成り上がると、彼女の怒りは頂点に達した。

さらに今度は？

〈ラヴィニア〉を買収する？

その跡地に巨大なホテルを建設する？

おまけに会社を上場する？

許せない。モネタはそう思う。

断じて許せない。

わたしの眼が黒いうちは絶対にそんなことはさせない。

ただ、問題は彼女には表立った行動が取れないことだ。政府関係者の中には今もダニーの強力な庇護者がいて、彼には手を出すなと命じられている。

ダニー・ライアンは飛行禁止区域にいる、そう言われている。

いいえ、今にわかる。モネタは胸につぶやく。

彼女を乗せたタクシーはＦＢＩの支局ではなく、ヘンダーソンの郊外にあるホテルに着く。

ジム・コナリーはさきにラウンジに来ていて、窓ぎわに置かれた肘掛け椅子に坐っている。モネタがはいってくるのを見て立ち上がる。ふたりはまさに正反対の見本のような見た目をしている。モネタは四十代半ばで、背が低く、腰まわりに贅肉がつきつつある。一方、コナリーは長身で尋常ならざる痩せ方をしている。歳は六十代初めで、やや猫背、かつてはブロンドだった髪は今では黄色としか呼べないくらい色褪せ、青い眼は血走っている。

いつものことだ。モネタはそう思いながら向かいの席に坐る。ジム・コナリーはいつ会ってもつい さっきまで夜どおしで飲んでいたような眼をしている。が、実際はそうではない。確かドライアイだかなんだかを患っていて、数年まえに砂漠に囲まれたこの土地に来てからさらに悪化したらしい。

以前はＦＢＩラスヴェガス支局の管轄下にある駐在事務所長だったが、引退したあとはカジノ業界で警備の要職に就いている。この市《まち》の元ＦＢＩ捜査官の多くと同じように。今は〈ワインガード〉グループのホテルの警備部門を統括する立場にあり、高額の給料をもらっている。

レジー・モネタのおかげで。

モネタは彼が引退後も快適な生活を送れるよう駐在事務所長就任のお膳立てをし、彼を誉めそやして、〈ワインガード〉グループの役員たちに熱心に売り込んだのだ。実際のところ、仕事ぶりは確かに優秀ではあるものの、組織犯罪の取り締まりに関してはクソの役にも立たなかったのだが。

ラスヴェガスではよくあることだ。

一九八〇年代初頭より以前のラスヴェガスのFBI駐在事務所はただの笑い種《ぐさ》だった。モネタはそう思っている。捜査官はみな自ら進んで目隠しをして、マフィアがカジノに影響力を持っていることについては見て見ぬふりをしていた。本気で仕事をしようものなら、黄金の未来を約束するパラシュートのコードが切れ、市《まち》じゅうに敵をつくることになることがわかっていたからだ。さらにひどいことに、ネヴァダ州選出の上院議員も下院議員もギャンブル業界の懐にしっぽりとはいり込んでおり、カジノに本格的な捜査の手が及びそうになるたび、議会での権力を行使して捜査を押しつぶした。

その悪習を変えたのがFBIラスヴェガス支局長ジョセフ・ヤブロンスキーだった。彼は徹底して、効率よくマフィアを追及した。ストリップクラブだけは例外で、それは注目に値するものの、彼の在任中に組織犯罪の多くがこの市《まち》から追放された。ただ、そのせいでラスヴェガスの有力者全員から恨みを買い、引退してもラスヴェガスからもワシントンD.C.からも彼には一切声がかからなかった。

ラスヴェガスの事務所に着任したコナリーはヤブロンスキーの経験に学び、同じ轍《てつ》は踏まなかった。彼の前任者はシカゴやカンザスシティやデトロイトの組織を市《まち》から一掃すべく派手に箒《ほうき》を振りまわしたが、コナリーはその箒を拾うことはないと考えた。おかげで、引退すると〈ワインガード〉グループが喜んで彼を雇い入れた。コナリーは血走った真っ赤な眼でモネタを見つめて尋ねる。「今日はいったいどういう風の吹きまわしなんだね？」

「ダニー・ライアン」

「おいおい、レジー。まだあきらめる気になれないのか？」

「ええ」とモネタは答え、コナリーをとくと眺める。「フィリップ・ジャーディンはあなたの友達だったと思ってたけど」

ボストン支局にいたコナリーをわざわざ抜擢《ばってき》してラスヴェガスに赴任させたのは、まさにそれが理由だった。

「ああ、友達だった」とコナリーは答える。

「ライアンが金も名誉も手に入れるのを黙って見ているつもり？」とモネタは訊く。

「おれにどうしろと？」

「ワインガードを焚きつけて」とモネタは言う。「ライアンは彼を出し抜いてまんまと〈ラヴィニア〉を手に入れた。それなのに、ワインガードはおとなしく引き下がるつもりなの？」

「そうらしい」

「そんなのは駄目よ」

コナリーは笑って言う。「駄目とは？　ボスは彼だ、おれじゃない」

「あなたの忠告なら彼も聞く耳を持つ」

「ヴァーン・ワインガードが誰のことばになら耳を傾けるか知ってるかい？」とコナリーは言う。「ヴァーン・ワインガード本人だ」

「それってつまり自尊心が強いってことでしょ？　そこを突つけばいい」とモネタは言う。「さらに、ネヴァダ州ギャンブル管理委員会に働きかけて、ライアンに主要従業員《KEL》資格があるかどうか調べさせて」

カジノで重要な職に就くには、ギャンブル業主要従業員資格を取得しなければならない。この資格は重大な犯罪記録や犯罪組織とのつながりはもとより、ギャンブルやドラッグに問題がないことを証明しなければならず、ダニーもＫＥＬを取得して〈タラ〉グループのホテルの運営ディレクターの職に就いている。

ダニー・ライアンはこの市《まち》の実力者だ。コナリーはためらう。〈タラ〉グループ自体それなりの力を持っている。彼らに刃向かって損害を与えたりしようものなら、どんな報復が待っているかわかったものではない。それに、採るべき方策をおこがましくもワインガードに進言する？

そんなことをしたら、馘《くび》にされかねない。

コナリーは椅子の背にもたれて言う。「そんなことはできないよ、レジー」

「あなたの今の仕事を紹介してあげたのは誰なの？」とモネタは言う。「そのお返しがこれ？」

「ほかの頼みならなんでも聞くよ」とコナリーは答える。

「わたしが頼みたいことはひとつよ」

恩知らずにはなりたくないが、コナリーはもうレジー・モネタの下で働いているわけではない。彼のためにできることは彼女にはもう何もない。「すまない、レジー。無理なものは無理だ」

「わかった」とモネタは言う。「あなたはいい暮らしをしてる。郊外の家には寝室が四つとバスルームがふたつとトイレだけのバスルームがひとつ、それにプールまである」

コナリーは何も答えない。何が言える？　彼女の言ったことは正しい。

「でも、何もかも失うことになるかもしれないわね」とモネタは続ける。「あなたは恩知らずの業突張《ごうつくば》りよ、ジム。ついでに言うなら、迂闊《うかつ》で恩知らずな業突張りね」

そう言うと、モネタはブリーフケースから薄いファイルフォルダーを取り出して小さなテーブルの上に、彼の眼のまえに置く。「スチュアート・アルセストというプロのギャンブラーの宣誓供述書よ。アルセストは〈ワインガード〉グループのどこのカジノでもカードカウンティング（ブラックジャックですでに場に出たカードを記憶すること。違法ではないが、禁止しているカジノが多い）をしていた。あなたはそれを知りながら、分けまえを受け取るかわりに見て見ぬふりをしていた。そのアルセストがコカインを大量に所持して逮捕されて、減刑と引き換えにあなたを売った」

コナリーは供述書を読まない。その必要はない。何が書かれているかは読まなくてもわかる。

「さて」とモネタは迫る。「ふたつにひとつよ。あなたがワインガードと管理委員会にライアンのことを話すか、それともわたしが彼らにあなたのことを話すか。あなたは解雇され、KELを剝奪される。運がよければアトランティックシティで一回二十ドルの安っぽい売春婦の客引きの仕事にありつけるかも。四つの寝室にもふたつのバスルームとトイレだけのバスルームにもプールにもさよならしなきゃならなくなる。奥さんには言いだしにくいでしょうね。選択肢はふたつ。わたしならどちらを取るか迷ったりしない」

「役に立てるならなんなりと言ってくれ、レジー」とコナリーは言う。「なんでもするよ。知ってるだろうけど」

「ええ、よく知ってる」とモネタは答える。「ありがとう、ジム」

モネタはファイルフォルダーをブリーフケースにしまって立ち上がる。できるだけ早い便で帰るに越したことはない。

モネタはこの市《まち》が大嫌いなのだ。

21

ジム・コナリーも馬鹿ではない。ヴァーン・ワインガードに直接話を持っていくようなことはしない。彼のボスは部下の進言など端《はな》から受けつけない。よけいなことを言って、そんなボスの怒りを買うような愚かな真似はしない。この市《まち》はゴシップの市《まち》と言ってもいいほどだ。だから、そのゴシップを利用する。初めに〈ワインガード〉グループが所有する〈ステート・フェア〉に行き、カジノフロアのマネージャーに囁く。「まったく、ダニー・ライアンのやつ、ずいぶんとヴァーンをこきおろしてくれるじゃないか」

「ええ？」

「知らないのか？」

「知らない」

「聞いた話じゃ」とコナリーは言う。「ライアンはヴァーンをとことん叩きのめした、木《こ》っ端微塵《ぱみじん》に打ち砕いてやったなんてほざいてるそうだ、そう、〈ラヴィニア〉買収の件で」

コナリーはこの男をよく知っている。彼のシフトが明けるまえから噂がホテルじゅうに広まっていることだろう。

〈リヴァーボート〉ではさらに悪意に満ちた噂を流す。警備部門の責任者と一杯やりながら、それとなく切り出す。「耳を疑ったよ。ダニー・ライアンがなんて言ったか知ってるか？」

身を乗り出し、聞き耳を立てている者がいないか確かめるようにまわりを見まわして続ける。「〈ラヴィニア〉の件でヴァーンは〝顔をつぶされた〟。だけど、あの顔じゃむしろつぶれてよかったかもしれないなんてほざいたらしい」

「なんだって？　ほんとにそんなことを言ったのか？」

「そう聞いた」

「ヴァーンも知ってるのか？」

「彼の耳にははいってないことを願うよ」

翌日、コナリーはジナ・スタヴロスが婦人会の会合を終えて帰るところに〝ばったり〟出くわす。ふたりは何年もまえからの知り合いで、いつものように世間話を始める。そこでコナリーがだしぬけに尋ねる。「ジナ、ひとつ訊いてもいいかな？　〈ラヴィニア〉の買収の件で何があった？　ヴァーンは契約するのは自分だと思ってた」

「わからない」とジナは答える。「ジョージは気が変わったとしか言わなかったし、その話はしたがらないから。あなたも知ってるでしょ？　そういう人なのよ。でも、どうして？」

「みんなが噂してる」

「どんな噂？」

「聞かないほうがいいと思う」

「教えて、ジム」

コナリーは〝渋々〟彼女に話して聞かせる。「ジョージ・スタヴロスはダニー・ライアンにまんまと騙された、古くからの友人であるヴァーンを裏切った、約束を反故《ほご》にした。市《まち》じゅうがそう言ってる」

「夫は約束したことは守る人よ」とジナは反論する。

コナリーは肩をすくめる。そうでもないんじゃないのかと言わんばかりに。

ジナはまっすぐ家に帰り、夫にその噂を伝える。

「誰に何を言われようとどうでもいい」とスタヴロスは言う。「言わせておけばいい」

「でも、わたしたちの名誉に関わることよ」とジナは言う。「それに、信じられないでしょうけど、ダニー・ライアンはひどいことを言ってる。今回のことでヴァーンは顔をつぶされた、でも、つぶれてよかったんじゃないかなんてことまで言ってるんだって」

「誰がそんなことを？」

「婦人会はその噂でもちきりよ」

「おしゃべり女どもが」

「どうしてなの、ジョージ？」

「どうしてって何が？」スタヴロスはそう訊き返すものの、答はわかっている。

「どうしてヴァーンじゃなくてダニー・ライアンに売ることにしたの？」

スタヴロスはキッチンの朝食用カウンターに置かれた座面の高いストゥールから立ち上がり、冷蔵庫のところまで行き、何か食べるものを探しながら言う。「おれたちは結婚して何年になる？」

「五十七年。訊くまでもないでしょ？」

「その五十七年のあいだ」スタヴロスはラップに包まれたツナのサンドウィッチを半分取り出しながら言う。「事業のことはおれが、家のことはおまえがやってきた。それでうまくいってた。これまでおれがどうして赤いソファじゃなくて青いソファを買ったのかなんて訊いたことがあったか？　どうして居間のカーペットを新しくしなきゃならないのかなんて訊いたことがあったか？」

「これはソファやカーペットの話じゃない」

スタヴロスは妻に向き直って言う。「ジナ、おれを信じろ。信頼しろ。おまえは知らないほうがいい。そういうこともあるんだ」

彼のほうには知りたくも思い出したくもないことがある。

噂はヴァーンの耳にも届く。

〈ステート・フェア〉の館内を歩いていると、カクテルウェイトレスがひそひそ話す声が聞こえる。「……顔をつぶされたっていうけど、もともとだものね」

ディーラーが声をあげて笑う。

ヴァーンは立ち止まって訊く。「どうした？」

「なんでもありません、ミスター・ワインガード」ウェイトレスは怯《おび》えた様子で答える。

「いや、可笑《おか》しかったから笑ったんだろ？」とヴァーンは言う。「今日は笑いたい気分なんだ。なんの話か教えてくれないか？」

ライアンが悪口雑言《あっこうぞうごん》を並べ立てているという噂は彼もすでに聞いている。市《まち》じゅうがその話題でもちきりだ。

とはいえ、自分のホテルで聞くことになるとは……

「ほんとうになんでもありません」

「おれの顔がどうとか？」とヴァーンは問いつめる。「いいから言ってくれ。うちのバスルームにも鏡はある」

ウェイトレスはまるで殴られたかのような顔をしてただじっと彼を見つめる。

ディーラーはうつむいてテーブルを見つめる。

ワインガードはその場を立ち去り、コナリーとの週一回のミーティングに向かう。

ひどく腹を立てている。

スタヴロスが手のひらを返したときからじわじわと怒りが込み上げてきていたが、あくまでビジネスだと努めて割り切ろうとしてきた。それでもやはり腹が立った。針で刺されたような痛みさえ感じていた。〈ラヴィニア〉を手に入れられず、彼の事業拡張計画は頓挫した。ラスヴェガスの帝王として君臨する道が閉ざされた。帝王の玉座にはダニー・ライアンが就くことになった。ワインガードはそれが気に入らなかった。まったくもって気に入らなかった。

　高校生の自分を乗り越えることは誰にもできない。アメリカではそれが自明の理のように語られる。高校生だった頃がその人にとって人生のピークで、二度と同じ高みに登ることはできず、残りの人生は下り坂をむなしくすべり落ちていくだけにしろ、あるいは、逆に高校生時代は辛く苦しい思い出でしかなく、忘れたいのに忘れられない過去だとしても。

　ワインガードは頭のいい男だ。にきびだらけの顔を〝ピザづら〟と揶揄《やゆ》され、ガールフレンドもできず、学園祭のヒーローになどなれるはずもなかったのが彼の高校時代だった。今の自分はそんな自分を（過剰に）揚棄《ようき》しようとしている。そのことも自覚している。

　今や彼は億万長者で、かつて彼をからかった（もっとひどい場合には無視した）大勢の人間が今では彼の命令に従わなければならない現実――実際には彼の気まぐれに振りまわされ、ひたすらへつらうしかない現実――を目のあたりにし、過去はすっかりなかったことにできたと思っていた。

　実際、そうだった。今になってまた忍び寄ってくるまでは。

　ダニー・ライアン――ハンサムで、カリスマ性があり、生まれながらのリーダーで、チームの指揮官で、人気者のあの男――は今、そんな彼から王座を奪おうとしている。彼が選ばれし者だったことなど一度もないと彼に思い出させ、これからも選ばれし者になることは絶対にないと思い知らせようとしている。

最初は蚊に刺された程度だった。それが鈍い痛みとなってじわじわと彼の心を蝕《むしば》みつつある。

ワインガードはスタヴロスを訪ね、今回の一件について問い質《ただ》した。「病院に新しい病棟をつくりたいのか？　だったらおれがつくるよ。あんたが望むなら新しい病院を丸ごとつくってもいい」

「それならもうライアンが申し出てくれた」

「おれたちは契約した」

「契約書はまだ交わしてなかった」

「どうしてこうなった？」とワインガードは尋ねた。「その理由が知りたい」

「ライアンの計画のほうが気に入ったからだ」とスタヴロスは答えた。

そうだろうとも。ワインガードはそう思った。ライアンがつくったホテルは美しく、洗練されている。おれのは労働者階級を相手に商売する安っぽいホテルだ。ライアンのホテルはイケてる連中向けで、おれのホテルはＡＶ機器オタク向けだ。それはわかっている。

「例の夢がどうこうってやつか？」とワインガードは言った。「勘弁してくれ」

結局、スタヴロスを翻意させることはできなかった。あのクソ頑固爺《じじい》、と思った。それでもやり過ごすことにした。ほかに何ができる？

そんなとき、噂が耳にはいってきたのだ。ライアンがひどいことを言っている、彼を馬鹿にしている、勝利を手にしてほくそ笑んでいる。そういう噂が聞こえてきたのだ。それもまあいい。正直に言えば、もし反対の立場だったら自分も同じことをしていたかもしれない。

ところが、今度は顔のことでからかわれた。

これまでもクソみたいなジョークは何度も聞いてきた。子供の頃からそういうジョークを言われつづけてきた。それでも、言うなれば、面の皮を厚くして乗り越えてきた。しかし、ダニー・ライアンから言われるとなると？　しかも〈ラヴィニア〉の一件のあとで？　今怒らなくていつ怒る？

ダニーのクソ野郎。

何が夢のホテルだ。

「ダニーがなんと言ってるか知ってるか？」とワインガードはコナリーに尋ねる。

「やつの顔に一発見舞ってやりたい気分だよ」とすかさずコナリーは答える。ワインガードが返事をしないのでさらに言う。「それとも、もっと痛いところを殴ってやるとか」

「どういう意味だ？」

「〈ラヴィニア〉を取り返すんだ」

「あの馬はもう納屋にはいない。手遅れだ」とワインガードは言う。

「ライアンはギャングだ」とコナリーは言う。「ラスヴェガスから犯罪組織を追い出すのに十年かかった。なのに、また乗っ取られてもいいのかい？　やつらの暴挙を止められるのはあんただけだ」

「ダニーはギャングじゃない」とワインガードは言う。「誰もが聞いたことがある。このあいだのパーティで酔っぱらいがなにやら言っていたのも耳にした。が、そのことでダニーを冷やかしたことを後悔してさえいる。実際、カジノのオーナーは大半が遵法《じゅんぽう》精神に富む誠実な実業家だ。かつてマフィアの一員だった者がそうした実業家になれるわけがない。ダニーはずっと合法的に事業経営してきた。少なくとも、ワインガードはそう思っている。〈ラヴィニア〉の件で負けたからと言って、彼の名声に泥を塗るような真似をしていいことにはならない。

「あんたはやさしすぎる」とコナリーは言う。「紳士でいるにもほどがある。いいかな、彼はパスコ・フェリと関係があった。何年かまえにタブロイド紙がこぞってそう報じたじゃないか」

「所詮、タブロイド紙の言うことだ」

「だとしても」コナリーはさらに言い募る。「彼がどんな手を使ってスタヴロスに圧力をかけたかわかったものじゃない。ちがうか？　ここだけの話だけど、ＦＢＩもライアンに眼をつけてる」

「どういうことだ？」

「ライアンに一矢《いっし》報いるつもりがあんたにあるなら、味方がいるということだ」

「味方？」

「そう、たとえばＦＢＩとか」

「小賢しい真似はやめろ」とワインガードは言う。「何か知ってることがあるならさっさと話せ。それとも何も知らないのか？」

コナリーはレジー・モネタの名前は出さずに彼女と会って話したことを伝える。ある部分については省略して。

「どうかな」とワインガードは言う。いずれにしろ、もう手遅れだ。あの土地はすでに〈タラ〉グループが所有している。

が、そこでまた考え直す。その〈タラ〉グループを所有しているのは誰だ？

22

そこで終わりになっていてもおかしくなかった。

よくよく考えた末、ワインガードがあきらめてもおかしくなかった。考えるだけにしていても。このチャリティのオークションがなかったら。

ダニーは気が進まない。

行きたくない理由はいくつかある。

ひとつ、ダニーは華やかな催しが苦手だ。死ぬほど退屈で、時間の無駄としか思えない。何時間も坐ったまま、欲しくもなければ使い道もない品を競《せ》り落とすより、さっと小切手を切って〈ローザ・ブルーメンフェルト乳癌研究基金〉に寄付するほうがずっといい。

ふたつ、チャリティのオークションにどんな意義があるのか、ダニーにはさっぱりわからない。現金を寄付するほうがよっぽど役に立つのに、人はどういうわけか品物を寄付したがる。欲しいものを買うだけでほんとうにチャリティになるのか？　そもそもオークションに参加するのは欲しいものはなんでも買える余裕がある人ばかりだ。いや、問題はそこじゃない。ダニーは思う。彼らは施しをする姿を見てもらいたいのだ。いわば、気まえのよさのせめぎ合い、慈善家精神の小競り合いであり、自分は人並とはちがうということを周囲に知らしめたいのだ。

三つ。これが最大の理由だが、このオークションにはワインガードも参加することを知っているからだ。

普段ならなんの問題もない。これまでもこういうイヴェントでワインガードと一緒になることは何十回とあった。愛想よく友好的なライヴァル関係を演じながら競り合い、結局あとで寄付することになる品物を落札するのがお決まりだった。ふたりのあいだにはいわばしきたりのようなものがあり、勝ち負けを交互に繰り返し、競り負けたほうは落胆してみせることになっていた。市《まち》の人々もそうとわかっていて、その攻防を期待し、愉しむのがその時々のイヴェントの見せ場にもなっていた。

が、今回はそれとは異なる展開を誰もが期待している。

本物の敵意が火花を散らすのを待っている。

その噂はダニーの耳にも届いていた。

ある朝、リナルディがオフィスにやってきて言ったのだ。「あんた、ワインガードのことでいったい何を言ったんだ？」

「何も」

「おれが聞いた話とはちがうが」とリナルディは言った。「ジムでラケットボールをしてたら、みんながこそこそ言ってた。あんたがヴァーンのことをぼろくそに言ってるって」

「おれがそんなことをすると思うか？」

「思わない」とリナルディは答えた。「だから心底驚いた。パーティであいつが言ったことに腹を立ててるのは知ってたから――」

「その話はやめてくれ」

「――だとしてもだ、ダニー。あの男の顔についてどうこう言うなんて」

「なんの話だ？」

なんてこった。リナルディから詳しく話を聞いてダニーは心の中で毒づいた。おれがヴァーンの顔についてなにやら言っていた、誰かがそう聞いたらしいと別の誰かがそのまた別の誰かに話す。それが繰り返されて、いつのまにか既成事実になる。「ヴァーンと話す」

「おれなら会いにいったりしない」とリナルディは言う。「話がよけいこじれるだけだ。やつの頭が冷えるまではじっとしているほうが得策だ」確かにそのとおりかもしれない。

今になってダニーはそう思う。

ヴァーンと直接話して事実無根だと訴えるにしても、わざわざ刺激的な対決を期待している大観衆のまえでやることはない。

一方、グロリアは言う。「出席しないなんてありえません」

彼女も噂は聞いている。クソ美容師から。「あなたのボスはヴァーン・ワインガードのことをなんて言ったの？」「何も。ミスター・ライアンはそんなことを言う人じゃない」

「でも、聞いた話じゃ――」「あなたが何を聞こうと関係ない」

「おれは表舞台には立たないことになってる」とダニーは言う。

もう立っている。グロリアはそう思う。それはそれですでに問題だ。が、もしダニーがオークションに姿を見せなければ、噂は一層信憑性《しんぴょう》を増す。

「あなたは〈タラ〉グループの中でも高い地位にある従業員です」とグロリアは言う。「それにオークションはあなたのホテルで開催されます。みんなあなたが出席し、入札するのを期待しています。それから、ドレスコードは準正装の夜会服です、ダニー」

「そいつはいい」

「恋人が一緒ならもっといいんですけど」

「きみがその役をやるのはどうかな、グロリア？」とダニーは言う。

「夫がなんて言うと思います？」

「賭けてもいい。きっとほっとすると思うよ」

グロリアの夫のトレヴァーにはダニーも何度か会ったことがある。お役御免になって家でビールを飲みながら野球の試合中継を見ていられるなら、そのほうがずっとありがたいと言うにちがいない。が、今夜は〈タラ〉グループがテーブル席を五つ購入しているので、フォーマルなスーツを着込んで礼儀正しくグロリアをエスコートしなければならない。

「タキシードがどこにあるか知ってます？」とグロリアは尋ねる。

「いや、きみが知ってるから」

「あなたに必要なのは恋人じゃなくて奥さんね」

「もしかしたら今夜落札できるかもしれない」

「競り落とすまでもありません」とグロリアは言う。「この市《まち》であなたほど理想的な結婚相手はいませんから。望めばどの女性とでも結婚できます」

望みの女性ならもういる。ダニーは胸につぶやく。

しかし、イーデンがオークションなんかに行きたがるとはとうてい思えない。

「それこそまさにわたしが関わり合いになりたくない最たるものよ」ダニーがオークションの話をすると、彼女はそう言った。

「ジェーン・オースティンの初版本が出品されるとしたら?」

「出品されるの?」

「そんなわけない」

「それなら断固お断わりよ」とイーデンは言った。「だけど、もし恋人を同伴しなきゃいけないなら、わたしに気兼ねしないで」

「誰も連れていく気はないよ」

「あなたがひとりだと知ったら女性はみんな大騒ぎするでしょうね」

23

チャリティオークションはいかにもといった催しとなる。

まさにド派手で桁外《けたはず》れなラスヴェガスそのもの。

最初にマジシャン――この二年間〈ザ・ショアズ〉の劇場でショーを開催すればチケットが売り切れ必至のマジシャン――が登場し、ランボルギーニを一瞬で消してみせる。さっきまでステージ上でスポットライトを浴びていた二十五万ドルもする鮮やかな黄色のディアブロVTロードスターが次の瞬間には……

消えている。

「どうやって消したの？」とイアンは驚いて訊く。タキシード姿の息子はなんともみすぼらしく見えるが、本人は洗練された群衆に交じってドレスアップしているのをひそかに誇らしく思っているらしい。

「ただのマジックだよ」とダニーは言う。

「クソしょぼい嘘はやめてよ」

「ことばには気をつけて」とマデリーンが横から言う。この場にふさわしい上品な装いをしている。隣りには同伴者が坐っている。五十がらみの立派な身なりをした人物で、ゲイであることを秘密にしている男だ。おそらく政治家か何かだろう。ダニーはそう推測する。

拍手が起こり、マジシャンが宣言する。「ランボルギーニはオークションの最後にまた登場します！　一番高い値をつけた幸運な落札者が決まったあとで」

ダニーは思う。スパンコールをあしらったドレスが流行《はや》っているらしく、集まった人々には〝きらびやか〟ということばがぴったりくる。おまけに、ボーイスカウトの隊員全員が動悸《どうき》を覚えそうなくらい胸元が開いている。

ダニーは食べかけのコーニッシュに注意を戻す。切り刻めないほど小さなこの鶏肉《とりにく》がなぜご馳走になるのか、彼にはまるで理解できない。チキンを出したら客は文句を言う。が、小ぶりなチキンにイギリスの地名をつけて呼ぶだけで、不当な扱いを受けているとは思わなくなる（コーニッシュは〝イギリスのコーンウォール地方の〟という意）。

「コーニッシュは美味いか？」ダニーはイアンに尋ねる。

「チキンみたいな味がする」

ダニーはわが子がほんとうに愛しくなる。「今度おれたちがディナーパーティを主催するときは何を振る舞う？　マッケンチーズ（マカロニにチーズソースをからめた家庭料理〝マカロニ・アンド・チーズ〟の愛称）にしよう」

「賛成」とイアンは言う。「で、パパはさっきのランボルギーニを買うの？」

「いや、買わない」とダニーは答える。

ひとつにはおれはまだちゃんとヤれるから。ランボルギーニがなくてもまだ男としての価値があるから。もうひとつはヴァーンに勝たせるつもりだから。彼と競り合って負ける。今夜、ヴァーンにはおれを打ち負かして気分よく帰ってもらいたい。それがどんなことであれ。

「買ってよ、パパ」とイアンがねだる。「ぼくが十六歳になるまでガレージに置いておけばいい」

「そうだな」とダニーは言う。「十六歳になったらおまえには中古のホンダを買ってやる。おれがその歳の頃、何に乗ってたか知ってるか?」

ダニーは親指を立てて見せる。

イアンはぽかんとして彼を見る。最近はヒッチハイクするやつなどいない。ダニーはそのことを思い出す。そのあと〝おれが若かった頃〟というよれよれのカードを切りたがるヌケ作になった気分になる。いずれにしろ、イアンが運転できる歳になるのはまださきの話だ。ありがたいことに。

「馬に乗ってたって言うかと思った」とイアンは言う。「わかる?　ほら、パパは年寄りだから」

「面白いことを言うじゃないか」

「ぼくもそう思う」イアンは大笑いして言う。

会場にいるのはいつもの同じ顔ぶれだ。大半のホテルのオーナーと重役、その妻と家族。

子供たちも一緒に来られるように、会は夕方早めの時間に始まる。バリー・レヴァインは妻と子供たちを連れてきている。リナルディとクシも家族で来ている。ヴァーン・ワインガードは妻のドーンと息子のブライスと一緒だ。息子はもう父親と同じくらい背が高い。

ダニーとワインガードの席はテーブル四つ分しか離れていないので、一度か二度、眼が合う。が、ふたりともすぐに眼をそらす。

よくない。ダニーはそう思う。いい加減こんなことは終わりにしなければ。ワインガードが席を立つ。おそらくトイレに行くのだろう。話をするチャンスだと思い、ダニーも立ち上がって言う。「すぐに戻る」

ロビーでワインガードに追いつき、声をかける。「ヴァーン、ちょっといいか？」

ワインガードが振り向いて言う。「言いたいことはもう充分言ったんじゃないのか？」

「あんたが何を聞いたかは知らない」とダニーは言う。「だから、おれが聞いたことについてしか話せないけど、ヴァーン、おれは噂されてるようなことは言ってない」

「確かなすじから聞いた」

「この市《まち》がどういうところかはあんたもよく知ってるはずだ」とダニーは言う。「二十四時間、年中無休ですれちがいが起きてる。まるで鬼ごっこしてるみたいに」

「〈ラヴィニア〉の一件でおれの足をすくっただけじゃ飽き足らず――」

「あれはビジネスだ」そう、あれはビジネスだったとダニーは自分に言い聞かせる。が、正直に言えば、おれは汚い手を使った。

「で、おれをこてんぱんにしてやったと言いふらしたいのか?」とワインガードは問いつめる。「おれはおまえの言いなりだと?」

「そんなことは言ってない」

「じゃあ、なんて言ったんだ?」

「何も言ってない」

　ワインガードは何も答えない。おそらく考えをめぐらせているのだろう。ダニーのことばを信じたいとさえ思っているかもしれない。

「あんたには尊敬の念しかない」とダニーは言う。「実業家としても、父親としても、ライヴァルとしても。それに仲間としてもだ、もちろん」

　ワインガードの表情が和らぐ。

なのにダニー自身がすべてをぶち壊す。「それと、あのことについては申しわけない――」ワインガードの表情を見てことばを切る。謝ったのはまずかった。

「何が申しわけないんだ?」とワインガードが言う。

「あんたがいろいろとひどいことを聞かなきゃならなかったことだ」

「くたばれ、ライアン」とワインガードは吐き捨てる。「おれの醜い〝ピザづら〟に向かってそう言える勇気があるだけでも大したもんだ」

「ヴァーン――」

「金輪際おれに近づくな。これ以上話すことはない」ワインガードはそう言って歩き去る。

何人かがうつむく。が、ダニーは知っている。みな一部始終を見ていたし、聞いてもいた。十分もすればこの会場にいる全員の知るところとなる。ダニー・ライアンはヴァーン・ワインガードに謝罪しようとしたのに、真っ向から拒否された、と。

すばらしい。

ダニーは席に戻って坐る。

「話し合いはうまくいった?」とイアンが無邪気に訊く。

十歳の子供はみなコメディアンだ。

笑わせてくれる……

24

オークションが始まる。

高価な品や価値のある品が次々出品される。パテック・フィリップの腕時計、ブチェラッティのネックレス、エルメスのバッグ、コロラド州アスペンへのスキー旅行、タヒチ島からボラボラ島までのヨットクルーズ、カワサキの水上バイクなどなど。年代もののオートバイ、MVアグスタ750はバリー・レヴァインが十七万五千ドルで落札する。〈タラ〉グループの面々も期待された役割を果たす。マデリーンはバッグ、リナルディはスキー旅行をそれぞれ競り落とす。ダニーは二十年以上レッドソックスでプレーし、三冠王にも輝いたカール・ヤストレムスキーのサイン入りバットを落札する。これはネッドにプレゼントするつもりだ。

オークションは大成功に終わり、癌研究のための多額の資金が集まる。

最後にランボルギーニが登場する。

司会者がもったいぶってマジシャンをステージに呼び戻し、消えた車を劇的に再登場させる準備をする。もっとも、そんな演出は無用だが。ロビーでダニーとワインガードが衝突したことはすでに会場じゅうに広まっている。ふたりが目玉の品を競い合う恒例の見せ場をこれ以上煽る必要はない。

誰もがそのときを今か今かと待っている。

競売人が仕様書を読み上げる。一九九七年製のランボルギーニ・ディアブロVTロードスター。生産台数は全世界でわずか二百台。五・七リットル、最高出力四百八十五馬力、V12エンジン搭載。五段変速。最高時速は三百二十五キロメートル……

どれもダニーにはどうでもいい情報だ。そもそも車にはあまり興味がない。が、ワインガードはちがう。元エンジニアで航空学が専門だった彼はクラシックカーのコレクターでも知られている。陸上の飛行機とも言えるこの車が欲しくないはずがない。

ただし、今はダニーもその車が欲しい。

と言っても、車そのものが欲しいわけではない。手に入れたところでどうすればいいかもわからない。が、ダニーにはちょっとした考えがある。

競売人の合図で入札が始まる。値段の吊り上げ合戦が盛り上がるように極端に安い五万ドルからスタートする。

ダニーが札を上げる。

六万。

ワインガードが札を上げる。

七万。

会場が満足げなざわめきに包まれる。

始まった。

ダニーとワインガードが交互に札を上げる。ほかに入札する者はいない。みな心得ている。自分たちはテニスの試合の観客で、ふたりのプレーヤーを交互に見るだけだ。速いテンポのヴォレーの打ち合いが続く。どちらも躊躇《ちゅうちょ》することなくすぐに反応する。八万、九万、十万。

このあたりまではウォームアップにすぎない。試合が最終セットまでもつれ込むことは誰もが知っている。

十二万ドルでダニーがリードする。ワインガードが十四万ドルでやりかえす。

「十五万では？」競売人がけしかける。

ダニーが札を上げる。

ワインガードがすかさず反応する。「十六！」

ダニーは訊かれるまえにうなずいて見せる。

「現在の入札額は十七万ドル――」

「十八！」ワインガードが競売人をさえぎって大声で言う。

互いに一歩も譲らず、あっというまに実際の価格の二十五万ドルに達する。ワインガードがその値をつける。すじ書きどおりだ。ダニーが札を上げて「二十七万五千！」と言ったりしなければ。

会場にどよめきが走る。

リナルディがダニーに体を寄せて訊く。「何をしてる?」

「今にわかる」

「平和を望んでるものとばかり思ってたけど」とリナルディはさらに言う。「ヴァーンに勝たせるはずだろ?」

「三十!」とワインガードが大声で言う。あからさまにダニーを睨んでいる。憎しみを隠そうともせずに。

ダニーは相手を見つめ返して言う。「三十二万五千」

「三十五!」

すでに実際の価格を十万ドル上まわっている。

全員がダニーを見ている。それは彼にもわかる。ダニーは笑みを浮かべ、肩をすくめてこともなげに言う。「四十」

「ダニー、いったい何をしてる?」とリナルディがまたしても訊く。

イアンは口をぽかんと開けて父親を見ている。

マデリーンはテーブルをはさんでダニーを見つめる。口元を引きしめ、礼儀正しく笑みを浮かべながら。しかし、何も言わない。

ワインガードが札を上げる。「四十二万五千!」

彼がダニーより競り幅を縮めてきたのは誰の眼にも明らかだ。試合が終盤に近づくと、ヴォレーの打ち合いはおだやかになる。

ダニーが取るべき行動は――暗黙のルールがあることは彼も知っている――ワインガードと同じく二万五千ドル上乗せし、次にワインガードに四十七万五千ドルで入札させて勝負から降りることだ。

競り合いはワインガードが勝つ。彼のほうが度胸がある。そう知らしめることだ。

数百の眼がダニーとワインガードを見つめている。それは彼も感じている。ダニーは会場を見まわし、それからワインガードを見て、札を上げて言う。「五十」

会場がしんと静まり返る。全員の視線がワインガードに向けられる。ワインガードは顔を紅潮させ、歯を食いしばり、口を引き結んで今にもうめきだしそうな顔をしている。

ダニーをじっと見る。

それから札を持っていた手を下ろす。

「ランボルギーニ・ディアブロVTロードスターは〈タラ〉グループのダニー・ライアンが競り落としました！」競売人が宣言する。「落札価格は五十万ドル！　なんという気まえのよさ！　癌研究の発展にとって最高の日になりました！」

ワインガードは妻に向かって言う。「あの馬鹿が。見たか、乗りもしない車に五十万も注ぎ込ませてやった」

ドラムロールが響き渡る。次の瞬間……

マジシャンの手によって車がまたステージ上に現われる。「ダニー・ライアン、どうぞステージへ！　落札品を受け取ってください！」

拍手に包まれ、ダニーはステージに向かう。競売人が車のキーをダニーに手渡し、ひとこと挨拶をと促す。

「今日来てくれたみなさんにお礼を言いたい」とダニーは言う。「寛大なご支援に感謝します。きっといい治療法が見つかることでしょう。ありがとう」

ダニーはステージを降りる。

参加者たちが席を立ち、出口に向かう。

「ダニー、いったいどういうつもりだったんだ?」とリナルディが訊く。「ワインガードの面目をつぶしてしまった」

「今にわかる」

ダニーは人混みを搔き分け、家族と一緒に出口に向かっていたワインガードに近づく。

「ヴァーン、ちょっと待ってくれ」

「なんの用だ?」

ドーンとブライスは嫌悪もあらわにダニーを睨む。

ダニーは車のキーをワインガードの手に押しつけて言う。「この車はあんたにもらってほしい。プレゼントだ。不快な思いをさせてしまった償いとして。和解の申し出だと思ってくれ」

ワインガードはキーを床に落として言う。「どこまで人を馬鹿にすれば気がすむ?」

そう言うと、ダニーに背を向けて歩き去る。

ひとり残されたダニーはその場に立ち尽くす。道化のように。

「いったい何を考えてたの？」その日の夜遅く、居間でマデリーンが言う。

「和解の申し出のつもりだった」とダニーは答える。

「あんなことをしたら、あなたがほんとうに悪口を言ったと信じ込ませるだけじゃないの。罪の意識があるって認めたようなものじゃないの」

おれはアイルランド系カトリック教徒だ、とダニーは思う。だから、いつだって罪の意識を持っている。しかし、それにしても、スタヴロスの弱みにつけ込んでホテルを買収したのはやはりまちがっていた。おれはヴァーンからあのホテルを不当に奪い取った。それは正しいことじゃなかった。

いかにもおまえらしい。ダニーは胸につぶやく。十億ドルの物件を取り上げておきながら、二十五万ドルの車で埋め合わせしようとするとはな。キーを顔に投げつけられようと、足もとに投げ捨てられようと文句は言えない。

これで市《まち》にどんな噂が流れはじめるか、考えるまでもない。

ロビーでの言い争い。

オークションでの競り合い。

ワインガードの和解の拒絶。

「今は恨んでる」


「彼はこれまではあなたを妬んでいた」とマデリーンは言う。「今は恨んでる」

「大いに慰めになるよ。ありがとう」

「嘘を言うほうがよかった?」とマデリーンは言う。「ケーキは食べればなくなる。あなたはヴァーンと仲直りしたいと言いながら、心の底では彼を打ちのめしたいとも思っていた。ケーキを取っておきながら、同時に食べようとした。でも、うまくいかなかった」

彼女の言うとおりだ、とダニーは思う。

「あなたは変わった」とマデリーンは続ける。「以前のあなたは二番手かそれ以下の位置に甘んじることをよしとしていた。でも、今はそうじゃない。今のあなたは勝って一番になりたいと思っている。わたしとしては、そんなあなたを誇りに思う。勝者になるのを恥じることはないわ、ダニー」

まったく。

「ヴァーン・ワインガードに好かれる必要はないわ。これっぽっちも」とマデリーンは続ける。「〈タラ〉グループは〈ラヴィニア〉の土地を手に入れた。あなたは夢のホテルをつくりなさい。〈イル・ソーニョ〉を」

ダニーは落札したランボルギーニを売り、その金を〈乳癌研究基金〉に寄付する。

そして、夢の実現に向けて本格的に動きだす。

25

ジェイク・パルンボは見事なまでに両親の特徴を受け継いでいる。父親はイタリア人にしては珍しい赤毛で、母親はブロンド。ジェイクの髪はその二色が混ざった色で、日光を浴びて過ごした時間の長さによって淡い色になったり赤くなったりする。

眼はクリスと同じ緑で、鉤鼻《かぎばな》と薄い唇はケイト譲りだ。

ハンサムな若者で、日頃の鍛錬のおかげで体は引きしまっているが、生まれつき繊細なところがある。彼の両親にも繊細なところはあるが、人生の荒波に揉まれて生きてきた彼らは繊細さを表に出さない術《すべ》が身についている。一方、ジェイクにはまだそういう経験がないから、鍛えられていない。何事も過敏に感じ取る。

子供の頃からそうだった。

父親が普通の実業家ではなく、マフィアの一員だと気づいたのは十二歳のときだった。マフィアの息子には、そうした出自を知ると、粗暴に、横柄になる者もいる。が、ジェイクは真逆だった。ひかえめで、礼儀正しい振る舞いを心がけ、父親の立場を利用したりしないことを常に心がけていた。

親の力を笠に着る人間にはなりたくなかった。

それは仲間のピーター・ジュニアも同じだった。彼も慎みがあり、謙虚で、優等生で女の子にも人気があったが、遊び人ではなかった。

が、ピーターはわれを忘れた。

ピーターがヴィニー・カルフォを殺したことは（かろうじて）理解できなくもない。けれど、自分の母親を殺す？　彼はこれから裁判にかけられる。おそらく一生刑務所から出られないだろう。

ジェイクはそれが悲しい。

彼を気の毒に思う。

いずれファミリーの事業を手伝うことになることはふたりともわかっていた。ピーター・ジュニアにはそのまえに海兵隊で働きたいという思いがあったが、ジェイクにはそういう気持ちはまるでなかった。ただ大学を卒業し、父親の仕事を手伝い、いつかあとを継ぐ。それしか考えていなかった。

が、その父がいなくなった。

いきなり行方をくらました。

家族を捨てて。

ジェイクはひどく傷ついた。父を心から崇拝していたから。父は強くて、頭がよくて、面白い人だった。ギャングかもしれないが、父の世代の人たちはそうやって生きてきた。が、ある日、ジェイクが理解できる歳になったと考えたクリスは息子に話して聞かせた。マフィアなんてものは恐竜と同じでいずれ絶滅する運命だと。いずれ死に絶えると。ギャングであること以外のすべてを残して。

ギャングは絶えても残るもののひとつ。それがファミリーの事業だった。もともとマフィアの金と力で始めた事業も、次第に合法的な経営をおこなうようになっていた。ただ、ときには利権を守るために昔の影響力を行使しなければならないこともあった。まあ、人生とはそういうものだ。クリスはそう言った。

ジェイクとしてはそれで全然かまわなかった。

今もそう思っている。

ただ、今はそのファミリーが大混乱に陥っている。秩序を取り戻すだけの力がどこにもない。ジェイクたちはジョン・ジリオーネのような連中から金を巻き上げられている。敬意のかけらもなく。なのにジェイクにはどうすることもできない。

父さんならどうにかできるかもしれない。

でも、父さんはここにはいない。

だからジェイクは父親を捜している。今、刑務所の面会室で、仕切り板越しにある男と対面しているのはそのためだ。ほかにどこから始めればいいのかわからなかった。父の昔の仲間たちは問題の解決に手を貸してはくれない。そもそも彼らが問題なのだから。

で、子供の頃の記憶を頼りにジョー・ナルドゥーチに会いにきたのだ。ナルドゥーチの刑期は二十五年で、現在十年を務めたところだが、八十一歳という年齢を考えると二度とここを出ることはないだろう。

少なくとも、生きては出られない。

「おまえの父親？」とナルドゥーチは言う。「ああ、知り合いだった」

若いジェイクの眼にはこの老人が大昔の人のように思える。見捨てられ、もろくなり、倒壊寸前になっている、プロヴィデンスの古い建物のように。

「父について知ってることがあったら、どんなことでも話してもらえませんか？」とジェイクは懇願する。

ナルドゥーチは小さな黄色い歯を見せて笑う。「あいつのことならなんでも話せる。おまえの親父は昔は大したやつだった。おれたちは一致団結して、アイルランド系のやつらと戦った。おまえの親父の身に起きたことは残念だった」

「どういうことです？」とジェイクは訊く。鼓動が速くなる。ナルドゥーチは何か知っているのか？

「あんなふうにバスタブで撃たれたことだよ」とナルドゥーチは言う。「女房にはめられたんだ」

老人はピーター・モレッティの話をしている。ジェイクはそのことに気づく。「ミスター・ナルドゥーチ、ぼくはジェイク・パルンボです。クリス・パルンボの息子です」

「わかってる」と老人はぴしゃりと言う。「親父は元気か？　よろしく伝えてくれ」

どうやら無駄足だったようだ。ジェイクは答える。「伝えておきます」

そのとき、急にナルドゥーチの眼が鋭くなる。狡猾《こうかつ》そうな眼つきになる。「おふくろさんを困らせている連中がいるらしいな。どうするつもりだ？」

「父を見つけようと思ってます」

「おいおい、おまえは幼稚園児か？」とナルドゥーチは言う。「おまえはもう立派な大人だ。ファミリーの一員だ。自分でなんとかしろ」

ジェイクは胸につぶやく――それができないから困ってるんだ。

ジョン・ジリオーネを殺す？　取っ組み合いの喧嘩すらしたことがないのに。人を殺す？　仮に殺したとしても、相手はほかにも大勢いる。そいつらの手下たちもいる。

「ピーター・ジュニアを見ろ」とナルドゥーチは言う。「あいつは正しいことをした。親父にそっくりだ」

「ピーターはいいやつです」

「おまえもいい子だ。おまえと話してると、おまえの親父と一緒にいる気がしてくる。親父が誇れる息子になれ」

「ミスター・ナルドゥーチ、父がどこにいるか知りませんか？」

「風に流されてる」とナルドゥーチは手をひらひらと動かしながら言う。「葉っぱみたいにな」

「証人保護プログラムの適用を受けてるって言う人もいます」

「おまえの親父はそんなことはしない。あいつは昔気質の人間だ。ところで、ポーリー・モレッティには訊いてみたか？」

「どうして？」とジェイクは訊き返す。

ナルドゥーチは眼を細くして言う。「あいつが何か言ってた……誰かがそんなことを言ってたような気がする」

「でも、ぼくに話してくれるとは思えない」

「訊いてみなきゃわからない」ナルドゥーチはそう言うと、背すじを伸ばし、もう話はおしまいだと仕種《しぐさ》でジェイクに伝える。「おまえはしつけがいい。まさか手ぶらで来たわけじゃないだろうな」

「生ハムを持ってきました」とジェイクは答える。「警備員に預けてあります」

「やっぱりおまえはいい子だ」

ああ、そうだ。ジェイクはそう思う。おれはいい子だ。

それが問題なのかもしれない。

26

パム・モレッティがドアを開ける。

彼女に会うのは数年ぶりだ。思春期真っ只中だったジェイクにとって彼女はまさに夢精の女神だった。夢みたいにいい女だった。実際、彼女のことはよく妄想したものだ。

彼女はまた伝説の人でもあった。ポーリー・モレッティからリアム・マーフィに乗り換え、イタリア系とアイルランド系の戦争を惹き起こした女として。リアムが死んで、今はまたポーリーとよりを戻している。

その彼女が今や、トレッドミルで走って少し体重を落としたほうがよさそうな体をしている。瞼《まぶた》が重そうで、まだ午後二時だというのにもう飲んでいるようだ。飲んでいるのは酒ではなくほかのものかもしれないが。

驚いたことに、彼女は彼のことを覚えている。「ジェイク・パルンボ？」

「そうです、奥さん」

「奥さん」と彼女はおうむ返しに言う。「そんなふうに呼ばれるとなんだか実際より歳を取った気になる。あなたはお父さんにそっくりね。会えて嬉しいわ、ジェイク」

「ぼくもです」とジェイクは応じる。「ミスター・モレッティはいますか?」

パムは声を落として言う。「そろそろ昼寝から起きてくる頃よ。見てくるわ。どうぞはいって」

パムはジェイクを居間に案内し、彼をその場に残して夫を呼びにいく。ジェイクはソファに坐って待つ。家そのものもそうだが、部屋もこれといって特徴のない造りだ。フロリダ州フォートローダーデールの海岸から十ブロック離れた場所にある一般的なランチスタイルの平屋で、居間にはソファがひとつ、リクライニングチェアがふたつ、それに大画面のテレビが置かれている。

ポーリー・モレッティはファミリーの元ボスの弟で、ジェイクはポーリーのことをもっと有能な男だと思っていた。が、兄のピーターが殺されるとまるで存在感を失い、ボスが不在となった組織ではただの一構成員にすぎなくなった。

そのポーリーがだらしない様子で居間に現われる。髪はぼさぼさで、熟睡していたのか腫れぼったい眼をしている。黒いTシャツにジーンズ、黒い靴下というでたちで、靴は履いていない。リクライニングチェアにどさりと坐り、テレビではなくジェイクのほうに椅子の向きを変えて言う。「クリス・パルンボの息子か?」

「そうです」

「おまえの親父はどうしてる?」とポーリーは尋ねる。「そうだった、知るわけないよな。誰も知らない。あいつは電話もしてこないし、手紙も送ってこない……」

酔ってる……とジェイクは思う。酒だけでなくクスリにも。

「おれはおまえの親父が好きだった。知ってたか？　おれはあいつが好きだったんだ」

ほんとうに泣きだすのではないか。ジェイクはそんな気がする。

「あいつがおれたちをこけにしたあとも……」ポーリーの声がとぎれ、煙のように漂い、遠い昔に向かって流れていく。

「何があったか知ってるんですか？」とジェイクは尋ねる。

ポーリーは彼に話して聞かせる。

クリスはファミリーを説得してメキシコの麻薬カルテルからヘロインを買いつけた。四十キロ仕入れた。が、そこはなんと言ってもクリスのことだ。取引きに多少ひねりを加えていた。フランキー・Vをアイルランド系ギャングのもとに送り込み、そのヘロインをアイルランド系に強奪させるように仕組んだ。さらにFBIともひそかに通じて、アイルランド系に麻薬取引きの濡《ぬ》れ衣《ぎぬ》を着せ、アイルランド系を一網打尽にして戦争に勝利する。それがクリスの目論見だった。FBIのジャーディンは汚れた捜査官で、強奪させたヘロインはイタリア系ファミリーの手に戻ってくる手筈《てはず》になっていた。が、ダニー・ライアンが十キロのヘロインをどこかに隠し、FBIはそれを見つけられなかった。

「おまえの親父はその十キロの在処《ありか》を探しあてた」とポーリーは言う。「で、隠し場所に取りにいった。そこにダニーが現われた。それは問題なかった。隠し場所の外にはクリスの手下がいたから。なのに……」

「ダニーもおまえたちの家のそばに手下を待機させていて、自分がヘロインと一緒に脱出できなければ、おまえもおまえの姉貴も母親も殺せと手下に命じていた。おまえの親父はどうしたと思う?」

「おとなしくライアンを行かせた」とジェイクは言う。

「そう、家族を愛してたからな」とポーリーは答える。「そういうことはおまえのほうがよく知ってるよな。結局、ＦＢＩのジャーディンは海岸で死体となって見つかって、おまえの親父は行方をくらました。多くの人間が金を失った。そういうことだ」

パムが居間に戻ってくる。

多くの人間が金を失ったことはジェイクも知っている。以来、その人間どもが彼の母親からも彼からも金を巻き上げている――でも、父親が家族の命を守るためにヘロインを譲り渡したとは知らなかった。ジェイクは無性に父親が恋しくなる。「ジョー・ナルドゥーチに会ってきました。彼はあなたなら何か知ってるかもしれないと言ってました。父の居場所について」

「一杯やろう」とポーリーは言う。「おまえも飲むか?」

「車で来てるんで」

「あら、今夜はここに泊まればいいじゃないの」とパムが言う。「部屋ならあるわ。飲めば辛いことも忘れられる」

「なのに――?」

「パムはフロリダでの生活が嫌いなんだ」とポーリーが言う。「だけど、おれはある朝、眼が覚めて車のフロントガラスに積もった雪をこそげ落としながら思ったんだ。もううんざりだって。二度と雪掻きなんてしないってな。で、ここに移ってきたのさ」

「わたしはマイアミかウェストパームビーチがいいって言ったんだけど」とパムは言う。「ポーリーがあのあたりは高すぎるって」

「これだからお嬢さま育ちはな」とポーリーは言い返す。

「年寄りがどうしてフロリダに引っ越すか知ってる？」とパムはジェイクに尋ねる。「いよいよお迎えが来たときに、安らかに死ねるからよ」

パムは背の高いグラスでジントニックを三杯つくり、ひとつをジェイクに渡す。それから薬の小瓶の蓋を開け、自分のグラスに一錠、ポーリーのグラスにも一錠入れ、錠剤をジェイクのほうに差し出し、眉をもたげて言う。「ヴァリアム。精神安定剤よ。これをひとつお酒に入れて飲めば木曜日をやり過ごせる」

今日は金曜日だけど、とジェイクは思う。が、彼らの機嫌を損ねたくはない。ポーリーが何か知っているかもしれないし、せっかくフォートローダーデールまで来たのだから……「もらいます」

パムはジェイクのグラスにも錠剤を入れる。「いい夢を見てね、ハンサムさん」

27

　ジェイクは眼を覚ます。パムがほんとうに彼のベッドにもぐり込んできたのか、夢だったのかよくわからない。頭がぼうっとして、口の中は綿を詰め込まれたみたいにからからに乾いている。ベッドから起き上がり、歯を磨き、冷たい水で顔を洗ってキッチンに行く。

　ポーリーが朝食用カウンターのまえで背の高いストゥールにだらしなく坐っている。

「ポットにコーヒーがはいってる。朝食は十一時、女王さまがお目覚めになるまで待たなきゃならない。よく眠れたか？」誘導尋問だろうか。ジェイクはそんなふうに疑う。「はい。あなたは？」

「死んだみたいにぐっすり寝てた」とポーリーは言う。「兄貴の夢を見た。覚えてるだろ？」

「覚えてます。ぼくはまだ小さかったけど」

「ヴィニーのクソ野郎がバスタブで兄貴を撃ち殺した。信じられるか？」とポーリーは言う。「だけど、おれの甥《おい》っ子は大したもんだ。よくぞやった」

「一生刑務所暮らしになりそうですけど」とジェイクは言う。

「どうかな」とポーリーは答える。「凄腕の弁護士がついてるからな。ヒッピーを気取った三つ編みの男で……」

「ブルース・バスコム」とジェイクは言う。「ピーター・ジュニアがよく彼を雇えましたね？」

「弁護士代は本人が払うんじゃない」とポーリーは言う。「請求書が誰に届くかはおまえにだってわかるだろ？　ポンパノビーチにいる御仁《ごじん》だ」

パスコ・フェリ。

なるほど。それはいいことだ。ジェイクはそう思う。

パムが戸口に姿を現わす。青いシルクのガウンを着て、腰ひもをゆるく結んでいる。

「おはよう、ジェイク」

「こいつは驚いた」とポーリーが言う。「もうお目覚めとはな。今朝はずいぶん早起きじゃないか？」

「よく眠れたから」パムはそう言って、ジェイクに笑顔を向ける。

ジェイクはポーリーを横目で見る。知っているとしても――そもそも知られて困るようなことがあったとすればだが――ポーリーの表情からは何も読み取れない。「昨日も話したけど、父さんの居場所について、もしかしたらあなたが何か知ってるかもしれないってジョー・ナルドゥーチが言ってました」

「ナルドゥーチはアルツハイマー病を患ってるって聞いたがな」

ジェイクは言う。「ミスター・モレッティ、どうか助けてください。このままじゃ、ジョン・ジリオーネやほかのやつらに全部むしり取られてしまう。母さんがどこまで耐えられるかわかりません。父を見つけ出さないと。父の居場所を知ってるんですか？　父さんは生きてるんですか？」

「知ってることをジェイクに教えてあげて」とパムが言う。

ポーリーはため息をついて話しだす。「ジョー・ペトローニを覚えてるか？　ゴーシェンビーチで釣具店をやってた。おまえの親父の古くからの友達だ」

「いえ」

「だろうな。ジョーはかなり歳だからな。まあいい。そのジョーってやつはRVで全国各地をまわってる。そんなことをして何が愉しいのかわからないけどな。で、ふらっとここに立ち寄った。そのときにおまえの親父を見たと言っていた」

「それはいつのことですか？」とジェイクは尋ねる。心臓が早鐘を打っている。

「何ヵ月かまえだ」とポーリーは答える。「ネブラスカ州東部のど田舎のバーで見かけたんだそうだ。いや、西部だったか。よく覚えてないけど……」

「その人は父と話をしたんですか？」

「いや。姿をくらましたやつにのこのこ近づいて話しかけるやつがいるか？　二度と帰ってこれなくなるかもしれないだろ？　で、ジョーはおまえの親父がバーから出ていくのを見届けてから、店にいた客から話を聞いたんだ。その男――ジョーの話じゃおまえの親父にまちがいないってことだが――は人里離れた辺鄙《へんぴ》な場所で女と暮らしてるって話だ。その女とヤることで生計を立ててる。地元の連中のあいだじゃ笑いものになってるらしい。そんないい仕事があるならありつきたいもんだがな」

「ちゃんとヤれるなら」とパムが横から言う。

　ポーリーは何も言い返さない。

「あなたが何か知ってることをどうしてナルドゥーチは知ってたんです？」とジェイクは尋ねる。

「おれが電話で話したかもしれない」とポーリーは答える。「よく覚えてないけどな。もしかしたらジョーが話したのかもしれない。口から生まれてきたような男だからな」

「その人に会いにいけば詳しく話してくれますかね？」とジェイクは尋ねる。

「話せる人間を連れていけばな。なんて言ったっけ？　霊媒？」とポーリーは言う。「ジョーは二週間まえに死んだよ。ひどい心臓発作で。運転中に。事故ったりして誰かを轢《ひ》き殺さなくてよかったよ」

　そのジョーという人がおしゃべりな男だったとしたら、父の居場所は知れ渡っているということだ。ジェイクはそう思う。「もう行かないと」

「あと何日か泊まっていって」とパムが言う。「ビーチを満喫して」

「坊やはもう行かなきゃならないって言ったんだ」

「ブラッディメアリーをつくるわ」とパムは言う。「あなたも飲む？」

「ほんとうにもう行かないと」

「だったらさっさと行けばいいでしょ？」パムはいきなり腹を立てる。

ジェイクは車に乗って出発する。

これからどうする？　どこかでひょっこり父に出くわすまでネブラスカじゅうを捜しまわるのか？

そもそもジェイクはネブラスカ州がどこにあるかすら知らない。やたらと広いということ以外は。それを言うなら、どの州もロードアイランドに比べれば広い。もちろん。ただ、ひとつわかっていることがある。ジリオーネもほかの連中もきっとクリス・パルンボを見つけようとネブラスカじゅうを隈《くま》なく捜索している。それも昔話をするためじゃなく。

殺すために。

28

パスコ・フェリはネブラスカ州のど田舎がどこか知っている。ジョー・ペトローニがRVごと街灯に衝突するまえにその町の名前を聞き出していた。聞いておいてよかったとパスコは思う。

ネブラスカ州マルコムは小さな町で、リンカーンの北西、四、五キロに位置する。ペトローニの話が事実なら、クリスを見つけるのはそれほどむずかしくないはずだ。

パスコはその役目をジョニー・マークスに委ねる。

ジョニーはいわゆるフリーの仕事請負人で、特定のファミリーに属さず、どのファミリーの依頼も受けて、手ぎわよく仕事をこなす。プロに徹し、口が堅く、節度をわきまえていて、よけいな面倒は起こさず、きっちり仕事をこなす。パスコが前回彼に依頼したのはダニー・ライアンに会いにいくことだった。あのハリウッド女優とは別れろという伝言を託して。

ダニーは言われたとおりにした。

今回の任務はクリス・パルンボを見つけ出すことだ。

ニューイングランドの混乱に終止符を打つために。

今のニューイングランドは眼もあてられない。

クリスがいなくなった朝からずっと。

ボス不在のカオスが今も続いている。

ヴィニー・カルフォが死んだあと、王座に就こうとする者は現われなかった。みな前任者がどうなったか知っており、組織犯罪取締法《RICO》を盾にFBIに目の敵《かたき》にされるのがわかっているのに、わざわざボスになりたがるやつなどひとりも出てこなかった。

かつてはパスコがボスだった。が、彼はその座をピーターに譲って引退した。

正確には引退しようとした、か。今となってはそう思わざるをえない。

次々に問題が起き、ほかのファミリー――ニューヨークやシカゴの強大なファミリー――がさっさと火消しをしろとせっついてくる。

身内が新聞の見出しを飾るのは誰も見たくない。

残された事業のためにもよくない。

今はニューヨークがやたらと彼を責め立てている。ニューイングランドを早く建て直せと迫っている。

しかし、今のニューイングランドはもはや制御不能だ。いわばサーカスのリングに車が乗り入れ、車からピエロが次々と転がり出ているような状態。

たとえばジョン・ジリオーネのようなピエロが。

あの男はもしかしたら玉座を狙っているのかもしれない。が、あの男にはボスとしての頭脳も力も器量もない。

とはいえ、いかに選択肢が貧弱でもまるでないよりはましか。パスコはそう思った。で、ジリオーネの額に油を注いでボスに指名しようとしていた（キリスト教では伝統的に祝福したり、特別な役職に任命する者の額に油を注ぐ儀式がある）。そんな矢先、長らく消息不明だったクリス・パルンボが見つかったという知らせが飛び込んできたのだ。その情報を得て、ジリオーネたち馬鹿どもは〝片をつけよう〟としている。

それでは事態をよけいに混乱させるだけだ。仮に馬鹿どもが〝片をつけた〟としてどうなる？　馬鹿どものやり方では新聞の見出しを賑わせることにしかならない。ピーター・ジュニアの裁判もあるのに、そんなことになると一層収拾がつかなくなる。

かくして大ファミリーからパスコに声がかかる。もう一度ボスになって、おまえが事態を収拾《フィックス》しろ、と。ニューイングランドを立て直せ、と。

パスコにとってそれは世界で一番やりたくない仕事だ。医者からはもってあと三、四年と言われている。残された時間を何かを修理《フィックス》することに費やしたくはない。屋根にしろ、配管にしろ、老朽化した犯罪組織にしろ。だったらどうする？　残りの三、四年を心おだやかに過ごすにはなにかしら手を打たなければならない。

ピーター・ジュニアの裁判はどうなる？　誰にも予測はつかない。パスコはテーブルをはさんでジョニー・マークスを見やる。閉じたままそっとしておいたほうがいい箱が、裁判の過程で手あたり次第に開けられないともかぎらない。

バスコムにはできるかぎり司法取引きをして、ピーター・ジュニアに罪を認めさせ、裁判を早々に打ち切れと指示してある。せいぜい一日か二日でメディアが取り上げなくなり、誰も――特にパスコ自身が――証人席に着かなくてもすむようにと。

なのに、バスコムは無罪放免を勝ち取れると思ったのだろう、パスコの命令を無視した。ふたつの殺人を犯し、自白までしているのに、どうすればそんな芸当ができるのか、パスコには皆目見当もつかないが。いずれにしろ、裁判のことは弁護士に任せておくしかない。ひょっとしたら、医者に余命を宣告されたせいかもしれない。天国の門番である聖ペテロに対面し、生前の行為を弁明する瞬間を想像しているのかもしれない。司祭たちは臨終の秘跡によって罪が赦《ゆる》されると言うが、もしそれがまちがっていたら？　おれは今までひどいことをいろいろしてきた。そのほとんどはやむをえずにしたことだが、ひどいことに変わりはない。

そのひとつがキャシー・マーフィにしたことだ。当時、あの娘はまだ若かった。故国イタリアにはもっと若くして花嫁になる娘がいた、もちろん。それにしてもあの娘は若かった。彼女はそのあと立ち直ることができず、クスリと酒に溺れて依存症になった。そして、ピーター・モレッティと一緒にバスタブにいたところを撃たれ、若くして死んだ。彼女はおれがしたことを誰にも明かさなかった。この世では。だけど、あの世ではどうかわからない。あの世では彼女にしたことの罰がおれを待ち受けているのかもしれない。

さらにピーター・ジュニア。ヴィニー・カルフォと自分の母親が父を殺したと知り、どうすればいいか、おれにアドヴァイスを求めて訪ねてきた。あのときおれはあの子をドアの外に押し出した。さらに犯行後に助けを求めてきたときには見捨てた。おれにはあの子に負い目がある。

せめて、どんな形でも人生をやり直せるチャンスを与えてやる責任がある。

ひとつずつ解決することだ。パスコは自分にそう言い聞かせる。

ことの始まりはクリスだった。だからクリスを見つければ、この惨状を終わらせることができるかもしれない。「ほかの連中に見つかるまえに、われらが友人を見つけ出せ」

マークスは言う。「心配には及びませんよ」

ああ、そうだ、とパスコは思う。ジョニー・マークスの手にかかれば何も心配は要らない。

マークスが問題を解決《フィックス》してくれる。

29

クリス・パルンボが今も生きていられるのは、彼が馬鹿でも不注意でもないからだ。酒場では彼のほうもジョー・ペトローニに気づいていた。気づいていると悟られないように充分時間を置いてから店を出た。

クリスは今、改めて不安を覚える。

老いぼれジョー・ペトローニはおれを捜しにきたわけではない。そもそもあの男は殺し屋でもなんでもない。ただ、あの男は口が軽い。それが心配なのだ。ペトローニがおれに気づいたかどうかはわからない。だからと言って、気づかなかったほうに賭けられるか？

それはあまりに危険な賭けだ。クリスは収穫を終えたマイロ（キビに似たモロコシ類の穀物）畑に沿って進み、ハコヤナギの木立と小さな小川に向かって歩きながら考える。

ネブラスカに来るまでマイロなど聞いたこともなかった。トウモロコシは知っていた。小麦についてもある程度は知っていたと思う。が、マイロなどこの世に存在すること自体知らなかった。モロコシの仲間ということも。モロコシがなんであれ。

ここから逃げるのが得策だ。

それも今すぐ。

しかし、ネブラスカの秋は美しい。うだるような夏の湿気から解放されて清々しい空気に包まれるとほっとする。冬のことは考えたくないが、秋のあいだにこの地を離れるのは残念きわまりない。

それに、ローラのこともある。彼女にどう話せばいい？　そもそも話すべきなのかどうか。ある朝、目覚めたらおれはいなくなっている。昔の下手なフォークソングみたいに。それでいいのかもしれない。きっとわかってくれるだろう。すぐに別の男を見つけるだろう。

でも、彼女はよくしてくれた。クリスはそう思い直す。

いい暮らしを送らせてくれた。

ハコヤナギの木立まで来ると、クリスは地面に腰をおろす。

だけど……

いつも〝だけど〟ばかりだ。

少し飽きてきたのも事実だ。

確かにローラはベッドではすごくいい。それでも〝ファックか死か〟という暮らしもいつかは飽きる。ここらでひと休みして、ちょっと環境を変えるのも悪くない。現実を見ろ、おまえは変化球が欲しいんだ。ロードアイランドには妻のケイトがいたが、ほかにも愛人が何人かいた。変化に富むことが人生のスパイス、とかいう能天気なたわごともあるではないか。ローラはいろいろなスパイスを持っているが、それでもやはり同じ引き出しの中にいることに変わりはない。最近では、ポルノビデオの山場を見てからでないと、務めを果たせない日もある。

よく眠れないこともある。

最近はおかしな夢をよく見る。

死者の世界にちょこっと足を踏み入れるような夢だ。

ある夜は夢の中でおふくろと話した。

「わたしはもう死んでる。知ってるでしょうけど」とおふくろは言った。

「いや、知らなかった」とクリスは答えた。「何があったんだ?」

「あんたのせいよ。あんたのせいで胸が張り裂けた」

「それはすまなかった。ケイトはどうしてる? 最近会ってるか?」

「彼女は問題を抱えてる。まあ、みんな何かしら抱えてるけれど」

「ほかの男とつき合ってるか?」とクリスは訊く。

「そういう話は聞いてない」

「そうか」

別の夜にはピーター・モレッティと一緒にいる夢を見た。ふたりは夏のあいだのたまり場だった海岸沿いのバー〈リフィー〉にいる。

「家に帰るなら気をつけろ」とピーターは言う。

くそバスタブでだ」

「女なんてみんなクソだ。信用ならない。シーリアがおれに何をしたと思う？　あのあばずれ。何もかも与えてやったのに、ヴィニーにおれを殺させた。いいか、クリス、それもくそバスタブでだ」

「キャシー・マーフィと一緒にいたと聞いたが」

「なあ、おまえ、これからどうするつもりだ？」ピーターはそう言うと、ビールをぐびぐびと一飲みして海を眺める。「ケイトから眼を離すな。これは忠告だ」

「まさか。ケイトはそんな女じゃない」

ピーターはテーブルに身を乗り出して言う。「女なんてみんな同じだ」

クリスはそこで眼が覚めた。隣りにはローラのぬくもりがあった。

また別の夜には死んだ男と話をした。

サル・アントヌッチと。

サルはがたいがよく、タフで、非情な殺し屋だった。が、恋人《ボーイフレンド》のアパートメントから外に出たところを撃ち殺された。夢の中でサルは家の一階にあるキッチンのテーブルについて坐り、ドーナツを食べている。

〈ダンキンドーナツ〉だ。

定番の砂糖がけ《グレーズド》。

口のまわりが砂糖だらけだ。

「このドーナツが恋しくてな」と彼は言う。

「みんなおまえを恋しがってる」とクリスは言う。「そうそう、おまえの葬式は立派なものだった」

サルは笑って言う。「そうか？　大勢来てくれたか？」

「本気で訊いてるのか？」とクリスは尋ねる。「ぎゅうぎゅう詰めで坐る場所すらなかった」

サルは渋い顔をして言う。「おれのことを男色《フイノーク》とか言うやつはいたか？」

「いや、その話は出なかった」

「よかった」

「もちろん」とクリスは言う。「ちゃんとうつ伏せにして埋葬してやった。あの世でもヤれるように」

するとサルが立ち上がる。

「冗談だよ」とクリスは言う。「からかっただけだ。ほら、サル、坐れよ。坐ってドーナツを食べろ」

「ああ、おれは〝攻め〟だった」とサルは言う。「〝受け〟じゃない」

「今となっちゃどうでもいいことだ」

が、サルはそのまま立ち去る。

なんとも妙な夢を見たものだ。クリスはそう思う。

何かがそろそろ帰る潮時だとおれに知らせてるのかもしれない。

正直なところ、ホームシックにかかってないわけじゃない。

そんな気分になるなどいったい誰が想像した？

でも、事実だ。海も浜辺も食べものも恋しい。ネブラスカにちゃんとしたカンノーリ（イタリアの菓子）をつくれるやつはいない。もしいるなら、きっとみんなおれには秘密にしているにちがいない。クラムケーキはあるか？　いや、ない。クラムチャウダーは？　同じく。

そう、帰ればいいんだ。

ここにいて見つかる心配をしているくらいなら、あっちに戻ればいい。もし帰ったら、十五分もあれば噂が広まる。その三十分後にはもう殺《や》られているだろう。

それでも、だ。女房と子供たちのことはどうしても気になる。

ケイトはどうしてる？

ジルは？

ジェイクは？

生まれてくる子が男の子ならジェイコブと名づけたい。彼がそう言うと、ケイトが皮肉な笑みを浮かべたことを思い出す。

「ジェイクとジル？」とケイトは言った。「きょうだいで丘をのぼるの？　で、転げ落ちて頭を打つの？」

「いったいなんの話だ？」

「マザーグースよ。『ジャックとジル』。知らないの？」

クリスは聞いたことがなかった。

結局、彼女のほうが折れて、息子はジェイクと名づけられた。そしていい子に育った。頭がよくて、礼儀正しい子に。クリスは息子にした仕打ちをすまないと思っている。見捨てたことを。とはいえ、どうすればよかったのか？

今はどうすればいい？

別の誰かを捨てる？

それがいいのかもしれない。

家に帰って、潔く報いを受ける？

そうすべきなのかもしれない。

そうすべきじゃないのかもしれない。

秋のあいだはここにとどまるのがいいのかもしれない。用心に用心を重ねて。シャツの下に銃を隠して。

雪が降るのを待って、それから決めても遅くはない。

30

わたしには第六感がある。ローラは日頃からそう言っている。ものごとを感じ取る力がある、と。超能力がある、と。

そうなのかもしれない。あるいは、女の勘か、女だから知っているのか。いずれにしろ、クリスが彼女のもとを去ろうとしていることがローラにはわかる。ベッドでも感じられる。クリスが彼女の上に乗り、眼を閉じて誰か別の女性の思い出を呼び起こそうとしているのがわかる。それならそうと言ってくれればいいのに。ローラはそう思う。わたしは気にしないのに。わたしも思い出してもらえる女になるかもしれないのだから。そういうことは理解できる。彼女の心にもいい思い出だけを集めたハイライト版がある。

思い出には気分を一新する力がある。

それがうまくいけば、彼はここにとどまるかもしれない。

が、実のところ、ローラにはわかっている。クリスはここを去ろうとしている。

秋になると越冬のためにいなくなるガンのように。

そろそろ潮時なのかもしれない。

とはいえ、彼がいなくなると思うと淋しい。だから、ヨガのクラスのあと、ローラはまっすぐ帰宅せずにバーに寄ってビールを一杯か二杯飲む。そこでまた宇宙からのメッセージを受け取る。男が声をかけてくる。

クリスに負けず劣らず魅力的な男が。

少し歳を取りすぎているかもしれない。六十代前半といったところか。それでも、カールしたごま塩の髪は豊かで、均整の取れた体つきをしている。身長は百八十センチくらいで、身なりもいい。綾織りの青いシャツに薄い茶色のスエードのジャケット、カーキのズボン。見るからに高そうなデザートブーツを履いている。

このあたりの人間ではない。服装からしてキジ猟のハンターでもなさそうだ。

笑顔も素敵だ。歯は真っ白で、歯並びもいい。

ローラも笑みを返す。気づいたときにはふたりでブース席にいる。さらに三杯ビールを飲んだあと、彼女は胸の内を明かす。この男は、なんというか、色気のある聖職者のようだ。

できればヤりたいと思うような聖職者。

「私の考えを聞きたいかい？」ローラがクリスのことを話しおえると男が言う。「直感を信じることだ。きみにはそういう能力があるようだから。そのきみが彼が出ていこうとしているると思うなら、きっとそうなんだろうよ」

この人はわかっている。ローラはそう思う。わたしのことをわかってくれる。「どう思う？　行かないでってすがるほうがいい？」

「聞くまでもない。きみは答を知っている」と男は言う。

彼の言うとおりだ。答ならもう出ている。この町にモーテルがあったら、今すぐこの人を連れ込むところだ。「引き止めずに行かせるべきね」

男は黙ってうなずく。

男は仕事でリンカーンに来ていて、明日の午後は空いているので、田舎をドライヴするつもりだという。

「こっちにはいつまでいるの？」とローラは訊く。

「今夜だけだ」と男は答える。「でも、このさき数ヵ月はちょくちょく来ることになると思う。ここに来ればまたきみに会えるかな、ローラ？」

たぶん会えないと思う、わたしはあまり飲まないから。

でも、農場に来てくれれば会える。ローラはそう答える。

クリスも感じる。聞こえるより見えるよりさきにわかる。

そこに誰かがいることが。

そういう直感はあらゆる獲物にある。それで命拾いすることもあれば、時すでに遅しとなることもある。自分は死ぬのだと実感する瞬間はあまりに短い。買いものにいこうと車に乗り、運転席に坐った瞬間、クリスは直感する。

ジャケットの内側に手を入れて銃を出そうとする。が、もう遅い。

銃口が後頭部のすぐ下、首のつけ根に押しあてられる。おれは死ぬ。クリスはそう悟る。

「落ち着け、クリス」とジョニー・マークスが言う。「車を出すんだ」

町中まで半分ほど走ったあたりでマークスはクリスに車を停めるよう命じる。

「こっちを見ていい」とマークスは言う。

クリスはうしろを向いてジョニー・マークスを見る。ちびりそうになるくらいビビっている。映画ではタフガイはタフに立ち向かうものだが、これは映画ではない。それでもクリスは恐怖を押し殺す。

かろうじて。

「ポンパノビーチの御仁がよろしくと言っていた」とマークスは言う。

「一息にやってくれ。頼む」クリスは震えている。これ以上は耐えられない。

「殺すつもりなら、こうして話をしたりすると思うか？」とマークスは言う。「私はそういうやり方はしない。知ってると思うが」

確かに知っている。恐怖がいくらか和らぎ、クリスは冷静に考えられるようになる。

「こっちで愉しくやってるみたいだな」とマークスは言う。「いい女もいる。でも、残念ながら、おたくはここを去らなきゃならない。プロヴィデンスの昔の仲間たちはきみがここにいることを知ってる」

「パスコがなんでおれに警告する？」

「そりゃおたくにやってもらいたいことがあるからさ」

その夜、クリスはローラと別れのセックスをする。どちらにもそれがわかっている。だからわざわざ言う必要もない。それでもクリスは言う。「明日の朝一番にここを発つ」

「わかってる」

「きみは最高だった」とクリスは言う。「ここでの暮らしもすばらしかった。でも、おれは帰らなきゃならない」

「こんなに時間が経ってるのに」とローラは言う。「その人にあってわたしにないものは何？　その人のほうがきれいなの？　頭がいいの？」

「そういうことじゃない」とクリスは言う。「ただ、おれには果たさなきゃならない責任がある」

翌朝、まだ陽が昇るまえにローラはハムのサンドウィッチとリンゴをいくつかとグレープジュースを袋に詰めてクリスに渡す。

「途中で食べて」

「きみはおれにはもったいない女だ」とクリスは言う。

「愛してる」

ローラはクリスの車を見送る。
バーで出会ったいかした男から彼女に連絡が来ることはない。

31

ピーター・モレッティ・ジュニアが殺人の罪に問われた裁判の初戦は本人不在で始まる。ブルース・バスコムとマリー・ブシャールは、公判前審理でピーター・ジュニアの自白を証拠として認めるかどうかについて火花を散らす。

「そもそも」とバスコムは言う。「私の依頼人は弁護人がいない状況で嘘の自白をさせられた」

「彼は権利に関する書類に眼を通した」とブシャールが言い返す。「本人が言ったのよ、弁護士は要らないって」

「それは自分にどんな権利があるかちゃんと理解できる精神状態じゃなかったからだ」とバスコムは反論する。「充分な情報を得た上での決断でもなかった。彼は麻薬の激しい禁断症状にあった。ついでに言うなら、それについては適切な治療さえ受けていなかった。加えて心的外傷後ストレス障害《PTSD》も発症していた」

「ＰＴＳＤの原因は？」

「眼のまえで母親が死ぬのを見たことだ」

ブシャールは声をあげて笑う。「判事、弁護人が言っているのは昔ながらのナンセンス・ジョークです。両親を殺した子供は孤児だから慈悲をかけろと言ってるんです」

「続けてくれ」と判事は言う。

フランク・ファエラ判事はこのふたりとこれまで何度も法廷で会っており、どちらのこともよく知っている。ごま塩頭を手櫛《てぐし》で整えると、彼は椅子にゆったりともたれ、ふたりの攻防を観戦する。

「自白とされているもの自体の利点、またはその欠如について言わせてもらえば」とバスコムは続ける。「私の依頼人は――ここにいる私たちもですが――何について自白したかすらちゃんと理解していません」

「どういう意味かな?」とファエラが尋ねる。

「録画を見てみましょう」とバスコムは提案する。

「供述の記録ならここにある」とファエラは応じる。

「わかりました」とバスコムは言う。「彼の供述は次のふたつです。まず〝話すことは何もない。ただ罪を告白したい〟。先日もミズ・ブシャールに指摘したとおり、何についての自白なのか？　彼はまだ若く、頭が混乱していた。果たしてなんの罪で逮捕されたのかわかっていたのか。考えられる逮捕理由はいくらでもある。麻薬の所持、強盗、犯罪目的の徘徊《はいかい》……」

「その点についてはもう――」

「そうですか？」とバスコムはさえぎって言う。「記録にはドゥマニス刑事がこう言ったと書かれています。〝それなら話すことは山ほどあるだろうな。最初から全部話してくれ〟。〝全部〟とはなんのことです？」

「殺人のことを言っているのは明らかよ」とブシャールが横から言う。

「きみにとってはそうかもしれないが」とバスコムは応じる。「しかし、ピーターにとってはどうだろう？　陪審から見ても明らかとは言えないんじゃないか？　ピーターはこうも供述している。彼がほかに話したのはこれだけだ。〝何を話せばいい？　おれがやった〟。これについても同じことが言える。判事、どちらも根本的に同じ問題があります。供述内容が曖昧です」

「具体的に訊こうとしたら、ミスター・バスコムが割り込んできて、聴取が打ち切られてしまったんです」とブシャールは言う。

「間に合ってよかった」とバスコムは言う。「あのまま聴取を続けていたら、次はケネディ暗殺を自白させられていただろう」

「どっちの？」とブシャールは交ぜ返す。

「おそらく両方の」とバスコムは答える。「判事、検察が自白と言っている供述はどこまでも曖昧で、明らかに強要された――」

「強要された?!」とブシャールがさえぎって言う。「どうやって自白を強要したって言うの？」

「彼はまだ若く、頭が混乱していた」とバスコムは言う。「ヘロインの禁断症状による幻覚にも見舞われていたことだろう。弁護人もおらず、小さな部屋で威圧的な刑事と検事に――」

「いい加減にして」とブシャールはさえぎる。

「判事」バスコムはかまわず続ける。「この〝自白〟とやらが万一証拠として採用されても、私が陪審の眼のまえでいかに信憑性がないか明らかにします。憲法の専門証人や医療の専門証人を呼んで――」

「こちらはこちらで専門家を立てて反証するまでよ」とブシャールも負けてはいない。

「そうなると、裁判は何ヵ月も続くことになる」とバスコムは言う。「審理はもっと事実に基づいて進めようじゃないか、マリー。確固たる証拠があるなら、こんな曖昧な自白に固執することはないんじゃないのか?」

ファエラが言う。「これには私も弁護人の意見に賛成だ。マリー、決定的な証拠があるんじゃないのか?」

「これは意味のある自白です」説得力がないとわかりながらも、ブシャールは固執する。

「却下する」とファエラが言う。「自白を証拠として採用することは認めない。それから、マリー、間接的であっても自白に言及しようなどという姑息《こそく》な手は使わないように。その場合はブルースが審理無効を請求し、私もその申し出を承諾することになる」

判事室を出ると、ブシャールが言う。「まだ一回戦よ、ブルース。勝負はこれからよ」

「早くもだいぶ点差がついてしまったようだが」とバスコムは言い返す。

ピーター・ジュニアは成人矯正施設の面会室で机のまえについて坐り、弁護士を待っている。

逮捕されてから数ヵ月が経ち、彼は変わった。ひとつ、ヘロインの依存症から抜け出した。監房のコンクリートの床に胎児のように丸まって過ごした時間は、まさに悪夢だったが、おかげでここ数年ぶりにきれいな体になれた。ヴィニー・カルフォと母親を撃った日以来何年も、頭も心もどんよりしていたのが、今は嘘のようにすっきりしている。

ドアが開き、ブルース・バスコムが部屋にはいってきて席に着く。

「きみの自白は証拠からはずされることになった」とバスコムは言う。

「それってどういう意味？」とピーター・ジュニアは訊き返す。

「自白はなかったことになるという意味だ」とバスコムは答える。「実際、なかった」

ピーター・ジュニアはほっとしてため息をつく。「終身刑を免れるチャンスが出てきたってこと？」

「きみは信心深い人間か、ピーター？」

「おれはカトリック教徒だ」

「今日をかぎりに信仰は忘れるように」とバスコムは言う。「たった今からきみが信じるものはただひとつ。私だ。〝わたしは道であり、真理であり、命である。だれでもわたしによらないでは、父のみもとに行くことはできない〟（新約聖書。ヨハネによる福音書十四章六節）。つまり、きみは私の言うとおりに行動し、私に言われていないことは一切しない。そうすればチャンスはあるかもしれない。それができなければ、きみがこれから生きる世界は今とほとんど変わることはないだろう。わかるね？」

ピーター・ジュニアにはよくわかる。

彼は矯正施設でずっと考えていた。自分が何をしたかはわかっている。それがどれほどひどく悪いことかということも、罰を受けてしかるべきことだということもわかっている。

それでも、このまま一生刑務所にいたくはない。

そうなるくらいなら自殺したほうがいい。

が、それもしたくはない。

生きたい。ピーター・モレッティ・ジュニアは今、強くそう思う。

32

ダニーは夢のような生活を送っている。

〈イル・ソーニョ〉の実現に向けて。

〈タラ〉グループは市《まち》のはずれのありきたりな倉庫を作業場にして新しいホテルの事業計画と建物の設計を進めている。ダニーは勤務時間の大半をそこで過ごす。

あれこれ注文をつけるので、建築士も設計士も技術者も頭を抱えている。

ダニーの要望はこうだ。メインロビーはLEDディスプレイを組み合わせて壁がわりにし、次々と異なる画像を映し出す。同じ画像は二度と使わない。客室に通じるエレヴェーターは光に包まれ、その光の色は絶えず変化する。三つの宿泊棟は優雅な曲線を描きながら中央の建物から舞い上がって見えるように設計してほしい。

「何をつくるつもりだ？」と苛立った設計士がある日、ダニーに尋ねた。「『オズの魔法使い』のおとぎの国か？」

「いや」とダニーは答えた。「オズの国はもうある。おれがつくりたいのはまだ誰もつくったことがないものだ」

みんなが繰り返す。「ダニー、それは不可能だ」すると、ダニーは決まって言い返す。「不可能なんてない」誰もが幾度となく言う。「実現できる方法がない」ダニーは言い返す。「まだその方法を知らないだけだ」

ダニーはイカれている。全員がそう思っている。が、彼らはたいていの場面でダニーの要求を叶える方法を見つけ出す。そのほうがよっぽどイカれている。さらにイカれたことに、それを愉しんでさえいる。少なくともダニーのもとにまだ残っている者たちは。すでに何人もが辞めていった。そのことに対するダニーの反応はこうだ。「彼らがいないほうがうまく行く」

残った者たち――クシが生存者《サヴァイヴァーズ》と命名した――は作業場にこもり、装飾写本に取り組む修道士のように次から次へとデザイン案を描く。それらは決まり文句によってひたすら却下される。「もっといいものができる」

実際、もっといいものができる。

そうやって計画が進んでいく。

ダニーにとっては今が人生で最高に幸せな時間かもしれない。美しいものをつくることに熱中し、没頭している時間。あまりに多くの破壊を体験し、まわりには残骸しかなかった人生から彼は今、何かを築こうとしている。

それに、バランスも取れるようになった。

長時間働いているが、夕食は家でとると決め、必ずそうしている。イアンが寝たあとで仕事に戻る日もあるが、週末は休む。土曜日はイアンがしたいことを一緒にする日だ。マウンテンバイクでサイクリングするにしろ、映画を見るにしろ、ランチに出かけるにしろ、イアンがしたいことをする。時々ただドライヴしたいと言う日もある。倉庫に行って粘土でできた大量の〈イル・ソーニョ〉の模型を見たい。イアンがそうねだると、ダニーは感激する。

「すごくかっこいいね、パパ」

「そう思うか？」

「うん、ほんとうにかっこいい」

土曜日の夜はたいてい映画を見る。ダニーとイアンとマデリーンの三人で。イアンの親しい友達が二、三人いることもあれば、ネッドが一緒のときもある。家の映写室で映画を見て、ポップコーンを食べ、アイスクリームでサンデーをつくる。おかげでダニーはトレッドミルで走る時間を増やさなければならなくなるが、それは一向にかまわない。

だから週末はイーデンに会えない。ダニーはそれが淋しい。家に来て一緒に映画を見るのはどうかと話し合ったこともあったが、ふたりとも躊躇《ちゅうちょ》する。

「それってすべりやすい坂道みたいなものよ、ダニー」と彼女は言った。「気づいたときには頭からすべり落ちて、わたしたちの関係が変わってしまってる」

「それはいけないことか？」

イーデンは肩をすくめて言った。「むしろイアンのためになるかってことを考えてるんだと思う」

「おれもだ」

「あのくらいの歳なら」と彼女は言った。「なついてくれるかもしれない……ほら、わたしってこんなに素敵で魅力的だから……でも、フェアじゃないと思う。まだ――」

「まだ……」

「わたしたちの関係が次の段階に進むまでは。それがなんであれ。でも、わたしは今のままでいいと思ってる」

ダニーも基本的にはそう思っている。

今あるもので充分幸せだと。

だから、夢の実現に没頭する。

攻撃はどこからともなくやってくる。

33

ダニーは倉庫で千八百席ある劇場の図面を見ている。そこにリナルディがやってくる。

「何かが起きてる」とリナルディは言う。「株に動きがある。買い注文が殺到してる」

「それっていいことじゃないのか？」とダニーは尋ねる。

「かもしれない」とリナルディは答える。「だけど、悪いことかもしれない。誰が買っているかによる」

その答は情け容赦のないスピードでわかる。

ヴァーン・ワインガード。

ヴァーンとヴァーンの関係者――個人の投資家とヘッジファンドと銀行――が争うように〈タラ〉グループの株を買い漁っている。

敵対的買収。

リナルディははっきり口に出す。「ワインガードには〈ラヴィニア〉の買収ができなかった。だから今、〈ラヴィニア〉を所有する会社ごと買収しようとしている。つまりおれたちを丸ごと。株の過半数を取得すれば取締役会で議決権が得られる。投票でおれたちを追放する肚《はら》だ」

「そんなことができるのか？」とダニーは訊く。

「もう始めてる」とリナルディは答える。「〈タラ〉は株式公開会社だ。〈タラ〉の株は誰でも買える」

ダニーは込み上げてくる怒りを必死に抑える。叫びたい衝動にどうにか抗《あらが》う。〝言ったじゃないか！　だから公開したくなかったんだ！〟と心の内で叫ぶ。今さらそんなことを言ってもなんの意味もない、もちろん。言わなくてもリナルディはもうすっかり取り乱している。

「おれたちももっと株を買わなきゃならない」とダニーは言う。

「資金がない」とリナルディは答える。「買い人気で株価が跳ね上がってる。株を買うための現金を手に入れるには、今保有している株を売るしかない。だけど、それじゃ本末転倒だ。友好関係にあった株主の中にも利益を優先してすでに売ってる人たちもいる」

「おれたちは〈タラ〉グループを失うのか？」

「そうみたいだ」とリナルディも言う。

事実、損害は計り知れない。〈ラヴィニア〉の土地だけでなく、〈カサブランカ〉も〈ザ・ショアズ〉も失うことになる。懸命につくりあげてきたものがすべてなくなる。実力以上に背伸びして株式を公開したばかりに。

夢はもうおしまいだ。ダニーは胸につぶやく。

まだ始まってもいないのに。

その夜、ダニーは居間でマデリーンに言う。「どうすればいいかわからない。ドムは今すぐ手を引くべきだと考えてる。さっさと株を手放して、現金に換えるほうがいいって」

「白旗を振れってことね」とマデリーンは言う。「あなたはそうしたいの？」

「まさか」とダニーは言う。「でも、ほかに方法が思いつかない。買収を阻止するには数千万ドル、いや数億ドルの金が要る。そんな大金を貸してくれるやつなんていやしない。誰も〈ワインガード〉グループの意向に反する投資はしない。今となっては」

マデリーンは息子を見つめる。両手に顔を埋めている息子を見て、大人になった息子に初めて会った日のことを思い出す。マフィアの手下だった息子は敵の暗殺に失敗し、尻を撃たれて重傷を負って入院していた。

今はあのとき以上に傷ついている。マデリーンにはそう思える。

あのときはわたしがこの子を生き返らせた。最高の医者と外科医とセラピストをつけて。今度も生き返らさなければ。

「最初にはっきりさせておきたいんだけど」と彼女は言う。「戦おうとしているのは、つくりたいものがあるからよね？　ヴァーン・ワインガードへの個人的な恨みじゃなく。彼に負けたくないだけなら、戦う意味はない」

「おれは会社を守りたい」とダニーは言う。「おれのホテルをつくりたい」

「第二に」とマデリーンは続ける。「あなたの言うとおりよ。従来の資金集めのやり方じゃ、あなたに手を差し伸べてくれる人はいない」

「パスコたちに頼れって言うなら」とダニーは言う。「それはなしだ。そもそも彼らにはそんな大金は用意できない」

「できるわけない、もちろん」とマデリーンは言う。「あなたが頼るべき相手はエイブ・スターンよ」

ダニーは驚きのあまり絶句する。

エイブ・スターン？

あの老人のことか？　エイブ・スターンと言えばスターン社の総帥《そうすい》だ。タホ湖にカジノをいくつか所有しているほか、十数州で船上《リヴァーボート》カジノを運営し、全世界に数百ものホテルを有する巨大ホテルチェーンの経営者でもある。

まさに億万長者。

が、世捨て人として知られている。

ラスヴェガスを嫌っていることでも有名だ。

この市《まち》の事業に関わるなど論外だろう。その昔、一九六〇年代にはラスヴェガスでホテルを経営していたが、そのホテルを売却し、二度とこの市《まち》には戻らないと誓いを立てたという噂すらある。

「エイブ・スターンだって？」とダニーは訊き返す。「頭がおかしくなったのか？」

「エイブのことはよく知ってる」とマデリーンは言う。

そうだろうとも、もちろん。ダニーはそう思う。あんたには知らないやつなどいないんじゃないか？

「わたしの頼みなら会ってくれる」

「のんびりしてる時間はない」

マデリーンは立ち上がり、部屋を出ていく。五分後に戻ってきて言う。「今夜会ってくれるそうよ。こういうときこそ社用ジェットを使わなくちゃ」

34

ダニーは安息日《シャバット》のディナーの席に着いている。

初めての経験で、なんとも気まずい。

エイブ・スターンの孫のジョシュが直々《じきじき》に空港の滑走路まで迎えに来てくれた。ダニーはそれをいい兆候と受け取った。ジョシュの熱量――愛想がよく、気さくで、熱心な態度――もしかり。

短時間のフライトのあいだにダニーは宿題をすませていた。ジョシュがハーヴァード大学を卒業し、ペンシルヴェニア大学ウォートン校で経営学修士号《MBA》を取得していることも予習ずみだ。二年まえにタホ湖の家に戻ってきて、今は祖父の事業を手伝っている。データの収集と活用に秀でており、その特技を会社の意思決定に巧みに役立てている。若いながらやり手というのが衆目の一致するところだ。

背が高く、運動選手のような体格で、ハンサム。エイブ・スターンが隠居するときには、ジョシュが跡を継いでスターン社を担う存在になることは誰の眼にも明らかだ。ダニーが事前に仕入れた情報によれば、ジョシュの父親――奇しくもダニーと同じダニエルという名だった――はジョシュが十歳のときに若くして癌で亡くなっている。だから、ジョシュは事実上エイブ・スターンに育てられた。

　まさに飛び跳ねるような勢いでダニーのそばまで来ると、彼はダニーの手から鞄を受け取り、ランドローバーの後部座席に放り込んだ。それから、滑走路を突っ切り、町を通り抜けて、一九六〇年代からスターン一家が暮らす湖畔の邸宅までローバーを走らせた。

「あなたはきっと特別なゲストなんでしょうね」とジョシュは言った。「シャバットのディナーに招待されるなんて」

「そうとは知らなかった」

「今日は金曜日だから。うちはユダヤ教徒だから」

　そう言うと、ジョシュはジーンズのポケットからヤムルカ（ユダヤ教徒が礼拝のときなどにかぶる小さな帽子）を引っぱり出してダニーに渡した。「あとで必要になると思う」

　ダニーは言った。「わざわざ迎えにきてくれたのは何か理由があってのことと思うが」

「そのとおり。ふたりだけで少し話がしたかったんです、ミスター・ライアン――」

「ダニーと呼んでくれ」

「わかった、ダニー」とジョシュは素直に受け入れて続けた。「あなたが訪ねてきた理由は聞くまでもない。〈ワインガード〉の敵対的買収を阻止するために投資してくれる人が要るからだ。ぼくたちも株価の動きは注視している」

「ああ」

「祖父は〈カサブランカ〉を再生させたあなたの手腕に一目置いている」とジョシュは言った。「うちのビジネスモデルと基本的には同じだ。知恵を働かせて人材も資源も効率よく活用し、完璧なサーヴィスをゲストに提供する。祖父は〈タラ〉グループをすごく評価している」

「それは嬉しいね」

「でも、祖父があなたに会う理由はあなたのお母さんへの礼儀、それだけだ」とジョシュは続ける。「祖父はラスヴェガスに進出したいとは考えていない。あなたをディナーに招待して、そのあと個人的に話を聞いて、ノーと言うつもりだ」

やはり駄目か。会社を救える最後のチャンスもこれで潰《つい》えたか。

が、ジョシュがさらに続けた。「でも、ぼくは出資に賛成だ。われわれもストリップで存在感を――それも大きな存在感を――示すというのは悪い考えじゃない。データの裏づけもある。ぼくから祖父にそういう主張をすることはできる。でも、説得できるかどうかはわからない。祖父のことは大好きだけど、なにしろ頑固な爺さんでね」

かくしてダニーは今、ディナーのテーブルについている。室内はキャンドルの柔らかな明かりに包まれ、長いテーブルは満席だ。成人した子供、孫、姪《めい》に甥。

部外者はダニーひとり。

ダニーが見ているまえでエイブ・スターンがパンを二切れ掲げて祈りを捧げる。

朗々とした声で。

力強く。

意味はわからないが、深く心に響く気がする。ただ推測するしかないが、古くから伝わる、大切なことばなのだろう。

「宇宙の王、私たちの神、主よ、あなたは祝福され《バルフアター・アドナイエロヘイヌ・メロフハオラム》……」

スターンは面長で、額がまえに突き出し、眼は深く窪《くぼ》んだところにあり、がっしりした顎をしている。薄くなった髪も無精ひげも真っ白で、どこから見ても九十三歳の老人だ。

「……地上からパンをもたらします《ハモチレヘムミンハレッツ》」

スターンはパンに塩を振りかけ、二切れのパンをテーブルの両側にそれぞれ渡す。全員が少しずつパンをちぎってまわす。

ダニーも見よう見真似でついていく。

パンを分けおえると、料理が運ばれてくる。ゲフィルテフィッシュ――魚のすり身のだんごのことだとわかる――に続いてローストチキン、濃厚な肉の煮込み、ジャガイモ、豆、野菜が出てくる。

食卓ではにぎやかで気ままな会話が流れる。姪や甥たちが面白がってダニーを質問攻めにする。名前はなんというのか、どこから来たのか、何をしているのか。奥さんはいるの？　子供は？　クリントン大統領をどう思う？　中東の情勢をどう見ている？　イスラエル擁護派、それともパレスチナ支持派？　イスラエルの入植活動をどう思う？　贔屓《ひいき》の野球チームはヤンキース？　ドジャース？　それともレッドソックス？

質問と質問のあいだにそれぞれの話題について激論が交わされる。スターンは椅子にもたれてゆったり坐り、ほとんど何も話さない。この老人はおれを観察している。それはダニーにもわかる。ダニーが質問にどう答え、子供たちにどう接するかを見ている。

デザートのチョコレートのルゲラー（パイのようにさくさくしたユダヤの菓子）――ダニーはレシピを入手して、ホテルのレストランで提供しようと頭の中でメモする――を食べおえると、スターンが書斎で話そうと言う。

ジョシュも一緒についてくる。

スターンは机の椅子に、ダニーとジョシュは肘掛け椅子に坐る。

壁が本棚で埋め尽くされている。本の背を眺めると、ほとんどが歴史書や哲学書だ。

「普段はシャバットの日に仕事の話はしないんだが」とスターンは言う。「今度の一件は一刻を争うと理解している」

「例外を認めていただき、感謝します」とダニーは応える。

「きみの身内は昔からよく知っている」とスターンは言う。「お父さんのマーティも義理のお父さんのジョン・マーフィも古くからの友人で、仕事仲間だった」

そう聞いてダニーは驚く。「それは知りませんでした」

「あの頃は互いに関係があることをことさらに宣伝してはいなかったからな。しかし、当時は組合に〝大使〟を送る必要があった。サーヴィス業にも。今では不届きな悪者と見なされる人々とつき合わなければ、テーブルに置くナプキンすら買えない時代もあった。私はきみの身内をそんなふうに思ったことはないが。私に言わせれば、彼らはただの実業家だった」

「おれは父とはちがいます」

「そうらしいな」とスターンは言う。「お母さんのマデリーンとも長いつき合いだ。株取引きの情報を交換し合ったりしてな。まあ、そういう仲だ。はっきり言っておくが、それ以上の関係ではない」

「わかりました」

「そんな彼女から息子に会ってやってほしいと頼まれたからには、今日はシャバットでも会わないわけにはいかん。会ってみて、きみには好感を持った。いつでも歓迎しよう。しかし、申しわけないが、〈ワインガード〉との諍《いさか》いについては協力できない」

「確認させてください」とダニーは言う。「それはつまり、できなくはないが、協力する気はない。そういうことですね？」

「はっきり言えばそのとおりだ」とスターンは認めて言う。「手を貸すつもりはない。孫は反対のようだが。ああして脚を叩いているところを見ると、その理由を話そうとしているらしい。ジョシュ？」

　ジョシュは持論を展開する。

〈タラ〉グループの業績はすばらしく、利益率も高い。きちんとデータを集めて分析したところ、新しいプロジェクト〈イル・ソーニョ〉の利益率は天文学的な数値になってもおかしくない。それに、スターン社としても、ラスヴェガスのストリップの一等地で存在感を示すことには意義がある。これはステータスの問題だ。スターン社のカジノやホテルは収益率が高く、評判もいいが、どこか平凡で、中流階級向けと思われている。〈イル・ソーニョ〉のように高級で上品なホテルと提携すれば、会社そのものにも持ち株にも箔《はく》がつく。

スターンが言う。「おまえは中流階級を馬鹿にしているが――」

「馬鹿になんてしてない――」とジョシュは反論する。

「――私たちが裕福なのはまさにその中流階級のおかげだ」とスターンはかまわず続ける。「忘れるな。九十九パーセントの人々のおかげで残りの一パーセントがいるということを。その人たちに疎外感を与えるようなブランド戦略の変更にはきわめて慎重でなければならない」

ジョシュはデータを準備してきている。

中流階級をターゲットとするブランド戦略に固執した結果、業績が悪化し、今や二流ホテルと見なされつつあるいくつものホテルチェーンを引き合いに出す。人数は少なくても、より多く金を落としてくれる客がいることで、どれだけ利益を得られるか数字で示す。顧客層を下から上まで網羅することの利点を列挙する。

「今いる客を閉め出そうなんて言ってるんじゃない」とジョシュは言う。「新たな客にも門戸を開こうと提案しているだけだよ」

スターンはダニーに向かって言う。「子供たちにいい教育を受けさせることの弊害はまさにこういうことだ。身につけた知識で反抗するようになる」

「でも、彼の言い分は正しい」とダニーは言う。「われわれも〈タラ〉の経営を通じて同じ教訓を学びました」

「その結果、きみは会社を失いつつある」とスターンは言う。「こうして私に助けを求める破目になった。わが社なら絶対に上場しなかっただろう。今後も絶対にしない。上場したのは大きなまちがいだ、ダニー」

「おっしゃるとおりです」

「そう思うか？」

「ええ」

スターンはダニーのことばを額面どおり受け止める。

「お祖父《ゼィデ》ちゃん」とジョシュが言う。「これは大きなチャンスだと思う。うちと彼らの会社のシナジー効果で――」

「シナジー効果」とスターンはさえぎって言い、ダニーを見る。「どういう意味かわかるか？」

「いいえ」

「私もだ。でも、ジョシュにはわかっている。この子は私には理解できないことばかり使う。ただ、この子のおかげでわれわれはかなり儲かった。それは認めなきゃならん。デイナーの席では息子がいると言っていたね？」

「ええ」

「子育てがうまくいくことを祈る」そう言うとスターンは立ち上がる。「努力が報われることを願っている。が、私は協力できない。ラスヴェガスでのビジネスには手を出さない。理由はそれだけだ。ジョシュがコテージまで案内する。朝になったら空港まで送らせよう。平和な安息日《シャバット・シャローム》を」

終わった。ダニーも立ち上がり、スターンと握手をして、時間を割いてくれたことともてなしに礼を述べる。

ジョシュが湖畔にある来客用のコテージまでダニーを案内する。「申しわけない、ダニー。最善は尽くした」

「感謝している」

ダニーは眠れない夜を過ごす。椅子に坐り、窓の外の月を眺める。

おれは負けた。そう思う。

何もかも失った。〈イル・ソーニョ〉も〈ザ・ショアズ〉も〈カサブランカ〉も。これまでつくりあげてきたすべてを失った。

むしろこれでよかったのかもしれない。株を売り、金を手に入れ、若くして引退すればいい。自分を哀れむのはやめろ。おまえは億万長者じゃないか。かつては何ひとつ持っていなかったのに。

そう自分に言い聞かせる。が、失意のどん底に沈んでいるのが自分でもわかる。
そのとき、月明かりに照らされた長身で猫背の姿が見える。
エイブ・スターンがそこにいる。

35

「歳を取ると眠りが浅くなる」とスターンは言う。「長すぎる眠りがすぐに訪れるとわかっているせいかもしれない」

ふたりはコテージの裏にある芝生の庭でガーデンチェアに坐り、湖を眺めている。

「きみもよく眠れないようだな」とスターンが言う。

「あれこれ考えごとをしていました」

「私もかつて財を成し、失ったことがある。それからまた財を成した。きみにもできる。きみは愚かなことをした。ワインガードに叩きのめされて、今はプライドがずたずたに傷ついていることだろう」

「おれのプライドにどれほどの価値がありますか？」とダニーは尋ねる。

「だったら尊厳だ。人間、それがすべてだ。プライドとは……」スターンは最後まで言わない。いちいち言うまでもないと言わんばかりに。

かすかに風が吹き、波が岸を洗う。

「実におだやかだ」とスターンは言う。「ラスヴェガスでは味わえない」

「でも、あなたがラスヴェガスを離れたのは車の騒音がうるさいからじゃない」とダニーは言う。

「ああ、そうだ」とスターンは認めて言う。「ジョシュから大叔父さんの話は聞いたか？ジュリアスとネイサンについて何か言っていたか？」

「いいえ」

「そうだな。あの子が話すはずもない」とスターンはダニーにというより自分に向けて言う。「ジョシュが知っているのは、ひとりは殺され、もうひとりは精神科病院で死んだということだけだ。あの子が生まれるずっとまえの話だ。老人の昔話につき合ってくれるか？」

「もちろん」

一九六〇年代半ばのことだ、とスターンは語りだす。当時、彼はラスヴェガスのフレモント通りに面したホテルを所有しており、そのホテルは繁盛していた。

彼には弟がふたりいた。

ジュリアスとネイサン。

ふたりとも優秀で、天才と言ってもよかった。問題は、頭が切れすぎたことだ。そのせいでひどく傲慢だった。どんなことでもうまくやれると思っており、実際たいていうまくやってのけていた。

たとえば、カードゲームでのいかさまとか。

彼らは時間をかけて実行した。

ジュリアスがディーラーの職に就き、最初の数ヵ月は真面目に仕事をする。しばらくすると、仕事用の靴に小さな鏡を仕込み、次に出るカードを盗み見るようになる。そこにネイサンがプレーヤーとして参加する。まっとうにプレーして少し負け、少し勝ち、チップを換金せずにしばらく待つ。そうして賭け金が場にかなり溜まったタイミングで、ジュリアスが次に出るカードをまばたきでこっそり教える。

そうやって大儲けし、数週間してほとぼりが冷めた頃、ジュリアスは仕事を辞める。それからリノのカジノに行き、次にこのタホ湖に行き、同じことを繰り返す。

そして、しばらくすると、またラスヴェガスに戻る。

ディーラーとプレーヤーの役を交代して、偽名と偽のＩＤを使い、変装して荒稼ぎする。

彼らはその手口で大儲けした。

問題は、儲けた金を使うのも好きだったことだ。

酒、女、車、スーツに装飾品に惜しみなく使った。

とりわけジュリアスは着道楽《きどうらく》だった。誂《あつら》えのスーツやシルクのシャツや高価な靴を好んだ。金のかかる女も好きだった。プレゼント攻めにして腕に抱き、見せびらかした。

だから、人目を惹いた。注目された。

スターンは彼らをたしなめた。いかさま行為についても、そうやって見せびらかすことについても。しかし、ふたりは耳を貸そうとしなかった。

彼らは頭がよすぎた。

当時、ラスヴェガスにはデトロイトのファミリーの若き支部長、アルフレッド・〝アリーボーイ〟・リカタがいた。ファミリーの利益、特に〈ムーングロウ・ホテル〉の陰の出資者の利益が損なわれることがないよう、監視を目的にラスヴェガスに送り込まれていた。デトロイトのファミリーはそのホテルから山ほど上まえをはねており、ここは自分たちのシマだと考えていた。

ジュリアスとネイサンにはそれが納得できなかった。

おまけにジュリアスは〈ムーングロウ・ホテル〉のカジノが好きだった。

だから、近寄らずにいることができなかった。

そもそも彼は〝アリーボーイ〟が大嫌いだったので、相手のホームグラウンドに乗り込んで赤っ恥をかかせたかったのかもしれない。彼らのあいだには以前、ある女をめぐって諍いがあり、言い争ったことがあった。よくある話だ。取るに足りない話だ。が、それが一生反目し合う理由になることもある。

ダニーもよく知っているとおり。

ジュリアスとネイサンはすでに一度〈ムーングロウ・ホテル〉をカモにしていた。ディーラーとプレーヤーに扮して〈ムーングロウ・ホテル〉にもぐり込み、鏡を使った手口で五万ドルもの大金を荒稼ぎしていた。

そんなカジノになど二度と近づくべきではなかった。

が、ジュリアスは我慢できなかった。

変装して舞い戻り、ブラックジャックでカードカウンティングをした。カジノのスタッフも馬鹿ではない。不正がばれた。リカタが自らジュリアスを出口まで連れていった。二度と来るなと丁重に言いふくめて。

ジュリアスはへらず口だった。リカタをありとあらゆる卑語──自ら考案した卑語も含めて──で呼んで侮辱し、英語とイディッシュ語とヘブライ語で罵倒《ばとう》した。こっぴどく殴られると、イタリア語も少し交えた。

さらにリカタの顔に血を吐きかけもした。

リカタはスターンに会いにきた。

「あんたたちは善良な人間だ」とリカタは言った。「みんなが尊敬している。是非ともお願いしたい。弟たちによく言って聞かせてくれ。おとなしくしていろと」

スターンはもう一度弟たちに警告した。リカタに関わるな。あの男は厄介だ。サディスティックなイカレ野郎だ。

「あんなイタ公なんか怖くない」とジュリアスは言った。

「あいつの怖さを知るべきだ」

「あんなやつはクソ食らえだ」

ネイサンでさえ、二度とあそこには行くなと言った。が、無駄だった。ジュリアスは賢すぎた。傲慢すぎた。

ジュリアスは懲りずに変装して乗り込んだ。

そして、またいんちきがばれた。

リカタは今度もスターンを訪ねてきて言った。弟たちによく言っておけ。おれたちのホテルに近づくな、さもなければぶっ殺すと。

スターンはそのとおりに伝えた。

「だったら、連中はおれたちを殺すしかないな」とジュリアスは言った。

「どうして？」とスターンは訊いた。「どうしてそこまでする？」

ジュリアスは笑って答えた。「どうしても」

彼はまた同じホテルに行った、もちろん。しこたま勝って、まんまとホテルから抜け出した。が、アパートメントに帰ると、ネイサンの姿がなかった。電話が鳴った。

「弟を返してほしけりゃ迎えにこい……」

ジュリアスは大急ぎで車を走らせ、市《まち》のはずれにある倉庫に向かった。自殺行為であることは承知の上だった。弟を囮《おとり》にして自分をおびき寄せようとしているのはわかっていた。が、そんなことはどうでもよかった。

弟を助けるためなら命など惜しくなかった。

クソ倉庫の中にはいると、そこにはネイサンがいた。裸にされ、鎖で手首を鋼鉄製の梁《はり》につながれ、爪先がかろうじてコンクリートの床に触れていた。

それでもとにかく生きていた。

「弟を放せ」とジュリアスはリカタに言った。「おまえの狙いはおれだ、ちがうか?」

「そうだ」

リカタはそう言うと、笑みを浮かべ、銃を掲げてネイサンの額を撃った。

「なんてことを!」

が、その場面が今回の出来事の最悪の場面ではなかった。

ジュリアスはいきなり後頭部に衝撃を感じた。目覚めたときには裸にされ、すでに死んでいる弟と向かい合わせに鎖で縛られていた。

そのまま三日間放置された。ネイサンの死体が次第に腐敗し、むくんでいくのを逐次見せられた。数時間おきに誰かがやってきて、ジュリアスの咽喉《のど》に無理やり水を流し込んだ。リカタが来ることもあった。背の高い椅子に坐り、煙草をふかしながら、もう死なせてくれと懇願するジュリアスを見ていた。「頼む、もう殺してくれ」

「それはできない」

三日後、彼らは鎖を解き、スターンのホテルの裏路地にジュリアスを放り出した。

ジュリアスはゴミを捨てに外に出たウェイターに発見された。

そのときにはもうおかしくなっていた。

眼を腫らし、よだれを垂らしながら、死んだ弟と一緒に鎖でつながれていた、と呆《ほう》けたようにしてつぶやく姿がすべてを物語っていた。言うことは支離滅裂、哀れを絵に描いた男と化していた。証人席に着いて何を言おうと誰にも何も信じてもらえないだろう。

スターンが彼からどうにか話を聞き出すまで数週間かかった。悪夢にうなされた叫び声やとりとめのないひとりごとから断片的な情報を組み合わせて、ようやく全貌がわかった。が、ジュリアスが回復することはなかった。

スターンはいくつもの病院に連れていった。電気ショック療法や薬剤治療などあらゆる療法を試した。が、最後には精神科病院に入院させるしかなくなった。ジュリアスは鎮静剤を大量に投与され、生ける屍《しかばね》となり、二十年後、ついに息を引き取った。

ネイサンの遺体は結局、見つからなかった。

リカタはもう一度スターンを訪ねてきた。

「ホテルを売って、この市《まち》から出ていったほうがいい」

スターンは同意した。

それ以来、ラスヴェガスに近づきたいと思ったことは一度もない。

スターンが頑なにラスヴェガスとの関わりを拒否する理由がダニーにもようやくわかる。

「気の毒としか言いようがない」

「もう昔の話だ」とスターンは言う。

「リカタはどうなったんです？」

「ラスヴェガスで大物になった」とスターンは答える。「一九八〇年代の終わりまで幅を利かせていた。ＦＢＩがマフィアを追い払うまで。ところで、やつのおかげでカジノ産業に参入したのが誰か知ってるか？」

ダニーは黙って首を振る。

「ヴァーン・ワインガードだ」

「ヴァーンは堅気《かたぎ》の人間です」

「今はそうかもしれない」とスターンは言う。「でも、彼は今でもリカタに上納金を払ってる」

なんだって?! ダニーは心の中で叫ぶ。

ふたりは少しのあいだ黙ったままでいる。

やがてスターンが言う。「きみの頼みを断わったとき、きみは潔く引き下がった。人としての尊厳を示した。ギャングの戯《ざ》れ言《ごと》を口にして、私に揺さぶりをかけようとはしなかった。きみの口からパスコ・フェリの名前が出ることはなかった。もしきみがその名前を口にしていたら、こうして話をすることはなかっただろう」

ダニーは何も言わない。が、心臓が早鐘を打っている。

「復讐したいと思ったことはなかった」とスターンは言う。「復讐は非道で、私にはふさわしくないと考えていた。なにより家族を守りたかった。野蛮な行為からも、暴力からも、醜い仕打ちからも。今でもその考えは変わらない。それはわかってもらえるね？」

「わかります」

「月曜日の朝、市場が開いたら、スターン社は〈タラ〉グループが買収されずにすむだけの株を買う」とスターンは言う。「きみは〈タラ〉の議決権を保持する。きみと私はパートナーになる」

「ありがとうございます、ミスター・スターン」

「ただ、ひとつ条件がある」とスターンは言う。「ジョシュがきみと一緒に行く。ラスヴエガスに移って、わが社の利益が損なわれないように監督する。あの子は頭が切れる。きみや私よりずっと。必ず儲けさせてくれる」

「わかります」

スターンは苦労して椅子から立ち上がる。「この世で歳を取るほどつまらないこともない。これから一緒につくろうとしている、きみの夢のホテルを私が生きてこの眼で見ることはないだろう」

ダニーも立ち上がって言う。「必ず見届けてください」

「ひとつ約束してくれ」とスターンは言う。「孫をよろしく頼む」

「約束します」とダニーは答える。「家族のように大切にします」

ふたりは握手を交わす。

36

メディアはこぞって取り上げる。

それはそうだろう。

スターン社が〈タラ〉グループと手を結んだ。この提携は文字どおりゲームチェンジャーだ。カジノ業界の勢力地図を大きく塗り替える地殻変動となる。

〝敵対的買収であってもおかしくなかった。〟〝が、結局のところ、乗っ取りではなかった〟。

ある新聞記事はそう報じた。ヴァーン・ワインガードの攻撃が失敗に終わった今、〈タラ〉はなお一層存在感を増した〟。

こういう記事も出る。〝今回はランボルギーニではなく、〈ラヴィニア〉でさえなく、より価値のあるものをめぐって争われたが、ワインガードの力は及ばず、〈タラ〉グループ獲得は達成できなかった〟。

別の角度から報じる記事もあった。

スターンの帰還《リターン》

ホテル・カジノ業界の大手企業スターン社は騎兵隊のように駆けつけ、ヴァーン・ワインガードの敵対的買収から〈タラ〉グループを救った。その結果、エイブ・スターンの長きにわたるラスヴェガスからの自主亡命に終止符が打たれ、ホテルおよびカジノの巨大事業の拠点がタホ湖から南の砂漠地帯へと移される。内部関係者の話では、スターン社が四十パーセントの株式を保有する〈タラ〉グループの事業は、エイブ・スターンの孫であるジョシュア・スターンが監査役を務めるという。この業務提携により、両社はカジノ業界全体ではないにしろ、ラスヴェガス大通り《ストリップ》をまちがいなく支配することになるだろう……

「ご満悦ね」とイーデンが言う。

「いや、むしろしみじみとした気持ちだ」とダニーは応える。ベッドに寝転んだまま。「感慨にひたってる」

安堵の念と勝利の念にひたっている。

勝つのは気分がいいものだ。

「自社株の四十パーセントを手放すことになったのに」とイーデンは言う。

「それでも、会社を動かしているのは今もおれだ」とダニーは言う。「いずれにしろ、問題は金じゃない」

「じゃあ、なんなの？」

「夢《ドリーム》だ」

「小文字のdで始まる一般的な夢のこと？　それとも大文字のDで始まる固有名詞のほう？」

「両方かな」とダニーは言う。「どちらも同じことさ」

イーデンは彼にとことん惚れ込んでしまいそうになっている。

でも、駄目、それは駄目。そう胸につぶやく。うっかりこの人に恋なんかしては駄目。

そう心の中で繰り返す。

ダニー・ライアンは今は亡きふたりの女性を愛している。思い出が相手では勝ち目はない。このさき決して失言することもなく、失態を犯すこともなく、贅肉がつくこともなく、こむら返りを起こすこともなく、赤らんだ鼻から鼻水を垂らすこともなく、歳を取ることもない、そんなふたりの女性を彼は愛している。

決して失望させはしない女性たちを。

さらにもっと根深い問題もある。

本人には口が裂けても言えないが、ダニーはその悲しみに恋をしている。悲恋に酔い痴《し》れている。自覚しているにしろ、していないにしろ、ふたりの女性との悲劇的な別れがダニーのアイデンティティになっている。彼が悲しみを断ち切ることは決してない。どうすれば断ち切れるのか、彼にはわかりっこない。

はいはい、もうそのくらいにしておきなさい。そう言って、イーデンは自分をたしなめる。

　この人とはいい関係を築いている。ただセックスをするだけでなく、友好的で、愛情のこもった——まあ、どちらかが許す範囲内にしろ——親密さが共有できる、互いに都合のいい関係を築いている。

　言うなれば、これは共生関係だ。

　こちらはあちらのニーズに応え、あちらもこちらのニーズに応える。

　つまり、世間で言うところの円満な結婚生活そのものだ。が、そっちの方向へ進むつもりはわたしにはかけらもない。女性ならたいていそっちへ進みたがるものだということはわかっている。彼と結婚して、金と名声と権力を手に入れたがるものだということは。豪邸に住み、カントリークラブの会員になり、各種委員会に名を連ねたがるものだということは。

　そんな人生を送るくらいなら手首を切ったほうがまだましだ。イーデンはそう思う。

　昼食会で婦人たちと同席している場面を頭に浮かべる。コブサラダに手を伸ばし、ナイフをつかみ、動脈を切断する。〈サタデー・ナイト・ライブ〉でジュリア・チャイルド（有名料理研究家）の物真似を披露したダン・エイクロイドの向こうを張って、ご婦人たちの高級ドレスに血飛沫《ちしぶき》を浴びせながら叫ぶのだ。こうするしかなかったの！　あなたたちが死ぬほど退屈だから！

37

ヴァーン・ワインガードは不快この上ない思いで新聞を置く。

エイブ・スターンに直談判《じかだんぱん》する度胸がライアンにあるなどどこの誰が思いつく？　スターンがラスヴェガスの投資話に乗るなどいったいどこの誰が考えつく？

「ダニーはスターンを力ずくで同意させた」とコナリーが言う。

「どうやって？」とワインガードは訊き返す。「ダニー・ライアンがどうやって力ずくでエイブ・スターンに同意させたというんだ？　フロイド・メイウェザーがマイク・タイソンを力でねじ伏せる？　そんな喩《たと》えと同じだ。メイウェザーは偉大なボクサーだが、ヘビー級じゃない。ダニーもそうだ」

「ダニーはスターンの弱みをつかんでる」とコナリーは言う。「あるいは、単に脅したか。なあ、それがああいう連中のやり口だよ」

「ああいう連中？」

「そのすじのやつら」

「またその話か？」とワインガードは言う。

「いいか、ダニーはスタヴロスの弱みを握った。だから〈ラヴィニア〉の取引きでスタヴロスは寝返った」とコナリーは言い返す。「エイブ・スターンは実に三十年ものあいだ、ラスヴェガスに見向きもしなかった。ところが、ある晩ダニーがスターンに会いにいったら、するとどうだ？　今になってヴェガスに戻ってくる？　どういうことか考えるまでもない」

「それが真相だとしても」とワインガードは言う。「だから何ができる？　なんの証拠もないのに」

「委員会に訴えて」とコナリーは言う。「調査を始めさせ、ダニーの主要従業員《KEL》資格を剝奪させるというのは？」

「それはすでに一度却下されてる」

「委員会にも話のわかる委員はいるだろう」とコナリーは言う。「そいつにうまく近づけば……」

「そういう手を使うと、ダニーともどもこっちもどつぼにはまることになるのがオチだ」

「この件でこっちが勝つにはそれしかない」とコナリーは言う。「さもないと、われわれはすごすごと引き下がり、悪党どもを勝たせることになる。古き悪《あ》しき時代に逆戻りだ。ギャングが街を牛耳《ぎゅうじ》る時代に」

ドミノ倒しか、とワインガードは思う。ダニーがパスコ・フェリを通じてマフィアとつながりがあるのなら、ドム・リナルディとジェリー・クシもライアンを通じてマフィアとつながりがあることになる。委員会はリナルディとクシからもＫＥＬを剝奪できることになる。ホテルの売却さえ強制できるかもしれない。

〈タラ〉は崩壊する。

それをこちらが立て直す。

「よかろう、見込みのありそうな委員に話を持っていってくれ」

「賢い選択だ、ヴァーン。あんたは今正しいことをしようとしてる」

コナリーがオフィスを出たあともワインガードは思いをめぐらす。自分はほんとうに正しいことをしようとしているのか。ダニーのことは思っただけで虫酸《むしず》が走るが、それでも犯罪組織とつながりがあるとは思えない。正確に言えば、今もつながりがあるとは。過去のある時点でつながりがあったのはまずまちがいないが。

しかし、誰にでも過去はある。だからダニーの過去を掘り起こすのは危険だ。この業界で、完全にクリーンなやつなどいやしない。裏取引きもすれば、妥協もする。だから、だいたいのところクリーンというのが関の山だ。

今は。

われわれはさしずめラスヴェガスそのものだ。

今はみなほぼクリーンだ。

だったら昔は？

カジノ業界に参入するにはやらなきゃならないことがあった。さらに商売を続けるには。

ダニーの過去を掘り起こしはじめたら、シャベルを使うのが自分ひとりではすまなくなる。ダニーも対抗し、発掘作業に取りかかるだろう。こっちにもこの砂漠に隠しているものがある。

38

ジョシュはラスヴェガスが気に入る。

「とどのつまり」と彼は冗談まじりにダニーに言う。「ぼくの一族は砂漠の民だからね」

ジョシュは趣味でトライアスロンをやっている。砂漠の気候はトレーニングに適している。早朝に走るか自転車に乗るかして、午後か夜に泳ぐ。住む場所が見つかるまでマデリーンの家に居候《いそうろう》し、プールとジムで汗を流し、スチームバスとサウナを使う。

同時に鬼のように働く。

これにはダニーも舌を巻く。

朝早くから出勤し、夜遅くまでオフィスに残り、たいてい昼食は自分の机ですませる。そこにいないときには現場にいる。ダニーに同行することも多く、どんなものも隅々まで調べ上げ、詳細を頭に入れる。

時間をかけてデータ収集装置を導入し、各ホテルの客単価を割り出し、客はどんなゲームにどれだけ賭けるのか、どのホテルにどれくらいの客がもう一度泊まりにくるのか、それはなぜなのか調べている。その調査によって、ダニーの主張の正しさが明らかになってくる。客は部屋代を奮発し、ギャンブルよりショーや食事に金をかけるというダニーの主張はまちがっていなかった。

仕事をしていないときのジョシュはトレーニングをしている。トレーニングをしていないときは、基本的にぶらぶらしている。家族の夕食の席につき、場合によってはダニーやイアン、マデリーンとホームシアターで映画を見る。

イアンにはテニスを教えはじめる。

かくしてジョシュはあっというまに家族に溶け込む。

当然ながら、マデリーンは手頃な若い女をジョシュにあてがいたがる。

「うまくいかないよ」とダニーは言った。

「なぜ？」

「ゲイだから」とダニーは言った。

「誰も彼もゲイだってお馬鹿さんはすぐそう思っちゃうのよね」とマデリーンは言った。

「いや、ちがう」とダニーは言った。「本人から聞いたんだ」

その話が出たのはダニーのオフィスで昼食をとっているときだった。つき合っている女性はいるのか、とジョシュに訊かれたのだ。

「いや、特には」イーデンにいささかうしろめたさを覚えながら、ダニーはそう答えた。

「きみは？」

「実は、ほかのチームでプレーしている」とジョシュは言った。ダニーがぽかんとしていると、ジョシュは補足した。「ぼくはゲイなんだ」

「そう」

「〝そう〟って」ジョシュは思わず笑った。「やけにあっさりした反応だね、ダニー。ぼくがゲイでもかまわない？」

「かまうかかまわないか決めるのはおれじゃない」とダニーは言った。「きみの問題だ。きみはそれでいいんだろ？」

「もちろん、いいも何も」とジョシュは言った。

ダニーはいっとき黙ったあと尋ねた。「エイブは知ってるのか？」

「知ってる」

ジョシュは祖父に打ち明けるのがずっと怖かった。縁を切られるのではないかと思っていたのだ。勘当されるのではないかと。経済的な影響は恐れていなかった。教育を受けたおかげで知性も創造力も身につけていたから。勘当されようと金は稼げると思っていた。それは心配ない。が、祖父が大好きだった。家族を愛し、家業に愛着があった。だから追い出されたくなかった。

家族の一員でいたかった。

とはいえ、一生嘘をついてまでしがみつきたいとは思わない。

で、ある年の夏、ジョシュは大学から帰省すると、書斎でふたりきりで話す機会を設けてくれるようエイブ・スターンに頼んだ。

「悩みでもあるのか、ジョシュア？」とエイブは訊いた。

「お祖父《ゼイデ》ちゃん、ぼくはゲイだ」とジョシュアは言った。「つまり、同性愛者なんだ」

「ゲイの意味なら知ってる」とエイブは言った。「男が男とつき合うようになったのは、何も昨日今日の話じゃない。同性愛のことは私も知っている」

「それで、どう思う？」気づけば、声が震えていた。

「どう思うかと言えば、おまえは私の孫で、私はおまえを愛している」とエイブは言った。「では、今の話に大喜びしているか？　それはない。おまえの子供を見たいと思うからだ。おまえへの評価が下がったか？　それもない。おまえは人としてすばらしい。私の自慢の孫だ。これからもおまえを誇りに思う」

「じゃあ、もし家に……大切な人を連れてきたら？」とジョシュは訊いた。

「歓迎する」とエイブは言った。「それに対して難色を示す者が身内の中にいたら、その者はこの私に難色を示すことになる。いいか、ジョシュア、おまえもわかっているだろうが、私に難色を示したがる者はうちにはいない。それで、そういう相手がいるのか、その〝大切な人〟が？」

「いや、そこまでの相手はまだいない」

「用心はしてるんだろうな？」

「妊娠はしないよ、ゼイデ」

「冗談は要らない。どうなんだ？」

「もちろん用心はしてる」

ジョシュはまだ誰も実家に連れてきたことがなかった。恋人もボーイフレンドもいなかったわけではないが、祖父に紹介したい相手はまだひとりもいなかった。

そして今、ダニー・ライアンにカミングアウトして、ほっとしていた。淡々とした反応が返ってきて、それがなんとなく可笑しくもあった。「エイブはありのままのぼくを受け入れてくれてる」

「まあ、エイブは人格者だからな」

「祖父ほど立派な人はいない」

マデリーンは実のところジョシュの性的指向に驚いたのかもしれない。が、すぐに順応した。「そういうことなら、手頃な若い男性を引き合わせてあげなくちゃ」

「自分でなんとかするんじゃないか?」

ジョシュ本人もそう思っており、交際相手を紹介しようかというマデリーンの申し出は丁重に断わった。いずれにしろ、忙しすぎて今は恋愛どころではない。〈タラ〉グループを次の段階に引き上げ、〈イル・ソーニョ〉の資金調達と建設計画の仕事に没頭している。

「コンセプトに惚れ込んでてね」彼はダニーにまえからそう言っていた。「並はずれた構想だよ」

ジョシュは銀行家やヘッジファンド・マネージャー、大物投資家のもとへ出向き、新しいホテルへの出資を促している。彼の分析力とスターン社の影響力が相俟《あいま》って、成果は上々だ。

ジョシュ・スターンとダニー・ライアンがタッグを組んだチームはなかなかどうして隅に置けない、まちがいなく業界の一大新勢力だという噂が広がる。

その共同事業の一、二を争う強みは、彼らが議論を闘わせられる間柄であることだ。〈イル・ソーニョ〉の設計を練り直していると、ジョシュの統計データは時としてダニーの美意識とぶつかる。

たとえば、エレヴェーターの配置をめぐって。

「それは駄目だよ」とジョシュは言った。「宿泊客をエレヴェーターに直行させて、スロットのコーナーを突っ切らせないと」

「おれとしては宿泊客には大切なお客さまとして扱われている気分になってもらいたい」とダニーは言った。「いいように踊らされるターゲットではなく」

「でも、収益が減る」

「その分はリピーター客で取り戻せる」とダニーは言った。

落としどころが見つかった――客はスロットマシンの列と列のあいだこそ通らないが、すぐ近くを通るよう動線が調整される。

ポーカーテーブルやダイスゲームやルーレットにどれくらいの空間を割り振るべきか。小売店の間口をどれくらい広げるべきか。どんな店舗を出店させるべきか。彼らは意見を闘わせる。照明計画について、防音効果のある壁の材質について、傷《いた》みを考慮した床材について延々とやり合う。

その結果、〝アイディアの戦場〟とジョシュが呼ぶ方式をふたりとも信奉するようになる――まずエゴを抑え、最良のデータと最良の分析と最良の判断に軍配を上げる方針を身につける。

そのおかげで彼らはいい方向に向かう。

〈イル・ソーニョ〉もいい方向に向かう。

秘書のグロリアはそんなふたりをすごく面白がってジョシュに言った。

「あなたたちふたりはカジノ業界のアボットとコステロね（コンビで活躍した往年の喜劇俳優）」ジョシュがぽかんとしているので、つけ加えた。「わからない？　じゃあ、ディーン・マーティンとジェリー・ルイスならわかる？（コンビを組んだ映画「底抜けシリーズ」が有名）あら、そっちもぴんとこない？　だったらジェリーとジョージならどう？」

「『となりのサインフェルド』（人気コメディドラマ）だね」とジョシュはやっと言った。

「そのとおり」とグロリアは言った。「あなたたちなら空気の色をめぐってだって議論になるわ」

「グロリアがいい視点に気づかせてくれたよ、ダニー」とジョシュは言った。「換気システムに必要な……」

ドム・リナルディとジェリー・クシもジョシュ・スターンの大ファンになる。この新たなパートナーは、つい気前よく金を出しがちなダニーの衝動的な行動を脇から抑え、会社に財政的安定をもたらしてくれ、おまけに当人は常に朗らかで、前向きな性格ときている。が、おそらく誰よりジョシュを気に入っているのはバーニー・ヒューズだ。

ダニーに頼まれ、会計士のバーニーはラスヴェガスに移住していた。〈タラ〉グループとスターン社の共同事業を支える数字にしっかり眼を光らせるためだが、ダニーがご老体の健康を心配して呼び寄せたところもある。

そんなバーニーはジョシュに文字どおり惚れ込む。細部への目配りに感心し、経費に対する慎重な考え方が大いに気に入る。バーニーがこれほど人を褒めるのは珍しい。「あの若いのは数字がわかってる」

確かに、あの〝若いの〟は数字がわかっている。想像力を働かせ、臨機応変に数字を扱い、ダニーの助けになっている。仕事を進めるうち、ダニーとジョシュはいい友達になる。だから、住む場所を見つけたとジョシュから報告を受けると、ダニーは少し淋しい気持ちになって、つい言ってしまう。

「言うまでもなく、きみはここで歓迎されてるけど」

「わかってるよ」とジョシュは言う。「でも、やっぱり遠慮がないとは言えない」

「淋しくなるな」とダニーは言う。「イアンもきみに会えなくて淋しがる」

「疎遠にはならない」とジョシュは言う。「新居のマンションが部屋らしくなるまで一ヵ月くらいかかるだろうし」

「マデリーンとグロリアが喜んで手伝うよ」

「ぼくはゲイの若者だよ」とジョシュは言う。「部屋のレイアウトに女性ふたりの助けが要る？」

「じゃあ、あのふたりの野蛮なまでの手ぎわのよさは？」

「そっちはもらおうかな」とジョシュは言う。

ジョシュはまぎれもなくラスヴェガス生活を愉しんでいる。ライアン一家が家族がわりになり、近所に友達ができる。住んでいるのはストリップに建つマンションのペントハウス。オフィスに自転車で出勤し、郊外の遊歩道を走る。これでボーイフレンドがいたら、とジョシュは思う。パフェに添えるチェリーのように、生活に彩りをもたらしてくれるはずだ。とはいえ、相手を探している暇はない。そもそも出会い系サイトに走る趣味はない。

そのうちきっといい出会いがある。

毎週金曜日には社用ジェットでタホ湖へ飛び、安息日《シャバット》の夕食会に参加して祖父に会う。

畢竟《ひっきょう》、日々順風満帆ということだ。

ジョシュにとって。

〈タラ〉にとっても。

ダニーにとっても。

なのに――

39

ダニーはサンセットパークへ車を走らせ、覆面パトカーの隣りに停める。

ロン・フェイヒーはラスヴェガス警察組織犯罪対策部、犯罪捜査課の警部補だ。大規模カジノを経営する者なら誰でも警察内部にひとりやふたり、協力者を抱えている。何も悪徳警官とはかぎらない。賄賂《わいろ》をもらう見返りとして犯罪行為を見て見ぬふりするわけでもない。それでも彼らは定年退職後の再就職先として、カジノをあてにしている。大手のカジノ会社で警備責任者か顧問になれないかと。高給取りになれないかと。

ダニーは車の窓を下げる。すると、フェイヒーも同じように窓を下げる。

「用件は？」とダニーは訊く。

「ちょっと思ってね。あんたの耳に入れておかなきゃって」とフェイヒーは言う。「委員会の調査員があんたの資料を調べてる」

ラスヴェガス都市圏監察局はラスヴェガスの主だったプレーヤー全員の詳細な資料を保管している。

ダニーは一抹の不安を覚える。「どういう資料を？」

「古いごたごただ」とフェイヒーは言う。「大昔の話を蒸し返したいらしい。いつものことだ。それでもだ、ダニー、あんた、最近パスコ・フェリと〈ピエロ〉で昼飯を食ったか?」

くそ、とダニーは思う。たったそれだけでも委員会に主要従業員《KEL》資格を剥奪されかねない。「裏で糸を引いてるのはどの委員かわかるか?」

「調べてみる」

カミラ・クーパーだった。

家族や友人やファンからはキャミーと呼ばれている女で、ファンが大勢いる。なぜならキャミー・クーパーはスターだからだ。

長身、ブロンド、青い眼、信心深いキリスト教徒、五児の母、元〝ミセス・ラスヴェガス〟、保守派の――文字どおりでも比喩としても――鑑《かがみ》で、市民の銃器所持、携行を保証する憲法修正第二条の熱心な擁護派であり、妊娠中絶と同性婚に反対する〝家族主義者〟で、その団体はネヴァダ州では一大勢力だ。

彼女が最初に世に打って出たのは誓約運動と称する活動を通じてで、十代の少女たちに、結婚するまで純潔を守る誓いを立てましょう、と呼びかけた。

教会や、時には学校でも集会を開き、キリスト教徒で結成されたロックバンドを呼びものにして会場を熱狂の渦に包み、何千人もの少女たちに誓いを立てさせた。妊娠について語り、病気について語り、道徳について語ったが、息を飲むほどの美貌の持ち主ならではの影響力を存分に駆使し、禁欲主義の性生活についても語った――「一夫一婦制の互いに責任ある関係を結んだ上での営みのほうが断然いいものなの」

そこで色気を漂わせて微笑み、こうつけ加えるのだ。「信じて。経験者は語る、よ」

そして決まってウィンクする。

効果は絶大だ。

そのウィンクを向ける相手は時として夫のジェイで、ジェイは〝クープ〟の呼び名のほうがよく知られている。キャミーが嬉しそうに語ったとおり、クープは〝男の中の男〟であり、夫であり、父であり、元カレッジフットボールのスター選手だ。膝の負傷の後遺症でわずかながら足を引きずるようになり、プロ入りの道は阻まれたが、おかげで保険の仕事で成功した。背が高く、ハンサムなクープは彼女の完璧な引き立て役だ。キャミーの背後のやや右側に立ち、にこやかにうなずき、夫としての資質や、十二分に満足できる夫婦生活にキャミーがそれとなく触れると、慎み深そうに顔を赤らめ、その所作もまた少女を惹きつける。

少女にだけ責任を押しつける運動方針は性差別的であるとの批判にさらされると、キャミーは少年にも対象を拡大し、色気づく年頃の若者を大勢集会に引き寄せ、壇上に上げては宣誓させた。

この誓約運動をきっかけにキャミーの公人としての活動が始まる。昼食会の講演者として引っぱりだこになり、巨大教会《メガ・チャーチ》に招かれては礼拝で説教をし、地方テレビ局のトーク番組に出演するようにもなる。

かくしてキャミーの活動範囲はさらに広がる。

純潔主義から銃を持つ権利へ？　どこに関連があるのか？　そこはぬかりなかった。

「わたしたちの性道徳を批判しているリベラル派はそれだけに飽き足らず」と彼女は説教した。「銃も取り上げようとしています。けれども、わたしは決して自分の権利を手放しません。家を守り、家族を守り、わたし自身を守るために」

この新たな活動の象徴となった写真がある。その写真の中で、キャミーは白いジャンプスーツに身を包み、腰にホルスターをさげ、長い脚を片方だけ曲げてポーズを取り、コルトの銃身に息を吹きかけている。

きわどい写真に失望したとの非難の声には、彼女はこう応じた。「性的魅力とキリスト教の信仰のあいだに矛盾は存在しません。神はわたしたちに肉体を授け、自分たちの肉体を満喫してほしいと願っています——夫婦の神聖な結びつきの範囲内で」

そこでまた艶《つや》っぽい笑みを浮かべ、ウィンクをして、聞こえよがしに囁くのだ。「うちの旦那さまに訊いてみて」

ある巨大教会と手を結ぶと、リスクを恐れず、〝密室チャレンジ《ビハインド・クローズド・ドアズ・チャレンジ》〟にも乗り出す。夫婦が一ヵ月間、毎日一回以上セックスすることを誓うという運動だ。

「きっとくたくたになるでしょう」と彼女は言った。「でも、笑顔になるわ」

ＢＣＤＣ——との略称で知られるようになったこの運動——は大成功する。

「お気づきでしょうか」キャミーは説教の最後をこう締めくくった。「リベラル派が昔からいかに哀れか。彼らはいつだって泣きごとを言っている、でしょう？　次から次へといろいろなことを気に病んでいる、でしょう？　その一方、保守派はたいてい幸せです、でしょう？　それはどうしてなのか？　わたしたちには神がついているからです。わたしたちには家族がいて、銃があって、家があって、まるでガソリンスタンドのトイレのようにではなく、礼拝堂のように扱う肉体を持っているからです。わたしは毎朝幸せな気持ちで目覚め、夜は幸せな気持ちでベッドにはいります……わたしの夫も同じです。ふたりとも赤ん坊のように眠るのです」

微笑み。ウィンク。

クープ・クーパーの赤面。

キャミー・クーパーは性の賛美者だ。

ただ、異性愛にかぎる、もちろん。

キャミーの次の一手は同性愛者の権利に全面攻撃をかける運動で、とりわけ同性婚を将来への世にも恐ろしい悪影響と見なして叩く。クープを傍らに従え、こう宣言する。「始まりはアダムとイヴだったのです、アダムとスティーヴではなく」あたかもコメディアンのヘニー・ヤングマンが編み出した有名なジョーク「うちのカミさんを持っていってくれ」以来、最高に独創的なジョークとでもいわんばかりに。「結婚は男性と女性と神とのあいだで交わす神聖な契約です」とキャミーはテレビカメラいませんが、わたしはその聖なる秘跡を踏みにじって結婚を貶《おとし》めようとは思いません。わたしに賛同するなら――きっと賛同してくれるとわかっていますが――ぜひ地元の議員に今すぐ手紙を書き、自分は従来の結婚制度を支持し、あなたに投票するつもりだと伝えてあげてください」

キャミーはスターになった。

地方局で自分のテレビ番組を持って、一シーズンが終わると、その番組は全国放送されるようになった。

ネヴァダ州ギャンブル管理委員会の委員に任命されると、キャミーはこう言った。「ギャンブルはほとんどしません。時々、宝くじを一枚買う程度です。でも、カジノ業がネヴァダ州の経済を支える一大産業であり、多くの雇用を生み出していることはよく理解しています。ネヴァダ州のカジノがクリーンであることをわたしは願っています。かつて悩まされていたようなことはもうないことを――犯罪組織が影響力を持つような世界ではもはやないことを――願っています。わたしが眼を光らせているかぎり、ラスヴェガスもリノもタホもファミリーで愉しめる場所になるでしょう」

しかし、キャミーは委員の座に就くだけでは満足しなかった。知事公邸を狙っているというのがもっぱらの噂だ。

ダニーは思う――おれを踏み台にしてそこにたどり着こうとしている。

40

　ダニーは仕事のパートナーたちに伝える。

　彼らの耳にも入れておかなければならない。脅《おびや》かされているのはダニーひとりではない。一歩まちがえれば全員に危険が及ぶ。下手をすると、〈タラ〉グループ解体の恐れさえある。キャミー・クーパーがダニーと組織犯罪を結びつけたら、ドム・リナルディもジェリー・クシもスターン社も芋づる式に巻き込まれる。

　そういうわけでダニーは彼らを家に呼び、居間に集まり、クーパーの調査について説明する。

「キャミー・クーパーにいったい何をした？」とリナルディが尋ねる。

「何も」とダニーは言う。「彼女は壁に飾る生皮が欲しくて、おれのがちょうどいいと思ってるんだよ」

「何か握られてるのか？」とクシが訊く。

「パスコと会ったこと」

「それだけか？」

「それだけで充分致命的かもしれない」とダニーは言う。「さらにハリウッドにいた頃の評判を追加すれば……おれの主要従業員《KEL》資格を剝奪するのに充分な理由になりうる」

これは最初から頭上に吊り下げられているダモクレスの剣だ。パスコ・フェリとその仲間が〈タラ〉グループにひそかに資金を提供したことは全員知っている。〈ザ・ショアズ〉の資金を調達する段になり、ダニーがフェリのもとを訪ねたことも、株式を公開する了承を得るために再度会いにいったことも知っている。フェリの保有する株式は希薄化し、なきに等しい程度にまで保有率が下がったとはいえ、やはりフェリとの関係は今でも命取りになりかねない。

「ダニー」とクシは言う。「認めたくはないけど、きみの言うとおりだ」

リナルディはダニーを見て、うなずく。「気が進まないが、運営ディレクターの職を辞して、手持ちの株を売却してもらわなきゃならない」

「とんでもない」とマデリーンが言う。

「ほかにどうしようもないだろ、マデリーン？」とリナルディは言う。「残念だけど、ダニーがいたらリスクが大きすぎる」

ジョシュが言う。「呆れたね」

「なんだって？」とクシが訊き返す。

「だから呆れたよ」とジョシュは繰り返す。「今の〈タラ〉はダニーが築いた。それはダニーに先見の明があったからだ。ダニーが何者なのかは事業を一緒に始めたときからあなた方も知っていた。ちょっとごたごたしそうだからといって、ぼくはダニーを切ったりしない」

「おれは自分から手を切る」とダニーは言う。「辞職して、株は売り払う」

「そうはさせない」とジョシュは言う。「単純な話だ――ダニーが辞めるなら、スターン社の保有株式もダニーと道をともにする。こちらも株を売却し、ワインガードに買収させる。そのあと、スターン社はダニーと新しい会社を始めて、あなた方を業界から追い出す」

ジョシュがこんなことを言うとは！　ダニーは胸につぶやく。人あたりがよく、「誰かテニスしない？」と屈託なく声をかけてまわるあのジョシュがこんなことを？

「まずはお祖父《じい》さんに相談しなくていいのか？」とリナルディが不服そうに訊く。

「その必要はない」とジョシュは応じる。「〈タラ〉グループとの事業提携に関しては祖父から一任されている。なんなら祖父に電話をかけるといい。どうぞ遠慮なく。でも、なんて言われるか、今ここで断言できる――〝ジョシュアと話し合ってくれ〟だ」

「取締役会はどうする？」とクシが訊く。

「どうする？」とジョシュはわざと訊き返す。「ダニー、スターン社はきみの辞任を認めない。では、みなさん、おやすみ」

ジョシュが階段をのぼっていく姿を一同は唖然《あぜん》として見送る。

翌朝、朝食の席でダニーは言う。「きみはあんなことを言わなくてもよかった」

ジョシュはスクランブルエッグから顔を起こして言う。「あなた方アイルランド系のカトリック教徒はいつだって殉教者になりたがる」

「それでも、やはり……」

「あなたはぼくたちと食事をともにした」とジョシュは言う。「シャバットの夕食に同席した。あなたはぼくをあなたの家に迎え入れてくれた。それには意義がある」

「何十億ドルもの価値があるのか？」とダニーは訊く。

「これは祖父から教わったことだけど」とジョシュは続ける。「金から人は生まれないが、人は金を生む。どんなときも人に投資しろ——立場が逆なら、あなただってドムやジェリーの辞任を認めないと思うけど」

ジョシュはダニーに同意を求めていない。だから返答は要らない。

「もしスターン社が窮地に立たされたら」とジョシュはさらに言う。「ダニー・ライアンはぼくたちの味方になってくれる。いずれにしろ、ミセス・クーパーはなんで今しゃしゃり出てきたのか。言うまでもないけど、ワインガードが裏から手をまわしている」

「そう思うか？」

「思うも何も明らかだよ」とジョシュは言う。「タイミングを考えてみれば。ワインガードは乗っ取りを試みたが、うまくいかなかった。次の一手がこれだ」

「彼女を買収した」

「もちろん。州知事選に出馬するには金が要る。うまく行けば、例の写真の拳銃にダニー・ライアンを仕留めたしるしが刻まれる。キャミーにとってメリットしかない」

「証明はできない」

「そう、証明はできない」とジョシュは言う。「それに代わる何かを見つけないと。キャミーとしてはあなたの過去を掘り起こしたい。だからこっちもキャミーの過去を掘り起こす。見た目ほどクリーンであるはずがない」

「きみは教科書どおりの優等生だと思ってた」とダニーは言う。「ミスター・クリーンだと」

「相手がルールに従っているときは、ぼくもルールを守る」とジョシュは言う。「そうであるかぎり、ほかのみんなと同じようにプレーする」

ダニーはこのなりゆきが気に入らない。

このようなことにだけはならないように気をつけてきたのに。

とはいえ、道路安全上の警告文と同じようなものだ。〝バックミラーに映るものは思う以上に近くにあるものです〟。

そのとおりだ、とダニーは思う。

近くにあるどころか、ますます近づいている。

41

デトロイトのファミリーの支部長、アルフレッド・〝アリーボーイ〟・リカタも新聞は読む。

〝アリーボーイ〟はもはやまったくもって少年とは言えないが、若い頃、ラスヴェガスで荒っぽいことをやっていた時代のニックネームがそのまま定着している。が、結局のところ、〝好ましくない人物〟としてネヴァダ州のカジノ業界から締め出され、六十代の今はくそデトロイトで不遇をかこっている。

なのに、エイブ・〝くそ〟・スターンはラスヴェガスに舞い戻ろうとしてる？　新聞の大見出しを見ながら、リカタはスターンの弟たちにしたことを思い出す。

まるで猫のように物干し竿に吊るされたあのふたりの姿を思い出すと、いまだに股間が熱くなる。あのときのジュリアスは身をよじり、うめき、眼の色はもう正気のそれではなくなっていて、体についた糞尿を洗い飛ばそうとホースで水をぶっかけるたび、体を痙攣《けいれん》させやがった。

あのときの茶色い《マローネ》臭さといったらなかった。

ネイサンの死体は腐ってむくんでいた。

ジュリアスのほうは殺すより愉しめた。終わりのない苦しみを味わわせることができた。そう、拷問には難点がある。普通終わりがあるところだ。永遠には続けられない。たいてい期待するより早く死ぬ。そうなると、また別の相手を探さなければならない……

もっとも、そういう相手に不自由はしなかったが。

だからこそ、リカタはあの頃誰より恐れられ、誰より憎まれる男になった。それは少しも悪いことではない。

憎みたいやつには憎ませておけばいい。

そいつがおれに恐れを抱いているなら。

が、今、ワインガードはエイブ・スターンにおかまを掘られている。

このライアンという男にも。

ライアンについては、リカタも世間で言われている程度のことは知っている。ニューイングランドの覇権をめぐり、イタリアの連中と戦っていた頃のアイルランド側の兵隊で、戦いには敗れたものの、どうにか生き延び、ロスアンジェルスに姿を現わすと、映画スターといい仲になった。そして、アンジェロ・ペトレッツリと一悶着起こした。噂によれば、ペトレッツリはライアン殺害を依頼したらしいが、失敗に終わった。別に驚くにあたらない。ペトレッツリは万年ふにゃまら野郎で、ロスアンジェルスのファミリーなんぞ、まともに取り合わなきゃならないような組織じゃない。あそこはファミリーというよりシカゴやデトロイトの植民地だ。つまり、ライアンというやつは自分の尻は自分で拭ける男ということだ。

老パスコ・フェリと長いつき合いがあるとの噂もある。

フェリは軽んじていい相手ではない。大きなファミリーすべてに顔が利く重鎮だ。引退したことになっているが、今でもあらゆることにくちばしを突っ込んでくる。

つまり、フェリがライアンを操ってる？

ライアンを通して、エイブ・スターンを？

驚くことじゃない。リカタはそう思う。スターンは昔、アイルランドのやつらと親しかった。老ジョン・マーフィやマーティ・ライアンとつるんでいた。ダニー・ライアンというやつは父親に似た人物なのだろうか。若い頃はタフだったあの男に似ているのだろうか。酒に溺れ、もう這い上がれなくなるまではタフだったあの男に。

くそアイリッシュ。

こんな古いジョークがある。〝こいつはアイルランド人だけど、酒場を素通りする……〟

それだけでジョークになるということだ。

ジョークと言えば、ＦＢＩはラスヴェガスから犯罪組織を追い出したつもりでいる。今は民間企業がラスヴェガスを動かしていると思っている。が、それらの企業もパスコ・フェリやダニー・ライアンのようなやつらとつながっている。それがＦＢＩにはわかってない。

表看板が変わっただけで、何ひとつ変わっちゃいないのに。

これこそジョークだ。

ワインガード？

ヴァーン・ワインガードはいいやつだ。切れ者でもある。が、タフじゃない。パスコ・フェリのようなタフな男じゃない。でもって、今はタフになることが求められてる。

リカタは窓の外に眼をやり、舞い降りる雪片を眺める。

ヴェガスが恋しいか、と人に訊かれることがある。

ヴェガスが恋しいかだと？　三十五度の気温と陽射しが恋しいかだと？　裸同然の服を着た若い女たちが恋しいかだと？　おいしいところだけ掬《すく》い取れる生活が恋しいかだと？　ただのフェラチオが恋しいかだと？　どうしてそんなものを恋しがらなきゃならない？　おれにはデトロイトがあるのに。薄汚れて、荒れ果てて、仕事は全部日本に取られちまって、女はダウンヴェストを着たままセックスするモータウンがあるのに。

馬鹿も休み休み言え。

42

キャミーは見た目どおり、クリーンだった。

信じがたいが、どうやら事実らしい。なぜなら誰も――フェイヒーもジョシュの部下も――カミラ・クーパーの白いジャンプスーツに染みひとつ見つけられないのだ。財務処理にも不正はない。キャミーは税金をきちんと払い、午後のテニスのレッスンも見せかけだけでなく、ほんとうに受けている。

過去も現在と同じく汚点がないように見える。

十代で妊娠することもなく、堕胎の経験もなく、不倫したこともなく、パーティでへべれけになるまで飲んで醜態をさらしたこともない。夫のクープは大学時代の恋人で（キャミーはもちろんチアリーダーだった）ふたりは婚約期間を経て結婚し、子をもうけた。

日曜には教会にかよい、子供たちが参加するスポーツを観戦し、学校行事にも勤勉に参加している。キャミーが酒を飲むのは、土曜の夜のワインの一杯だけで、クープは日曜のバーベキューでビールを一缶だけ空ける。以上。精神安定剤《ヴァリアム》や抗不安薬、ヘルペスの治療薬などを処方されたこともない。

「こういう情報はどうやって手に入れるんだ?」とダニーは訊く。

「知らないほうがいいと思う」とジョシュは言う。

ああ、だろうな、とダニーは思う。

そのあと、うしろ暗い気分になり、カミラ・クーパーはおまえを破滅させようとしてるんだぞ、と自分に言い聞かせなければならなくなる。あの女のほうこそおまえの過去をほじくり返そうとしてるんだぞ、と。それでも嫌な気分は拭《ぬぐ》えない。

些細なことながら。

掘り返されて困ることは何もない。

掘り返してもシャベルは汚れない。

にもかかわらず、フェイヒーから悪い知らせが届く。

「クーパーはあんたがフェリと会ったことをつかんでる。ケヴィン・クームズという男のことも調べてる。パーティでちょっとした騒ぎがあって、ロードアイランド脱出に関して、そいつが口走ったことについて。さらに、ショーン・サウス、ジェイムズ・マックニーズ、エドモンド・イーガンについても問い合わせてる。イーガンには前科があるのか?」

「ああ」

「フェリを介したマフィアとのつながりだけじゃなく、FBIがマーフィ一家としてリストアップしてるプロヴィデンス時代の仲間とあんたとのつながりも、突き止めようとしている」

引き潮の波打ちぎわにいるようなものだ、とダニーは思う。歩いて海から上がろうとしても波に足をすくわれる。踏んばらなければ、海に呑まれる。浜辺にいるかと思っていたのに、気づけば水中で溺れているなどということにもなりかねない。

「昔の殺人事件のファイルも入手しようとしてるらしい」とフェイヒーは続ける。「未解決事件の――FBI捜査官、フィリップ・ジャーディンが殺された事件だ」

フェイヒーはそこで探りを入れるような厳しい眼をダニーに向ける――〝あんた、警官殺しなのか、ダニー？　お巡りを殺したのか？〟

「何年もまえにタブロイド紙が記事にした」とダニーは言う。「大した記事じゃなかった。それは今も変わらない」

「しかし、そういうのは印象が悪いんだよ、ダニー」

それはダニーにもわかっている。クーパーは実際に証明してみせる必要はない――犯罪組織と関わりがあるように見えるだけで、資格の剝奪には充分だ。委員会は裁判所ではない――ただの噂を理由に有罪にされることもある。

ただし、今回の場合、ただの噂ではない。

ダニーはジャーディンを射殺した。

さきにジャーディンから撃たれそうになったとはいえ、ダニーが引き金を引き、ジャーディンを殺したのは事実だ。

「噂によれば、このジャーディンという男は汚職捜査官だった」とフェイヒーは言う。

「ヘロインの売買に手を染めていた。諸刃《もろは》の剣だな——そういうやつだと聞けば同情が薄れるが、同時にあんたを麻薬と結びつけることにもなる」

それも事実だ、とダニーは思う。

一生の不覚だ。このさきもついてまわる大きすぎる過《あやま》ちだ。

引き潮の海。

今とはちがう生活を送っていた頃、年配の漁師たちがよく言っていた——海に欲しがられたら、海のものになる。帰してくれることもあるが、たいていは生きてではなく、死体となってだ。彼の知り合いには泳ぎのできない漁師も少なくなかった。そういう漁師たちが肩をすくめて言っていたのだ——

海に欲しがられたら、海のものになる。

人間にできることは何もない。

一週間後、ダニーは委員会の聴聞会への出席を求める配達証明郵便を受け取る。主要従《K》業《E》員《L》資格を維持できるかどうか、その聴聞会で判断がくだされる。

が、これは出来レースだ。

キャミー直々《じきじき》に裁定が言い渡される。

そんな矢先、〈ザ・ショアズ〉内のレストランでふたりはばったり出会う。ダニーが業務の状況を確認しに厨房《ちゆうぼう》に向かいかけると、キャミーが化粧室から出てくる。

「ミスター・ライアン」

「ミセス・クーパー。こんなところでお目にかかるとは驚いたな」

「あら、〈ザ・ショアズ〉に含むところはないもの」とキャミーは言う。「異議を唱えているのはあなたに対してだから」

「ワインガードからいくらもらった？」

「やっぱりね」とキャミーは言う。「賄賂に慣れている人はちがうわね。賄賂のことしか頭にない」

「おれの頭にあるのは今おれの眼のまえにいる人のことだけだよ、ミセス・クーパー」

「キャミーと呼んで。みんなにそう呼ばれてるから」と彼女は言う。「わたしはあなたをここから追い出すつもり。ラスヴェガスから。ネヴァダ州から。あなたのような人種はここには要らないの」

「おれのような人種？」

「わかっているのにわざとらしいことは言わないの」

「ディナーを愉しんでくれ」とダニーは言う。「店のおごりだ」

「あら、駄目よ」とキャミーは言う。「そういうのを賄賂っていうのよ」

キャミーが立ち去る姿をダニーは見送る。

海に欲しがられたら……

43

ロン・フェイヒーはインターステート一五号線を北上し、念のため〝クープ〟のフォード・ブロンコのかなり後方を走っている。

クープは週末の狩猟旅行に出かけている。車に銃を積み、妻子にキスをして出発するところから見ている。ユタ州南部のディクシー国立森林公園に向かうことになっている。そこに山小屋を持っている。

フェイヒーはラスヴェガス北部の平坦な砂漠地帯を走り、州境の小さな町メスキートを抜け、アリゾナ州最北西部の端をかすめ、ユタ州のヴァージン川沿いのレッドロックキャニオンに出る。

クープはセントジョージでガソリンスタンドに立ち寄るが、フェイヒーはそのまま車を走らせる。シーダーシティで追いつかれる確信がある。おそらくクープはシーダーシティで一四号線にはいり、ダッククリーク・ヴィレッジへ向かう。そこがカモ狩りにはお誂え向きの場所であることは、フェイヒーも知っている。一四号線に降りる出口付近で車を路肩に寄せる。案の定、数分後にブロンコがやってくる。ほかの車をあいだに入れて、フェイヒーは走行車線に車を戻す。クープの山小屋の住所はわかっている。だから、たとえ見失っても、また見つけられる。

フェイヒーは駄目もとでヤマを張っている。

行きづまりを見せる調査で、一か八かのロングパスを高々と上げたというわけだ。

キャミー・クーパーはクリーンだ。

テニスのレッスンの時間にインストラクターと寝たりせず、ちゃんとボールを打っている。が、ひょっとしたらクープはカモ狩りではなく、女狩りをしているかもしれない。

それはない(どうして愛人をわざわざ車で三時間の場所に匿う?)とフェイヒーも思うが、とにかく藁《わら》をもつかむ思いでいる。ダニー・ライアンの資格について審議する聴聞会は一週間後に迫っている。聴聞会でキャミーはダニーを徹底的にやり込めるつもりだ。

ついでに言えば、フェイヒーはダニーが好きだ。

好人物で、金払いもいい。

捜査官を殺した?

たぶん。でも、相手はFBI捜査官で、悪徳捜査官だった。つまり当然の報いだ。

フェイヒーはクープのあとを追って、ダッククリーク・ヴィレッジにはいる。ロッジが二軒に、別荘が数多く立ち並ぶ小さなリゾートタウンだ。クープは町を通り抜け、道を北へ曲がって未舗装路を進み、奥地へ向かう。

車を停める。見たところ、道の先には山小屋が一軒しかない。小高い丘の上に建っているので、様子は双眼鏡でわかる。

クープの山小屋は質素な佇《たたず》まいだ。雪に備えた急勾配の屋根がついたログハウス。クープは車を降り、バッグと銃を車から降ろし、山小屋にはいる。

さて。向こうもこっちも待つことになる。フェイヒーはそう思う。

車中でじっと坐ること二時間、一台の車が道をあがってくる。ランドローバーだ。ドライヴウェイに乗り入れ、クープの車のうしろに停まる。男がひとり降り立ち、山小屋にはいる。ノックはしない。それにフェイヒーは気づく。友人か、訪問客にちがいない。

クープと同じくらいの年まわりのようだ。

長身、がっちりした体格。

狩猟仲間か。

フェイヒーは車の中で待つ。

警察の仕事は待つことが大半を占める。張り込み中に待ち、司法解剖の結果が出るのを待ち、令状が発行されるのを待ち、公判が始まるのを待ち……今は暗くなるのを待っている。山小屋に近づきたいからだ。

その理由は自分でもわからないが、とにもかくにもはるばるやってきたのだ。様子を見ない手はない。たとえクープと仲間がビールを飲んでステーキを食べ、夜明けまえに起きて無防備なカモたちを仕留めるために早寝をするのを確認するだけだとしても。少なくとも、クープは妻と同じくまっとうだという、がっかりはしても予想外ではない報告をするく。

暗くなると、フェイヒーはカメラをつかみ、車を降り、山小屋に接近する。明かりがついていて、ブラインドが開いているので、用心しながら近寄り、壁に背をつけて中をのぞく。

クープがいる。裸で、ソファのまえで膝立ちして、もうひとりの男のイチモツをしゃぶっている。

あれま。フェイヒーは写真を撮りながら胸につぶやく。キャミーがこいつの目くらましとは。

何枚も写真を撮る——四つん這いのクープ、ソファで恋人に膝枕をしてもらいながら暖炉の炎を見つめるクープ。

きっと愛し合ってるんだろう。フェイヒーはそう思う。

必要なもの——ダニーが必要とするもの——を手に入れ、車に戻り、ラスヴェガスに引き返す。

44

　ジョシュには持ちかけづらい。

　キャミー・クーパーをやり込めるのに亭主の男性関係を利用しなければならないのだ。その提案にジョシュがどう反応するか、ダニーには読めない。やめておこうと言われても責めるつもりはない。ジョシュとダニーはマデリーンの家の居間の椅子に坐っている。ちょうどロン・フェイヒーが写真をまとめたファイルを置いて辞去したところだ。

　ジョシュは写真を見ている。

「これを使ってほしくないなら」とダニーは言う。「この件はここまでだ」

「つまりぼくがゲイだから？」とジョシュが訊き返す。

「ああ」

「だから、ぼくはクープにシンパシーを感じてる？」

「おれにも理解はできる。そういうことだ」とダニーは言う。

「シンパシーなんか全然感じてないよ」とジョシュは言う。「彼が隠れゲイであったとしても、まあ、それはそれでいいよ。悲しいことだけれど。でも、クーパー夫妻は同性愛者の権利に声高に反対してきた。彼らが及ぼした害、惹き起こした苦痛……それを考えたら、今回のことは当然の報いだよ。カルマと言っていい」

「そもそもキャミーは知らないんだろうか？」

「知らないのだとしたら、知るべきだ」とジョシュは言う。「知らされて当然だ。一方、知ってるなら、とんだ食わせ者だ。偽善にもほどがある」

「それでも……」

「それでも何もない」とジョシュは言う。「ダニー、どう考えても、あなたに選択の余地はないよ」

「クーパー家には子供がいる」とダニーは言う。「子供たちはどうなる？」

「あなたにも子供がいる」とジョシュは言う。「イアンはどうなる？　これはイアンの将来にも関わる。あなたがこの写真を使わなければ――」

「きみが使う？」

「いや」とジョシュは言う。「あなたの決定を尊重する。でも、キャミー・クーパーのような聖人ぶった偽善者のことなんかでぼくの良心が痛むことはないよ」

ダニーはキャミーに直接電話をかける。「正式な会合のまえに会いたい」

「そういうのはきわめて不適切よ」

「会えば、お互い最大限の利益になるのがわかる」

「賄賂を考えてるなら――」

ダニーは言う。「ちがう。カモ狩りについて話し合いたいだけだ」

沈黙。

彼女は知っている。それがダニーにわかる。「〈ピエロ〉で。一時に？」

ダニーはフェリと会ったその店をわざと選ぶ。

今や対等の立場にいることを彼女にわからせるために。


キャミーが席につくのを待ってダニーは言う。

「何か頼もうか？　飲みものでも？」

「どうしてわたしたちはここにいるの？」

ダニーはフォルダーをテーブルの向かい側にすべらせる。「注意してフォルダーを開くといい」

ダニーが見ているまえで、キャミーは写真を見る。頬が紅潮してくる。フォルダーを閉じ、テーブルの上をすべらせてダニーに突き返す。「汚い手を使うのね。あなたのような人を人間のクズというのよ」

ダニーは何も言わない。

「夫はいい人よ」とキャミーは言う。「すばらしい父親よ……彼には彼の欲求がある。思慮分別もある。これは夫婦で合意していることよ」

それを聞いてダニーは改めて安堵する。少なくとも、いきなり彼女の人生を狂わせてしまったわけではない。

「うちの子供たちがどうなるか考えてみた?」とキャミーは尋ねる。「あの子たちは立ち直れない。相手の男性も父親なのよ。彼にも家族がいて――」

「おれにもだ」

キャミーはダニーに眼を向ける。今の今までそんなことは考えもしなかったとでも言うかのような、はっとした顔をする。

「この件をこれ以上発展させる必要はない」とダニーは言う。「どの家族も傷つく必要はない」

「つまり?」

ダニーは言う。「聴聞会であんたは委員を誘導し、おれやおれの会社に対する申し立ては事実に反するとの結論を出す」

キャミーはためらいを見せない。「それならできる」

「逆の結果が出たら――」

「それはないわ」

ダニーは立ち上がる。

「彼を愛してるから」とキャミーは言う。

ダニーは自分を汚《けが》らわしく感じる。

人間のクズとまでは思わないが、それでも卑《いや》しい人間だ。そう思う。

45

マデリーンはワシントンD.C.の〈ウィラード・ホテル〉のスイートのバーカウンターまで歩いて、ブランデーを三つのグラスに注ぐ。ひとつは自分に、もうひとつはエヴァン・ペナーに、さらにもうひとつはレジー・モネタに。

そうして飲みものを配ると言う。「おふたりとも来てくれてありがとう。ずばり言わせてもらうわね——どうしてわたしの息子が責められているか知りたいの」

「なぜならあなたの息子は人殺しだから」とモネタが応える。

「レジー、むきになるな」とペナーが諌《いさ》める。元CIA長官のペナーはすでに引退しているが、ワシントンではまだまだ睨みが利く。すべての死体がどこに埋められているか、事実としても比喩としても知っているからだ。今でも絶大なる影響力と権力を持っている。いわゆる黒幕。

「いいえ、彼女は率直に話し合いたがってる」とモネタは言う。「だからこちらもはっきり言わせてもらうわ。ミズ・マッケイ、あなたの息子はフィリップ・ジャーディンという

ＦＢＩ捜査官を殺害したのよ。すでにご存じと思うけど」

「そんなことは知らないわ」とマデリーンは言う。「疑いや噂があったことは知ってるけど。でも、証拠がないから息子は起訴されなかった。そのことも知ってる」

「あなたの息子は起訴されなかった」とモネタは言う。「ミスター・ペナーのような人たちに庇《かば》ってもらったから。それもすでにご存じと思うけど」

「わたしが知っているのは」とマデリーンは言う。「あなたはダニーに対する恨みを晴らそうとしていた。そして、今もそうしようとしている。あなたはダニーの不利になるよう捜査を操り、ダニーとヴァーノン・ワインガードの確執を悪化させた。お願いだから否定しようなんて思わないで」

「否定をするつもりなんてそもそもないわ」とモネタは言う。「でも、どうしてわたしひとりだけ規則に従わなければならないの？」

「もうやめにしてもらいたいの」とマデリーンは言う。

「まさかと思うかもしれないけれど」とモネタは言う。「この世はあなたの希望で動いてるわけじゃないのよ。あなたが何を望もうが、そんなことはどうでもいいの。わたしが重きを置くのは正義よ」

「なぜならジャーディンはあなたの恋人だったから」

「それは関係ないわ」

「自分に嘘をつくのは勝手だけど」とマデリーンは言う。「わたしには嘘をつかないで」

「あなたの人生こそまやかしよ」とモネタは言い返す。「男と寝て財産を築き、今はBBC製作のドラマに出てくるマギー・スミス（イギリスの名女優）気取りでいる。わたしにとってあなたはバーストウ出身の娼婦あがり以外の何者でもないわ」

「そのくらいにしておけ」とペナーがまたたしなめる。

「いいえ」とモネタは言う。「そのくらいにしておくべきは、ダニーボーイ・ライアンを庇って何度も揉み消し工作をすることのほうよ。困ったことになるたびに、ダニーボーイはママに泣きつくのよ」

「厳密に言えば、わたしがここにいることを息子は知らない」とマデリーンは言う。

「厳密に言えば、それにどういうちがいがあるの？」とモネタは言って、ペナーのほうに顔を向ける。「ダニーがあの頃あなたのために手を汚したことはわたしも知ってる。キーワードは〝あの頃〟。エヴァン、あなたの政党は今は権力の座に就いていない。現政権はライアンを助けるかしら？　ダニーがあなたの政党にどれほど貢献したといっても。貢献ならヴァーン・ワインガードだってしてる」

「あなたはワインガード側についてる」とマデリーンは言う。

「誰かがダニー・ライアンをやり込めようとしてるなら」とモネタは言う。「わたしはそちらにつく」

「ワインガードがアリー・リカタのようなギャングとずぶずぶの関係にあるという事実はどうでもいいのね」とマデリーンは言う。「あなたって度しがたい偽善者なのね」

ペナーは身を乗り出す。それだけでふたりの注意を惹き、会話が中断する。「私はチルマークに夏の別荘を持ってる。私には孫たちがいる。厳密に言えば曾孫《ひまご》たちだ。本来ならあの子らとマーサズ・ヴィニヤード島にいるはずなんだよ、何年もまえに終わったはずの議論を蒸し返してるきみたちとここにいるのではなく。

レジー、実際のところ、フィリップ・ジャーディン殺害については、ライアンを有罪にするどころか、起訴するに足る証拠もない。これはもう過ぎた話だ。

ライアンが前政権のためにしたかもしれないことに関してだが、きみが知っていると思っていることももう過ぎたことだ。これも断言できる。現在の政権に仕えてる公職者はそういうことを知りたいとは思わない。なぜなら知ってしまったら、なんらかの行動を起こさなければならなくなるからだ。それは与野党の議席数がきわめて僅差であるこの時期、政治的になんとも危険な行動だ。だからきみは切り札を手にしているつもりかもしれないが、そんなものは切り札にもなんにもならないカードだよ」

レジー・モネタは口をきつく引き結ぶ。まるで針金で閉じられているかのように。

「それでも、きみがさっき言ったことの一部は正しい――ヴァーン・ワインガードと対立しているダニー・ライアンを現政権が助けることは決してない。さらに言えば、ワインガードを助けることも。今の政権の連中にしてみればまったくもってどうでもいいことだからだ。だから、マデリーンが主張しているように、もしきみがワインガードを操ってライアンを攻撃させているのだとしても、そういうことも知りたがらない。

しかし、これだけは言っておこう、レジー」とペナーはブランデーグラスをサイドテーブルに置いて言う。「きみはこれまでにライアンに二度殴りかかった――一度は敵対的買収を仕掛け、もう一度はギャンブル管理委員会を通じて。その両方で空振りした。三度目を目論んでいるのか、だとしたらそれはどんなことなのか、それは知らないが、銀行も大手企業もヘッジファンドも、カジノ産業に莫大な金を投資している。そして、その全員が平和と安定を望んでいる。それを乱すことをこれ以上するつもりなら、きみは自分の頭を断頭台にのせることになる。さて、そろそろマデリーンとふたりだけで話がしたいんだが」

モネタは腰を上げ、辞去する。

マデリーンはペナーに眼を向ける。

ともに若かった頃、彼女は彼を獅子のようだと思っていた――たてがみさながらの豊かな髪、大きな顎、茶目っけと凄みを孕《はら》んで輝く眼。今のペナーはさすがに年老いて見える。病気なのだろうか？

「わたしももう歳よ」

「まさか。きみはいつまでも歳を取らない」

「そう言うあなたはいつまでも紳士ね」とマデリーンは言う。「堂々たる嘘つきでもある。あなたはあの嫌な女にはったりをかました」

「きみのために少し時間を稼いだだけだ」とペナーは言う。「ただそれだけだ。彼女はやめやしない。わかっていると思うが」
マデリーンはうなずいて胸につぶやく。
そのとおりよ。
レジー・モネタは通りに出る。
腸《はらわた》が煮えくり返っている。
あらゆる手を尽くしてきた。
合法的なあらゆる手を。
でも、と彼女は思う。法律は正義をわたしに与えてくれなかった。
そろそろ法の網をかいくぐるときが来たのだろう。

46

彼らはガソリンスタンドが併設されたコンヴィニエンスストア〈スピードウェイ〉の巨大な駐車場で落ち合う。

ちょっとした意地の張り合いのあと、ワインガードが折れて車を降り、リカタの車に乗り込む。「車内灯を消してくれ」

「久しぶりだな」とリカタは言う。「どれくらいになる？　十五年ぶりか？」

「あんたはもらうものをもらってる」とワインガードは言う。

「そう構えるなって。ただの世間話だ」

ワインガードは世間話をする気分ではない。「どうしてこっちにいる？」

「おれの理解するところ、おまえは困ってる」とリカタは言う。「だから助けにきた」

「助けは要らない」

「ほう、ダニー・ライアンに負けっぱなしなんじゃないのか？」とリカタは言う。「みっともないぞ。それに高くつく。おまえが失点するたびこっちは損をする」

「金ならもううなるほど稼がせて――」

「もっと金を稼ぐことよりいいことがなんだかわかるか？」とリカタは尋ねる。「もっともっと稼ぐことだ。だからって、おれは何もおまえを懲らしめにきたんじゃない。助けにきたんだ。おまえはダニー・ライアン問題を抱えてる。おれならその問題を解決してやれる」

「どうやって？」

「それを今ここで細々《こまごま》と説明しろってか？」

「いや」とワインガードは言う。「けっこうだ。シーツのレンタルをあんたの会社に頼むのはそれでいい。あんたの言い分を認めるのも……でも、殺し？　駄目だ、それだけは絶対に駄目だ。そんなことは考えるもんじゃない、アリー」

「おまえは考えたことがないって言いたいのか？」

「あたりまえだ」とワインガードは言う。「もう帰る」

リカタはワインガードの上体のまえに身を乗り出し、助手席側のドアを押さえる。「ライアンはパスコ・フェリとつながってる。やつらは必要に迫られてもおまえを始末することはない。そんなことを本気で考えてるのか？」

「手は打ってある」

「おまえの打つ手なんぞ屁のつっぱりにもならねえ」とリカタは言う。「おまえは兵力であいつに負けてる。おれならこっちに実働部隊を手配できる、明日にでも。いいか、おれならシカゴとデトロイトとロスアンジェルスの支援を取りつけてやれる」

「ありがた迷惑だ」とワインガードは言う。

「ことばには気をつけろ」

「脅してるのか？」

「守ってやろうって言ってるんだよ」

ワインガードは車を降り、窓から上体だけ車の中に入れて言う。「ライアンには手を出すな。はっきり言っておくが、そんなことをしたらこっちにも――」

「こっちにもなんだ？」

「たとえ相手があんたでもやるべきことをやるぞ」

わかった、わかった、と言わんばかりにリカタは両手を上げる。

リカタはエスコート・サーヴィスの番号に電話をかける。嬉しいことにまだ営業中だ。そのエスコート・サーヴィスはスペシャルサーヴィスに応じる女を送り込んでくるが、そのぶん金がかかる。

それもかなり。

「ここで何をするか聞いてるか？」とリカタは女に訊く。

女はうなずく。

「服を脱いで、ベッドに向かって腰を屈めろ」

女がそうすると、リカタはズボンからベルトを引き抜く。

その音だけでいきり立つ。

47

ダニーはイーデンの自宅のドアベルを鳴らす。

「珍しく夜にお出ましね」とイーデンは言う。びっくりしながら、同時に少し心配そうな顔をしている。

「イアンが友達の家でお泊まりしている」

何かがおかしいとイーデンにはわかるが、手ぶりでダニーを招き入れる。「合鍵を使えばいいのに」

「びっくりさせたくなかった」とダニーは言う。

「一杯飲む？」とイーデンは尋ねる。

彼女の家のホームバーには、ダニー好みの飲みものが常備されている――サミュエル・アダムスのビール、ジョニーウォーカー・ブラックラベル、コカ・コーラ、そして最近はダイエットコーラも。「つき合ってくれるならスコッチ。そうでないなら、まずいダイエットコーラ」

「じゃあ、ウィスキーにしましょう」イーデンはふたつのグラスに注ぎ、ひとつをダニーに手渡す。

「乾杯《スランチャ》」

「スランチャ」とイーデンも返す。「それで？」

「それでって？」

「どうしたの？」と彼女は尋ねる。「あなたは世界一礼儀正しくて、計画的な男性よ。ふらりと訪ねてきたりは絶対しない。しかも夜、電話一本入れもせずに」

「ひどいことをしてしまった」

「それで懺悔《ざんげ》をしにきたの？」

三つ子の魂百まで、とイーデンは思う。アイルランド系カトリック教徒の少年はいつまで経ってもアイルランド系カトリック教徒の少年だ。そのことはダニー自身冗談に言ったことがあった――〝おれの地元は男たちが告解に行って、黙秘権を行使する町だ。お赦《ゆる》しください、神父さま、おれは罪を犯しました。おれの弁護士のミスター・オニールはご存じですよね？〟

「まあ、そんなところだ」とダニーは答える。

イーデンの電話が鳴る。彼女は発信者を確認する。「ちょっと待っていて」

そう言って寝室にはいる。ダニーはテレビをつけ、レッドソックスの試合を見つける。
二、三分後にイーデンが寝室から出てくる。なにやら動揺している。
「なんの電話だった？」とダニーは訊く。

「わたしの患者にセックスワーカーがいるの」とイーデンは言う。「今夜〝スペシャル〟に応じたところ、客の男が度を越して暴力を振るい、彼女は大怪我を負って、救急治療室に運ばれた」

「ひどいな」

「ダニー、現場は〈ザ・ショアズ〉だった」

「おれのホテル?」

「二三四B室」とイーデンは言う。「ダニー、ごめんなさい。話があるのはわかってるんだけど、でも、どうしても――」

「いや、あとでいい」とダニーは言う。「その患者のところへ行ってやってくれ」

イーデンは出ていく。

ダニーのほうは十分で〈ザ・ショアズ〉に到着し、夜間の警備主任と立ったままビデオテープを見る。

「すでにチェックアウトしてます」と警備主任は言う。「ボブ・ハリスという客です。チェックインの時刻までさかのぼってみました……ここです……」

「こいつか?」とダニーは訊く。六十がらみの男が映っている。中肉中背、サングラス。

「クレジットカードを調べて、こいつの情報を探り出せ。うちの施設には永久に出入り禁止だ。宿泊も娯楽も今後いっさい断われ」

そのあと、ダニーは病院へ行く。

イーデンの患者、スー・リンという若い女はすでに入院している。見るからにひどいありさまだ——顔には痣《あざ》ができ、片眼は腫れていて開かない。イーデンの説明によれば、肋骨が二本折れ、裂傷は多数に及び、背中と尻にみみず腫れがあるという。ベルトで鞭打たれたのだ。

それでも、患者本人は階段から落ちたと言い張っている。

「被害者が告発しなければ、男を逮捕できない」とフェイヒーが言う。ダニーから連絡を受けて、すでに病院に駆けつけている。

「あの子は怯えてるのよ」とイーデンは言う。

「誰が彼女を派遣した？」とフェイヒーが尋ねる。

イーデンはためらう。「わたしには患者に対して守秘義務がある」

「そういう台詞を次の女の子にも言うつもりか？　このままじゃ次の被害者が必ず出る」

イーデンはフェイヒーを見やる。「何もできないってさっきあなたは言った」

「私は被害者が訴えなきゃ逮捕はできないと言ったんだ」とフェイヒーは言う。

「それってどういうことかわかる？」とイーデンは尋ねる。「そういうことをすることについて、考えてみたことはある、ダニー？」

「誰が派遣した？」

「モニカという女性の話は聞いてる」

「モニカ・セイヤーか」とフェイヒーが言う。

ダニーとフェイヒーはモニカのペントハウスに向かう。部屋を一瞥《いちべつ》しただけでわかる。ラスヴェガスの高級コールガール派遣業は儲かる商売で、モニカ・セイヤーは女たちの腰でたっぷり稼いでいる。

「突然のご訪問は嬉しいかぎりだけど、でも、どういうわけ？」とモニカは尋ねる。

ダニーが答える。「あんたは今夜女を〝スペシャル〟で派遣した」

だから？　と言わんばかりにモニカは首を傾《かし》げる。

「彼女は客から手荒な扱いを受け、病院送りになった」

「スー・リンはプロの服従者なの」とモニカは言う。「だからリスクは承知してる。そう、職業上のリスクと呼べばいいかしら」

「おれに言わせれば、あんた自身が職業上のリスクだ」とダニーは言う。「また女を派遣したら、どんな女であれ、殴られるために派遣したら――ストリップのすべてのホテルであんたを出入り禁止にする。あんたがレストランに予約の電話を入れても、店はいつも満席だ。ショーのチケットを手に入れようとしても完売だ。この市《まち》のどんな社交行事に行っても、全員から背を向けられる」

「あなたは全能のダニー・ライアンだから？」とモニカは訊き返す。「わたしにもコネがないわけじゃないのよ、ミスター・ライアン」

ダニーはフェイヒーを見やる。

「私は犯罪捜査課の警部補だ」とフェイヒーは言う。「それがどういうことかわかるか?」

「教えてもらえるかしら」

「いくらでもコネがあるってことだ」とフェイヒーは言う。「制限速度が時速四十キロの区域であんたが時速四十二キロで車を走らせたら、警官は停止を命じる。歩道に唾を吐いたら、ブタ箱にぶち込む」

「そういうのを近頃はパワハラというのよ」とモニカは言う。

「いや、ただの嫌がらせだ」とフェイヒーは応じる。「パワハラというのはこういうことだ——あんたのところの女の子たちが誰なのか調べ上げる。ひとり残らず。でもって、あんたの名前を吐くまで彼女たちをパクる。どんどんパクる。そうやってあんたの名前を吐いたら、あんたを逮捕する——売春の仲介と性的搾取《さくしゅ》の容疑で。脱税についちゃ連邦捜査官を呼ぶ。刑務所から出る頃には、あんた、歩行器のお世話になってるんじゃないか?」

「おわかりいただけたかな?」とダニーは彼女に訊く。

　お互い合意に至る。


「何をしたの?」とイーデンが尋ねる。

彼女の自宅の居間の椅子にふたりは坐っている。

「どういう意味だ?」

「そのモニカという人のことを訊いてるんだけど」

「話をした」

「話だけ？」

ダニーはイーデンをじっと見る。「想像を逞《たくま》しくするのはやめてくれ。なあ、イーデン、何を考えてる？　彼女は砂漠のどこかで穴に埋められているとでも？　ほんとうに話をしただけだ」

「脅したのね」

「法律の範囲内で」とダニーは言う。

「なら、いいでしょう」

「なら、いいでしょう?」とダニーはおうむ返しに言う。「寛大なおことばをどうも」

「ごめんなさい」とイーデンは言う。「あなたの世界に引きずり込まれるのがたぶん怖いのよ」

「いや、きみの世界の話でもある」とダニーは言う。「あの娘はきみの患者だ」

「そして、あなたのホテルで負傷した」

「だから手を打った」とダニーは言う。「何もしないほうがよかったのか？」

「どうかしら」とイーデンは言う。「たぶん怖かったのよ、あなたが何をするのか」

「なぜならおれはギャングのダニー・ライアンだから」

「ずるい」

「ずるい？」とダニーは訊き返す。「おれがこの件を処理して、きみも少しはほっとしたり、感謝したり、もっと言えばちょっぴり興奮したりしたんじゃないのか？」

「そうよ」とイーデンは言う。「わたしは心に矛盾を抱えてる」

「セラピー風の言いまわしは患者のまえでやってくれ」

「怒らせたわね」

「そう、おれは怒ってる」とダニーは言う。「きみはおれに助けを求め――」

「実際に助けを求めたわけじゃ――」

「――おれは助けた。そして今、きみはわけのわからないことでおれを責めてる」

「責めてなんかいない」とイーデンは言う。「わたしはただ自分の胸に問いかけはじめたって言ってるだけよ……わたしたちふたりの……正反対の人生が……嚙み合うのかどうか」

ダニーは腰を上げる。「あの娘の治療費はおれが払った。責めたければそれも責めてくれ」

「ダニー――」

「決心がついたら知らせてくれ」とダニーは言う。「おれたちの正反対の人生について」

ダニーは部屋を出て静かにドアを閉める。

48

ダニーはストリップからはずれたところの〈サブウェイ〉でフェイヒーと会う。

「何がわかった?」とダニーは尋ねる。

「ハリスなる男がチェックインした時刻の防犯ビデオを調べた」とフェイヒーは答える。

「顔画像を入手して、それを性犯罪履歴のある者と照合した」

「で?」

「そっちは何も引っかからなかった」とフェイヒーは言う。「だけど、もしかしたらと思って、マフィアのファイルと照合した。いい知らせじゃない」

「いいから話せ」

「デトロイトの古株のマフィアだ」とフェイヒーは言う。「アリー・リカタ。ワインガードの最初のホテルの株をいくらか所有していて、今はワインガードのホテルにシーツ類を納める会社に出資してる。両者が直接連絡を取り合っているかどうかは確認できないが」

「なるほど」

「リカタは市《まち》で目撃されていた。数名の仲間も。息子のチャールズ、通称チャッキーも含めて。似た者親子なんじゃないかな、たぶん」

「やつらはここで何をしてる?」

「さあ。バチェラーパーティをしてるわけじゃなさそうだが。気をつけてくれ、ダニー。病的なセックスを愉しむ世界の病的な外道《げどう》のあいだでも、リカタはとことん病的な外道だと思われている」

「逐次報告してくれ。よろしく頼む」

リカタはヴァーン・ワインガードとつながっていた。そういうことか、とダニーは胸につぶやく。

ヴァーンの乗っ取りを阻止しようとしたら——

リカタが現われた。

ヴァーンはどこまでやるつもりだ?

ダニーはノックしてドアを開ける。ネッド・イーガンはベーコンを炒《いた》めている。

週七日、毎朝毎朝、とダニーは心の中で思う。ネッド・イーガンはベーコンエッグをつくっている。まったく。冠状動脈血栓症になりそうなにおいがする。朝食を一緒にどうかという誘いをダニーは辞退し、小さなキッチンテーブルについて坐る。「デトロイトのアリー・リカタという男について噂を聞いたことはないか?」

「おまえの親父さんと一緒に一度会ったことがある」とネッドは言う。

「で？」

「親父さんはその男が気に入らなかった」とネッドは言う。「だから関わろうとはしなかった」

ネッドから聞き出せるのはそれだけだろう。マーティ・ライアンが誰かを嫌いだと思えば、ネッドもそいつを嫌った。「その男が今、市《まち》にいる。仲間を引き連れて」

「おれが処理する」とネッドが言う。

「いや」とダニーは言う。「あんたにはマデリーンとイアンから極力眼を離さないでいてほしい。それが最優先だ」

ダニーはネッドの家を出ると、電話ボックスのあるところまで車を走らせ、パスコを電話口に呼び出す。電話ボックス、とダニーは思う。やれやれ、まるで昔に戻ったみたいだ。

「リカタはイカレ頭だ」とパスコは言う。「それも度を越したイカレだ。確かチャッキーという息子がいて、そいつがまた親父の卑劣さをすべて受け継いでる。脳みそ以外は」

「今度のリカタの行動は単独行動だろうか？　あるいはデトロイトのお墨付きを得てるんだろうか？」とダニーは尋ねる。

「リカタはデトロイトが許可しないクソはしない」とパスコは言う。「おまえはデトロイトを苛立たせた。たぶんシカゴも。このワインガードというやつは大砲でおまえを攻撃しようとしてる」

「いや、彼はそんな男じゃないよ」とダニーは言う。

「そのことばを墓石に刻みたいか?」とパスコは言う。「なあ、賢くなれ。万一に備えておけ」

確かに、とダニーは思う。

備えるに越したことはない。

ショーン・サウスは電話を置いてケヴィン・クームズに眼を向ける。「誰からだったかわかるか?」

「ナイジェリアの王子か? 金鉱持ちの?」

「ダニーだ」

「まさか」

「そのまさかだ」

まさかまさか。イアンのパーティでケヴィンが酔った勢いでよけいなことを口走ったあと、彼らはリノに追放されている。ショーンはそこから自分の事業の指示を出し、ケヴィンは……

ケヴィンはしばらく更生施設にはいり、今はアルコール《A》依存症自主《A》治療会の集会にかよっている。日に二度三度と出ることもある。

驚くべきことに、酒を一滴も飲んでいない。

そして、陳腐な決まり文句を垂れ流すようになった。「一日一日こつこつと」「心を解放し、神の御心《みこころ》のままに」「最後の一杯で酔っぱらうのではない、最初の一杯で酔っぱらうのだ」そんなケヴィンにあと一度でも「酒を飲むな、集会に行こう」などと言われたら、ショーンはケヴィンの顔を銃で撃ち抜くかもしれない。

ケヴィンは治療のための第五のステップで少々つまずいた。〝私たちは神に対し、自分に対し、そしてもうひとりの自分に対して、自分の過ちの本質をありのままに認めた〟のところで。

「自分の過ちの本質をありのままに認める?」とショーンは訊いた。「それは認めちゃまずいかもな」

過ちの本質には殺人や武装強盗も複数含まれる。それは本質的なことではないかもしれないが、認めるのは得策ではない。

「神には話せばいいさ」とショーンは言った。「自分で自分に話すのもかまわない。でも、もうひとりって? たとえば誰だ? 地方検事か?」

「おまえに話すという手もあるよな」とケヴィンは言った。

「でも、おれはもう知ってる」

「言えてる」

かくしてケヴィンはそのステップを飛ばすことにした。自分が傷つけた相手全員の表を作成して埋め合わせをするステップも。

「表なんかつくるもんじゃない」とショーンは言った。「そういうものを証拠というんだから」

埋め合わせに関して言えば、多くの場合不可能だとショーンは指摘した。ケヴィンの人に与えた危害には致命的なものも含まれ、まだ生きている者たちにそんな親切な申し出をしたら、きっとケヴィンを殺そうとするだろう。

もっとも、ケヴィンは抜け穴を見つけていた。本来なら埋め合わせをしなければならないが、それは〝その人たちやほかの人を傷つけないかぎり〟だ。

「この場合、おれ自身もほかの人と見なしてもいいんじゃないか?」とケヴィンは言った。

「いいと思う」とショーン。

「だけど、ダニーには謝るべきだ」とケヴィンは言った。「イアンのパーティを台無しにしちまったんだから」

「おれがおまえなら、その話題にはあえて触れないがな」

「ダニーはなんの用だったんだ?」とケヴィンは尋ねる。

「おれたちに戻ってきてほしいらしい」とショーンは言う。

「ヴェガスにもＡ　Ａ《アルコホリック・アノニマス》はあるよな?」とケヴィンは訊く。

ヴェガスじゃなんだって匿名《アノニマス》にできる、とショーンは思う。

ジミー・マックにも電話がかかってくる。

サンディエゴのマイラ・メサで経営している自動車販売店の事務所の椅子に坐り、ジミーはダニーの申し出を聞く。「新しいホテルに車の販売店を出したくないか?」

「いいかもな」

「こっちに来てくれ」とダニーは言う。

49

コナリーはワインガードに手短に説明する。「地元警察内部の協力者の話によれば、ダニー・ライアンは昔の仲間を呼び寄せた。ジミー・マックニーズ、ショーン・サウス、ケヴィン・クームズ……」

ワインガードはダニーのパーティでよけいなことを口走った酔客を思い出す。ケヴィンという男だった。

「だから言っただろ？　やつはやっぱりギャングだった」とコナリーは言う。「こうなるのは時間の問題だった」

ライアンは仲間を同窓会に呼び寄せたわけじゃない、とコナリーはワインガードに力説する。理由があって呼び寄せた――委員会の参考人候補者を脅すためか、いや、もっと考えられる、始末するためだ。もしかしたらキャミーの旦那あたりを狙ってくるかもしれない。

「ボス、あんただって標的にされかねない」とコナリーは言う。

「映画の見すぎだ」とワインガードは言う。

「これは映画じゃない。やつらは現にこっちに来てる」

「警備を強化する」

「それはそれで悪いことじゃないが、警備に実行力はない。さきを見越した行動を考えないと」

コナリーはちょっと間《ま》を置いてさらに続ける。「警察からはこんな話も聞いた。アリー・リカタが市《まち》に来てる」

「だから?」ワインガードは気分が悪くなる。何もかも手に負えなくなってきている。こっちはフェリとのつながりでダニーを脅している。リカタと自分のつながりにダニーが気づいたら?

相互確証破壊。

互いに相手の首に手をかけたまま崖から転げ落ちて共倒れに終わる。

コナリーもその力学にはもちろん気づいている。もちろん。が、実のところ、気づいた上で知ったことではないと思っている――レジー・モネタはライアンを叩きのめしたがっている。ヴァーンがその道連れになるのは気の毒と言えば気の毒だが、世の中とはそういうものだ。「なあ、あんたとリカタは旧知の仲だよな? もう接触してきたのか? あの男との旧交を温めるのもそう悪い考えじゃないかもしれない」

「そういうことはしない」とワインガードは言う。「ギャングは徹底して排除する。それはあんたも言っていたことじゃないか、呼び戻すのではなく」

「相手と同じ戦法を選ぶのもひとつの選択だって言ってるだけだよ」

「駄目だ」とワインガードは言う。リカタにすでにノーと言ってあることはコナリーには伝えない——ダニー・ライアンだろうとほかの誰だろうと、暴力に訴えるのは絶対に駄目だ。とはいえ、ダニーは仲間を呼び寄せた。

なんのために？

こっちはギャングにノーと言った——ダニーはイエスと言ったのか？

こういうことはすぐに終わりにしなければ。ワインガードはそう思う。

ダニーは仲間を見まわして言う。

「さきには動かない。希望的観測かもしれないが、リカタが来てるのはただの偶然かもしれないんだから」

「ほんとにそう思ってるんじゃないよね？」とショーンが言う。「リカタがみんなの言うとおりの悪党なら、まずやつを殺《や》るべきだ」

「先制攻撃あるのみ」とケヴィンが同調して言う。

「駄目だ」とダニーは言う。

「駄目だ？」とケヴィンは訊き返す。「リカタがあんたを殺すのを待って、それから報復する？　ばかばかしい」

「落ち着け」とジミー・マックが言う。

ダニーの電話が鳴る。

彼は電話に眼をやる。ワインガードからだ。手を上げて黙るように合図してから、通話をスピーカーにする。

「話し合う必要がある」

「同感だ」

「弁護士も委員も抜きで」とワインガードは言う。「おれたちふたりで」

「いいだろう」

「明朝はどうだ？」とワインガードは言う。「静かで、人目につかず、話を聞かれないところで。話し合いについて〈カジノ・エグゼクティヴ〉誌に書かれるのはごめんだ」

「どこか心あたりは？」

「〈デザート・パインズ〉の駐車場はどうだ？」とワインガードは申し出る。「あんたが早起きなのは知ってるから、そこで六時半では？」

「わかった。それじゃそこでその時間に」

そう言って、ダニーは電話を切る。

「暗殺計画だ」とケヴィンが言う。「仕組まれてる」

「おれもそう思う」とジミーが言う。

「リカタならどこに狙撃手を配置してもおかしくない」とショーンが言う。「車を降りた瞬間、もしかしたらそれよりまえに撃たれるかもしれない」

「いや、ヴァーンはほんとうに話がしたいんだと思う」とダニーは言う。「これで全面衝突が避けられるかもしれない」

「ＡＡの集会で唱えられる静穏《せいおん》の祈りが実現するってわけ?」とケヴィンが言う。

ショーンはケヴィンを撃ち殺したくなる。

「会合に行くのはやめたほうがいい」とジミーが言う。

ヴァーンが面と向かって話し合いたいのなら、問題にけりをつけられるかもしれない、とダニーは思う。ある種の協定に互いに合意できるかもしれない。

このリスクは冒す価値がある。

「おれは行く」とダニーは言う。

ジミー・マックがほかの連中を見まわして言う。「よかろう。それじゃこれから現地で下見だ。銃が撃てるアングル、狙撃者が身をひそめそうな場所を確認する。明朝には準備万端ってことで」

「ふたりだけでという話だ」とダニーは言う。

「向こうもひとりで来ると思うのか?」とジミーは言う。「気は確かか、ダニー。おれたちは人目につかないようにする。誰にもわからないようにする」

「わかった」とダニーは言う。「ただし全員に言っておく。撃ち気に逸《はや》るな、絶対にさきに撃っちゃ駄目だ」

「ダニー――」

「おれが今言ったことが聞こえなかったか?」

「聞こえてた」とジミーは言う。

それでも気に入らないのは変わらない。


ジム・コナリーも同じだ。

「ひとりで行くなんて無茶だ」と彼は言う。「向こうが仲間を連れてきたらどうする?」

「おれが言いだしたことだ」とワインガードは答える。

「ライアンは好機と見るかもしれない」とコナリーは言い募る。

「このごたごたは長引きすぎてる。おれはダニーと会う。ひとりで会いにいく、約束どおり」

コナリーもワインガードと言い争うほど愚かではない。ワインガードがこうと決めたら、それで決まりだ。

それでも罠かもしれない。そんなところへワインガードをおいそれとは送り出せない。

「なぜゴルフ場なの、それも日の出まえに?」とマデリーンは尋ねる。「電話でだって話せるのに」

「実際に会うのと電話で話すのとはちがう」

「のこのこ出かけていったりしたら、待ち伏せされるじゃないの」

「それはないと思う」とダニーは言う。「ヴァーンはどんな男か、それはなんなりと好きに思えばいい。だけど、彼は人殺しじゃない」

「彼にはどんな能力があるのか、それはあなたにだってわからない」

「兵隊は今夜のうちにも手配できる」とジョシュが言う。「元モサドの連中で――」

「駄目だ」

「どうして？」

「戦争なんかまっぴらだからだ」とダニーは言う。

「最高の人員だけど」とジョシュは言う。「脅威を正確に査定し、それに基づいて行動する」

「人員ならおれの仲間がいる」

「気を悪くしないでほしいんだけど」とジョシュは言う。「あなたの仲間はそれほど優秀じゃない」

「おれは彼らを知ってる。信頼もしてる」

「ぼくも一緒に行くよ」とジョシュが言う。

「冗談じゃない」とダニーは言う。「おれはきみの祖父《じい》さんに、きみにはちゃんと眼を配るって約束したんだ、きみを危険にさらすんじゃなくて」

「つまり危険があると思ってる」とジョシュは言い返す。

「危険は常にある」とダニーは言う。「毎朝オフィスに車で出勤するときにも」

「屁理屈ね」とマデリーンが言う。

「これはチャンスなんだ」とダニーは言う。「うまくいけばヴァーン・ワインガードと手打ちができる。その好機を棒に振るつもりはない。それじゃ、少し息子と一緒に過ごしてもいいかな?」

イアンは自分の部屋でビデオゲームをしている。「外でバスケットボールをしないか?」

「いいよ」とイアンは言う。「パパは下手くそだけど」

「だったら、父さんを負かすのは簡単だな」

ふたりは外に出て、マデリーンがつくったコートに行き、ワン・オン・ワンをやる。

「そろそろまた自転車旅行に行かないと」とダニーは言う。

「だね」

ダニーはフックショットを決めようとする。「カリーム・アブドゥル=ジャバーだ!」

「誰?」

「おっと、知らないか」

「パパは高校時代にバスケをやってたんだよね?」とイアンは訊く。

「ああ」

「うまかったの?」

「今より多少はましだった」

「じゃあ、かなり下手だったんだね」そう言って、イアンは笑う。そして、クロスオーヴァー・ドリブルでダニーをかわし、レイアップシュートを決める。「これがバスケだよ」

「おまえに小づかいをやってるけど」とダニーは言う。「もうやらなくてもいい気がするよ」

彼らはしばらくプレーを続け、そろそろシャワーを浴びて寝る時間だとダニーが言う。

「明日も学校だぞ。朝は会えないな。早朝のミーティングがあるんだ」

「わかった」

「でも、夕食は一緒だ」

「テイクアウトにしない？」とイアンは提案する。「〈ポパイズ〉（ファストフード店）とか？」

「それでもいいけど」とダニーは言う。「一応お祖母《ばあ》ちゃんに訊いてくれ」

彼らは家の中にはいり、ダニーは息子におやすみのハグをする。「愛してるよ」

「ぼくもだよ、パパ」

神はいるのかもしれない、とダニーは思う。

シャワーを浴びてベッドにはいる。

明日は朝が早い。

50

ワインガードはこれまで聞いたこともないような妻の悲鳴を聞く。咽喉《のど》を引き裂くような悲鳴。

ワインガードは階段を駆けおりる。転がり落ちてもおかしくない勢いで。階下《した》に降りると、妻がキッチンでなおも金切り声をあげている。床に電話が転がっている。

妻は飛び出るほど眼を見開き、額の血管を脈打たせている。

終わらない悲鳴がワインガードの耳をつんざく。彼は妻の肩をつかんで言う。「どうした？　ドーン、どうしたんだ？」

「ブライスが、ブライスが」

彼女はそこでくずおれる。

塵のようにワインガードの手からすべり落ちる。

51

陽が昇りはじめる頃、ダニーは駐車場に車を乗り入れる。

思わず笑いそうになる——その昔、決闘をするのはこの時間帯じゃなかったか？　ヴァーンは芝居がかったことが好きなのかもしれない。

ただ、人っ子ひとりいない。駐車場にはダニーの車一台きりだ。

約束どおり、ジミーたちの姿も——彼らがここにいるとして——どこにも見あたらない。

ダニーは車を停める。エンジンを切って待つ。

六時二十五分。

六時三十分。

何も起きない。

ヴァーンらしくない。早く来ることはないにしても、どんな集まりにも時間に正確で有名な男らしからぬことだ。

六時三十五分。

何かがおかしい。

ダニーは被害妄想に陥りはじめる。後頭部に、額に、照準が定められているのではないか。そんな想像がふくらんでいく。恐怖がじわじわと忍び寄る——あるいは第六感？　それとも良識？　運転席に坐ったまま、ずるずると腰をまえにすべらせ、グラヴボックスを開けて、シグ・ザウエル３８０を取り出す。

ジミーの言うとおりだったのかもしれない。

みなの言うとおりだったのかもしれない。

これは仕組まれた罠だったのかも——

アクセルを踏んで、とっととここを離れるのが一番だ。

とはいえ、上体を起こしてハンドルを握るわけにはいかない。銃弾が命中しかねないところに上体を戻すわけには。相手の狙撃者がいたら、おそらくケヴィンかジミーかショーンがその男に狙いをつけている。向こうが引き金を引くより早く始末するはずだ。

いや、そうともかぎらないかもしれない。

おしゃべりはもういい。ダニーは自分に言い聞かせる。やるべきことをやれ。

電話が鳴る。

ダニーは電話を取る。「はい？」

「起こしてすまない」とフェイヒーが言う。「だけど、すぐ知らせるべきだと思ったんでね」

ブライス・ワインガードのことだ。

ヴァーンの息子。
サンライズ病院の集中治療室《ICU》で生命維持装置につながれている。

52

ダニーは病院が嫌いだ。

これまで嫌というほど病院で時間を過ごした。銃で撃たれた怪我の療養で数週間、リハビリでさらに数週間。

妻の死期が近づいた頃の数ヵ月。

それでも、ダニーはサンライズ病院に出向く。それが正しいことだと思われるから。マデリーンも彼に同行する。「ドーンには女性がついていてあげないと、彼女と同じく母である女性が」それが理由だ。

まさにホラーショーのような光景。

ICUの階にあがると、ドーンが泣きじゃくり、ワインガードの胸を叩いている。「嫌よ！　嫌！　いやあああ！！！」

マデリーンはまえに進み出て、ドーンを引き受け、胸にしっかりと抱き寄せる。

「大変なことになったな、ヴァーン」とダニーは言う。「何があったんだ?」

「息子は車庫に行った」とワインガードは言う。「マセラティに乗って、ドライヴに出かけた。カーヴで制御を失い、側溝に落ちた」

「なんてことだ」

「あいつは脳死状態にある」とワインガードは言う。「装置につないで延命されてるだけだ。決断をくださなければ……」

ワインガードは悲しみに顔をゆがめる。

苦悶に。

「……装置をはずすかどうか……」ワインガードは両手に顔を埋《うず》める。「もう手は施せないと言われた。脳の活動は停止している。事実上、息子はすでに死んでいる」

ドーンは身を振りほどき、ワインガードにつかみかかろうとする。「まさか息子を殺すつもりじゃないでしょうね？　まちがっても可愛いわが子は殺したりしない、でしょ！」

ワインガードはドーンの手首をつかみ、長い爪を顔から遠ざける。「ドーン。ドーン。ドーン」

「あの子を殺さないで！　お願いだから！」

ワインガードはどうにかドーンを椅子に坐らせる。看護師が注射器を手にやってくる。

マデリーンはドーンの隣りに坐り、腕に手を置くが、何も言わない。

かけることばが見つからない。

ダニーは言う。「おれにできることがあれば……」

「お引き取り願う。帰ってくれ」

「ヴァーン――」

「きみの息子は生きている」

マデリーンは腰を上げる。そして、ダニーの腕を取ると、その場から連れ出す。

「ここに来たのはまちがいだった」とダニーは言う。

「いいえ、正しい行動だった」とマデリーンは言う。「さあ、帰りましょう。イアンを抱きしめずにいられない」

それはダニーも同じだ。

しかし、罪悪感も覚える。

感謝する気持ちがあることに。

事故にあったのがよその子供で、わが子ではなかったことをありがたく思っている気持ちがあることに。

53

「やつらはいた！」とケヴィンは言う。「くそゴルフ場に！」

ジミーもうなずいて同意を示す。

「誰も見なかったが」とダニーは言う。

「二台の車に分乗して路上にいた」とショーンが言う。

「リカタの手下だとどうしてわかる？」とダニーは尋ねる。

ショーンが写真を何枚かテーブルに置く。望遠レンズで撮影したので画素が粗いが、ダニーにも顔の見分けはつく。どう見てもギャングだ。あとでフェイヒーに見せて、警察が所有する写真に一致するものがあるか見てもらおう。

「夜明けまえからゴルフ場付近の路上に車を停めるやつなんかほかに誰がいる？」とジミーが言う。「現実を直視しろ――ワインガードはおまえを殺そうと企んだんだよ」

「だったらどうしてやつらは撃たなかった？」とダニーは訊き返す。「どうして近づいてこなかった？」

「角度がまずかったのかもしれない」とジミーは言う。「機会を逸したのかもしれない。

指令を待っていて、待ちぼうけを食ったのかもしれない。だからってどんなちがいがある？　次を待つつもりか、今度こそ確実な機会をやつらがつかむまで？」

「今、行動に出るべきだ」とケヴィンは言う。「やつらを捜し出して始末するべきだ」

ダニーは言う。「おまえの答はいつも同じだ」

「いつだってそれが正解だからだよ」とケヴィンは言い返す。

「ダニー」とジミーが言う。「あくまでまっとうでいたいというおまえの気持ちはわかる。ギャングがらみはすべて過去のことにしたいというのは。だけど、これは過去じゃない。今、ここで起きていることだ。おまえはそれをなんとかしなければならない」

ジミーの言うとおりだ。

リカタに舐めた真似を許せば、すべてを失う。同時に、ラスヴェガスでギャングの抗争に巻き込まれれば、たとえ戦いに勝ってもすべてを失う。

「警備を強化する」とダニーは言う。「まず連中を見つけ出す。見つけ出したら片時も眼を離さない。ただしさきには動かない。どんなことがあっても、さきに撃つのは駄目だ」

「それはまちがってる」とケヴィンが言う。

「そう思うなら、帰れ」とダニーは言う。「残るなら、おれに言われたことだけをやれ」

「やるよ」とケヴィンは答える。

54

そのことばはワインガードもこれまで何度も耳にしてきた。

〝自分の子を埋葬して当然の者などいない〟

しかし、今の今までそのことばのほんとうの意味を知らずにいた。墓地に立ち、シャベルで息子に土をかける準備が整うのを見守るまでは。

どれほどの苦しみか。知りもしなかった。

今はわかる。

隣りに、薬を飲んで生気をなくしたドーンがいる。妻はもうもとに戻れないかもしれない。

自分もそうだろう。

ワインガードは薬の服用を拒んでいた。痛みを感じないのはブライスに不誠実な気がしたからだ。今は呼吸をするように痛みを感じている。が、痛みを吸いはしても吐き出してはいない。そんな痛みがワインガードの内でも外でも渦を巻いている。見えざる戒《いまし》めの枷《かせ》のように、腕や脚の動きを鈍らせ、思考力も弱めている。まるで水中を歩いているようだ。

プールの底にいて、外の世界を見上げているような感覚だ。

葬儀には弔問客がつめかけ、その大半がそのあとエデンヴェール墓地にも来たことにワインガードは気づいている。〝猫も杓子《しやくし》も〟ここに集まっている――参列者の中には心から同情している者もいるが、そのほかの者は敬意を表するために、あるいは権力者であるヴァーン・ワインガードの子息の葬儀に欠席する度胸がないから来ている。

それもどうでもいいことだ。

何もかもがどうでもいい。

誰が来て、誰が来ていないのか、そんなことはとことんどうでもいい。大勢集まった会葬者のうしろにダニー・ライアンが立っているのを見かけたが、それすらどうでもいい。

ダニー・ライアン。

コナリーはその日の朝、みんなで教会に向かう準備をしている最中ずっと、ライアンに向けて吠え立てていた。

「やつの仲間が現場に来ていた。待ち伏せしてたんだ」

「息子の葬儀の朝にそんな話を持ち出すのか?」とワインガードは言った。

「あとまわしにはできないことだぞ、ヴァーン」そのときコナリーはプールのへりに立っているかのようだった。そして、水中にいるワインガードに話しかけているかのようだった。そんなコナリーの声はぼやけ、くぐもり、ひずんで聞こえた。「あとまわしにはできない」

「あとでいい」

「行動を起こさないと」

「好きにしろ」とワインガードは言った。「やるべきと思うことをやればいい」

ワインガードにはもう何もかもがどうでもよくなっていた。

息子は土をかけられている。

妻はむせび泣いている。

自分の子を埋葬して当然の者などいない。

黒塗りの車が電話線に並んでとまるカラスのように列をつくっている。

ワインガードが待機中のリムジンに重い足取りで近づくのをダニーは遠くから眺める。

鎮静剤を打たれているのだろうか――おれなら打ってもらうだろう、とダニーは思う。

まだ銃口をくわえていなかったら。

母は葬儀に行くのに反対した。「彼はあなたを殺そうとしたのよ」

「それはわからない」

「あなたにはわからないかもしれない」とマデリーンは言った。「でも、あなたが行けば、彼は誤解する。嘲笑《あざわら》われてるって思うと思う」

「馬鹿げている」

「そう?」とマデリーンは訊いた。「ブライスが死んで、わ、わたし嬉しいんだけど」

「よくそんなひどいことが言えるな」

「でも、嬉しい」とマデリーンは言った。「事故が起きなかったら、ワインガードはあなたに会いにいった。そうしたらあなたは車から降りたとたん、殺されていた。そうなっていたら、あなたの息子は父親のいない子になっていた」

「それでもひどい言い種《ぐさ》には変わり――」

「わたしは世間ずれしてるの」とマデリーンは言った。「だからあなたとは世の中の見方がちがうの」

そうなのだろう、とダニーは思った。

例の写真をフェイヒーのところに持ち込むと、やはり写っていたのはデトロイトからリカタが呼んだ連中だった。息子のチャッキーとその他三名。全員、殺し屋だ。

今、ワインガードはドーンをリムジンに乗せている。

おれを殺害する指令を出していたのか？　ダニーは考えをめぐらす。

その指令は今も生きてるのか？

あるいは、子の死によって考えが変わったのだろうか？　この世で何が大切かに気づいたのだろうか？　あるいは、それとは逆の方向に向かったのだろうか？　わが子の死で怒りを搔き立てられ、憎悪が増幅し、とことんやる気になっているのだろうか？

ダニーはジミー・マックを脇へ引っぱって、帰れと言い渡す。

「おまえはサンディエゴに家族がいる」とダニーは言う。「商売もやってるし、おまえにはおまえの人生がある。こっちのことにおまえを巻き込んだのはフェアじゃなかった」

「おれたちは昔からの友達だ、いつからだ、幼稚園からか？」とジミーは言う。「商売も何もかも、おれがこの世で所有するものはすべておまえの友情のおかげだ。おれはどこにも行かないから、ダニー」

昔気質《かたぎ》。今さら言うまでもない。

アイルランド人気質。ニューイングランド気質。

プロヴィデンス気質。今さら言うまでもない。

第三部

正義の法則

ロードアイランド州プロヴィデンス
1998年

……おまえは正義の法則を知っている、よく知っている。
今は憐れみも心得ている。
――アイスキュロス『エウメニデス』

55

証人席のヘザー・モレッティは初めから喧嘩腰だ。

マリー・ブシャールは基本的な事柄をひととおりヘザーに確認する——殺人事件が起きた日の日中に父親の墓参りに行き、弟のピーター・ジュニアと墓地で偶然会ったこと。そのあと改めてバーで弟とティモシー（ティム）・シーと落ち合い、酒を飲んだこと。シーがさきに帰ったあとも弟と話をしたこと。

「お父さんが殺されたことについて話し合いましたか？」とブシャールは尋ねる。

「ええ」

「誰が父親を殺したか、自分の考えを弟さんに言いましたか？」

「ヴィニー・カルフォが殺《や》ったと思っていると弟に言いました」

「何を根拠にそう思ったのですか？」

ヘザーは冷笑を洩らしそうになる。「誰もが知っていることです」

「それはどういう意味ですか？」とブシャールはさらに訊く。

「ちょっと待って」とヘザーは言う。「ふざけてるの？　なんのことかわかってるくせに」

「説明してください」

「ロードアイランドで育った人は」とヘザーは言う。「子供の頃からのわたしのまわりの人たちは誰でもわたしがなんの話をしているのか、知ってます。地元ではみんな噂話をするから。ああのこうのってしゃべらずにいられないんです、みんな。そう、だから人がここそ話しているのを聞いたんです、それも何度も。ヴィニーが父さんを殺したって。あっちの娘――キャシー・マーフィも一緒にって」

「あなたはその仮説を弟さんに話して聞かせた」

「さっきそう言いました」

「それはイエスということですね？」とブシャールは訊く。

「はい、イエスということです」

「父親が殺された事件への母親の関与についても自分の考えを打ち明けましたか？」

「そう、母がヴィニーの背中を押したのはまちがいないと言いました」

「その根拠は？」

「母本人が認めたのも同然だったから」とヘザーは言った。「ある夜、酔っぱらって」

「いつの夜でしたか？」

「さあ、いつだったか。そんな夜はごまんとあったから」

「お母さんは具体的になんと言ったんですか？」

「あんたの妹が自殺したのは父親のせいだと父親を責めていました」

ブシャールは法律家が敵対的な証人にはめったに訊かない質問をする。「なぜ？」

「妹を精神科の施設に入れるよう頼んだのに父に断わられたからだって母から聞きました」とヘザーは言う。

「お父さんは費用を出し惜しみしたということですか？」

「母の話ではそうです」

「お母さんはほかにどんな話をしましたか？」

「ヴィニーが父を殺したかどうかは知らないと言ってました」とヘザーは言う。「でも、ゴーサインは出した、と」

「あなたはその話も弟さんに聞かせたんですね？」

「ええ」

「弟さんにほかにどんな話をしましたか？」

「わたしの話を信じたのかわからなかったので、パスコ・フェリと話しなさいと弟に言いました」

「なぜです？」

「パスコはなんでも知っているからです」

「ヴィンセント・カルフォとシーリア・モレッティを殺すよう、弟さんをけしかけましたか？」

「いいえ」

「その日のうちに弟さんから連絡はありましたか？」

「はい」

「弟さんはなんと言いましたか？」

「何が起こったのかわからない、と言いました」とヘザーは答える。「どうしたらいいかわからないって。迎えにきてほしいと言われました」

「迎えにいきましたか？」

「いいえ」

「質問は以上です」

ブルース・バスコムが立ち上がる。「あなたの考えでは、父親が殺害された事件にはヴィンセント・カルフォとシーリア・モレッティが関与していた。そういうことですね？」

「そうです」

「しかし、あなたはその情報を警察に提供しなかった。そうですね？」

ヘザーは薄ら笑いを浮かべて答える。「ええ」

「何が可笑しいんです？」とバスコムは問い質《ただ》す。

「わたしもモレッティ家の一員ですから」

「あなたはヴィンセントやシーリアを殺すよう弟をけしかけたりしなかったと証言しました。それにまちがいありませんね？」

「まちがいありません」

「弟さんはそのふたりを殺すとあなたに言いましたか?」

「いいえ」

「殺したいと言いましたか?」

「いいえ」

「つまり、ピーター・ジュニアはヴィニー・カルフォ、あるいはシーリア・モレッティを殺したいとはあなたに言わなかった」

「ええ、弟は言っていません」

「誰かを殺すという話は出ましたか?」

「いいえ」

「殺人事件が起きたあと、ピーターと話をしたとあなたは証言しましたね?」とバスコムは訊く。

「はい、電話で」とヘザーは言う。「弟から電話がかかってきました」

「その電話で〝何が起こったのかわからない、どうしたらいいかわからない〟と彼は言った」とバスコムは言う。「ほかに何か言っていましたか?」

「はい」

「それはどんなことですか?」

「〝襲いかかってきたんだ〟と言いました」とヘザーは言う。

「すみません、はっきりとお願いします」

「〝母さんが襲いかかってきたんだ〟と言いました」

バスコムは陪審に眼を向ける。「質問は以上です」

ブシャールは思う――あのクソ女にはめられた。

56

ブシャールはパスコ・フェリを証人席に呼ぶ。まるで彼に何かを期待するかのように陪審がざわつく。

この昔のマフィアのボスはニューイングランド随一の有名人かもしれない。レッドソックスやペイトリオッツの選手を別にすれば。

フェリが警官や看守ばかりか判事にさえ敬意を払われていることにブシャールは苛立つ。凶悪な殺人者ではなく、名高い長老政治家か地元の神父であるかのように扱われていることに。

反吐《へど》が出そうだ。それでもブシャールはフェリに愛想よく尋ねる。「被告人とはどんな関係ですか?」

「名づけ親《ゴッドファーザー》だ」そのことばに法廷に忍び笑いが洩れる。パスコ自身にやりとする。

「つまり、被告人があなたをパスコおじさんと呼んでも、あなたはほんとうのおじさんではないということですね」

「イタリア系同士ではよくあることだよ」

「殺人事件のあった日、被告人はあなたに会いにきましたか？」とブシャールは訊く。

「ああ、二度」とパスコは言う。

「最初の訪問についてお尋ねします」とブシャールは言う。「被告人はどんな話をしていましたか？」

「父親が殺されたことについて何か知っているかと訊かれた」とパスコは言う。

「知っていたのですか？」

「世間で囁かれる噂ぐらいは」

「どういう噂ですか？」

「ヴィニー・カルフォが殺《や》ったという噂だ」

「その噂をあなたは信じましたか？」

パスコは肩をすくめる。「ありうる話だとは思った」

「ピーターはその噂をどこで聞いたと言っていましたか？」

「自分の姉からだ」

「ヘザー・モレッティですね」

「そうだ」

「あなたとピーターはほかにどんな話をしましたか？」

「父さんが殺された事件に母さんが関与したと思うか、と訊かれた」

「あなたはなんと答えましたか？」

「おまえの両親の夫婦関係は複雑だった。そう言ったよ」とパスコは言う。「結婚生活はあまりうまくいっていなかったと」

「あなたの知るかぎり」とブシャールは言う。「シーリア・モレッティは娘の自殺を夫のせいにしていましたか？」

「それについては何も知らない」

「夫の殺害をシーリアが望む理由はほかにあるでしょうか？」

「さあ、それはなんとも言えない。私が知っているのは、母親がそう思っていたのではないかとピーター・ジュニアが疑っていたことだけだ」

「ピーターはほかにどんな話をしましたか？」

「どうしたらいいと思うか訊かれた」とパスコは言う。

「あなたは彼になんと言ったのですか？」

「放っておけ、だ」とパスコは言う。「馬鹿な真似はするな。そう言った」

「復讐するよう彼をそそのかしたりしませんでしたか？」

「そんなことはしていない」

ブシャールはその答を宙に漂わせ、数秒経ってから別の質問に移る。「ピーターはもう一度あなたに会いにきましたか？」

「来た」とパスコは言う。「日付が変わって、午前一時頃来た」

「彼はあなたにどんな話をしましたか？」

「私に助けを求めてきた」

「どんな助けですか？」

「わからない」とパスコは言う。「私は援助を拒んだんで」

「何が起きたのか、あなたは知っていましたか？」とブシャールは訊く。

「ああ」

「どうやって知ったのですか？」

「警官から電話がかかってきて、知らせてくれた」

「なぜ警察官があなたに電話をかけてきたんですか？」

「ニューイングランドでマフィアが殺された場合、警察が真っ先に電話をかける相手は必ずしも私とはかぎらない。しかし、そういうリストがあるとすれば、私はその上位にはいってるだろう」

ブシャールはそこには食いつかない。

「つまり、あなたはミスター・モレッティが義理の父親と実の母親を殺害したことを知っていた」とブシャールは言う。

「異議あり」

「異議を認めます」

「ピーターがあなたの家に来たとき」とブシャールは言う。「あなたはすでに連絡を受けて、ピーターが義理の父親と実の母親を殺害したとされることを知っていた。そうですね？」

「そうだ」

「そのときのピーターの様子はどんなだったか、説明していただけますか？」

「かなり動揺していた」とパスコは言う。「泣いてもいた。で、どうしたらいいのか私に訊いてきた」

「あなたはどう答えましたか？」

「自首を勧めた」

「そのあとは？」とブシャールはさらに尋ねる。

「彼を家から追い出した」

「彼はおとなしく立ち去りましたか？」

「ああ」

また笑いが起きる。パスコ・フェリに帰れと言われて帰らない者はいないだろう。そんなことはロードアイランドの人間なら誰でも知っている。

「質問は以上です」

パスコムが立ち上がる。「ミスター・フェリ、殺人事件が起きる以前、ピーターはヴィンセント・カルフォかシーリア・モレッティを殺すつもりだとあなたに話しましたか？」

「いや」

「殺人事件の、あ、と、ピーターはヴィンセント・カルフォかシーリア・モレッティを殺し、た、とあなたに言いましたか？」

「いや」

「つまり、あなたが知っていたのは」とバスコムは言う。「ピーターがふたりを殺したと法執行機関に属する人物から知らせを受けたからですね？」

「そうだ」

「そのため、あなたはその知らせに基づいた対処をした」とバスコムは言う。「それでまちがいありませんか？」

「そのとおりだ」

「ということは、ピーターがあなたにどんな助けを求めていたか、今でもわからないということですね？」とバスコムは訊く。

「そう、今もわからない」

「ありがとうございました」

「再尋問しますか？」とファエラ判事はブシャールに尋ねる。

「もちろん」ブシャールが立ち上がる。「ピーター・モレッティ・ジュニアがあなたの家に来たのは——おじさんだからではなく、名づけ親《ゴッドファーザー》だからでもなく、マフィアのドン《ゴッドファーザー》だから来たのであって——ヴィンセント・カルフォを殺す許しをあなたにもらうためだったのではないですか？」

「異議あり！」

「異議を却下します」

「いや、ちがう」とパスコは言う。

「でも、あなた方の世界ではそういうものなんでしょう？」とブシャールはさらに突っ込む。

「異議あり！」

「異議を却下します」

「そういうことは知らない」

「あなたはその許しを与えたんじゃないんですか？」

パスコの眼に怒りが現われる。「いや」

「ピーター・モレッティ・ジュニアはヴィニー・カルフォを殺害したあと、逃亡の手助けを求めてあなたのもとに来たのではないんですか？」

パスコは殺気すら漂わせてブシャールを見る。「ちがう」

「あなたがピーターを追い出したのは、彼が調子に乗って実の母親も殺したからではないんですか？」

「そうだと聞いたときにはただ不快感を覚えた」

「それは事実だと思ったからですか？　ピーターが殺意を秘めて実家に帰ったことを知っていたからですか？」

「彼がやったと警察から知らせを受けていたからだ」

「カルフォには電話で警告しなかったんですね？」

「ああ、しなかった」

「シーリアにも電話をかけなかった、そうですね？」

「ああ」

「警察にはどうですか？」とブシャールはたたみかける。「事件が起きる恐れがあると通報しましたか？」

「いや」

「つまりあなたは何もしなかった。そうですね？　事件を防ぐためにあなたは指一本動かそうとしなかった。坐ってちょうだい、ブルース、今の質問は取り下げるから。以上です。ミスター・フェリにはご退廷いただいてもらってけっこうです」

なんの頼りにもならないゴッドファーザー。ブシャールは心の中でそうつぶやく。

これはこれでうまくいった。それは陪審員たちの顔を見ればわかる。

パスコ・フェリにはわかっていないかもしれないが。ロードアイランドの人間にはちゃんと通じたはずだ。

57

ロードアイランドは霧が立ち込めている。

灰色のスープのように濃い霧は沿岸地域ではおなじみだが、クリス・パルンボにしてみればここ何年も体験していない気象状況だ。霧が濃すぎて、宿泊しているモーテルの部屋の窓からは、すぐ外の小さなパティオまでしか見通せない。

部屋の居心地は悪くないが、簡素な設《しつら》えだ。ベッド、シャワー付きのバスルーム、ソファ、テーブル、砂糖とクリームと混ぜ棒がはいっているセロファンの小袋。コーヒーメーカー。基本チャンネルしか視聴できないケーブルテレビ。

〈ピッグ・アンド・ホイッスル〉(オーナーは昔のニューイングランドの旅籠《はたご》を気取ったようだが、そのモーテルは今世紀半ばに建てられた、客室をつなぎ合わせた代物だ)はクリスには都合のいい場所にある。南岸地域の小さな町のハイウェーから離れたところに。辺鄙《へんぴ》な場所で、名前以外は人目を惹かない。

ロードアイランドに戻ってきたことを世間に知らせる準備はまだできていない。

面倒なことになるだろう。

ピーターとヴィニーは死に、ポーリーはフロリダに移ったが、クリスが何をしたか覚えている男たちがまだ残っている。クリスを殺そうと手ぐすね引いている男たちだ。もっとも、それはまずクリスから有り金を残らず搾り取ってからのことだろうが。サイドテーブルの引き出しを開け、九ミリ口径のグロックをしまう。

クリスは思う、もしかしたらやつらは欲に駆られ、おれを生かしておくかもしれない。必要なあいだは。

ケイトに電話をかけようかと思うが、やっぱりやめておく。女房は怒るだろう。ケイトを怒らせるとただではすまない。それに、しばらくケイトがどうしていたのかもわからない——男がいてもおかしくない、再婚さえしているかもしれない。

調べるのがさきだ。

長いドライヴの疲れがどっと出て、クリスはベッドに倒れ込み、死んだように眠る。

目覚めると、晴れている。海へ延びる塩池が見える。水辺へ傾斜する手入れの行き届いた長い芝地に大きな柳の木が二本植えられている。木の桟橋《さんばし》に係留された小さなモーターボートが上下に揺れ、野球帽をかぶった十代の若者がボートの中で、ぼろ布《きれ》で船体を拭いている。

クリスはまずいコーヒーを一杯いれて、桟橋まで歩いていく。

ボートの掃除をしているのは少年ではなく、少女だった。

十八歳？　いや、十九歳か？　邪《よこしま》な考えなど頭をよぎりもしない、どう見ても純真無垢な顔をしている。

「おはようございます」と少女が言う。

「すばらしい朝だ」

「モーテルのお客さんですか？」

「ああ」とクリスは言う。「ニューヨークから来た」

「仕事ですか？」

「いや、この土地の噂を聞いて」とクリスは言う。「この眼で見てみようと思い立ったんだ」

「気に入りました？」と少女は訊く。

「今のところは」

少女はボートを拭く手を止め、クリスを見つめる。「ちょっと質問してもいいですか？」

「どうぞ」

「イエス・キリストを見つけましたか？」

クリスはつい〝行方不明なのか？〟とかなんとかジョークで答えようかとも思うが、少女の表情が真剣そのものなので悪ふざけはやめておく。「こう見えてもカトリック育ちでね」

「本物のイエスさまのことを言ってるんです」と少女は言う。「聖書の中の。わたしはエホバの証人です」

クリスはまた、〝エホバの証人保護プログラム適用中なのか？〟とかジョークで応じそうになる。が、実際にはしない。「エホバの証人になるとどうなるんだ？」

「どこで永遠の時を過ごすことになるのか、わたしは知っています」

そう、永遠と言えば陸運局だ、とクリスは思う。誰もが永遠に待たされる。しかし、これまたそうは言わない。「おれはイエスと距離を置いてる」

「彼はあなたを愛しています」

「そうでもないよ」

「ほんとうにそう思いますか？」と少女は訊く。「さっきすばらしい朝だとあなたは言った。そして今、わたしたちはここにいる」

一理ある、とクリスは思う。「なるほど」

「彼はいつもあなたを見守っています」と少女は言う。「あなたのほうはそれにいつも気づくとはかぎらないだけで」

そういえば昔から運にはわりと恵まれていた、とクリスは思う。そのすじの者たちはすでに大勢この世を去ったが、おれはまだここにいる。いつまでいられるかはまた別の問題だが、とにかく今日おれはまだここにいる。

「永遠について考えてみてください」と少女は言う。「永遠の時の流れの中では人の人生はほんの一瞬です」

「有意義な一日を過ごしてくれ」とクリスは言う。

「そうします」と少女は言う。「あなたもね」

クリスは受付までぶらぶらと歩いていく。カウンターの中にいる年寄りがオーナーで、ブラウニングという男であることがわかる。

「いい場所だ」とクリスは言う。

「気に入ってくれてよかった」とブラウニングは言う。

「名前が〈ピッグ・アンド・ホイッスル〉っていうのは――?」

「もともと居酒屋だったんだ」

ここに居酒屋があったのは覚えてないな、とクリスは思う。「いつのことだい?」

「一七九〇年代」とブラウニングは言う。「一八一一年に焼け落ちた」

まるで昨日のことのように言いやがる、とクリスは思う。

くそニューイングランド。

「向こうでジーナと話していたようだけど」とブラウニングは言う。「神さまの話で苛立たせられたんじゃないか?」

「彼女はいい子だ」

「あの子はいつも聖書を肌身離さない」とブラウニングは言う。「だけど、働き者だよ。おたくはこれから朝食かい? 席はどこでも好きにどうぞ、うちは混んでないから」

クリスは食堂にはいり、窓ぎわの席につく。朝食のテーブルにリネンのナプキンが用意されていることに驚き、コーヒーを注ぎにきたブラウニングにそう言う。

「紙ナプキンやプラスティックのカトラリーは好きじゃなくてね」とブラウニングは言う。「不経済だよ」

「洗濯はどこの業者を使ってる？」

ブラウニングはしげしげとクリスを見つめ、やがて笑みを浮かべる。「見覚えがある気がしてたんだ」

「おれに？　まさか。ここは初めてだ」

「だったら、妙なものだな」とブラウニングは言う。「おたくはうちにシーツをリースしていた業者によく似てる。今はそいつの息子が洗濯ものを届けにきてる。おふくろさんが来るときもある」

くそロードアイランド。誰もが誰をも知っている。あるいは、誰かを知っている誰かを知っている。

「あんたが思い出したのはおれじゃないよ」とクリスは言う。

「ああ、勘ちがいだった」とブライニングは言う。

が、表情から察するに、勘ちがいだとは少しも思っていないことがクリスにはわかる。それればかりか、この男は事件の顚末《てんまつ》を知っている。すべてではないにしても、クリス・パルンボが失踪していることは少なくとも知っている。

「クリームと砂糖はテーブルの上だ」とブラウニングは言う。「あの子がすぐに注文を取りにくる。それから、ミスター……パターソンだったたね……〈ビッグ・アンド・ホイッスル〉じゃ、お客のプライバシーを尊重する」

ブラウニングはそう言って、クリスの眼をまっすぐに見すえる。

「いいことを聞いた」とクリスは言う。

「あんたと人ちがいした人物は」とブラウニングは続ける。「いつもとてもよくしてくれた。良質のサーヴィス、時間厳守、適正価格。だからうちは今でも贔屓《ひいき》にしてる」

「義理人情は大切だよ」とクリスは言う。

卵料理（半熟の両面焼き）とベーコンとパンケーキの朝食をたらふく食べたあと、クリスは受付に立ち寄る。

「満足いただけたかな？」とブラウニングは尋ねる。

「大満足だ」とクリスは言う。「ちょっといいかな、汚れたシーツの回収はいつ来る？　さっき言ってたその息子だけど……」

「ジェイクって名だ」とブラウニングは言う。「毎週木曜の午前中」

今日は火曜。

クリスはポケットから百ドル札を取り出し、カウンターの上をすべらせる。「電話をかけて、早めに来るよう頼んでもらえないかな？　すごく忙しかったからとかなんとか、補充が必要だとでも言って……」

「いいとも。義理人情は大切だからな」

ブラウニングはそう言って百ドル札をそっと突き返す。

ジェイクは小型トラックから降りる。私道に男が立っている。ジェイクに視線を向けている。

男は近づいてきて名を呼ぶ。「ジェイク」

ジェイクにはどうすればいいかわからない。

一発顔を殴るか。ずっとその場面を思い描いていた。空想の中では――すっくと立ち上がり、親父の顔面を殴りつけ、親父がうしろによろめき、床に倒れ込むのを見届けてただひとこと言うのだ。「うせろ」そして、歩き去る。

なのに、気づいたときには父親にしがみついている。

クリスは息子の額にキスをして言う。「やれやれ、ずいぶん背が伸びたな。出ていったときはまだ坊主だったのに。帰ってきたら若者になってた」

父と子はともに泣く。

クリスはモーテルの部屋のベッドに坐って言う。

「すまない。そこまでひどいことになっていたとはな。知らなかった」

何が起きたか、ジェイクが話しおえたところだ。ジェイクたちは昔の連中から嫌がらせを受けている。ケイトは侮《あなど》られ、金をむしり取られている。

ジョン・ジリオーネが攻勢を強めている。

「父さんを捜したけど」とジェイクは言う。「見つからなかった」

「ほんとうにすまない」とクリスは言う。

今、部屋の反対側にいる息子を——成長した息子を——見て、なんとかしなければとクリスは思う。パスコもそう言った。今はジェイクがそう言っている。ケイトもそう言うだろう、口を利いてくれたら。

「母さんはずっと父さんを恋しがってる」とジェイクは言う。

「あいつなら誰かほかに見つけるだろうと思ってたがな」とクリスは言う。

「忙しいから無理だと母さんは言ってるけど」とジェイクは言ってつけ加える。「母さんはまだ父さんを愛してるんだと思う。どうしてかわからないけど」

「おれにもわからない」とクリスは言う。「なあ、ジェイク、おれは出ていかなきゃならなかった」

「電話くらいかけられたはずだ」とジェイクは言う。「手紙を書いてくれたってよかった。そうすれば、ぼくたちは父さんのところへ行けた」

「安全じゃなかった」とクリスは言う。「今もそうだ」

「これからどうするの?」

「この茶番にけりをつける」とクリスは言う。「だがな、ジェイク、少し時間がかかる。おれは腰を低くして、どんなことでもやらなきゃならない。おまえもだ。できるか?」

「父さんにやれと言われればなんでも」とジェイクは言ってつけ加える。「父さんが戻ってきたことは母さんに教えるべきだよ」

「まだ駄目だ」とクリスは言う。「話せば、あいつはそれを黙っていられない。おれはあともうしばらく姿を隠す必要がある」

「わかった」

「いい子だ」とクリスは言う。「それでこそおれの自慢の息子だ」

58

マリー・ブシャールはティム・シーを証人席に着かせる。

何人かの陪審員が身を乗り出している。その様子にはブシャールも気づく。シーの証言があることはブシャールの冒頭陳述で聞いている。だから、彼が事件の鍵を握る人物であることはみな知っている。彼らはとっくに怒り、とっくに動揺している。血なまぐさい写真を見せられたあとはなおさら——頭がもげそうになったカルフォの死体、腸《はらわた》が飛び出したシーリアの胴体、判別不能の顔。ブシャールは誰の犯行か陪審に印象づけるため、あえてそうした写真を公判の早い段階で提出していた。

陪審はモレッティ家のゲートに詰めていた警備係の証言をすでに聞いている。殺人事件が発生した時間帯に、ピーター・ジュニアとティム・シーを犯行現場となった家の敷地内に通したこと。その十分後に車が走り去ったこと。警備係はこのふたつを証言していた。

今、陪審員たちはカルフォ殺害の目撃者であるシーの話を聞こうとしている。

大事な局面だ。

ピーター・ジュニアにもそれがわかる。

友人であり、クウェートでともに戦闘に参加した海兵隊の戦友であり、車で殺人事件の現場まで彼を乗せていってくれた男が、今はピーターを死ぬまで刑務所に入れておく力を持っている。

証人席まで歩いていくとき、ティムはピーターに眼を向けることができなかった。今も――ティムは質問するマリー・ブシャールから視線をそらさない。

証人質問はリハーサルどおりに進む。

ブシャールはあらかじめティム・シーと打ち合わせをして、宣誓証言を何度も練習させた。ティムの回答に一貫性を持たせ、法医学的証拠とも矛盾が生じないようにもした。かくして証人質問は検察側の思惑どおり滞《とどこお》りなく進む。ブシャールはまずティムが事件当夜にモレッティ邸にいたことをはっきりさせてから尋ねる。「なぜあなたはそこにいたのですか?」

「ピーター・モレッティを車で送ったからです」とティムは答える。

「ピーター・モレッティ・ジュニアのことですね?」

「はい、そうです」

「ピーター・モレッティ・ジュニアを確認できますか?」とブシャールは訊く。「この法廷内にいたら指し示してもらえますか?」

ティムはピーター・ジュニアを指差す。ほんの一瞬、彼らの眼が合う。「あの人です」

「証人が被告人を確認したと記録に残してください」とブシャールは言う。「あなたはなぜミスター・モレッティを彼の実家に送っていったのですか？」

「ヴィニー・カルフォとシーリア・モレッティを殺すという目的があったからです」

ピーター・ジュニアはてっきりバスコムが異議を唱えるものと思ったが、バスコムはじっと坐ったままだ。

「どうしてそれを知っているのですか？」とブシャールは尋ねる。

「ピーター本人から聞きました」

「それどころか、あなたはピーターに武器を提供した、そうですね？」

「散弾銃を貸しました」

ブシャールは陪審に視線を向ける。「十二番径の」

「はい」

「家に到着したときに何があったか、陪審のみなさんに話してください」とブシャールは言う。

ティムは事前に指導されたとおり、陪審をまっすぐに見ながら、その夜の出来事について詳しく述べる。ふたりは車を降り、トランクを開けた。ピーター・ジュニアは散弾銃を手に取り、背中に隠し持ち、玄関まで歩き、呼び鈴《りん》を鳴らした。

カルフォはローブ姿でドアを開けた。

「彼が何か言ったか聞こえましたか？」とブシャールは訊く。

「〝ピーター・ジュニア、帰ってきたとは知らなかった〟と言いました」

「それからどうなりましたか？」

ピーター・ジュニアは散弾銃を振り上げた、とティムは陪審に説明する。カルフォは逃げようとしてピーターに背を向けた。ピーターはカルフォを撃った。

「あなたはそれを見ていた」とブシャールは言う。

「はい」

「そのあとはどうなりました？」

「ピーター・ジュニアは家の中に駆け込みました」とティムは言う。

ピーターはドアを蹴って閉めた。ほどなくティムはまた散弾銃の発砲音を聞き、そのあともう一度聞いた。その直後、ピーターが玄関から走り出てきた。

「彼はあなたに何か言いましたか？」とブシャールは訊く。

「そのときは何も」

「あなたは何か言いましたか？」とブシャールは訊く。

「ずらかろう、と言いました」

「そうしたのですか？」

「はい」

「どこへ行きましたか？」とブシャールは訊く。

「ゴーシェンまで車を走らせました」とティムは言う。

「その途中でミスター・モレッティは何か言いましたか？」

「はい」とティムは言う。「〝おれは何をした？　何をしちまったんだ！〟と言いました」

「ゴーシェンに着いて、あなたたちはどうしましたか？」

「散弾銃を叩き壊して、港に捨てました」とティムは言う。

「それからどうなりましたか？」

「ピーターをミスター・フェリの家に送りました」とティムは言う。

「なぜですか？」

「ピーターはミスター・フェリに話があったからです」

「話はできたのですか？」

「ピーターはベルを鳴らして、ミスター・フェリがドアを開けました。おれはすぐ車を出しました」

「なぜですか？」とブシャールは訊く。

「怖くなった」とティムは言う。「ビビったんです」

「次にミスター・モレッティに会ったのはいつですか？」とブシャールは訊く。

「今です」

「この法廷で」とブシャールは言う。「今日」

「はい」

「彼と話をしたり、なんらかの方法で連絡を取ったりしましたか？」とブシャールは訊く。

「いいえ」

「ありがとう、以上です」

止《とど》めを刺したとブシャールは確信する。

モレッティの棺桶に釘が打たれたと。

ブルース・バスコムが立ち上がり、証人席にゆっくりと歩み寄る。「ミスター・シー、宣誓証言と引き換えに、州検察当局から取引きを提示されましたね？　つまり早期出所を？」

「はい」

「そして、自由の身になれると言われた」とバスコムは続ける。「友人に不利な証言をすれば、すぐにでも釈放されると」

「はい」

「そして、あなたはその取引きに応じた、そうですね？」

「はい」

「それはそうだ、誰でもそうするでしょう」とバスコムは言う。「ピーター・モレッティはあなたの友人だったのですよね？」

「はい」

「海兵隊でともに軍務に就いていた」

「はい」

「クウェートで？」

「はい」

バスコムが何をしているかブシャールは知っている——短い質問を重ね、必ずイエスになる答を積み上げている。それによって、ふたつのことをしている。証人にイエスと答える癖をつけさせ、陪審には弁護士は質問をまちがわないという印象を与える。

「一緒に戦闘に?」とバスコムは訊く。

この流れを止めなければ、とブシャールは思う。「異議あり。関連性がありません」

「ふたりの関係を確認しているところです」とバスコムは機械的に言う。弁護側のリズムを乱すためだけの異議であることは先刻承知だ。

「異議を却下します」

「一緒に戦闘に?」バスコムは質問を繰り返す。

「はい」

「とすると、あなたたちのあいだには絆《きずな》が生まれたのでは?」

「はい」

「その絆をあなたは今、ここで断ち切った」とバスコムは言う。

ティムは苦しげな顔になる。ここでもまたバスコムが何をしようとしているのか、ブシャールにはわかる——証人を悪者に仕立てようとしているのだ。信頼できない人物に見せかけようと。「異議あり」

「異議を認めます」

バスコムは内心ほくそ笑む。もう遅い。後の祭りだ。次の質問に移る。「あなたの証言によれば、義理の父親と実の母親を殺害する明確な目的を持ったピーターをあなたは実家に送り届けた。そうですね？」

「はい」

「でも、それはちがうのではないですか？」とバスコムは問いかける。「ピーターはその目的をあなたに話したわけではなかった、そうですね？」

「はっきり言われたわけではありません」とティムは言う。

なんですって？　そうブシャールは胸につぶやく。何を言ってるの？

「実際」とバスコムは言う。「ピーターがあなたに言ったことばは〝片をつけなきゃいけない〟だったのではないですか？」

「はい、そうです」

「しかし、何をどうするのかは言わなかった、そうですね？」とバスコムはたたみかける。

「わかりきったことだったから」そう言って、ティムはブシャールを見やる。「ピーターは、実の母親と義理の父が実の父を殺したことがわかったと言ったんです。だから片をつけなきゃいけないと」

「ピーターはふたりを殺すと言いましたか？」

「借りられる銃はないかと言いました」

「銃で何をするつもりだったのでしょう？」とバスコムは訊く。「ヴィンセント・カルフォに面と向かって会うあいだ、自分の身を守るためだったとか？　相手がマフィアの殺し屋であることはよく知られてますからね」

「異議あり！」

「異議を認めます」

「裁判長」とバスコムは言う。「カルフォの評判について供述する証人なら何名か呼べます。なんなら、ほかでもないミズ・ブシャールに証人席に坐ってもらい、カルフォの受けた有罪判決や実刑判決について証言してもらうことも可能です。カルフォが起訴されかけた案件のひとつの担当者が彼女だったのですから」

「裁判長、この件は判事室で話し合えませんか？」とブシャールは判事に尋ねる。バスコムが陪審のまえでやりたがっていることは見え見えなので――バスコムはカルフォがいかに危険な男だったか陪審によくわからせたいのだ。だから、ピーター・ジュニアはそんなカルフォをひたすら怖がっていた。陪審にそう思わせたいのだ。

判事室でマリー・ブシャールは言う。「ヴィニー・カルフォは逮捕されたこともなければ、起訴されたことも告発されたこともなく、ましてや殺人で有罪判決を受けたこともありません」

「しかし、彼にはそういう〝評判〟がある」とブルース・バスコムは言う。「私の依頼人の精神状態に関して彼の評判はきわめて大きな意味を持ちます。依頼人はカルフォが殺し屋であることを確信していたのだとしたら――カルフォが父親を殺したのだと信じているのだとしたら――武器が必要だと思うでしょう。誰でもそう思うに決まってます、判事、多くの人がそう思うでしょう。現にここにいるマリーもそうです。本人に訊いてください。カルフォの犯罪歴と暴力的な性向については、これまでの彼の違法行為に関する州検察の覚書《おぼえがき》を公判で読み上げてもいい」

その覚書についてはブシャールも無視できない。ピーターにとってカルフォは差し迫った脅威だったと陪審に印象づけるわけにはいかない。が、それと同時に、ピーターの動機も明確に立証しなければならない。ピーターの父親を殺したのはカルフォとされている。それをうやむやにしてピーターの動機は明確にできない。

「ピーター・モレッティ・ジュニアの精神状態の解明に役立つ質問は認めるが」とファエラは言う。「だとしても、ブルース、警告はしておくぞ。本法廷は被害者を裁く場じゃない。そういう動きがあれば、質問は打ち切る」

彼らは法定に戻る。

ティムへの質問が再開される――〝ヴィンセント・カルフォに面と向かって会うあいだ、自分の身を守るためだったとか？　相手がマフィアの殺し屋であることはよく知られてますからね〟のあとから。

「ピーターはそういうことは何も言いませんでした」とティムは答える。

とはいえ、もう後の祭りだ。バスコムの質問によって、散弾銃についてはどちらとも取れる曖昧さが露呈した。

バスコムは質問を続ける。「あなたはピーターが散弾銃を持ち上げるのを見たと証言しました、そうですね？」

「はい」

「しかし、彼が引き金を引いたところは見なかったのではないですか？」

「いいえ、見ました」

「けれど、証言によれば、ピーターはあなたに背中を向けていた。ちがうんですか？」

「いえ、ちがいません」

「ということは、引き金にかけた彼の手はあなたには見えなかった、ちがうんですか？」

ティムは口ごもる。「いえ、ちがわないです」

「いいですか、推測でものを言わないでください」とバスコムはきつい口調で言う。「現実的に、彼が引き金を引くところがあなたに見えるはずがなかった、ちがいますか？」

ティムは意地を張る。「煙が見えました」

「なるほど」とバスコムは言う。「カルフォは背を向けて、さきに走りだした、あなたはそう証言しましたね？」

「そうです」

「カルフォの手は見えましたか？」

「いいえ」

「ということは、カルフォが武器を持っていても、あなたには見えなかったのではないですか？　ちがいますか？」

「ええ、たぶん」

「これは選択問題ではありません」とバスコムは言う。「事実として、あなたにはカルフォの手元が見えなかった。つまり、あなたの知るかぎり、カルフォは銃なりナイフなりを持っていたとも考えられる」

「異議あり」とブシャールは言う。「根拠がありません。被害者が発見されたときに武器は手にしておらず、近くにもありませんでした」

バスコムは〝それがどうした？〟と言わんばかりに肩をすくめて質問を続ける。「あなたの話によれば、カルフォは走りだした。しかし、彼がどこへ向かって走ったのか、あなたは知らないんじゃないですか？」

「ええ」

「あなたの知るかぎり」とバスコムは言う。「彼は銃を取りに走ったとも考えられますか？」

「異議あり！」

「証人の認識状況を確認しているんです」とバスコムは言う。「家に銃器がなかった証拠を検察側が提出したいのなら、ご自由にどうぞ。もっとも、武器庫同然だった実情が立証されるだけでしょうけど。証拠品の一覧表を読み上げましょうか？」

「裁判長、これは単なる憶測で――」

「異議は却下します」

バスコムはティムに向き直る。「あなたの知るかぎり、カルフォは銃を取りに走ったとも考えられる」

「たぶんそうだと思います」

「もう一度言いますが、推測で答えないでいただきたい」とバスコムは言う。「あなたの知るかぎり、カルフォは銃を取りにいったと考えられる」

「はい、私の知るかぎりではそうです」

「あなたは家にはいらなかったと証言しましたね？」

「はい」

「でも、ほんとうはちがうのではないですか？」とバスコムは追い打ちをかける。「実は家にはいったんでしょう？　家の中にはいって玄関のドアを閉めた」

「いいえ、ちがいます」

バスコムは訳知り顔に微笑む。が、それだけでそのまま陪審に判断を委ねる。「あなたは散弾銃が発砲される音を二回聞いたと証言しました」

「はい」

「家の外から聞いたんですか？」とバスコムは訊く。「ほんとうに？」

「はい」

「あなたは二階にはあがらなかったとも証言しています。そうですね？」

「はい」

「つまり、あなたは何も見ていなかった、そうですね？」

「はい、何も見ていません」

「二階の寝室で何が起きたのか、あなたは見なかった。そうですね？」

「はい」

「あなたが見たのはピーターが階段を駆けおりてきたところだけだった。そうですね？いや、失礼、あなたが見たのは〝家から飛び出してきたところ〟でした」

「はい」

「そして〝ずらかろう〟と言ったのはあなただった。そうですね？」

「はい」

「ピーターが持ちかけたわけじゃなかったんですね？」

「はい」

バスコムはペースを上げる。「あなたの証言によれば、ピーターはこう言ったことになっています――言ったというよりむしろ訊いたと言ったほうが正確ですが――〝おれは何をした？　何をしちまったんだ！〟。そうですね？」

「はい」

「しかし、何をしたのか彼はあなたに話さなかった、そうですね？」

「はい、話しませんでした」

「カルフォを殺したとはあなたに言わなかった。そうですね？」とパスコムはたたみかける。

「はい、言いませんでした」

「母親を殺したとも言わなかった。そうですね？」

「はい」

「あなたは散弾銃を叩き壊して港に捨てたと証言しました」

「はい」

「それはピーターの考えではなかった、ちがいますか？」

ティムはためらう。

なんなの！　とブシャールは心の中で叫ぶ。あなた、ピーターの考えだったと言ったでしょうが！

やがてティムは言う。「ちがいません」

「あなたの考えだったのですね？」

「はい」

勘弁して、とブシャールは思う。次にどうなるか聞かなくてもわかる。

「しかし、検察側への宣誓供述で」とバスコムは続ける。「ピーターの考えだったとあなたは証言しました。百二十四ページを声に出して読んでもらえますか？　上から二行目です」

彼は宣誓供述書をティムに手渡す。

ティムは読み上げる。「〝散弾銃を処分しなければならない、とピーターは言いました。ばらばらに壊して港に捨てなきゃって。なのでおれは彼を車で港へ連れていきました〟」

「それはあなたの宣誓供述ですね？」とバスコムはあえて尋ねる。

「はい」

「つまり、あなたは嘘をついた」

「はい」

バスコムは止《とど》めを刺しにかかる。「あなたは嘘つきだ」

「その供述をしたとき、確かに嘘をつきました」

すばらしい、とブシャールは忌々しく胸につぶやく。検察側の重要証人が嘘をついたと自分で認めたのだ。陪審は当然首をひねりはじめる。ほかでも嘘をついているのではないか？　家にはいらなかったというのも嘘なのではないか？　二階にあがらなかったというのも？

いっそティムを殺してやりたい。

バスコムは開いたドアをすり抜けるように、隙を逃さず切り込んでくる。「その夜、あなたが散弾銃に手を触れたのはそのときだけですか？」

「はい！」

「ほんとうですか？」

「異議あり！」

「異議を認めます」

「質問は以上です」とバスコムは言う。

彼はブシャールのほうを向いて笑みを浮かべてから自分のテーブルに戻る。

あのクソ野郎、とブシャールは心の中で毒づく。あのクソ野郎はティム・シーがシーリア・モレッティを射殺した可能性までひねり出した。

59

バスコムの戦略はほぼブシャールの予想どおりだった。主張のほとんどを検察側の証人の反対尋問の中で展開している。つまり、簡潔で的を射ている。弁護側のよくある手順を踏み、刑事たちを呼び出し、捜査内容をこきおろし、些細なことであっても捜査の甘さを認めさせている。が、それは形式的で些細なことだ。

陪審が一番気になっているのはあとひとつ。あとひとつの大きな疑問。果たしてピーター・ジュニアは証人席に着くのかどうか。

実際、陪審がこのあと話を聞きたい人物はピーターただひとりだ。

ブシャールは珍しくトゥーフィンガー分の二杯目のスコッチを自分に許す。ショパンのノクターンをステレオでかけ、椅子に腰をおろすと、その問題について考える。

気でも触れないかぎり、バスコムがピーターを証人席に坐らせるなどありえない。ピーターに何が言える？　〝おれはやっていません〟とでも？　ピーターはすでに無罪を主張しているが、犯行現場にいたことは否定できない。実際、その点については否定しなかった。だから、カルフォ殺害については正当防衛ならどうにか主張できなくもない。が、シーリアの件ではその手は通用しない。ピーターは二階にあがったシーリアを追いかけ、引き金を引いたのだ。

それでもバスコムはピーターを呼ぶだろうか？

寝室の化粧箪笥《だんす》の引き出しは開いていて、その引き出しには銃がはいっていた。バスコムはその状況をすでに刑事に証言させている。しかし、シーリアの手に銃はなかった。彼女は正面から撃たれていた。ということは、銃を手にすることもなく、ピーターのほうを振り返ったのだろう。

陪審はそう思うはずだ。

母親に撃たれるのが怖かった——バスコムは証人席でピーターにそんなことを言わせるつもりなのだろうか。

それは無理すじだ。

そういう手も一度なら使えるかもしれない。が、二度は無理だ。ピーターがカルフォを撃ったのは、カルフォが銃を取りにいこうとしたからだった。その同じ理由で母親も撃った。陪審がこんなストーリーを買うとは思えない。

となると、ピーターにはほかに何が言える？

母親を撃ったのは、そう、ティムだと言えばいい。

これはある意味ではさして意味のない区別だ。法律上の厳密な観点から言えば、引き金を引いたのがどちらであっても大きなちがいはない。ふたりとも殺人罪で有罪となる。

しかし、判事から説示を受けてはいても、陪審は必ずしも法律上の厳密な観点から判断をくだすとはかぎらない。むしろ感情で裁定することのほうが多い。加えてピーターに好感を抱けば、同情すれば——こざっぱりとした身なりの元海兵隊員で、従軍経験があり、同情を惹く見た目も備えている——陪審は有罪の評決を出しても、より軽い罪状を選ぶかもしれない。

ひょっとしたら無罪の評決さえ出しかねない。そんなことは思っただけでぞっとする。

いずれにしろ、陪審は被告人が自ら証言することを望んでいる、それはもちろんバスコムもわかっている。陪審は被告人に自分は無実だと断言してほしいのだ。被告人が無実を訴えようとしないと、陪審は被告人を疑わしく思う。そういうことで判断してはいけないと裁判長に言われていても、だ。

つまり、ピーターに証言させないのはバスコムにとって不利に働く。

一方、証言させるのはきわめてリスキーだ。

まずひとつ、ピーターはどう見ても嘘をつくのがひどく下手だ。証人席でも平気で嘘をつく犯罪常習者の狡猾さは彼にはない。もうひとつ、ピーターの主張はそもそも説得力に欠ける。

さらにもうひとつ——とブシャールは思う——これが一番重要だ。その場にわたしがいることだ。

バスコムは依頼人をわたしの反対尋問にさらしたくないだろう。

当然だ。

はっきり言って、わたしの手にかかれば、ピーターはぼろぼろになる。その結果、彼の本性が陪審にさらされる——嘘つきで、二重殺人の犯人で、母親殺しという本性が。

だから、お願い、ブルース、お願いだから。

ピーターを証人に呼んで。

ピーター・ジュニアは証言したがっている。

本気で言ってるのか、とバスコムは彼に言う。

「きみは今、いくつ厄介事を抱えてる？　まあ、ひとつあることはわかってるけど、いくつ抱えてるにしろ、マリー・ブシャールの質問を受けたらさらに一個増える。それだけはまちがいない」

「それでも証言したい」

「何を証言したいんだ？」とバスコムは尋ねる。「ティム・シーがおふくろさんに向かって引き金を引いたとでも言うつもりか？」

「そんなことを言うつもりはないよ」

ああ、そうだろうとも、とバスコムは思う。それを言うのはおれの役だ。「だったら、きみに言えることはひとつもない、自分を有利にすることばは何ひとつ」

「正当防衛だったと言える」とピーター・ジュニアは言う。

罪を犯した被告人は弁護士がつくり出した理由づけをいつしか信じるようになる。バスコムは毎度それに驚かされる。実際、この若者は身の危険を感じてふたりの人間を撃ったと本気で信じはじめている。

「確かにきみにはそう言うことはできる」とバスコムは言う。「しかし、その手は私がすでに打っていて、きみが自分でやるより効果がある。なぜだか知りたいか？　マリー・ブシャールは私には反対尋問ができないからだ」

「彼女の尋問ぐらい耐えられるよ」

「いや、無理だ」とバスコムは言う。「試しに今やってみるか？　私がマリー役を務めて、きみはきみの役で。〝ミスター・モレッティ、あなたは身の危険を感じてヴィンセント・カルフォを撃ったと証言していますね？〟」

「はい」

「しかし、あなたが彼を撃ったとき、彼はあなたから逃げようとしていた」とバスコムは言う。「あなたは背後から彼を撃ったのですよね？」

「はい、でも――」

「さらには、また同じく身の危険を感じてあなたは母親を撃った。それでよろしいですか？」

「はい」

「しかし、あなたは二階へ行ったのですよね？」

「はい、でも――」

「お母さんを殺すために？」

「ちがいます、話をするためです」

「散弾銃を手にしたままで」とバスコムは言う。

「そうです、でも――」

「お母さんはあなたがヴィンセント・カルフォを殺害したのを見ていたのではないですか？」これはバスコムの当て推量だったが、ピーター・ジュニアの表情を見て、それが当たりだったことがわかる。

「お母さんは目撃者だった」

「たぶん。おれは――」

「あなたは目撃者を残したくなかったのではないですか？」とバスコムは追及する。「だから彼女を殺した」

「ちがう、そんな理由じゃ――」

「あるいは、父親殺しに母親が加担していたと信じていたからだった」

「ちがう」

「しかし、そう信じていたのではないですか？」

「わかりませ――」

「お姉さんからそういう話を聞かされたんでしたね？」とバスコムは訊く。「お姉さんの証言はあなたも聞いていた」

「はい」

「だからあなたは母親のあとを追って二階の寝室にはいった」とバスコムは言う。「お母さんは恐怖に慄《おのの》き、自分の身を守ろうと銃を取りにいったものの、あなたは銃のあるところから母親を引き離し、振り向かせ、母親を撃った」

「ちがう、そうじゃあり――」

「あなたは母親を二度撃った」とバスコムは言う。「正当防衛で？　十二番径の散弾銃で母親の腹部を撃ったあと、身の危険を感じて頭部も撃った？」

「ちがう」

「そのときのお母さんはもう何もできない状態だったのではないですか？　何もできないどころか、死にかけていたのではないですか？　その時点でもあなたはお母さんを脅威に感じたのですか？」

「いいえ」

「脅威に感じなかったのは、あなたが自分で引き金を引いたからではないですか？　ティム・シーではなく、あなたが撃ったんでしょう？」

「はい、おれです」

「〝あなたは自分の母親を殺したのですね？〟」とバスコムはわざとつけ加える。「〝いや、今の質問は取り消します、質問は以上です〟。まあ、こういう展開になるだろう、ピーター、証人席に坐ることにこだわったら。今のシミュレーションじゃすまない。もっとひどいことになる。なぜなら五人の女性陪審員のまえで、女性を殺したのかと女性に質問させることになるからだ」

「でも、陪審は反感を持つんじゃないかな……」とピーター・ジュニアは訊く。「おれが証言をしなかったら」

「ああ、確かにリスクはある」とバスコムは答える。「だけど、きみを証人席に着かせたら、そのリスクがよけい高まる」

60

クリスはダンサーがポールにつかまり、回転するのを眺めている。赤い髪を肩のまわりで振りまわしている。

おかしなものだな、とクリスは思う。昔はこういうことにそそられたものだが、今はなんとも思わない。ただ、ほかの男たちには効果があるようで、木曜日の午後四時半という時間なのに店は賑わっている。

一方、おれの家族は生活苦に喘《あえ》いでいる。

あの外道どもが金を搾り取ってるからだ。

クリスはトップレスのウェイトレスに合図を送る。無視される。穴のあいたジーンズに着古したシャツという恰好のせいだろう、愛想よくしてもさしたる見返りが期待できない客。ようやくウェイトレスが恩着せがましい態度で合図に応じる。クリスは尋ねる。「ジョンは来てるか？」

「ジョン？」

知らんぷりか、とクリスは思う。「ジョン・ジリオーネ。ここに出入りしてるやつだ」

「おたく、どちらさま?」

「クリス・パルンボが話したがってると彼に伝えてくれ」

ものの十秒でジリオーネが奥の部屋から出てくる。両手を大きく広げて。「これはこれは、放蕩《ほうとう》息子のお帰りか」

「話がある、ジョン」

「だろうな」とジリオーネは言う。「奥へ行こう。ここじゃ人目につく」

「奥へ行ったら」とクリスは言う。「裏通りのゴミ捨て場に放り出されるとか?」

「まさか、いいから来いよ」

クリスはジョンについて奥の事務所にはいる。多くの女たちがヴァチカンそこのけにひざまずくのを見てきた、窓のない狭い部屋だ。

ジリオーネは古いソファをクリスに指し示し、自分は机について坐る。やってくれるもんだ、とクリスはそう思う。おれのオフィスにおれを迎え入れるとは。

「あれからいったいどこにいたんだ?」とジリオーネは訊く。

「あちらこちらに」

「おもにあちらだろ」とジリオーネは言う。「ここじゃ誰もおまえを見かけなかった。盗聴器を隠し持ってないか身体検査をしないとな、クリス?」

「好きにしろ」

ジリオーネは服の上からクリスの体を叩いて調べる。何も出てこない。「で、いつ戻っ

「昨日だ」

「なぜだ？」とジリオーネは訊く。「なんでまた戻ってきた？」

「ダンキン・ドーナツが恋しくなった」

「相変わらずだな」とジリオーネは言う。「おまえは生まれながらのコメディアンだ。いいか、おまえは大勢の人間に貧乏くじを引かせてとんずらしたんだぜ、クリス」

「おれはあのヘロインを奪っちゃいない。おまえらが解決すべきなのはダニー・ライアンとの問題だ。あれからずっとほったらかしだろうが」

「ライアンのことは心配要らないよ」とジリオーネは言う。「もう対処した。ひとこと知らせてほしかったか？」

「いいか、ジョン」とクリスは言う。「おれはタマネギを炒めに戻ってきたわけじゃない。おまえがボスになりたいなら――乾杯《サルー》――なりゃいい。おれに野心はない」

「あたりまえだろうが。おまえのことは見つけ次第撃ち殺していいってことになってる」

「死んだら金は返せない」とクリスは言う。

「死んだら借りを返してもらったことになると思ってるやつらもいる」

「おまえはどうなんだ？」

ジリオーネは即答しない。ややあって言う。「おれは金のほうがいい。どうやっておれの分を返すつもりだ？」

「稼がせてくれ」とクリスは言う。「おまえはおれの事業から金をくすねて、倒産に追い込もうとしてる。それをちょっと待ってくれ。おれに事業を立て直させてくれ。それで稼ぎが出たらおまえに金を返す」

「それはどうかな、クリス」とジリオーネは言う。「おれの一存じゃなんともな。ほかのやつらに相談しないと。話し合いに呼び出されたら、来るか？」

「無事に帰れることが保証されれば」

「保証はできない」とジリオーネは言う。「だけど、物乞いに選り好みはできないっていうだろ？」

「どうやらそれが今のおれか？」とクリスは訊き返す。今は黙って耐えるときだ。「わかった」

「一両日中に来てもらうことになるだろう」とジリオーネは言う。「こっちから連絡する」

「ありがとう、ジョン」耐えろ、耐えろ、耐えろ。

ジリオーネはうなずく。

マーロン・ブランド気取りか、とクリスは思う。

コルレオーネよろしく、膝にクソ生意気な子猫を抱いてる気分か？

61

ダニーはいつもの場所でロン・フェイヒーに会う。

「リカタはホテルを転々としてる」とフェイヒーは言う。「でも、チャッキーたちは市《まち》の南西の砂漠地帯の小屋にいる」

「その正確な場所は？」

フェイヒーは場所をダニーに教えて、さらに言いかける。「ダニー――」

「心配するな」とダニーは言う。「ただ監視するだけだ。行動は起こさない」

フェイヒーはそれを聞いて安堵する。殺しに加担するなどまっぴらだ。ダニーのほうから行動を起こさないというなら、何も問題はない。フェイヒーは彼を信じている――この男は悪党じゃない。「ダニー、連中を市《まち》から追い出してほしければ……」

「いや」とダニーは言う。「追い出しても別のやつが送り込まれてくるだけだ。少なくとも今は誰を相手にしているのかわかってる。監視もできてる。助かったよ、ロン」

「わかった」

フェイヒーは会合場所から立ち去り、ソフトドリンクのスナップルを買いにいく。

そう、スナップル。暑い昼下がりにはいつもスナップルを飲む。彼の習慣だ。そんなことが大きな意味を持つことがある。簡単なことをするためのいつもの簡単な決断が。

フェイヒーはこぢんまりしたショッピングセンターにぶらりとはいり、コンヴィニエンスストアの店内の奥まで歩いて、ビールやソーダやアイスティーが並ぶ冷蔵庫のまえに立つ。ストレートではなくピーチ風味のアイスティーを選び、支払いをしに会計カウンターに行くと、それが眼にとまる。

駐車場の向こう側。銀行の小さな支店がある。

警官なら決して錆《さ》びつかない、妙な勘が働く。何かがおかしい。

フェイヒーは眼を凝らす。

大きな板ガラスの窓越しに、銃を持った男が見える。ありがちな黒いスキーマスクをかぶっている。

くそっ。

彼にできることは、やるべきことは、車に戻って通報し、応援を待つことだ。これはおれの仕事じゃない、制服組のＳＷＡＴの仕事だ。

しかし、見ていると、男があとずさりしながら銀行から出てくる。近頃、銀行の支店でよく発生するようになった一匹狼の強盗だ。フェイヒーは〝おれの仕事じゃない〟ですませられる男ではない。彼はお巡りで、これは強盗事件だ。彼はお巡りとしての行動を取る。

銃を抜き、腰の位置で低く構え、駐車場に出ていく。

強盗犯もフェイヒーに気づく。

気づくなり、車から降りてきた女を捕まえ、首に腕をまわして盾にし、女の側頭部に拳銃を突きつける。「下がれ！　女を殺すぞ！」

フェイヒーはかまわず強盗犯のほうへ歩きつづける。ゆっくりと、しかし、確固たる足取りで。銃を射撃位置に持ち上げて言う。「勝手にしろ、女は関係ない！　ただし、おまえが女を殺そうとした瞬間、おまえを撃ち殺す！」

強盗犯に考える余地を与える。強盗犯は躊躇する。そして大声で言う。「刑務所には戻らねえ！」

そういうことになるだろうな、とフェイヒーは思う――

――ためらうことなく引き金を引き、二発続けて撃つ。

二発ともスキーマスクを貫通する。

女は気絶し、地面にくずおれる。同時に強盗犯も倒れる。

フェイヒーは銃を下げる。逃走車の運転手が背後から彼に近づいている。その足音は彼には聞こえない。

銃声も聞こえない。姿も見えない。

62

〝構え……狙え……〟

〝撃て！〟

何挺《ちょう》ものライフルから銃声が轟《とどろ》く。

儀仗隊《ぎじょうたい》はライフルを腰まで下げ、次の射撃に備えてボルトを固定し、またライフルを掲げる。

〝構え……狙え……〟

〝撃て！〟

ダニーは帽子もかぶらず、雨に打たれて立っている。

砂漠ではめったにない雨の日。

イーデンが隣りに立っている。ロン・フェイヒーの葬儀にどうしても参列したいと自ら強く望んだのだ。メディアが押し寄せることはあらかじめわかっていた。記者が集まり、カメラのシャッター音が響き、ダニーとイーデンの写真が撮られる。

ダニーは彼女に警告していた。「写真だけではすまない。マスコミはきみが誰か突き止める。きみとおれを結びつける」

「ロンはいい人だった」とイーデンは言った。「助けになろうとしてくれた。彼には敬意を払いたい」

その気持ちに嘘はない。が、ただそれだけでもない。

ここに同伴していることがダニーに向けての答になっている。

ふたりの今後の人生についての。

どちらも踏み出すことはないと思っていた一歩を彼女は踏み出した。気楽で、都合がよくて、居心地のいいだけのつき合いを超える一歩を。ふたりの関係を自宅のドアから外に持ち出したら、まったく新たな道を歩むことになる。それはイーデンにも重々わかっている。

自分が自分の患者だったら、とイーデンは思う。あなたは仕事と本の陰に隠れていると言うだろう――人生を恐れるあまり、駄洒落を言えば、精神科医《シュリンク》だけに人生に尻込み《シュ》して《リンク》いる、と。あなたは確かにこの人を愛しているのかもしれないけれど、でも、この愛を探求するのは恐ろしいことよ。それでもよ、やってみるべきよ、と。

ふたりの人生が嚙み合うのかどうか、ダニーへの答ははっきりとしたイエスではない。しかし、とりあえず様子を見てみよう。嚙み合うかどうか試してみよう――

だから今、イーデンはダニーの隣りに堂々と立っている。カメラも雨もものともせず。

ダニーにしてみれば、イーデンが隣りにいることは勝利というより、むしろ救済に近い。

互いに取り決めていたとはいえ、彼女を失いたくなかった。あのときの言い争いでは、彼女の言い分は少しもまちがっていなかった――ふたりは確かに住む世界がちがう。ダニーの生き方にはひかえめに言っても道徳的な問題がある。

だからこそ、ダニーはイーデンが一緒に参列してくれたことが嬉しい。ふたりの関係がうまくいくかどうか挑戦してみようと彼女が思ってくれたことが。まえに進んでみる気になってくれたことが。

喜びつつ、同時に死ぬほど恐れも感じている。

ダニーが初めて心から愛した人は癌で死に、ふたり目の女性は自ら命を絶った。そんなことを経験すると、こんなことを思うようになる――自分は呪われているのではないか。あるいは、自分と関わると、女性たちのほうが呪われてしまうのか。自分自身が呪いの元凶なのか。

根拠のないことだ。馬鹿げている。それでもどうしても考えてしまう。

ふたりでうまくやっていけるだろうか？　悪評にさらされ、世間に顔を知られても、彼女はそれに対処できるだろうか？

警察官の葬儀は荘厳で悲しい。殉職警官はフェイヒーが初めてではない。あまつさえ、同じことはこれからも起きる。それが誰にもわかっているから、ことさら厳粛な雰囲気に包まれ、参列者は畏敬の念を抱く。

墓地まではオートバイの一団が葬列を先導した。次に回転灯は点滅させているが、サイレンは鳴らしていないパトカーの車列が続いた。そのあとに霊柩車、会葬者の車列がついた。

今、ダニーは佇《たたず》み、フェイヒーに先立たれた妻とティーンエイジャーのふたりの子供たち、息子と娘に眼を向ける。

痛ましいとしかほかに言いようがない。

未亡人は死亡給付金とフェイヒーの年金を満額受け取るが、ダニーは毎月現金のはいった封筒がフェイヒー家の玄関に届くよう手配するつもりでいる。そして、大学の学費の請求書も彼に直接送られるよう手配する。

そんなことをしても、夫と父親を失ったことの見返りにはならない。

何をしても埋め合わせにはならない。

ダニーは胸につぶやく、葬式が多すぎる。

「長生きすればするほど」と親父は言っていた。「葬式に行く回数が増える。そうやって充分に生きたら、自分の葬式に出られる」

マーティ・ライアン流のユーモア。

〝構え……狙え……〟

〝撃て！〟

ライフルの銃声が響く。

バグパイプが曲を奏でる。

雨脚が激しくなる。

63

「今のあいつには見えてない」とコナリーが言う。

「誰のことだ？」とリカタが訊き返す。

「ライアンだ」とコナリーは言う。「警察じゃフェイヒーがあいつの眼であり、耳だった。おまえがからんでるのか？　フェイヒー殺しには？」

リカタは思う――もしそうだったとしたら、当然正直に話すとでも？　「銀行強盗が妙なほうに転がったんじゃないのか？　撃ったやつはもう捕まったのか？」

「まだだ」とコナリーは言う。「捕まるのは時間の問題だろうが」

「そう願いたいよな」とリカタは言う。「馬鹿な真似だよ、警官を殺すなんてな。銀行強盗で捕まるくらいのヌケ作なら、銃を捨てて、刑務所に行きゃいいんだよ、男らしく」

「とにかくライアンには見えてない」

「なんの話だ？」

コナリーは肩をすくめる。

明らかだろ？

リカタは電話をかける。
プロヴィデンスに。
ジョン・ジリオーネに。

64

「ぼくが言いたいのは偶然にもほどがあるということだ」とジョシュは言う。

「考えすぎだ」とダニーは言う。

ふたりは車に乗り、ストリップから〈イル・ソーニョ〉の設計が進行中のオフィスに向かう。

「そうかな?」とジョシュは言う。「フェイヒーはクーパー夫妻の秘密を握っていた。リカタは仲間《クルー》を引き連れて市《まち》に来てる。そんな矢先、フェイヒーは銀行強盗にたまたま出くわして殺された?」

「〝たまたま出くわした〟というのがこの場合キーワードだ」とダニーは言う。キャミー・クーパーにはいろいろな面があるが、人殺し?

それはない、とダニーは思う。

あるいは、ヴァーンが警官殺し?

それもない。

「それにしても妙なことばを選んだもんだ」とダニーは言う。「クルー?」

「ウォートン校でボート部の〝クルー〟だったんでね」とジョシュは言う。

「ボート漕ぎだったのか？」

「櫂《かい》や竿を握るのは今も好きだよ」とジョシュはダーティジョークを言い、そのあと真顔になって言い直す。「で、これからどうする、ダニー？」

今はまずい状況だ、とダニーは思う。

リカタがロン・フェイヒーを殺したとは思わないが、仮に殺したのだとしたら？　警官殺しは大事《おおごと》だ。リカタにしても、デトロイトのボスたちの承認なくしてそんなことはできない。デトロイトのボスたちにしても、シカゴとニューヨークの承認なしにゴーサインを出すはずがない。

それでも、パスコが言うには、リカタはシカゴとニューヨークの支援は受けている。

つまり、ロンを殺したのであれ、そうでないのであれ、リカタは強大なファミリーのうしろ盾を得て乗り込んできたということだ。

そして、ワインガードはと言えば、脇に退いて、リカタの好きにさせようとしている。

ファミリーを相手に戦うわけにはいかない。

となると、どう出ればいい？

「和解する」とダニーは言う。

「どうやって？」

ダニーは深々と息を吐く。「ヴァーンに〈ラヴィニア〉の所有権を買収してもいいと提案する。こちらと半々にしてもいいと。ヴァーンを〈イル・ソーニョ〉の完全なパートナーとして迎える」

「本気で言ってるのかい？」

「真夜中にかける電話くらい本気だ」とダニーは言う。「それでいいか？」

「大賛成ではないけど」とジョシュは言う。「わかった、そうすることがどうしても必要なら」

それしか道はない、とダニーは思う。早く考えておくべきだった。もっと早く。

「でも、ヴァーンは話に乗ってくるかな？」とジョシュは訊く。

ヴァーンはおれを憎んでいるからな、とダニーは思う。「おれの電話を取るかどうかも怪しいな」

「だったら、ぼくに連絡を取らせてくれ」とジョシュは言う。

「いや、おれが動かなければ駄目だ」

「ダニー」とジョシュは言う。「あなたの殺害を画策したかもしれない男が相手なんだよ」

「これから和解する相手がそもそも友達であるわけがない」とダニーは言う。

ダニーが〈ワインガード〉グループのオフィスを訪ねると、ジム・コナリーがロビーに降りてくる「なんの用だ？」

「ヴァーンに会いたい」

「ヴァーンはあんたに会いたくない」

「行きすぎた事態になってる」

「それは誰のせいだ?」とコナリーは言う。

ダニーは堪《こら》える。「手ぶらで来たわけじゃない」

「自分のチンポのほかにも握れるものがあるってか?」とコナリーは言う。

ダニーはコナリーを押しのける。

「行くな!」とコナリーはわめく。

「止めたいならおれを撃て」

ダニーはエレヴェーターに乗り、最上階へあがる。コナリーから連絡があったのだろう、エレヴェーターのドアが開くと、ワインガードはすでにオフィスを出て、エレヴェーターホールのほうに足早に歩いてきている。

「話がある」とダニーは言う。

「話し合うことは何もない」

「話し合いを飛ばして、殺し合いを始めようっていうのか?」とダニーは言う。「せめて最後まで聞いてくれ」

ワインガードはダニーを睨みつける。が、何も言わない。

「〈ラヴィニア〉をものにしたおれのやり方はまちがっていた」とダニーは言う。「しかし、あんたと組もうと思う。一緒に新しい会社を設立して、共同で経営しよう」

「奪っておいて、半分返す？」とワインガードは訊き返す。「テレビのヒーロー気取りか？」

「フェアな取引きだ、ヴァーン、いちいち言うまでもないが」

「スターンも賛同してるのか？」

「熱烈に」とダニーは言う。ワインガードの心が揺らいでいるのがわかる。ここはもう一押しだ。「ヴァーン、おれたちには因縁がある。だけど、それに縛られることはない。過去を振り捨てるいい機会だ。うちの連中は帰すから、あんたもあんたの仲間を帰らせてくれ」

別のエレヴェーターのドアが開く。

コナリーが出てくる。「ヴァーン、すまない、おれが――」

「黙ってろ」ワインガードはダニーから視線をそらさない。「心機一転がおまえの考えのようだが、やり直しはもう利かない。息子は死んだ。二度と帰ってこない」

「わかってる。気の毒に思っている。おれには想像もできな――」

「ああ、できない」

ダニーは口を閉じることにする。何を言おうが、傷つけるだけで助けにはならない。ワインガードは自分で折り合いをつけなければならない。

「おまえとパートナーか……」

「世間の度肝を抜く」とダニーは言う。

コナリーが言う。「ヴァーン、自分に――」

「黙ってろと言ったのは聞こえただろ?」ワインガードはコナリーを睨んで黙らせると、ダニーに視線を戻す。「考える必要がある」

「もちろんだ」とダニーは言う。「この申し出に期限はない」

「いや、明日の朝一番に返事する」とワインガードは言う。「一晩考えたいだけだ」

「返事を愉しみにしてる」長居は無用だ。

外に出て、ダニーはジョシュに電話をかける。

「確証はないが」とダニーは言う。「取引きは成立すると思う」

これできっと平和が訪れる。

やっとついに過去が水に流される。

65

リカタは小屋まで車を走らせる。手下をそこに待機させている。やつらを落ち着かせなければ。行動に出るまでしっかり待たせなければ。そろそろそのときが来る。コナリーはすべてにゴーサインを出しているのだから。ライアンの殺害以外すべてに。

あのＦＢＩも変わらない。ダニー・ライアンが殺されても、ＦＢＩは形ばかりの犯人捜ししかしないだろう。ライアンはその昔ＦＢＩ捜査官を殺してるからだ。

リカタは小屋にはいると手下に説明する。

息子のチャッキーはカードテーブルから腰を上げ、おかわりのビールを取りに冷蔵庫のところまで行く。母親に似て、背は高いが、痩せている。クリスマスツリーの中の一番明るい電飾とは言えないが、リカタは息子を愛している。タフで、勇敢で、性根がやさしく、命令に忠実な息子を。

「具体的にはいつ？」とチャッキーは訊く。

「おれとしては、早ければ早いほどいいと思ってる」

「おれたちもみんなそう思ってるよ」とチャッキーは言う。「砂利と砂しかないところで時間をつぶすのにはもう飽き飽きしたよ。早いとこアイルランドの爺《レプリコーン》を捕まえて、文明社会に戻りたいよ」

「おれはわりとここが気に入ってるがな」とデステファノが言う。「静かで」

「静かかよ?」とチャッキーは言い返す。「夜のコヨーテは? うるさいだろうが」

デステファノは肩越しにリカタを振り返って言う。「ボスもカードやりますか?」

「いや、女を予約したんでな」とリカタは答える。上玉を。中国人だ。アジア系の女は少々ぶたれることに慣れている。まえの店で出禁を食らったので、しかたなく業者を変えた。贔屓にしてやってたのに、そんなことは意味ないのか?

「女はここに送り込んでくれてもいいんだけどな」とチャッキーが言う。

「おまえたちの居場所を宣伝してもいいんだけどな」とリカタは応じる。「あと二、三日でデトロイトじゅうの売春婦とヤれる」

「まだ少し時間があるな」とデステファノが言う。

「時間以外おれたちに何がある?」とチャッキーは訊く。

「パーティを愉しめ」とリカタは言う。「ただし飲みすぎるな、明日は仕事だ」

簡単な仕事じゃない。ギャングの殺人事件のように見えたらまずい。悲劇的な事故か何かに見せかけなければならない。

最低限、轢《ひ》き逃げに。
うまくいくはずだ——腕のいい連中を引き入れてある。
専門家を。
リカタは小屋を出て、車に乗る。中国女のもとに行きたくてたまらない。
中国女の哀れをもよおす泣き声ほどそそられるものもない。

66

「ダニーのクソ小屋にこもっているのはうんざりだ」とケヴィンが言う。

「犬小屋だろ」

「はあ?」

「うんざりしてるんなら、そういうときに言う言いまわしは犬小屋だ」とショーンは言う。

「クソ小屋じゃなくて」

「犬だと?」とケヴィンは言う。「けっ。だったら犬のクソだ。犬のクソ小屋だ。もううんざりだ。飲みたくてたまらない」

彼らはダニーが借りたラスヴェガス南郊の町ウィンチェスターのアパートメントにいる。テレビがついていて、マイアミだかどこだかのくだらない警察ドラマをやっている。

「集会に行けよ」とショーンは言う。

「おまえが行け」とケヴィンは言う。「おれはまたダニーに信頼されたいんだよ」

「どうやって?」とショーンは訊く。テレビではそろいもそろって美形の警官が警官にあるまじきことをしでかしている。

「リカタの手下を何人か始末することから始めるのがいいかもな」とケヴィンは言う。

「正気かよ？」とショーンは言う。「ダニーにはっきりと言われただろ？　それだけはやるなって」

「どうすればいいか、ダニーにはもうわかってないのさ」とケヴィンは言う。「スーツの連中に囲まれる生活が長くなりすぎて、もう何もわからなくなってるんだよ」

「おまえはわかってるわけだ」

「ああ、ダニーを始末しようとしてるデトロイトの殺し屋集団がこっちにいることだけはよくわかってる」とケヴィンは言う。「ダニーだけじゃない。おれたちもやられる。喧嘩は先手必勝だってこともおれにはわかってる。許可を求めるより許しを請うほうが簡単だってことも」

「何が言いたい？」

「むずかしいことなんか何も言ってない。そのまんま言ってるだけだ。おまえとおれでちょこっと狩りに出かけるべきだって。昔やってたみたいに」

ショーンはそこまで思えない。昔を懐かしむ気持ちなど彼にはさらさらない。ビジネスマンとしての今の暮らしに不満はない。まっとうに金を稼ぐことが気に入っている。始終周囲を警戒しなくていい生活も。とはいえ、ケヴィンの言っていることにも一理ある。リカタの手下はこちらの居場所を突き止めようとしてることだろう。狩られる側にまわるより狩る側になるほうがいいに決まってる。

それに狩りに出たところで、大して時間はかからない。リカタの一味が潜伏しているところはもうわかっているのだから。

今はジミー・マックがそこを見張っている。

「いいか、おれが今言ったことこそダニーがほんとうに望んでることだ」とケヴィンは言う。「ただ、ダニーは指令を出したくないだけだ。おれたちにも悪運があったって言えば、ダニーはきっと感謝するさ」

ショーンはケヴィンの言いまちがいに気づくものの、今度は訂正しない。

67

「リカタ・シニアをちょうど見逃したな」とジミーが言う。「来たと思ったら、ほんの数分で出ていった」

そりゃ間《ま》が悪かったとケヴィンは思うが、大したことではない。リカタは今夜〈サーカス・サーカス〉で過ごす。それはもうわかっている。大手のカジノ業者はみな互いのホテルにスパイを送り込んでいる――どこへ行こうと、その動向は必ず目撃され、報告されるが、リカタはそんなことなど気にしていないらしい。ただ、手下たちのことは隠したがっている。だから、必ずしもそうと決まったものでもないが、少なくともリカタはストリップが安全なことを知っている。実際、ストリップは昔から飛行禁止区域だ。

とはいえ、今夜はちがうかも、とケヴィンは思う。

ここが終わったら、リカタのいるところに行ってもいい。

そんな心の内は顔には出さない、もちろん。こっちの心づもりがばれたら、大事《おおごと》になる。ダニーにチクられる。だからケヴィンは言う。「お疲れ。交代の時間だ」

彼らは古いランチハウスを見下ろす小高い丘の未舗装路の脇に車を停めている。小屋に通じる道路はただ一本。

ジミーは赤外線双眼鏡をケヴィンに手渡す。「動きはない。あの小屋にいるのは六人で、酒を飲んだり、カードをやったりしてる。今夜はどこにも行かないようだな」

これはもうしくじりようがない、とケヴィンは思う。「それでも念のため張ってるよ」

「六時に戻る」とジミーは言う。

「ドーナツか何か持ってきてくれ」とショーンが頼む。「コーヒーとか?」

「わかった」そう言ってジミーは自分の車を出す。

「狩りの時間だ」とケヴィンが言う。ふたりは丘のてっぺんまで歩き、小屋を見下ろす。窓から明かりが洩れている。男たちがテーブルについているのが見える。今にも崩れそうな玄関ポーチ、土が剝き出しの庭、玄関ポーチのまえに車が二台停まっている。

「おれは裏からまわる」とショーンは言う。「おまえは正面から行け。標的にさきに近づいたほうがパーティを始める」

ケヴィンはにやりとする。それでこそアルター・ボーイズだった頃のショーン・サウスだ。

さあ、ミサだ、ミサだ。

デステファノがゲロを吐きに外に出てくる。

連中にもエチケットはあるらしい。

ポーチの階段を二段降りて庭に出ると、千鳥足で茂みに向かい、腰を屈めて胃の中のものをほとばしらせる。そこで下から彼を見上げているふたつの眼に気づく。

コヨーテかと最初は思う。

そう思ったときにはもう額を撃ち抜かれている。

なんと楽な、とケヴィンは思う。

ショーンはその銃声を耳にする。

小屋の中の男たちの耳にも聞こえる。ワインをラッパ飲みしていた男が腰を上げ、裏窓から外を見る。

ショーンが撃ち、その男を仕留める。

血とワインが男の口から噴き出し、男はテーブルの上に倒れ、カードとポーカーチップと酒瓶と缶がまわりに乱れ飛ぶ。

ほかの男たちは即座に床に身を伏せる。

そのうちのふたりが正面の窓まで這っていき、銃を撃ちはじめる。

ケヴィンは銃火の閃光に狙いを定めて撃つ。

命中したかどうかはわからない。だから、腹這いになって小屋に近づく。ショーンが小屋の裏から撃っている銃声が聞こえる。はさみ撃ちにされていることにあの馬鹿どもが気づくまでどれくらいかかるか。

もうふたりは仕留めた――残りはたったの四人。

最後の聖体拝領の奉仕をしているふたりのアルター・ボーイズ。ショーンは移動する。小屋の角のほうへ左に移動する。壁に体を押しつけながらじわじわと裏口のドアに近く。小屋の中の男の誰かが裏の窓に移動して、さっきまでショーンがいた暗がりに向かって撃ちはじめる。

いいぞ、とショーンは思う。

おれがいた場所を撃ってやがる、おれが今いる場所じゃなく。

小屋の角までたどり着くと、壁にぴたりと体をつける。

ケヴィンのほうは小屋までわずか二十メートルまで近づく。が、そこで夜闇《よやみ》が急に煌々《こうこう》と照らし出される。

なんだ、これは?!

ヘッドライトがポーチと小屋の前面を照らし、土が剝き出しの地面に腹這いになっていたケヴィンは、脱獄に失敗した囚人よろしく、光の中に全身をさらされる。肩越しに振り返ると、車が近づいてくるのが見える。クソSUVらしき車がまっすぐに向かってくる。ケヴィンは横に転がり、そのまま横転を続け、姿を見られるまえに茂みまで退避しようとする。

なんとかたどり着く。

息を荒らげ——ぜいぜいうるさい。やつらに聞こえちまわないか?——様子を見ていると、車から四人の男が降りてきて、銃を抜き、あたりを見まわしている。

玄関のドアが開く。

大男が外に出てきて、叫ぶ。「敵はふたりだ！　ひとりは表、もうひとりは裏にいる！」

ケヴィンは身を屈め、走る。

ショーンにも声と足音が聞こえる。車のエンジン音とドアの音はすでに聞こえている。つまるところ、くそ騎兵隊がやってきたのだ。

最悪のタイミングで。超不運なことに。

銃声が聞こえる。

ケヴィンが撃たれた？

ショーンは壁に背をつけたまま、あとずさりする。うまく行く可能性があるとしたら、角まで進み、家の側壁に体を押しつけ、茂みまで走る。それが一番いい。そこまで行けば、たぶん車に戻れる。

ケヴィンが負傷して倒れているのでないかぎり。そうなると、かなりむずかしくなる。

あるいは、駆けつけてきたやつらに車を見つけられていたら。

そうなれば、おれたちはめちゃくちゃまずいことになる。

しかし、おれはなんでこんなことをしてるんだ？　ショーンは自問する。なんでケヴィンの誘いに乗ったりした？　退屈でも平穏な生活が送れていたのに。いい家にいい車、貯金もあるのに、それを捨てて、よせばいいのにカウボーイ気取りとは。

彼は神さまに約束する。

神さま、ここから逃がしてください、そうしたら二度とこんなことはしません。まっとうに暮らし、教会に献金し、毎週日曜日と義務の聖なる日にはミサに出席します。だからここから逃がしてください。

側壁にたどり着くと、壁に背中を押しつけ、じりじりと角まで移動する。

小屋の前面が見える——銃を持った男たちが弧を描くようにして、ショーンの正面から右側に移動している。まちがいなくケヴィンを捜している。

ケヴィンは怪我してるのか？　ショーンは想像する。腸《はらわた》を抜かれた動物みたいに茂みに横たわってるのか？

ケヴィンは走りだす。

昔から足はクソ速かったが、今は若い頃を上まわる鬼クソ速さで丘を駆けあがる。たとえ弾丸《たま》が首をかすめても気にしない。車にたどり着くまでは足を止めるつもりはない。ああ、イエスさま、マリアさま、ヨセフさま、やつらがこっちに背中を向けていますように。

あと一メートルばかり遠ざかってくれ。そうしたら茂みに駆け込める。車まで走れる。

茂みまではどれくらいだ、三十メートルほどか？　それならできるぞ。たとえ足音を聞かれても、姿を見つけられても、やつらが銃を構えたときには茂みに身を隠している。

ショーンは深く息を吸って吐く。

身を屈め、走りだす。

小屋の中から飛んできた弾丸《たま》が背中に命中し、ショーンは倒れ、うつ伏せに手足を地面に投げ出す。

ケヴィンのすぐ眼のまえに車がある。

クソありがたい。

うしろを振り返る――

ふたりの男がショーンを家のほうへ引きずっている。

ああ！！！

馬鹿野郎、馬鹿野郎、馬鹿野郎……

あいつのためにしてやれることは何もない、とケヴィンは自分につぶやく。多勢に無勢だ。どうがんばっても、あいつと一緒に死ぬだけだ。

ケヴィンは車に乗り、エンジンをかけ、バックする。

物音を聞きつけられないうちに逃げなければ。追手の車に追われないうちに。Kターンをして、車を走らせる。

すまん、ショーン。

おまえにしてやれることは何もない。

すまない、相棒。

ショーンは床で身をよじっている。

チャッキーが桟橋でばたばたしている魚でも押さえつけるように、ショーンの背中を踏みつける。「おまえは死ぬんだよ、兄さん」

チャッキーはショーンを蹴りつけて仰向《あおむ》けにする。「でも、まだだ」

ケヴィンは急ブレーキをかける。

駄目だ。

友達を置いてきぼりになどできない。

Uターンをすると、アクセルを踏み込み、小屋のほうに猛然と引き返す。車の尻を左右に振りながら未舗装路を疾走する。

坂になってもスピードをゆるめず、一気に丘をくだり、庭に車を乗り入れる。短機関銃MAC－10を車の窓から突き出し、小屋に弾丸《たま》をぶち込みつづけながら叫ぶ。「くそったれ！　くそったれ！　このくそったれども！」

ポーチに突っ込み、その勢いで玄関ドアがもぎ取れる。撃ちつづけながら車を降りる。

一斉射撃を受け、ケヴィンはドアがはずれた戸口に倒れる。

68

アリー・リカタが小屋にやってくる。テーブルは粉々になり、割れたグラスと乾きかけた血があちこちに飛び散り、三人が死んだ。

ひどいありさまだ。

ありがたいことに——神よ、聖母マリアよ——息子はその三人のうちのひとりではない。

銃撃犯のふたりはどちらもまだ生きている。

かろうじて。

縛り上げられ、床に転がっている。

どうしてチャッキーはわざわざ縛り上げたんだろう？　リカタは怪訝《けげん》に思う。このふたりにはもうどこにも行きようがないのに。

「こっちの男は」とチャッキーが言う。「いったん姿を消したのに戻ってきた。銃を乱射しながら。まぐれ当たり《ラッキー・ショット》でトニーが殺《や》られた」

「トニーにしてみりゃ、ラッキーじゃなかったってことか」とリカタは言って、ケヴィンを見下ろす。「なぜ戻ってきた？　あいつはおまえの彼氏か何かか？」

ケヴィンは悶《もだ》え苦しんでいる。「母さん……」

「こうなるとみんなママに会いたがる」とリカタは言う。

「これから穴を掘る」とチャッキーが言う。

「いや」とリカタは言う。「もっといい考えがある」

ジミー・マックは車がないことに気づく。

あの怠け者どもは見張りに飽きて、家に帰ったか？　とっちめてやらないと……

ジミーはまえに進み、麓《ふもと》の小屋を見下ろす。

車が一台もない。

くそっ、ショーンとケヴィンが持ち場を離れたあと、連中はここを引き払ったのか？

となると、これからどうする――

そこで眼にはいる。

自分が見ているものが信じられない。

ケヴィンとショーンがこっちを見つめ返している。

ふたりの頭部を突き刺した枝が地面に刺さっている。

眼と口が開き、だらりと垂れた舌のまわりをハエが飛び交っている。

69

アルター・ボーイズの首のない黒焦げ死体が鎖でひとつにつながれ、地面に転がっている。

「墓を掘ろう」とダニーはジミーに言う。「埋葬してやろう」

ダニーはこれまでにいくつもの暴力を眼にしてきた。いくつもの殺し、いくつもの死、いくつもの死体。

しかし、ここまで凄惨な暴力を目のあたりにしたことはない。

まっとうにやろうとした結果がこれなのか？

シャベルを見つけ、遺体を土に埋める。

歩いて戻る途中、ジミーがタイヤの跡を見る。

「どうした？」とダニーが訊く。

「おれが持ち場を離れたとき、小屋のまえに停めてあった車は二台だった」とジミーは言う。「今は四台分のタイヤの跡がある。もともとここにあったのは二台、もう一台はケヴィンの車、四台目は……」

すじがきが見えてくる。

リカタの手下は二組に分かれていた。ひとつにまとまっていたのではなく。

ダニーは思う、ひとつの組はおれの命を狙っていた。もうひとつは……

くそ、やめてくれ。

ダニーとジミーはジョシュのアパートメントに急ぐ。

その道すがら、ふたりは何度も電話をかける。

留守番電話につながる。

〝こちらはジョシュ・スターンです。今日もいい天気です。何をすればいいか、おわかりですね？〟

70

ライアンは勝負を挑んだ、とワインガードは思う。

またしても。

こっちがまだ提案を検討しているうちに、彼は攻撃に出て――

リカタの手下を三人殺した。

「おれの気持ちを気づかってくれてるとは思うが」とリカタは言う。「心配は無用だ。こういうことをしたやつは逃がさない。きっちり片をつけた」

「それならこれでもう終わりだ」とワインガードは言う。

「とんでもない！」とリカタはわめく。「ダニーボーイ・ライアンが終わるまでは終わらない！　愛と平和のゴスペルみたいなご託《たく》は要らない。ライアンには死んでもらう。ライアンにつきたいのなら、おれを止めろ。ふたりまとめて始末してやる」

ダニー・ライアンなんかくそくらえ。ワインガードはそう思う。

何もかもくそくらえ。

「やるべきことをやってくれ」とワインガードは言う。

「もうやった」とリカタは言う。

ドアに鍵はかかっていなかった。

机にジョシュが突っ伏している。左手の脇にウォッカのボトルと薬の空き瓶がある。

ダニーは脈を確かめようとジョシュの首に手を触れる。

脈はない。

71

ケイトはほかにどうすればいいかわからない。

選択肢はない。

このままでは仕事も家も有り金もすべて失うことになる。だから鏡のまえに坐り、念入りに化粧をしている。ここ何年もしていないほど念を入れている。

セクシーにならないと。

現実を見なさい。ケイトは心の中で自分につぶやく。セクシーにならないと。ジョン・ジリオーネは見返りもなしに何かをくれるような男じゃない。期待はずれじゃもらえるものももらえない。

持てるものを使うのよ。

あなたの体にはまだ充分価値がある。

でも、あとどれくらい？

選んだドレスが彼女の脚をきわだたせる。昔から脚がチャームポイントだった。胸はぺちゃんこだから、ギャングが好むような谷間はつくれない。その埋め合わせとして、このドレスなら太腿《ふともも》がたっぷりあらわになる。マスカラをこってり塗る。ああいう男たちはこういうのが好みだ。

口紅も過激なほどに真っ赤に。

淫《みだ》らを絵に描いたらこうなるとでも言えるほどに。

ストリップクラブで男と会うくらいの淫らさだ。

しかし、彼に会うとなるとまずそこになる。自分の経営するクソいまいましいストリップクラブ。クリスがまだいた頃には足を運んだことなどめったになかった——行く理由がなかった——今は必要に迫られると、比較的静かな昼間に行く。その時間帯には、ストリッパーがめあてなのか、安いランチビュッフェがめあてなのかわからない、侘《わび》しい負け犬が何人かいるだけだ。

しかし、今日は夜行く。ジリオーネが来るのはいつも夜だから。そんな彼にメッセージを送る。

わたしはここにいるわよ、と。

ガードは下げたわよ、と。

落とせるかもしれないわよ、と。

金銭的な理由だけではない。確かに懐具合はきわめて悪い。が、父親のことを訊きまわった挙句、困ったことになっているジェイクを救うためでもある。

ジリオーネたちはジェイクの行動が気に入らない。どういうつもりかと訝《いぶか》しんでいる。

彼らが何かするのではないか。ケイトは気が気でない。

ジェイクは今、家にいる。フロリダから帰ってきて、仕事に戻っている。クリスを捜し出そうなどという馬鹿げたことなど、もうあきらめてくれたのならいいのだけれど。

クリスは──仮にまだ生きているとして──捜されたいとは思っていない。経験上ケイトにはそれがわかる。捜されたいと思っていないクリスが見つかるわけがない。

だから今ケイトはジョン・ジリオーネのもとへ行き、気を惹こうとしている。気を惹くだけではすまないかもしれない。あの男にフェラチオをしてやらなければならないかもしれない。ベッドをともにしなければならないかもしれない。何をやらされるかわかったものではない。

それでも、やらねばならないことをやる。

配られたカードで勝負する。

どれも手垢にまみれた教訓ながら。

ケイトはもう一度化粧の具合を確かめ、家を出る。

ストリッパーでもないのに、めかしたいい女がストリップクラブにひとりで来たら、注目を集める。

ケイトは店にはいった瞬間に視線を感じる。

バーにいる客たち、テーブルについている男たち、それにステージ上の踊り子たちも、人を捜しているような顔で立ち止まって店内を見まわすケイトを盗み見る。大方、亭主を捜しにきた不機嫌な妻だろうと客たちは決めつける。一方、彼女が何者なのか気づいたわずかな者たち——バーテンダー、用心棒、ジョン・ジリオーネ——はケイトが夜に来店したことに驚く。見た目にも。

髪型、化粧、ドレス。

扇情的なハイヒール。

ジリオーネの雑用係兼運転手のハウイー・モリーシが最初にケイトに気づく。

「ジョンに会いにきたの」とケイトはモリーシに言う。

「待ち合わせ?」

「わたしに会えたらジョンも喜ぶんじゃないかしら」とケイトは言う。「でしょ?」

モリーシは奥の壁ぎわの長椅子のところにケイトを連れていく。ケイトはジリオーネの横に腰をおろす。

「わざわざお越しとはどういう風の吹きまわしだ?」とジリオーネは訊く。

「女の子は夜出歩いちゃいけないの?」とケイトは訊き返す。

女の子とはね、とケイトは自分で言って自分で思う。よく言うわ。

「いけないことはないが、よりにもよってストリップクラブに来るか?」

「わたしの店よ」とケイトは言う。

「そうだが——」

「あなたに会いたかったからかも」

「なんの用で?」

「そろそろ勘弁してよ」とケイトは言う。「わたしは破産しそうなのよ、少しは稼がせてくれなくちゃ。あなただけじゃなくてほかの人たちにも言いたいことだけど、あなたならみんなを説得できる」

「なんでそう思う?」

「なぜならあなたはもうすぐボスになるから」とケイトは言う。「それは誰でも知ってることよ」

あたりだ。ジリオーネの眼の色が変わる。坐り直して背すじを伸ばす。

「望みどおりにしてやるよ」とジリオーネは言う。「あんたからのお返しは?」

「わかるでしょ?」

「そうかな?」

「あんたにその気があることはわたしも知ってるのよ。あんたをその気にさせてるものがいいものであることも。あんたが思ってるよりずっとね」少し間《ま》を置き、ジリオーネに考えさせてからケイトは続ける。「わたしもその気になってる。男っ気がなくなってもうずいぶん経つもの。女も淋しくなるものよ、でしょ?　体が疼《うず》くこともあるのよ」

そのとき彼の姿がケイトの視野の隅に現われる。

ドアを通り抜けて、店にはいってくる。

クリスが。

「おっと、話さなかったかな?」とジリオーネは言う。「あんたの旦那が帰ってきてる」

彼は手を上げて、自分のほうに来るようにクリスに身振りで示す。

まるで犬だわ、とケイトは思う。クリスはそばまで来ても腰はおろさない。ジリオーネに椅子を勧められるのを待つ。

クリスはいかにもクリスらしく、この状況を冗談にする。「ジョン、おれの女房と何をしてる?」

「わたしはあんたの女房じゃないわ」とケイトは言う。「あんたとは三年まえに離婚したから」

「誰も教えてくれなかった」とクリスは言う。

「それはあんたがどこにいるのか誰も知らなかったからでしょ?」

ケイトは頭が混乱している。危うくクリスだとわからないところだった。髪が伸び、顔は以前より丸みを帯びている。それに、結婚していた頃の横柄な男ではなく、ジリオーネのゲイの愛人みたいに振る舞っている。

「いつ戻ってきたの?」

「二、三日まえ」

「ジェイクは知ってるの?」

「ああ、会ったよ」とクリスは言う。

「でも、わたしに知らせようとは思わなかった」

「どんな歓迎を受けるかわからなかったからな」とクリスは言う。「実際会ったら、案の定、別の男と一緒ときた。あ、悪く取らないでくれ、ジョン」

気にするな、と言わんばかりにジョンは片手を上げる。夫婦の諍《いさか》いをまえに高みの見物を決め込んでいる。

ケイトは言う。「どう思ってたの？　わたしがいつまでも待ってるとでも？」

「いや、思っちゃいなかったよ」とクリスは言ってジリオーネのほうに向き直る。「それより、ジョン、昨日話し合ったことだが――」

「決めるのはおれが決めたときだって言っただろ？」とジリオーネは言う。

「もちろんそれはわかってる」クリスはそう言って上着のポケットから封筒を取り出す。「後知恵ながら手ぶらであんたに会ったことに気づいてね。おれとしたことが何を考えてたんだか。実はちっとばかし金を稼いでさ……ここを離れてるあいだに。これはあんたの取り分だ。初回分だ。たぶんこれが最後になることはないよ」

ケイトが見ているまえで、ジリオーネは封筒を受け取る。

ケイトはびっくり仰天する。クリス・パルンボがジョン・ジリオーネに袖の下を渡してるの？　はるか高いところにいた大物が取るに足りない小物に貢ぎものを収めてるの⁈　信じられない。

ジリオーネはご満悦の体《てい》で鳩のように胸を張っている。ポケットに金をしまい、腰を上げると、薄笑いを浮かべて言う。「おふたりさんはいろいろ話があるだろう。クリス、連絡を取り合おう。ケイト、申し出のことだが……なんとかなると思うぜ。こっちから電話するよ」

ジリオーネは肩で風を切って店内を歩く。

72

ふたりはケイトの車の中で話し合う。

「あいつとヤってるのか？」とクリスは尋ねる。

「自分に問い質す権利があるとでも思ってるの？」

「おまえはまだおれの女房だ」

「馬鹿を言わないで」とケイトは言う。「電話も寄こさず黙って出ていっておきながら？　ずっと家を空けて、十年も連絡なしなのに？　いったいどこにいたのよ？」

「どうにかやってたよ」

「そう、よかったわね」とケイトは言う。そのあと窓の外を見ながら尋ねる。「証人保護プログラムに守ってもらってたの？」

「まさか。おまえならわかるだろ？　おれはそんな人間じゃない」

「じゃあ……」

「ケイト」とクリスは言う。「おれは逃げなきゃならなかった、なんでか？　それはわかるよな」

「ええ、よくわかる」とケイトは言う。「今、わたしはやつらに搾り取られてる。その現実からだけでもよくわかる」

「すまん」

「ふざけないで。すまんですむわけないでしょ?」

「ああ、返すことばもないよ」とクリスは言う。

「あたりまえよ」

「で?」

「でって?」

「あいつとヤってるのか?」とクリスは言う。「さっきの〝申し出〟ってのはなんだったんだ?」

「さっきのあれはなんだったの?」とケイトは逆に訊き返す。「ジョン・ジリオーネにへつらっちゃって。今のあんたはなんなの?」

「なんでも訊いていいが、それだけは訊かないでくれ」とクリスは言う。

「あんた、何さまなの? ちゃんと話して」とケイトは言う。「あんたのことがわたしにはもう全然わからない」

「おれだってわからないんだよ!」とクリスは怒鳴り、ルーフに拳を叩きつける。「これでいいか? 自分がどんな人間だったのかも今じゃもうわからなくなっちまったんだよ!」

ケイトは泣きだす。

長年溜まりに溜まっていた涙があふれ、いつまでも止まらない。ケイトがようやく泣きやむのを待ってクリスは言う。「ジリオーネにゴマをすらなきゃならない。あいつら全員にな。それでもおれを生かしちゃくれないかもしれない。だけど、やつらがおれを生かしておくことに決めたら、おれは借りを返すつもりだ。なあ、あいつが言ってた申し出というのは？」

「わたしがあの男と寝れば、放っておいてくれる」

「だったら寝ろ」そのことばにケイトが深く傷ついたことはその眼から容易に見て取れる。

「彼と寝てほしいのね」

「寝てもらわないと困る」とクリスは言い直す。「それでおれの命がつながるかもしれない。あいつにしても女房を寝取るなら、死んだ男より生きてる男の女房のほうがいいだろうからな」

「あんたって人は」とケイトは言う。「どんどん地位が下がって、落ちるところまで落ちたと思ったら、もっと落ちたいの？　リンボーダンス大会に出たいのね。優勝まちがいなしよ」

「あいつとヤってくれるか？」

ケイトの心の痛みは怒りに変わる。「降りて」

「どうなんだ？」

「車を降りて」

「なあ、ヤって――」

「ヤればいいんでしょ！」とケイトはわめく。「ヤってヤってヤりまくるわよ！　だから車を降りて、わたしにもう関わらないで！　あんたなんか大嫌いよ！」

クリスは車を降りる。

ケイトの泣き声が洩れて聞こえる。

73

クリスは会合に呼ばれる。

ただし、着席は許されない。

レストランの奥の部屋でテーブルの末席のそばに立たされる。

六人の男たちが席に着き、クリスを睨みつけている。

もちろんそのうちのひとりはジョン・ジリオーネだ。

そのほかに、アンジェロ・ヴァッカ、ゲリー・ラ・ファヴレ、ジャッキー・マルコ、トニー・イオフラーテ、ボボ・マラガンザがいる。

この中だとジリオーネが一番頭がまわる。自分で話をして話をまとめる係になる。一番手強《てごわ》いのがマルコ――用心棒、殺し屋、ジリオーネを始末して玉座を奪いにいくやつがいるとすれば、この男だ。おれを始末する仕事を請け負うのもマルコだ、とクリスは思う。話し合いの結果次第では。

そうなれば、即死というわけにはいかないだろう。楽に死なせてはくれないだろう。

「話があるそうだな、クリス？」とマラガンザが言う。「聞かせてもらおうか」

クリスは先制攻撃に打って出る。まずはポケットから封筒を取り出し、男たちそれぞれのまえに放って封筒を配る――ヘロインの取引きで残しておいた金だ。「手土産《てみやげ》を持参した。ここを離れてるあいだにちょこっと稼いだ金だ。みんなに敬意を払いたくてな」

「これで足りると思ってるのか?」とマルコが言う。とはいえ、金は受け取る。

全員がそうする。

「もちろん」とクリスは言う。「これはほんの手始めだ。おれはあんた方を見捨てた。それはわかってる。おれのせいで損をさせたこともわかっている。金はダニー・ライアンに奪われた。だけど、あんたらはおれがどういう男か知ってる。おれが金を稼ぐ男だってことを。さらにあんたらが確実に知ってることがひとつある。あんたらに金を稼がせるのは死んだおれじゃなくて、生きてるおれだ」

誰も笑わない。

クリスは汗をかきはじめる。「時代《フォナニマ》が変わっちまったことはわかってる。ピーター・モレッティは死んだ、彼の霊よ、安らかなれ。ポーリーはシャッフルボードで遊んでる。おれには昔の地位に復帰する下心があるわけじゃない。権力の座に就きたいわけでもない。ただ金を稼いで、家族の面倒をみたいだけだ」

「おまえのことばが信用できるってどうすりゃおれたちにわかる?」とマラガンザが言う。

「おれはここにいる」とクリスは言う。「はっきりさせよう。あんたらはいつでもおれに引き金を引ける。今でもあとでも。だったら様子を見てもいいんじゃないか?」

誰も何も言わない。

ややあって、ジリオーネが言う。「外で待ってろ。ちょっと話し合う。終わったら呼ぶ」

クリスはうなずいて部屋を出る。

「すぐ殺《や》っちまおうぜ」とマルコが言う。

「賛成だ」とマラガンザが言う。

「殺《や》るのはおれも賛成だ」とジリオーネも言う。「だけど、すぐじゃない。急ぐことはない。ちがうか？ やつの女房はもう破産寸前だ。これからは旦那のほうに稼いでもらおうじゃないか」

「やつはみんなに二万ドル配った」とラ・ファヴレが言う。「ということは、この金の出所にはもっとあるんじゃないか？」

「クリスは昔から金を稼げるやつだった」とヴァッカが言う。

「さっきのはクリスの本心だと思うか、権力の座を狙う気はないっていうのは？」とマラガンザが訊く。

「あいつはもう負け犬だよ」とジリオーネが答える。

「そう思うか？」とマルコが訊く。

「それを証明してやるよ」とジリオーネは言う。「呼び戻せ」

クリスが部屋に戻る。

相変わらず椅子は勧められない。立ったままだ。

この扱いには何かしらの意味があるんだろう、とクリスは内心思う。

「クリス」とジリオーネが言う。「もう一度チャンスを与えるとして、最初にはっきりさせておきたいことがある。おまえはうちの三下で、おれたちみんなの愛人だ。飛べと言われたら、どれくらい高くですかって訊け。ケツにキスしろと言われたら、口をすぼめろ。いいか？」

「わかった」

ジリオーネはマルコに視線を向ける——ほらな？

「おっと、もうひとつ」とジリオーネは言う。「今度、おまえの元女房と会う。問題ないよな？」

「もう女房じゃないから、別に」とクリスは言う。

「そうは言ってもな」とジリオーネは言う。「おまえみたいな男というのは……」

「すじを通してくれてむしろ感謝してるよ、ジョン」とクリスは言う。「なんの問題もない」

ジリオーネは悪乗りする。テーブルを囲む男たちを見まわしてからクリスに訊く。「こつを教えてくれ。ベッドでの。どうすりゃ女房をイかせられるか」

恥をかかせようとしている。言うまでもない。

「さあな、ずいぶん昔のことだからな」とクリスは言う。

「それはそうだが、忘れちゃいないだろ？」

「あれは複雑な女じゃない」とクリスは言う。「オプション機能がいろいろとついてるような女じゃない、と言えばわかるかな」

「なるほどな。参考になったよ。もう下がっていいぞ」とジリオーネは言う。「今度戻ってくるときにはもっと金を持ってこい」

「ありがとう」とクリスは言う。「どうもありがとう。失望はさせないよ」

あとずさりしながら部屋を出る。

「たまげたな、おい」とマルコが言う。

「だから言っただろ」とジリオーネは応じる。

負け犬だって。

74

棺《ひつぎ》が飛行機から降ろされる。ダニーはその様子を見守る。

機内の窓ぎわの座席から、滑走路沿いに停まっている霊柩車と数台の車を眺める。運転手が車のドアを開けると、エイブ・スターンが降りてくる――ゆっくりと、力なく――ふたりの孫に付き添われ、棺のほうに歩いていく。

警察は自殺と判断した。

そんなわけがないのに。

ジョシュは人生を謳歌《おうか》していた。自殺などするわけがない。

リカタの一味が押し込み、ジョシュの頭に銃を突きつけ、ウォッカをがぶ飲みさせ、クスリを飲ませたのだ。実際、そうだったのだろう。自殺に見せかけ、新聞にラスヴェガスの〝裏社会で殺人〟の見出しが躍ることのないようにしたのだろう。

理由も明らかだ。

その気になれば、ジョシュには大部隊を動かすことができる。だから、リカタはジョシュ・スターンを排除すれば、兵隊も排除できると踏んだのだ。

結果として、リカタの読みは正しかった。ケヴィンとショーン。命令に背き、リカタの隠れ家を襲うとは。ふたりが何を考えていたのかダニーにはわかる。役に立ちたい一心だったのだ。

それが和解に近づいていた矢先のことだった。もう少しで双方ともにすべて水に流せるところだったのに。そんなときにあのふたりは何を血迷ったか境界線を越え、和平の機会をつぶした。

だからと言って、あんな死にざまを迎えていいわけがない、どんな人間だとしても。ふたり一緒くたに縛り上げられ、生きたまま焼かれ、首を斬り落とされ、メッセージがわりにその頭部は枝に突き刺された。

くそサディスト野郎。

ジョシュは？

ジョシュの身に起きたことは起きなくてもよかったことだ。おれのせいだ、とダニーは思う。おれのせいでジョシュは殺された。掛け値なしに善良で、どこまでもまっとうで、大いに品行方正な青年がこのおれと組んだばかりに命を奪われた。おれが仕事をうまく処理できなかったばかりに。

みながおれの罪の報いを受ける、おれが受けるのではなく。

ダニーは飛行機を降りる。

エイブはダニーを見向きもせず、重い足取りでジョシュの棺へ歩を進める。棺のまえで足を止めたかと思うと、棺の上に崩れるように身を伏せ、泣く。むせび泣く。孫たちはエイブを立ち上がらせようとするが、エイブは棺にしがみつき、離れようとしない。

　ダニーは進み出て、そっとエイブを抱き起こす。老いた男はさらに老け込んでいる。頬は瘦《こ》け、眼は腫れ上がり、無精ひげが生えている。エイブはダニーに眼を向けて言う。

「これはきみのせいだ」

　責められて当然だ。ダニーはそう思う。

「きみは孫の面倒をみると約束した」とエイブは言う。

「そうです」

「結局、みられなかった」

「そのとおりです」

　エイブは体の向きを変え、霊柩車に運び込まれる棺の横を歩く。孫たちに体を支えられながら。

〝神の御心のままに創造された世界で、その偉大な御名が聖別されますように《イエトゥガッダール・ウイイトゥカッダーシュ・シエメ・ラッバベアルマー・ディヴラー・ヒルウテー》。

聖なる王国を神が完成させますように《ウエヤミルフ・マルホテー》……〟

　ダニーは腰をおろし、カッディーシュに耳を傾ける。スターン家で暗唱されているユダヤ教の哀悼のことばだ。

歓迎されるかわからなかったが、墓地での埋葬が終わったあと、敬意を表するためにジョシュの実家に向かうだけは向かった。ジョシュの母親は玄関のドアを開け、通してくれた。「靴をお脱ぎください」とだけ言って。服喪期間《シヴァ》のあいだは革靴の着用は禁じられている。頭を覆うヤムルカをダニーに手渡すと、彼女は自分の席に戻った。

そして今、シヴァの風習である低いストゥールにダニーは腰かけ、意味はわからないものの、古代ヘブライ語のことばに耳を傾けている。

〝神の偉大なる御名が永遠に称えられますように《イエヘー・シュメ・ラッバー・メヴァラフ、レアラーム・ウルアルメ・アルマヤ》〟

〝神の御名が祝福され、褒められ、称えられ、崇められ、称賛されますように《イトゥバラーフ・ウイシタッバー・ウイイタッパー・ウエリトロマーム、ウイイトナッセー・ウエリトハッダール・ウイイトアッレー・ウイイトハッラール》……〟

ダニーはロウソクが一本だけともされた部屋に視線を漂わせ、エイブを見る。さらにやつれている。依然としてひげを剃《そ》っておらず——しきたりの縛りがあり、三十日間はひげ剃りも散髪もしない——疲れた様子で体を前後に揺らしている。

祈禱《きとう》が終わり、エイブはダニーを見る。立ち上がり、頭を傾け、ついてくるようダニーに合図を送り、書斎にはいる。

どちらも椅子に坐らない。

エイブはしばらく黙ったままでいるが、やがて口を開く。「ヴァーノン・ワインガードか」

「ジョシュの殺害には無関係でしょう」

「怪物を招き入れたのはワインガードだ」とエイブは言う。「その責任がある。私はあの男を抹殺したい。死なせたいのではない――抹殺したい」

三十日間の喪が明けたら――とエイブはダニーに言う――スターン社はワインガードの株の買い占めに乗り出し、ワインガードの会社を乗っ取り、ワインガード本人を追放し、彼がどこに行こうと、ワインガードの会社を廃業に追い込む。

ダニーは黙ってうなずく。

「アリー・リカタ」とエイブは続ける。「あの男には死んでもらう」

「それはおれがやります」

「もうひとつ」とエイブは言う。「きみには〈タラ〉を辞めてもらう。きみは持ち株を売却し、辞職する。われわれはきみのホテルを、きみの〝夢〟のホテルを建てるが、きみはそのホテルと一切関わらない。私はもう二度ときみに会わないし、ことばも交わさない。さあ、喪に服す私たちをそっとしておいてくれ」

ダニーは立ち去る。

当然だ。

代償は支払われなければならない。

75

マリー・ブシャールは陪審のまえに立ち、最終弁論をおこなう。

「陪審のみなさんはこれまでの証人の証言をすべて聞いてきました」とブシャールは言う。「写真、被害者の血痕、家の間取り図など、物的証拠も確認しました。それらにはいかなる矛盾もありません。事件当夜、ピーター・モレッティ・ジュニアがヴィンセント・カルフォとシーリア・モレッティを殺害する目的で実家に帰り、その目的を実行したことに合理的疑いの余地は皆無です。

みなさん、犯行を認定する一般的な判断基準とは、被告人に動機があったか、犯行手段があったか、機会があったかどうかです。今回の件では、それら三つの問いの答がすべてイエスであることがはっきりしています。犯行の機会はあったか？　ありました。被告人は殺害現場にいました——被告人本人がその事実に異議を唱えていません。被害者を殺害する機会があった人物は二名だけです。つまり、ティモシー・シーと被告人のふたりだけです。事件現場の家にいたことについて、ミスター・シーが嘘をついているにしろ、いないにしろ、二階に行かなかったことは証言ではっきりしています。二階に行ったのは被告人だけです。被告人ただひとりにシーリア・モレッティを殺害する機会があったのです。

手段はどうか？　陪審のみなさんが本人の証言を聞いたとおり、ティモシー・シーは被告人に十二番径の散弾銃を貸与しました。それについても被告人は異議を唱えていません。凶器の処分を誰が提案したのかについては議論になりましたが、重要なことではありません。でしょう？　とにもかくにも、被告人には二件の殺害をおこなう手段があったのですから。

さて、動機について話しましょう。被告人にはヴィンセント・カルフォとシーリア・モレッティを殺害する理由があったかどうか。この答も明らかにイエスです。ミスター・シーの証言でみなさんもお聞きになったように、被告人とミスター・シーはある明確な目的を持って犯行現場の家まで車を走らせました。被告人の実父、ピーター・モレッティ・シニア殺害に関与したとされる本件の被害者たちに報復するためです。被告人がパスコ・フェリの自宅から犯行現場に直行したことはみなさんお聞きになったとおりです。被告人は実父が殺された件についてミスター・フェリと話をして、自分はどうするべきかお伺いを立てました。今となってはその答は明白です。

ヴィンセント・カルフォとシーリア・モレッティがピーター・モレッティ・シニア殺害に実際に関与していたかどうかは本件に関係ありません。唯一重要な点は、そのふたりが犯人であると被告人が信じていたことです。証言でみなさんも聞いたとおり、被告人はその話を実の姉から聞いています。姉は彼に、母親の口から直接聞いた話だと伝えました。

被告人はその話を信じました」

ブシャールはひと息つき、水を口に含む。

そして言う。「ピーター・モレッティ・ジュニアは特殊な道徳環境のもとで育ちました。その道徳では、法制度あるいは司法を通して正義を求めることなく、人には復讐を果たす権利――いえ、義務――があるとされています。たとえそれが実の母親を殺さざるをえないことを意味したとしても。

長きにわたってこの国を、この国全体を、蝕《むしば》んできたのがこうした歪んだ道徳観念です。しかし、どんな集団に属していようと、どんな文化に親しんでいようと、何人《なんぴと》も法を逸脱してはなりません。陪審のみなさんには、そのことを明確にする機会――責任――が与えられているのです。

みなさんはふたりの人間が惨殺された証拠を見てきました。証拠は歴然としています。被告人はヴィンセント・カルフォを計画的に殺害し、そのあと母シーリア・モレッティを殺《あや》めました。実の母親をです。

すべての訴因において被告人に有罪の評決を出していただくことをお願いします。

ご清聴ありがとうございました」

ブシャールはそう締めくくって着席する。

ブルース・バスコムは陪審のまえをゆっくりと歩く。

「私の依頼人、ピーター・モレッティ・ジュニアは犯行現場にいました。それだけはミズ・ブシャールが正しい――われわれもそれは否定しません。十二番径の散弾銃はティモシー・シーの所有物ですが、それが殺人の凶器です。それについてもミズ・ブシャールの言ったとおりです。

しかし、それ以外には彼女は……合理的疑いの余地のないことは何ひとつ、みなさんに話していません。もっとも、そういうことは裁判ではよくあることですが。陪審のみなさん、この若者を終身刑に処すなら、検察側が紡《つむ》いだ物語には一片の合理的疑いの余地もないと、みなさん全員が胸を張って言えなければなりません。

なのに、そうした合理的疑いはひとつのみならず、数かぎりなくあるのです。順に申し上げましょう。

まず犯行の機会はあったのか？　ピーター・モレッティ・ジュニアには母シーリア・モレッティを殺害する機会がありました。しかし、そういう機会があったのはピーターひとりだけではありません。ピーターひとりだけに機会があったとするには、司法取引きに応じて、釈放カードを検察から手に入れた既決重罪犯、ティモシー・シーのことばを鵜呑《うの》みにするしかありません。ここでひとつ陪審のみなさんに質問させてください――シーリアに引き金を引いたのはシーではなかったことに合理的疑いの余地はほんとうにないのでしょうか？　この件についてはシーの証言しか判断材料がありません。私の依頼人を車に乗せ、犯行現場へ運んだのはティモシー・シーです。そのあとの行動もシーが主導したわけではないとどうして言いきれるのですか？　そこのところは誰にもわかりません。そういう疑いを合理的疑いというのです。

次に手段について。私の依頼人には犯行手段がありました。手元に散弾銃――ミスター・シーの散弾銃がありました。それは認めます。しかし、ここでも同じことが言えます。犯行手段があったのも依頼人ひとりではありません。あまつさえ、判断材料はこれまたシーの証言しかないのです。自ら犯行を認めた嘘つきであり、偽証までしたティモシー・シーの証言しか。当然、ここにも合理的疑いが生じます。

では、動機はどうでしょう？　実父の死に関する噂を耳にしたということが私の依頼人には殺人の動機となった、などというまことしやかな話を私たちはこの法廷で聞かされました。しかし、それを裏づける証拠はミスター・シーの証言だけです。その証言以外、私の依頼人に殺人の動機があったことを裏づけるものはありません。ピーターの姉はその話をしませんでした。ミスター・フェリもしませんでした。その話をしたのは嘘つきのティモシー・シーと検事のミズ・ブシャールだけでした。思い出していただきたいのですが、ミズ・ブシャールの最終弁論は宣誓証言ではなく、証拠でもありません。ただの個人的意見にすぎません。その意見の根拠も、証拠に基づくものでもなければ、宣誓証言に基づくものでもありません。証拠の裏づけのない、想像をふくらませた〝道徳観念〟が根底にあるとミズ・ブシャールは信じ込んでいます。

事件当夜、ピーター・モレッティが殺人目的で犯行現場の実家に行ったと本公判で証言した人物は――ティモシー・シーを除けば――誰もいません。ピーターは話をしにいっただけだったのかもしれません。自分の聞いた噂話を継父と実母に問い質すために行っただけなのかもしれません。銃を携帯していたのも――ほんとうに携帯していたのだと仮定してですが――それはヴィンセント・カルフォを恐れていたからかもしれません。犯罪組織が身近に存在する環境で育った私の依頼人は、カルフォが危険な構成員であることをまちがいなく知っていました。

当然そこに合理的な疑いが生じます。

動機についても合理的な疑いが明白です。

確かに、ヴィンセント・カルフォは背中を撃たれました。しかし、みなさんにすでに提示したように、被害者の背後から発砲した警察官の正当防衛が認められた判例は少なくありません。つまり、そういうこともありうることなのです。事件を捜査した刑事の証言でお聞きになったように、犯行現場の家には複数の銃器がありました。そしてミスター・カルフォが撃たれた場所からほんの一メートル半先のクロゼットには、何丁もの銃が保管されていたのです。

私の依頼人の動機について合理的な疑いはあるのかどうか。大いにあると私は思います。

まずシーリアについて話しましょう。

確かにぞっとする出来事です。みなさんが見せられた写真はどれも眼をそむけたくなるほど凄惨なものでした。

しかし、これは殺人事件なのでしょうか？　まえもって計画された殺人だったのか？　シーリアは銃を取ろうとしていました。銃がはいっていた引き出しは開いていました。そこで揉み合いのようになりました。この点に留意してください、誰がシーリア・モレッティを撃ったのであれ――被告人であるとはまだ決まっていません――そのような状況下では、身を守るための行動だった可能性がきわめて高くなります。さらに、事件が発生した同じ家で、一連の流れで同じことが二度起きる可能性はどれほどあるのか。銃器が多数保管されている家なら大いにありえます。そう、確かにその可能性はないとは言えないのです！　胸に手をあてて自問してみてください。そんなことはありえない、合理的な疑いなど微塵もないと、胸を張って言えますか？

あの寝室で何が起きたのか、単純明快な事実は私たちにはわかりません。誰が誰に何をしたのか、それは誰にもわからないのです。検察側は合理的な疑いのない見解を何ひとつ提示していないのです。

ずらかろう、と言ったのはピーターではなくティモシー・シーであることは本法廷で立証されました。凶器を処分しなければならないと言ったのも、ピーターではなくティモシー・シーでした。ティモシー・シーがそれらの事実を認めたことを――圧力をかけられて、不承不承真実を語ったことを――私たちは知っています。少なくとも一抹の真実を語ったことを。当初それらの事実について、ティモシー・シーは嘘をついていました。彼はほかにどんな嘘をついているのでしょう？

それは私たちにはわかりません。そして、またそれこそ合理的な疑いです。わからないことがある場合、そこには必然的に合理的な疑いが生じます。ピーターは殺害目的で実家に行ったのかどうか、私たちにはわかりません。現場にいるあいだ彼は不安に駆られていたのかどうか、それも私たちにはわかりません。ヴィンセント・カルフォを死に至らしめた銃弾を放ったのがピーターだったのかどうか、それもわかりません。百歩譲って仮にピーターだったとしても、その動機は不明確なままです。

私たちにはわからない、私たちにはわからない、私たちにはわからない、私たちにはわからない、そう、私たちにはわからないのです。合理的な疑いを拭うことがどうしてもできないのです。合理的疑いが、合理的疑いが、合理的疑いが、合理的疑いが厳としてあるのです。

あともうふたつだけ争点を申し上げて締めくくります。

本公判はマフィアの裁判ではありません。裁判にかけられているのはピーター・モレッティ・ジュニアです。ミズ・ブシャールは過去の犯罪すべてに対してピーターに責任を負わせようとしました。言うまでもなくそれは馬鹿げています。ピーターに釈明の義務があるのは、容疑をかけられている犯罪に対してのみです。ピーターに有罪の評決を出せば、組織犯罪の息の根を止められる、とミズ・ブシャールはみなさんに語りかけました。どういう家庭の出身であれ、ピーターには自らの出自に責任はありません。犯罪組織の構成員だったこともありません。犯罪歴もないのです。ピーターは叙勲された海兵隊員で、従軍経験のある退役兵です。

　裁判長が説示で勧告することでしょうが、ピーターが証人席に着き、自己弁護をしなかったことから否定的な推論を引き出してはいけません。判事から改めて説明があると思いますが、証言の拒否は憲法で保障されている権利です。ですから、評決をくだすときに被告人の証言の有無を考慮に入れてはいけません。そのことも判事から改めて説明があるはずです。

　とはいえ、私は陪審というものをよく理解しています――私にとって今回が初めてのロデオではありませんから。だから、あえて言いましょう、陪審のみなさんは心の中で首を傾げておられることでしょう、なぜピーターは証言しなかったのか、と。そして、自分なら進んで証人席に着いて宣誓し、天に向かって身の潔白を高らかに宣言するのにと。その気持ちはよくわかります。

　しかし、ピーター・モレッティ・ジュニアはそうしませんでした。それは私の判断で、彼の判断ではありません。私のせいです。ピーターは心的外傷後ストレス障害《PTSD》を患い、薬物依存歴があり、さらに妹が自殺し、父親が殺害されるという精神的な負担も抱えています。あなた方も眼にしてきたように、本公判中にミズ・ブシャールがおこなった悪意ある尋問になど、とても耐えられるものではありません。

　陪審のみなさんは裁判長の説明をしっかりと受け止めてください。それが法というもので、みなさんの務めです。

すべての争点を考慮し、証拠と宣誓証言を考慮した上で、みなさんはその務めを果たし、私の依頼人に無罪の評決を出されるものと、私は確信しています。

以上です、ありがとうございました」

そう締めくくって、バスコムは着席する。

76

悪くなかった、とマリー・ブシャールは思う。

悪くはなかった。

バスコムはパンチをいくつか叩き込んだ。

しかし、ブシャールは反駁《はんばく》陳述でもう一度陪審に語りかける。

「憚《はばか》りながら申し上げますが、ミスター・バスコムは話を逸らす達人です。〝これを見てください！〟〝あれを見てください！〟とあちらこちらへ眼を向けさせますが、鼻先にあることは――誰の眼にも明らかなことだけは――避けるのです。

では、どんなふうに話を逸らしていたのか……説明しましょう。

検察はティモシー・シーに証言させるために取引きしたかどうか。確かに取引きをしました。シーは最初から正直だったか？　そうではありませんでした。ですが、それはどうしてなのか、みなさんも考えてみてください。この種の裁判では、証人席に着く人たちの大半が聖人君子ではありません。

ミスター・バスコムは二件の殺人はシーの犯行だったかもしれないなどと仄《ほの》めかしまし

た。そんなことを裏づける証拠も何もないのに。何ひとつないのに。みなさんにお尋ねしますが、では、シーにどんな動機があったと考えられるのでしょう？　シーは生前のピーター・モレッティ・シニアとは知り合いですらなく、ついでに言えば、キャシー・マーフィとも知り合いではありませんでした。彼らには会ったこともないのです。しかし、被告人側は陪審のみなさんにシーを囮《おとり》にして、彼に眼を向けさせようとしています。

正当防衛？　勘弁してください。

ヴィンセント・カルフォは背中を撃たれているのです、逃げようとしたところを。シーリア・モレッティは？　銃を取ろうとしていた？　そうかもしれません。しかし、正当防衛の論拠を完全に覆《くつがえ》す事実があります。被告人はシーリアを一度だけ撃ったのではなく、二度も撃っているのです。

ズドン！　散弾銃から発射された一発目の銃弾は至近距離からシーリアの腹部に命中しました。その結果、シーリアは内臓が飛び出すほどの損傷を受けました。みなさんも写真でご覧になったとおりです。シーリアは簞笥に寄りかかったまま床に崩れ落ちました。みなさんは証拠の血痕も確認しました。シーリアは腸《はらわた》がこぼれ落ちた状態で坐り込んでいました。すると……」

ブシャールはそこで間《ま》を置き、劇的効果を最大限に高めて、陪審に気を持たせる。

「ズドン！　被告人はもう一度シーリアを撃ったのです！　生々しい描写で恐縮ですが、彼は母親の顔を吹き飛ばしたのです。これが正当防衛ですか？　被告人は激しい怒りに駆られて凶悪な犯行に走ったのです」

怒りには騒がしい怒りがある――叫び、唾を撒き散らしてわめきたてる怒りだ。静かな怒りもある――脅しのことばを囁き、声をひそめて罵詈雑言《ばりぞうごん》を吐く怒り。無言の怒りもある――口には出さず、憤りを腹に呑み込む怒り。

殺意を覚える怒りもある。

話すことは何もない。殺すしかない。

ダニーの怒りはそれだ。

アリー・リカタを殺す。指令を出すつもりはない。誰かにやらせるつもりはない。自分でやる。こいつばかりは自ら手をくださなければならない。

ダニーは今、殺意を覚えるそんな無言の怒りを滾《たぎ》らせている。

ジミーはやめさせようと説得する。「リカタが今どこにいるのかもわからないんだ。もうデトロイトに帰ってるかもしれない」

「いや」とダニーは言う。「こっちにいる」

あの男にはやり残した仕事がある。

おれを殺すことだ。

「リカタが連れてきてる人員は二班に分かれてる」とジミーは言う。「こっちはおまえとおれとネッドだけだ」

「おれに人員は要らない」とダニーは言う。

「ダニー――」

「やつらはあの若者を殺した」とダニーは言う。「殺す必要などないのに、だ。彼の面倒をみるとおれは約束した。その約束を果たせなかった」

「だから自分から殺されにいって、その埋め合わせをするってか？」

そうかもな、とダニーは内心思う。

とはいえ、ひとつだけはジミーの言うとおりだ。リカタの居場所がわからない。どこにいるかわからない相手は殺せない。

77

アリー・リカタも同じ問題を抱えている。

ダニー・ライアンの居場所が特定できない。

スターン家の坊やを埋葬するためにリノに出向いたことまではわかっているが、その後ダニーボーイはレーダーから消えた。

しかし、誰の居場所なら見つけ出せるか、リカタは知っている。

78

「あいつが今夜家に来る」とジェイクが父親に告げる。

「ジリオーネが?」とクリスは訊く。「うちに?」

「そう」

厚かましい野郎だ。おれの女房と寝るだけじゃ飽き足らず、おれの家でことに及ぼうというのか。

とはいえ、別にどうということはない。

「何時だ?」とクリスは訊く。

「十時半」

「ヤりに来るだけか」

「相手は母さんなんだよ」とジェイクは言う。

「すまん」とクリスは言う。「いいか、おまえに頼みがある」

息子に計画を説明する。といっても、知る必要のあることだけに絞って。

そして、頼んだとおりにやってくれることを祈る。

79

待つのは。

陪審が評決を出すのを待つのは最悪だ。

もっとも、ブルース・バスコムにしてみれば、そう悪くもなかったが。俗に言われるように、ハムとチーズのオムレツでは鶏《にわとり》は関与しているだけだ。豚は身を捧げているのに。本公判におけるバスコムの立場は、オムレツをつくるときの雌鶏《めんどり》だった。敗訴はごめんだし、依頼人のことをいい加減に思っているわけでもない。それでも評決がどちらに転ぼうと、そのあとは法廷を立ち去り、自分の人生を生きるだけだ。

それはマリー・ブシャールにとっても同じはずだった。評決の行方がどうであれ、そこで役目は終わる。しかし、自信が持てなかった。ピーター・モレッティ・ジュニアが人生を謳歌することになっても、果たして自分は気持ちを切り替えられるだろうか?

そう、彼女はこの裁判に入れ込みすぎている――手間暇をかけすぎ、エネルギーを注ぎすぎている。必ず正義が為されると信じきっていた。自分はシーリア・モレッティのこの世での代弁者だと自負していた。自分こそシーリアの声をみなに聞かせる最後にして唯一のチャンスだと。だから待つのは最悪だった。

ピーター・ジュニアにとっては最悪を超えた。

言うなれば、彼はオムレツのハムだ。有罪の評決が出たら、歩いて法廷を出ることはできない。手錠をかけられ、奥の部屋に連れていかれ、そのあと成人矯正施設にバスで護送され、おそらく死ぬまでそこに収容されることになるだろう。

少なくとも何十年も。

だから彼にとって待つことは最悪を超えていた。

一日が過ぎ、さらに一日が過ぎた。

いい兆候だ、とバスコムはピーターに言った。有罪の評決ほど陪審の評議が早く終わるからだ。

ブシャールも同じことを考えていた。

これまでに担当した裁判はたいていすぐに評決が出た。陪審はたいていいつも無料の昼食が出る頃合いまで粘り、食事がすむと、有罪の評決を携えてさっさと法廷に戻ってくる。

それが今回はちがう。

三日目が過ぎ、四日目も過ぎた。

ピーター・ジュニアの心はもうほとんど壊れそうになっていた。

心にひびがはいっていた。

そして五日目。陪審が評決に達したと廷吏から被告人側も検察側も知らせを受ける。

　そして今、双方ともに法廷の席に着き、列を成して入廷する陪審を見ている。ブシャールは陪審員長を観察し、評決を想像する。が、陪審員長は無表情のまま視線を返してこない。

　ブシャールは息もできない。

　ファエラ判事が入廷し、全員が起立する。

　バスコムはピーター・ジュニアの肩に手を置く。

　ピーターは今にも泣きそうな顔をしている。

　廷吏が評決を尋ねる決まり文句を読み上げる。

「ヴィンセント・カルフォ殺害に関する第一級殺人容疑について、評決に達しましたか？」

「はい」と陪審員長は答える。

「評決はどうなりましたか？」

　ブシャールは唾を呑み込む。

　ピーター・ジュニアは被告人席のテーブルの端をぎゅっとつかむ。

　陪審員長が言う。「評決は無罪」

　ブシャールには胸の中で心臓が沈み込んだのがわかる。

　それでも第二級殺人、故殺、過失致死罪と続く評決に耳を傾ける……無罪、無罪、無罪。

　陪審は正当防衛の反論を信じたのか？　ピーターがカルフォを殺すのももっともだと考えたのか？――クソ判事のクソ説示。

ピーター・ジュニアは泣いている。

肩を震わせ、安堵の涙を流している。

泣くのはまだ早いんじゃないかしら、ジュニア、とブシャールは心の中でつぶやく。母親殺しは陪審もさすがに容赦しないから。

「シーリア・モレッティ殺害の第一級殺人容疑についても評決に達しましたか？」

さあ、聞きなさい、とブシャールは心の中でピーターに話しかける。

陪審員長は答える。「いいえ」

いいい、なんですって？

「裁判長」と陪審員長は言う。「評決に至りませんでした」

ブシャールは唖然とする。

ピーター・ジュニアが突然壊れる。そのことにさらに驚く。

ピーターはいきなり泣きくずれる。

涙が止まらない。

やがて顔を上げると、陪審に向かって言う。

「おれがやりました。母を殺したのはおれです」

バスコムがピーターの腕をつかんで言う。「ピーター、きみは――」

ピーター・ジュニアはバスコムの手を振りほどく。「おれがやったんです！　母を殺しました！　殺すつもりだったんです！　すみません！　ほんとうにすみません！」

満員の法廷は騒然となる。
記者たちはわれさきに法廷を飛び出し、デスクに電話をかけに走る。
静粛に、とファエラ判事は小槌《こづち》を叩く。
バスコムはブシャールのほうを見て、肩をすくめる。
さて、どうする？　と言わんばかりに。
ブシャールも肩をすくめる。なんなの、これは？

80

ファエラは法服を脱ぐと、椅子の背に掛けて坐る。「いやはや、ブルース、少しは依頼人を監督してもらわないと」

「申しわけありません、判事」

「前代未聞の事態だ」とファエラは言う。「こんなことは初めてだ」

「われわれ全員にとって」とブルース・バスコムは言う。

混乱にもほどがある、とマリー・ブシャールは思う。ヴィンセント・カルフォの件は陪審の評決無効に相当する。そう思い、そのまま口にする。

ファエラは言う。「評決はすでに提出された。あれはあれで片がついている」

「でも、陪審は明らかにあなたの説示を無視しました」

「その件はこれ以上追及しない」とファエラは言う。「問題はシーリア・モレッティのほうだ。評決不能陪審になる」

「被告人は公開法廷で罪を認めました」とブシャールは言う。

「宣誓した上での発言ではない」とバスコムがすかさず言う。「厳密に言えば、伝聞証拠だ。およそ宣誓証言とは言えない。削除を求めてもいいが、そもそも削除する証言自体が存在しない」

「彼の言うとおりだ、マリー」とファエラは言う。

ブシャールにもわかっている。さらに、ファエラがむずかしい立場に立たされていることも。ピーター・モレッティ・ジュニアが母親殺しを告白したことは、夕方のニュース番組で、明朝の新聞で確実にロードアイランドじゅうの住民が知るところになる。そんな状況でファエラはどうする？　ジュニアを自由の身にする？　一方、仮に評議のやり直しを命じれば、陪審は法廷に戻り、本来なら耳にすべきではなかった〝証言〟を〝証拠〟に、ものの十分で有罪の評決を出すだろう。

いつものようにバスコムは先まわりする。「本法廷の陪審にまた評議させるわけにはいきません。彼らは聞いてしまったんですから。鳴らしたベルをもとに戻すことはできない」

「その〝ベル〟は被告人が公の場で述べた自白だった」とブシャールが反論する。自分でもまちがっているとわかりながら。「強制されたわけでもなく、操られたわけでもなく、自発的な告白だったんだから」

「被告人は不安定な精神状態にあった」とバスコムは再反論する。「あと五分も経っていたら、もっと取り乱して、リンカーン暗殺だって告白しただろうよ。審理無効しか道はない」

「審理無効を求めるのか?」とファエラが問い質す。

「はい、審理無効を求めます、判事」

「冗談じゃないわ」とブシャールは言う。

「マリー……」

「もう一度最初からやり直すつもり?」

「きみ次第だ、マリー」とバスコムは言う。「再審しない選択もある」

「つまりあなたは」とブシャールは言う。「また一から裁判するのは面倒くさいから、被告人が母親の腸《はらわた》を飛び出させ、頭を吹き飛ばしたことはこの際大目に見ようって言ってるの? わたしたちはそういうことを発表しようとしてるの?」

「わたしたちというか、それもきみ次第だ」とバスコムは言い、ブシャールを見すえる。

「わかったわ、だったらこうするわ」とブシャールは言う。「ピーター・ジュニアはさっきの自白を書面にする。その上でこっちは第二級殺人の罪状認否を求める。それでいいかしら、ブルース?」

「さっきのような暴走は二度とさせないよ」

「あら、今度はちゃんと監督できるのね?」とブシャールは嫌味を言う。

「それが妥当なところだな、ブルース」とファエラは言う。

「ええ、ピーター・モレッティ本人以外にとってはね」とバスコムは言う。「われわれ法曹界の人間にとってはそれが妥当なところでしょう。それで面倒が片づく。しかし、私としては道義上、依頼人にその解決策は勧められない。最善の選択は再審なんだから」

「ちょっとちょっと、ブルース……」とブシャールはうんざりして言う。バスコムが考えているることは明らかだ。「さっきの自白は再審の陪審候補者も知るに決まっている。でも、それは証拠として認められない自白よ。だから被告人は公正な裁判を受けられない。そう主張するつもりね」

バスコムは肩をすくめ、無言でそうだと認める。

「判事」とブシャールは言う。「こんな前例をつくったら、被告人は誰も彼も法廷で立ち上がって、自分がやったたって口走った挙句、その自白をもとにした裁判は公正とは言えないなんて主張しだしますよ！　これが現実的な解決策ですか⁈」

ファエラはため息をつく。「それでも審理無効を宣言するしかないよ、マリー。もちろん再起訴を望むなら、決めるのはきみだ。新たな公判の準備は進められる。きみならテレビも見なければ新聞も読まない十二人の陪審員を集められるだろう。そういう陪審員がうまく見つかるよう祈る。でも、担当するのは別の判事だ。私はフロリダのデルレイビーチでこの裁判のことも、きみたちと知り合いだったことも忘れるつもりだから」

「陪審の評決を調べていただけませんか、判事」とブシャールは言う。どれだけ有罪票が投じられていたかわかれば、再審の道を選べるかどうか決心がつく。

「面倒なことを言いだすもんだな、マリー」とファエラは言う。

「これは評決不能陪審ではなく、審理無効だよ」とバスコムが横から言う。「聞き取り調査の必要はないよ」

「法律指導をありがとう」とファエラが応える。「調査はしない。さあ、幸運な陪審員たちに家に帰ってよしと伝えにいこう」

ファエラは腰を上げる。

バスコムはブシャールに微笑みかける。「ボールはきみのコートにある」

バスコムの言いたいことは明らかだ。

このクソ野郎。

81

「ジョン・ジリオーネが来ることになった」とケイトが言う。

「いつ？」とジェイクは訊き返す。

「あと数分で」とケイトは答える。「そんな眼で見ないでちょうだい」

「そんな眼って？」とジェイクはさらに訊き返す。「別にどんな眼でも見てないよ」

「〝母さんは売女《ばいた》だ〟ってうんざりした眼で見てる」とケイトは言う。「わたしにどうしてほしいのよ、ジェイク、お父さんを永遠に待っててほしいの？」

ふたりのあいだには秘密がひとつ壁のように立ちはだかっている。ジェイクは父が帰郷したことをケイトに話しておらず、ケイトはケイトでそれを知っていることを息子に明かしていない。

「母さんはずっと待ってたよね」とジェイクは言う。

「もう充分待ったわ」

ジェイクはすんでのところで母親に打ち明けそうになる。ケイトにはそんな息子の様子もよくわかる。隠しごとをするのに苦労している。それが手に取るようにわかる。

「だから、ぼくには外出していてほしいんだよね」とジェイクは言う。

「何よ、家に残って挨拶でもしたいの?」

「まさか」

「じゃあ、もう行ったほうがいいわ」

「裏から出るよ」そう言って、ジェイクは立ち上がる。「鉢合わせしたくないから」

キッチンを通り抜け、裏口から外に出る。

鍵はかけないで出ていく。

82

ダニーはイーデンのアパートメントのベルを鳴らす。
誰も玄関に出てこない。
もう一度鳴らして待つ。ややあって、合鍵を使って中にはいる。「イーデン⁈」
応答なし。返事はなし。
テーブルの上のメモに気づく。

彼女を返してほしいか？　ここにいるぞ。

住所が書いてある。

83

ジョン・ジリオーネはもう勃起している。コートさえ掛けられるほどこちこちになっている。

今の気持ちをひとことで言うと？

期待だ。

ずっと待ってた――何年も――この女とヤるのを。今夜、ついに彼女は陥落する。自分のあそこを黄金かプラチナかのように思ってる女と寝るのは王国への鍵穴だ。

何年も男がいなかったんじゃないか？　だったら、あっというまにぐしょぐしょだろう。

この期待。

ケイト・パルンボの家のまえに車を停める。

同じブロックの少し先には手下のモリーシの車が停まっている。車の窓を下ろしてモリーシが言う。「息子は出かけた。少しまえに。彼女はひとりだ」

「確かだろうな？」

「人の出入りはない」

「まだ見張ってろ」とジリオーネは言う。
玄関に向かい、ドアベルを鳴らす。

84

ケイトは二階に行き、映画の登場人物なら〝楽な服に替えたの〟とでも言いそうな服にすでに着替えている。ネグリジェみたいな露骨なものではなく、彼女の眼をきわだたせるグリーンのシルクのローブに。香水は首すじと下腹部につけた。自分の気持ちをはっきりとジリオーネに示すために。

「よく似合ってる」ケイトがドアを開けると、ジリオーネがそう言う。

「でしょ?」とケイトは応じる。「はいって」

ケイトは居間の小さなホームバーまで歩く。「何か飲む? ワインがいい?」

「あんたは何を飲んでる?」

「ワインよ」

「じゃあ、ワインをもらおう」

「赤、それとも白?」

「赤」

「わかった、赤ね」ケイトは自分のグラスにワインを注ぎ、ジリオーネにも注ぐと、グラスを手渡し、ソファに並んで坐る。「ようやくここまで来たわね」

「どうしてこんなに時間がかかった？」

「待ってたのよ」とケイトは言う。「見きわめたい気持ちもあった……」

「見きわめたい？」

「実権を握るのは誰か」とケイトは答える。「どうやらあなたみたいね」

「それだけか？」とジリオーネは尋ねる。「おれがボスになるからベッドをともにするのか？」

「権力に魅了されない女なんていないわ」とケイトは言う。「権力には催淫性《アフロディジアック》がある」

ケイトは思う——むずかしいことばでもこういう類いは、こんな男でも知ってるかもしれない。

実際、知っている。「スペインバエみたいにか（媚薬の材料として知られる）」

「まあ、そういうことね」

「または牡蠣《かき》とか」

「そっちのほうがハエよりはいいわね。さあ、ワインを飲んじゃって。続きは寝室で」

さっさと終わらせるの。

そのとき、クリスが部屋にはいってくる。

85

市《まち》の東側にある倉庫。

ダニーは車を停め、外に出る。姿を見せた瞬間に射殺されるわけではないことはわかっている——リカタはそれだけでは満足しない。ここでは殺されまい。リカタのところへ連れていかれる。ギャングの手でじわじわと死に追いやられる場所へ。そして消えてなくなる。〝ダニー・ライアンがまた姿を消した〟。そういうことだ。

それならそれでかまわない。

大事なのはイーデンを助け出すことだけだ。

男がヴァンから降りてくる。

ダニーに向かってうなずき、ヴァンを顎で示す。

彼女はその中にいるという合図だ。

ダニーは言う。「少しでも彼女に危害を加えていたら、おまえらを皆殺しにする」

男はにやにや笑う。「いや、死ぬのはおまえだって」

「うちの連中があとを追う」とダニーは言う。「やつらは追いつめるまであきらめない」

「落ち着けよ、大将」と男は言う。「彼女は元気だ、ただ怯えてるだけだ」

「解放しろ」

「手順は簡単だ」と男は言う。「おまえが車に乗って、彼女は降りる。そのまえにボディチェックだ。おれは単独で動いてるわけじゃないんでな。下手な真似をしたら、即、彼女の顔が吹き飛ぶ。で、次はおまえだ。いいな？」

ダニーは両腕を上げる。

男は近づき、ダニーの全身を服の上から叩き、ヘックラー・ウント・コッホP30を抜き取る。「いいチャカだ」

男はダニーをヴァンまで連れていき、ドアを横に引いて開ける。

ヴァンに乗る。

イーデンは両手をうしろで縛られている。目隠しをされ、猿ぐつわを嚙まされている。

隣りにひとり、運転席にもうひとり男が坐っている。

「大丈夫だ」とダニーはイーデンに言う。「もう大丈夫だ」

泣いていたのか、マスカラが頰に垂れている。が、見たところ怪我はない。殴られた痕跡もない。

「猿ぐつわをはずせ」とダニーは言う。

「女が悲鳴をあげる」

「心配ない」

ダニーは手を伸ばし、自分で猿ぐつわをはずす。

「きみは解放される。おれは彼らと一緒に行く。このことは忘れてもらいたい。警察に行ってはいけない。助けになろうとするのも駄目だ。これまでどおりの生活を送ってくれ。わかったか？」

イーデンはうなずく。震え上がっている。

「愛してる」とダニーは言うと、イーデンの肘を支え、ヴァンから降ろし、手枷《てかせ》を解く。

「百まで数えろ」と男は言う。「かくれんぼするみたいにな。数えおえたら、目隠しをはずしてもいい。そのまえにはずしたら、おまえが最期に耳にするのは銃声だ。いいな？」

イーデンは黙ってうなずく。

男はスライドドアを閉め、車体をまわって助手席に乗り込む。

ヴァンは出発する。

ダニーはその場に立ち尽くすイーデンを見つめる。

男がダニーの頭に銃を突きつける。「床に横になれ」

ダニーは言われたとおりにする。

男が訊く。「面倒かけるなよ、いいな？」

ああ、とダニーは心で答える。

86

クリスは鍵のかかっていない裏口からはいった。

ジョン・ジリオーネの頭にサイレンサー付きの三八口径の銃を突きつけて言う。「グラスをおろしたら、ジョン、手はおれの見えるところに置け」

「馬鹿なことしやがって」とジリオーネは言う。「外にひとりいるのがわかってるのか？」

「外にひとり死人がいるのはわかってる」とクリスは言う。「空《から》っぽの頭に二発お見舞いしてやった。ケイト、ここを出ろ」

「ローブ一枚の恰好なのよ」

「いいから」とクリスは言う。「裏から出ろ。車でちょっと走って、そのまま車の中にいろ」

ケイトは立ち上がり、部屋から出ていく。

キッチンのドアが閉まる音がする。

「おれの商売を乗っ取って、おれの女房とヤろうとしてたってわけか？」

「クリス――」

「言いわけは要らない」

「馬鹿な真似はよせ」とジリオーネは言う。「ほかのやつらに追われるだけだ」

「ヴァッカか？」とクリスは聞く、「あいつも死んだよ。ラ・ファヴレ？　死んだ。イオフラーテも死んで、マラガンザも死んだ。ジャッキー・マルコは朝までに死ぬ」

「パスコが——」

「ああ、パスコが指令を出した」とクリスは言う。「パスコにしろ、大ファミリーにしろ、ピエロが乗った車をそうそういつまでも走りまわらせると思ったか？　おまえみたいなタマ無し能無しのゴミをボスにすると本気で思ったのか？」

大ファミリーは実働部隊を送り込んでいた。

正真正銘の殺し屋集団だ。

その仕事はすでに終わっている。

ただ、こいつだけはおれの手で始末をつけたい。クリスはそう思ったのだった。

87

ダニーはヴァンの後部の床に横たわっている。頭に銃が突きつけられている。目隠しの手間は省かれた。だから生きて帰されることはない。こいつらは裁判でのダニーの証言を心配するような輩《やから》じゃない。

「今でもまだおまえたちのボスを殺すつもりでいるんだがな」とダニーは言う。

「そうかい、どうやって？」と男は訊く。「墓の中からか？」

「いざとなれば」

男は笑う。

ダニーは言う。「いずれにしろ、おまえはこれで昇格できそうか？」

「順番で言うと、チャッキーがさきだな」

「あいつも消えてなくなる」とダニーは言う。

88

クリスは銃を構え直して言う。

「二階だ。二階に行こうとしてたんだろ？　おれの女房と。さあ、行けよ、ワインを持って」

ジリオーネに銃を突きつけ、寝室まで階段をのぼり、バスルームにはいる。「シャワーの下に立て」

「なんだと？」

「シャワーの下に立つんだ」とクリスは言う。「ケイトの部屋のきれいなカーペットにおまえの残骸を撒《ま》き散らすとでも思ったか？　ケイトはきれい好きなんだよ」

ジリオーネはシャワーの下に立つ。「クリス、頼む。金ならある、みんなあんたにやる、全部、だから頼む――」

「飲めよ、ジョン。落ち着くぞ」

「後生だから――」

「さあ、飲め」

ジョン・ジリオーネはグラスを上げる。両手で抱えなければ、口元にグラスを持っていけず、それでも唇の端からワインを垂らす。どうにか一口飲む。次の瞬間、ワインもろとも咽喉《のど》が吹き飛ばされる。

89

ヴァンが停まり——

——門が軋《きし》みながら開く音が聞こえる。そのあとまえに進み、また停まる。

「着いた」と男は言う。

ダニーは上体を少し起こし、外を見る。

ルーロン・アール・トレーラーハウスパーク内の廃車解体処理場。

コンクリートと砂利敷きの敷地のまわりには、有刺鉄線を上部に巻いた金網フェンスがめぐらされている。十台前後の古い車がトタン板の建物の外に停まっている。ここでリカタはおれを拷問にかけるつもりなのだろう。ダニーはそう思う。

ガラスが割れた窓から金網越しに見張っているのだろう。

ヴァンから降ろされ、建物の入口まで引きずられていく。男たちはドアを開けると、ダニーを中に放り込む。

どうやら盗難車の部品密売工場らしい。

油圧式リフトで持ち上げた車が二台、ジャッキで上げた車、アセチレントーチ、金属用鋸、研磨機。

使える道具はいろいろそろってるというわけだ。

「ダニー・ライアン」とリカタが言う。「ちゃちゃっとすませたいところだが、プロヴィデンスの友人たちがあんたを苦しませたがってな。ジョン・ジリオーネがよろしくって言ってたぜ。おまえを大いに痛めつけてくれって」

チャッキーが忍び笑いを洩らす。笑いとも言えない気味の悪い声だ。少女みたいな。図体のでかい男にしてはなんとも奇妙な笑い声。

リカタはダニーの反応を見る。

ダニーはどんな反応も示さない。

90

クリスは物置きに行き、モップとバケツとゴム手袋と弓のこを取ってくる。二階に戻り、ジリオーネを切り刻む。切断した死体をビニールの黒いゴミ袋数枚に分けて入れ、シャワーの器具の汚れをモップで拭き取り、消毒剤《ライゾール》でこすり洗いする。掃除がすむと、車を出し、ジリオーネをナラガンセット湾のあちらこちらに捨てる。

ジェイクに電話をかけ、自宅で落ち合うことにする。

家に着くと、息子は動揺している。「ジリオーネは――」

「あいつはここに来もしなかった」

ジェイクの顔から血の気が引く。「さっきぼくは――」

「おまえはまちがったことはしてない」とクリスは言う。「よくやってくれた。おまえは孝行息子だ、ジェイク。父さんにはもったいない、できた息子だ」

「だったら、これからは……」

「おれがボスだ」とクリスは言う。「いつかはおまえがボスになる、おまえにその気があればな。いや、その気は出してもらいたくないな。代償がついてまわるからな」

「わかってる」

「だろうな」とクリスは言う。

91

リカタは鋼鉄の柱を顎で示す。「鎖で縛りつけろ。さあ、始めるぞ」

ダニーを連れてきたふたりの男たちはドアに向かって走りだす。

リカタは眼を剝く。「いったいなんの――」

ダニーは銃を抜き、リカタの頭に狙いをつける。「ある男がおまえのことをどう言ってたか知ってるか？　病的な外道のあいだですらおまえはとことん病的な外道だと思われてるそうだな。だから実のところ、おまえの手下はまえからおまえに死んでもらいたがってた」

リカタはまばたきひとつしない。「おまえ、おれを馬鹿だと思ってるのか？　ヌケ作だと？　ダニー・ライアンの作戦帳《プレイブック》から一ページ拝借したぜ。そっちの家に人を遣《や》った。おれがここを無事に出て、電話をかけなかったら、息子は――イアンだったか？――ワインガードの息子が行ったところに行くことになるぜ」

ダニーは銃をおろす。

92

レッドソックスは珍しく勝ち越している。

エンゼルスに二点リード。

八回表。

でも、持たないだろうな。イアンはそう思う。中継ぎが長いイニングを投げるときには、リードはこれぐらいじゃ足りない。

「ポップコーンをもっと食べるか?」とネッドが訊く。「ソーダは?」

「コーラを取ってくる」とイアンは言う。「ビールのお代わりは要る?」

「わざわざ訊くなって」

イアンは腰を上げ、冷蔵庫のところに行く。自分にコーラ、ネッドおじさんにサミー・ビールを取り出す。夕食に何を食べたか知られたら、お祖母《ばあ》ちゃんに殺される――ベーコンをトッピングしたハンバーガーとポテトチップス、アイスクリーム。今はポップコーンとプレッツェルにコーラを何缶も。

しかし、マデリーンは市外に出かけていて、遅くまで帰らない。だから、祖母に知られずに……

イアンはネッドおじさんにビールを手渡す。「二点のリードで逃げきれる？」

「あとアウト六つも取らなきゃならないんだぞ」とネッドは言う。「二十点でも足りないな」

案の定、二球目のカーヴがすっぽ抜けて逆球になり、打球はグリーンモンスターを越える。

「くそっ」とイアンが言う。

「ことばづかいに気をつけろ」

「ごめんなさい」

「見ていられないね」とネッドは言う。「またこういう展開だ。外で一服してくる」

「ここで吸えばいいよ」

「おまえのお祖母ちゃんとの約束がある」

ネッドは腰を上げ、外に出る。

93

リカタは銃を上げる。

が、ダニーのほうが若く、動きもすばやい。反射的に体が動く——手を上げ、引き金を引く。

チャッキーが父親の眼のまえに飛び出し、胸に銃弾を受けて倒れる。

リカタは床に身を投げ出し、腹這いになってうしろに下がりながら銃を撃つ。

ダニーは柱の陰にまわる。銃弾が金属製の内壁にあたって跳飛する。

チャッキーは喘いでいる。

リカタが大声をあげる。「チャッキー！　チャッキー！」

ダニーはリカタの声がするほうを見る。

リカタはまた撃つ。弾丸《たま》が鼻先をかすめ、ダニーは柱の陰に身を屈める。

あたりは静まり返り、チャッキーの荒い息づかいだけが聞こえる。

ダニーは柱の反対側を見て、様子をうかがう。

リカタはジャッキで持ち上げられた車のうしろにいる。

ダニーは撃つ。

リカタは身を屈める。

チャッキーは車のほうへ這っていき、血のすじをあとに残す。「父さん……父さん……お父さん、頼む。助けて」

リカタは車のうしろから出ていこうとしない。そのかわりに車の下を這って、手を伸ばして息子の手をつかもうとする。「チャッキー……」

ダニーは走り出る。

リカタはもう一度撃つが、角度がない。

ダニーは車の側面にまわり……

……ジャッキをはずす。

車がリカタの両脚の上に落ちる。

リカタは悲鳴をあげ、身をよじる。

が、抜け出せない。

チャッキーは口から血の泡を吹く。

息が絶える。

リカタはそれを見る。

銃口を自分の側頭部に押しあてる。

ダニーはリカタの手から銃を蹴り飛ばす。

リカタは顔を起こし、ダニーを見上げて言う。「おまえの息子もこれで終わりだ」

94

リカタが雇った銃の使い手、デイヴ・ミーガンというデトロイトの殺し屋は腕時計で時刻を確認する。

十時。

リカタから厳命を受けている——午後十時までに連絡が来なければ、突入しろ。だけど、なあ、よりにもよってガキを殺せだと？　ミーガンは子供を殺したことがまだ一度もない。

家族を狙うのは昔からご法度《はっと》だった。

だからミーガンとしては気が進まない。それでも、自分はどうしたいかと言えば、このあとも息をしていたい。リカタに言われたことをしなければ——

95

リカタは悲鳴をあげる。

「ああ、もう駄目だ、苦しい！　痛い！　死なせてくれ！　楽にさせてくれええ！　痛くてたまらねえええ！」

ダニーはリカタの横でしゃがむ。

「お願いだ……頼むから……ああ、駄目だ！　ママ！」

リカタは泣きわめき、うなり声をあげ、うめく。

膀胱が力尽き、次いで腸が力尽きる。

吐息が洩れる。

口が開く。

ダニーはぼろ布《きれ》を見つけると、ガソリンタンクに突っ込む。

そのぼろ布に火をつけ、歩き去る。

イアンのところに行かなければ。

そのときになって初めて血が脚を伝って垂れているのに気づく。どこかで撃たれたのだ。

どうでもいい。

息子の命を救わなければ。

神よ、とダニーは胸につぶやく。どうか息子の命だけは奪わないでくれ。

96

ミーガンの首にまわされた腕が万力のように締め上げる。

ミーガンは首の向きを変えて圧を和らげようとするものの、腕はびくともしない。腰の銃に手を伸ばそうとしてもできない。

ネッドは首を押さえつけているだけだ――しきりに身をよじり、脚をじたばたさせている男より腕力で圧倒的に勝っている。

やがて、大便のにおいがする。

ネッドはもう少しだけ待ち、腕を放す。仕事をやりそこねた殺し屋は地面に倒れる。ネッドは男の足をつかみ、家の裏手へ引きずっていく。ゴミ箱のそばまで。

仕事が増えた。

息を切らして家に戻る。「スコアはどうなってる?」

「一点差で勝ち越されてる」とイアンは言う。

「ほらな。電話をかけてくる」

ネッドは寝室にはいり、ジミー・マックの番号にかける。「ダニーに会ったか?」

「いや。ダニーはあの女性を引き取りにいった。なんで訊く？」

「こっちに来てくれ」とネッドは言う。「ゴミ捨てを手伝ってほしい」

ネッドは電話を切る。

そこでいきなり倒れる。

その音がイアンにも聞こえる。

寝室に駆け込むと、ネッドおじさんが床に倒れている。

「ネッドおじさん！　ネッドおじさん！」

イアンは急に怖くなる。それでも電話を手に取り、九一一番にかける。

通報しおえると、ネッドおじさんのそばにひざまずき、脈を取る方法を思い出そうとする。

97

ふたりは寝室の中に立っている。

「この部屋を見てて思ったんだが」とクリスは言う。「このベッドは向こうの壁につけるべきだな。そうすれば起きたときにおまえは朝日を拝める」

「あら、そんなことを考えてるの？」とケイトは訊く。

「だからそう言っただろ？」

「ジリオーネはどうなったの？」

「ジョンのことか？」とクリスは言う。「もうおまえを煩《わずら》わせられない」

「ほかにもいるけど」

クリスはケイトをまっすぐに見る。「いいや、いない」

ケイトは理解する。

「で、ベッドはどうする？」とクリスは訊く。

「そんなに簡単に考えてるの？」とケイトは訊く。「あんたはいきなりひょっこり現われたと思ったら、女房に売春婦まがいの真似をさせたのよ。そんな男のベッドにいそいそとはいれって言ってるの?」

「まあ、そんなところだ」

「わたしたちは長いあいだ離れてたのよ」とケイトは言う。

「わかってる」とクリスは言う。「すまなかった」

「人生で一番いい時期も何年か離ればなれだったのよ」

「だったら、これ以上無駄にするべきじゃない」とクリスは言う。「さあ、ベッドの配置替えを手伝ってくれ」

ふたりはベッドを動かす。

そして使う。

何度も何度も。

眼が覚めると、陽が昇っている。クリスは顔にぬくもりを覚える。

98

ダニーはイアンを抱きしめる。きつく。

「よかった、助かった……」

「パパ、怪我してるね」とイアンは言う。

「大丈夫だ」

実際は大丈夫どころではなく、ありったけの力を振りしぼってヴァンに乗り、自宅まで運転したのだった。車の非常灯が見えたあと、救急車が眼にはいったときには心底肝を冷やした。

心臓が止まった。

が、次の瞬間、マデリーンと外に立っているイアンが見えた。ダニーはヴァンを降りると、息子を引き寄せた。「よかった。ほんとうによかった」

「救急車はネッドのためよ」とマデリーンは言う。「心臓発作を起こしたの」

「一緒にいたんだけど」とイアンは言う。「どうすればいいのかわからなかった。だから九一一に電話した」

「よくやった」

「あなた、出血してるじゃないの？」とマデリーンが言う。「手当てするわ」

「何があったの？」とイアンが尋ねる。

「馬鹿をやった」ふたりの手を借りて家の中にはいりながら、ダニーは言う。「運転中に居眠りをして、脱輪した」

「あのヴァンは誰の？」

「友達のだ」とダニーは言う。「相棒、頼みを聞いてくれないか？　コーヒーをいれてきてくれるか？　やり方は知ってるだろ？」

「うん」

「助かる」

マデリーンはダニーを一階のバスルームに連れていく。ズボンを下ろし、脚を調べる。

「撃たれたのね」

「弾丸《たま》は貫通したと思う」とダニーは言う。「タンポンはあるか？」

「生理はとっくにあがってる」

「それなら包帯を出してくれ」

マデリーンは薬戸棚を開け、幅の広い圧迫包帯を二巻き見つける。「でも、病院に行かなくちゃ駄目よ」

「いや、いい」とダニーは言う。「あとで医者に行くが、今はヴァーンに会わないと」

「ダニー、どうして？」

「事態を収拾するためだ」ダニーはどうにか立ち上がり、ズボンを引き上げる。「ネッドは？」

「亡くなったわ。救急隊員から聞いたの」

「イアンに知らせるか？」

「もちろん。でも、もう知ってる気がする」とマデリーンは言う。「ヴァーン・ワインガードをどうするつもり？」

「わからない」

ジミーは居間にいる。「大丈夫か？」

「大丈夫だ」

「デトロイトは？」

「もう終わった」

ジミーはうなずく。「家の裏にネッドが残した荷物があった。処分はすませた」

危ないところだった、とダニーは思う。リカタはここに殺し屋を送り込んでいた。イアンを殺すために。ネッドは息子の命を救ってくれた。

ライアン家を三代にわたって守ってくれた。

ネッドに神のご加護がありますように。

「ヴァーンに会いにいく」とダニーは言う。

「送っていく」

「いや、駄目だ」とダニーは言う。「おまえにはサンディエゴに戻ってもらう。商売に励み、家族のそばを離れるな。じゃあな、ジミー」

「ダニー……ああ、わかったよ。じゃあな、ダニー」

ふたりはすばやくハグをする。

ダニーが体を離すと、イアンがコーヒーを注いだカップを持ってくる。

「おっと、ありがたい」とダニーは言う。「これがないとな」

「パパ、ネッドはもしかして……」

「ああ、そうだ、イアン。残念だ」

イアンは泣くまいとするが、眼から涙があふれ、頰を伝う。

「いい人だった」とダニーは言う。

イアンはうなずく。

ダニーはイアンの両肩に手を置いて言う。「イアン、父さんは用事があって出かけなければ――」

「怪我してるのに！」

「大丈夫だ」とダニーは言う。「すぐ帰ってくる。帰ってきたら、次の自転車旅行の計画を立てよう、いいな？」

「わかった」

「父さんはおまえを愛してる」とダニーは言う。「わかってるな?」

「わかってる」とイアンは言う。「ぼくもパパが大好きだよ」

「おれは幸運な男だ」とダニーは言う。「さあ、ベッドにはいって、少し眠りなさい。眼が覚めたら、父さんは家にいる」

99

彼らは砂漠で会う。

人目を避け、断崖に沿って走る市《まち》の東側の未舗装路を離れる。今、崖のへりに腰をおろし、砂漠の空に上がる満月をふたりで眺める。

「まったく、やれやれだな、ヴァーン」とダニーは言う。「どうしてこんなことになったんだろうな？」

「さあな」とワインガードは言う。「リカタは――」

「死んだ」とダニーが言う。

ワインガードはほとんど無反応だ。ややあって言う。「よかった。それはよかったよ」

「あんたがリカタを送り込んで、おれの命を狙わせたのか、ヴァーン？」

「てっきりおまえのところの連中がおれを追いまわしてるのかと思ってた」

「おれたちはふたりとも取り返しのつかないまちがいをやらかした」とダニーは言う。

「ふたりで話し合っていれば……」

「あの朝……ブライスが……」

「わかってる」とダニーは言う。砂漠に眼を向ける。満月のもと、一面銀色に輝いている。

「耳に入れておきたいことがある。スターンはあんたを破滅させようとしてる」

「どうでもいいさ」とワインガードが言う。「息子を亡くしてみろ、ほかのことなんかどんなこともどうでも……」

「おれはもう手を引く。そのことがあんたになんらかの意味があるなら」とダニーは言う。

「あんたの息子はまだ生きている」

ワインガードはそう言って、おもむろにウェストバンドから拳銃を抜く。

ダニーに狙いをつける。

「ヴァーン――」

「歩け」とワインガードは言う。「立って、消えてくれ」

「おい――」

「腰を上げて、ここから立ち去れ、ダニー」とワインガードは言う。「さもないと、おまえの顔を撃つぞ、ほんとうに」

ダニーはどうにか立ち上がる。脚は痛み、力がはいらないが、どうにか歩を進める。

ワインガードが言う。「おまえには息子がいる」

撃鉄が起こされる音がする。

「しっかりつかんで手を放すな」とワインガードは言う。

銃声が渓谷にこだまする。

100

イーデンは玄関のドアを開ける。

ダニーが立っている。

青ざめた顔で。

血の気の引いた顔で。

イーデンはダニーの腕を取る。「はいって」

「いや、いい」とダニーは言う。「すまなかったと言いにきただけだから。さよならを言いに。きみがおれと一緒にいられないのはわかってる」

「そうね、それは無理だわ、ダニー。あなたを愛してる。でも、一緒にはいられない」

「当然だ」

「あの人たちは――」

「もう心配ない」とダニーは言う。「彼らは二度ときみに迷惑をかけない。誰もきみに手出しはしない」

「あなた、何をしたの?」とイーデンは訊く。「いえ、やっぱりいいわ。知りたくない」

イーデンは視線を下げ、ダニーの脚を見て言う。「血が出てるじゃないの。中にはいって、坐ったほうがいいわ」

「家具を血で汚したくない」

「そんなことはどうでもいい」イーデンはダニーを玄関の中に引き入れ、ソファに連れていって坐らせる。「ダニー、救急車を――」

ダニーは意識を失う。

101

再審にするべきか、それはやめておくべきか――マリー・ブシャールは胸につぶやく。それが問題だ。

当然ながら、ブルース・バスコムはピーター・ジュニアにもう一度自白させはしなかった。ましてや書面にもしなかった。ピーターは弁護士の助言を聞き入れた。あの青年の良心は罪の意識と責任、終身刑は避けたいという自然な願望のあいだをさまよっている――それは容易に想像できる。

ピーターはノイローゼになっている。成人矯正施設の所見によれば、ピーターは精神状態が不安定で、ほぼ無表情の沈黙状態から感情を爆発させ、泣きじゃくったかと思えば意味不明のひとりごとをつぶやき、自分は有罪だと宣言したり、無罪だと宣言したり、世の中を呪ったり、わが身を呪ったり、神を呪ったりしているという。

ブシャールは技術的な問題を徹底的に検討する――州が負担する経費、中立的な陪審員探しの見通し、新たな証人を用意できる可能性、有罪評決が出る公算。

それらはすべて再審すべしと彼女に訴えている。彼女としても母親殺しを取り逃がすすつもりはない。

しかし、実務上の問題と道徳上の問題は別問題だ。

そのためブシャールは今、単純であるがゆえ、かえって厄介な基本的な問題に囚《とら》われている。

どれが正しい選択なのか。

シーリア・モレッティに正義をもたらすために尽力することこそ正しい選択だ。それが自分の職務であり、自分らしい選択だとは思う。

では、シーリア・モレッティのためには正しい裁きが為されるべきだ。

シーリアにとって正義とはなんなのか。このことは考えないわけにはいかない。

息子を一生刑務所に入れることだろうか？

いや、シーリアが生きていたら、それを望むだろうか。

シーリアが何を望むかどうかはどうでもいいことだ。

それが法というものだ。

しかし、法律とは情《じょう》とはどれほど無縁のものなのか。

ピーターは母親にどんな情けをかけた？

ブシャールは新人時代の研修を思い出す。聖書教育があった。ヤコブの手紙二章十三節。

〝人に憐みをかけない者には、憐みのない裁きがくだされます。憐みは裁きに打ち勝つのです〟。

電話を手に取る。

バスコムの番号を打ち込む。

「マリー」とバスコムは言う。「再対決をすることになったと伝える電話かな？　だったら待ち遠しいねえ」

「心神喪失の申し立てを受け入れるわ」とブシャールは言う。

長い沈黙。

しばらくしてバスコムが言う。「どうして思い直したのか、訊いてもいいか？」

「それが正しい選択だからよ」とブシャールは言う。「あなたの依頼人は、犯したとされる罪を理解できる精神状態だったのか、自己弁護に有意義に関与できる精神状態だったのか、確信が持てない」

「そのとおりだ」

「それに、そうすれば、このあと彼には必要な助けが得られるかもしれない」

「マリー、きみに情けがあるとはね。嬉しい驚きだよ」

「でも、閉鎖病棟のある施設でなければ駄目よ」とブシャールは言う。「少なくとも十年は入院する旨、内々に了解してくれないと」

「そういうことは精神科医に任せればいいんじゃないか？」

「それじゃ駄目」とブシャールは言う。「これはわたしからの申し出なのよ、ブルース。これがすごく好条件な申し出だってことはあなたにもよくわかってる。この申し出を受けるか、また裁判を始めて、終身刑も含まれるサイコロを振るか。依頼人に相談してみて」

「となると、姉のヘザーに相談だ」

「ヘザーに？　どうして？」

「裁判所から依頼人の姉さんを受託者に任命してもらったんだよ」とバスコムは言う。

「ピーターにはほかに身寄りがないからね」

「ヘザーは応じるかしら」

「応じさせるさ」とバスコムは言う。「これこそ正しい選択だからな。ありがとう、マリー」

ブシャールは電話を切って胸につぶやく。

「憐みは裁きに打ち勝つ」

憐れみが裁きを覆う。

102

ダニー・ライアンはその建物が倒壊するのを眺めている。

その建物は撃たれた獲物のように震え、ほんの一瞬、おのれの死に気づいていないかのように完全に静止し、それから一気にくずおれる。かつて古いカジノが建っていた場所には、空に向かって立ち昇る塵芥の塔だけが残る。二流のマジシャンがどこかのラウンジで大げさに披露してみせるつまらないトリックさながら。

〝内破《ないは》〟――と人は言う。

内側からの破壊と。

すべてがそういうわけではないが――

まあ、たいていはそうだ、とダニーは思う。

彼の妻を殺した癌も、彼の愛を破滅させた抑鬱症状も、彼の魂を奪い去ったモラルの腐敗もそうだった。

どれも内破――内側からの破壊だった。

ダニーは杖に寄りかかる。脚にはまだ力がはいらず、強《こわ》ばっていて、ずきずきと痛む。

そうやって彼に思い出させようとしている……

崩壊とは何かということを。

ダニーが見ているまえで、塵芥は天高く舞い上がり、砂漠の澄んだ青空に灰色がかった汚い茶色のキノコ雲をつくる。

その雲も徐々に薄れ、やがては消えてなくなる。

跡形もなく。

ダニーは思う。どれほど戦い、どれだけのものを捧げてきたか——

それもすべて無と化す。

ただの塵となる。

ダニーは倒壊した建物に背を向け、脚を引きずりながら市《まち》を歩く。

荒廃した彼の市《まち》を。

エピローグ

帰郷

ロードアイランド州
2023年

最後に何が残るのか？

——ウェルギリウス『アエネーイス』第十二巻

イアンは海辺を歩く。

彼と少人数の撮影班を除けば、十一月のこの日の朝、海岸に人気《ひとけ》はない。北東の風が吹き、晩秋の海は暗緑色だ。

「すべてはここから始まりました」とインタヴュアーのジェフ・ゴールドが言う。

CBSの番組向けに、帝国を築いたカジノ業界の新進気鋭の大物《モーグル》、イアン・ライアンの取材がおこなわれている。そして、このロケ地は番組のテーマに沿った重要な場所だ。

「そう聞いています」とイアンは言う。「もちろん、ぼくはまだ生まれていなかったけれど、アイルランド系とイタリア系の抗争が勃発したのは、ちょうどこのあたりでビーチパーティをしたあとだったそうです」

ジェフは満潮線より一メートルほど高い位置の家を指差す。カメラマンはカメラを振り、指示に従う。「あれがパスコ・フェリの家だったのですね？」

「ええ」とイアンは答える。

「今ではあなたが所有者なのだとか」とジェフは言う。

カメラの位置が戻り、またイアンの顔をクロースアップで映す。

「そう、買い取ったんです」とイアンは言う。パスコの家の東側に並ぶ二軒の家を指し示す。「あの隣りの家とまたその隣りの家も」

質素なコテージ三軒の購入費用は八百万ドルあまりになったが、それだけの価値はある。妻のエイミーはラスヴェガスの屋敷よりこっちの家が気に入っている。ユタ州パークシティのスキー用の別荘より、もっと言えばフランスのエクス＝アン＝プロヴァンスのコテージより。簡素で肩の凝らない家構えがお気に入りで、子供たちが夏のあいだ海で過ごせるところも気に入っている。ボディボードをしたり、泳いだり、砂の城をつくったり、穴を掘ったりして過ごすのが。

イアンも今では三児の父だ――テリは十歳、双子のジェイムズとネッドは七歳になる。子供たちは今、大きな砂の城を夢中でつくっている。塔を上へと伸ばして垂直都市を築き、城壁も建て、流木の枝を使って橋もこしらえている。満潮時に水が来る位置にかなり近いが、イアンは口を出さない。経験から学ぶべき教訓がある――砂の城は長持ちしない。

だから子供たちのために海辺の家を買った。エイミーの家族のためでもある――妻の両親、兄弟姉妹、いとこたちの。イアンが思い描いているのは親戚が集う場所だ。一夏を過ごしに、あるいは一週間か数日でもラスヴェガスの猛烈な暑さから逃れるために、親類縁者が集まる場所。

ともに過ごせる場所。

イアンにとってそれは大事なことだ。彼自身の核家族は小さい――つまり、父、祖母、自分だけだ――だから、今は大勢の親戚に囲まれていたいと思っている。先走りすぎだとわかっているが、ゆくゆくは子供たちが自分たちの子供をここに連れてくることを想像している。お祖父《じい》ちゃん、お祖母《ばあ》ちゃんと過ごすために。

不動産業者は、ナラガンセットやウォッチヒルなどの上品な土地柄の海辺の豪邸に眼を向けさせようとした。が、イアンはここがよかった。ここは父親の思い出の地だ。父が世界じゅうで一番好きな場所であり、父が追われた土地でもある。

そんな地へ、故郷へ、父さんを連れて帰ってきた。

父へのその最後の恩返しを宣伝材料にしたことには、いささかうしろめたさがあったが。でも、父さんならわかってくれる。彼の会社が手がける次の大型ホテル〈ネプチューン〉は大晦日《おおみそか》にオープンする。日曜日の朝に放映されるこの人気番組で、経営者の人物像が紹介されれば、タイムリーな後押しになる。

「どうしてです?」とジェフは訊く。「どうして三軒も買ったんですか? そもそもどうしてこの家を?」

ジェフは答を知っていて、イアンにやさしいボールを投げている。打ち返しやすいボールを。

「ここは父が愛した場所でした」とイアンは言う。「父にとって思い出深い土地だったんです。子供たちにはそういう大事な場所で時間を過ごさせたくて」

「伝え聞くところでは」とジェフは言う。「お父さまは……ここからあなたと……その、逃走したんですよね、まだ赤ん坊だったあなたを車の後部座席に乗せて」

「ええ、そうです」

「つまり、あなたも故郷に帰ってきたわけですね」

「そう、確かに」とイアンは言う。

「ちょっとした復讐を果たしたことにもなりますね？」とジェフは訊く。「つまり、追い出された場所を買い取ったわけですから」

カメラが向けられている。イアンはそれを感じ取りながら、意識してジェフの眼をまっすぐに見る。「復讐というより贖罪《しょくざい》と言ったほうがいいかもしれない」

「お父さまはきっと喜んでおられるでしょうね」

「だといいなと思います」とイアンは答える。「いい人でした、ぼくの父は。確かに自慢できない過去も父にはあったけれど、父はまっとうではない世界で、懸命にまっとうに生きようとした人です。すばらしい父親でした」

「あなたは今やカジノ業界の風雲児です」とジェフは言う。

イアンは笑う。「ぼくが？」

「でしょ？」とジェフは言う。「〈タラ〉グループとスターン社を統合して帝国を築いたんだから。世界最大のカジノ複合企業を。所有するカジノとホテルが五大陸にあって、あなたはまだ三十六歳だ。そんなご自分をどう称します？」

「運のいい男?」とイアンは言う。

「ご謙遜を。運だけじゃ無理です」

「まあ、そう」とイアンは言う。「人を人としてきちんと扱うことを父はぼくに教えてくれた。公平に、誠意をもって扱うことをね。成功したのはたぶんそのおかげかな」

「あなたは生前のお父さまに自分の成功を見せることができた。さぞ誇らしかったことでしょう」

「ええ」

彼の父はある日突然、仕事を辞めた。ワインガードといろいろと揉めたあと、何があったのか、当時のイアンは知る由《よし》もなく、今でもほとんどわかっていない。父は引退を余儀なくされたのではないか。なんとなくそんな気はした。それは全面的に不本意な身の振り方だったわけではないかもしれないが。そのあとの父は以前より家にいるようになり、イアンと過ごす時間も増えた――サイクリングをしたり、サッカーを見にいったり、テニスをしたり、映画を見たり……

その頃の父は少し悲しげで、淋しそうだったが、落ち込んでいたわけではなかった。意気消沈はしていなかった。その頃の彼の父親はまだ比較的若く、活力に満ちていた。そして、そのエネルギーの大半を息子に注いだ。

裕福であることについて父と話し合ったことをイアンは覚えている。

十六歳のときのことだ。その頃はどこにでもいるティーンエイジャーで、プールサイドに坐らされ、父にこう訊かれたのだ。「おまえは自分の人生で何をしたいと思ってる？」

「わかんないよ」とイアンは言った。「だってぼくらは金持ちでしょ？」

「父さんは金持ちだ」と父は言った。「でも、おまえは施しを受けてるだけだ」

そう言われて、愕然《がくぜん》とした記憶がある。

「何かをするための金はそれなりにおまえに与えるつもりだ」と父は言った。「でも、何もしなくてもすむほどはやらない。だから訊きたいんだ、何をしたいと思ってる？」

「父さんの仕事の跡を継ぎたい」

「それは義務じゃない」とダニーは言った。「やりたいことをやって、なりたい自分になればいい」

「父さんの仕事がぼくのやりたいことだよ」

「わかった」とダニーは言った。「気が変わったら、いつでも方針は変えられる。ただ、おれの仕事を継ぐなら大学へ行って、ビジネススクールにもかよう必要がある……それから、そういった学業と並行して、うちのレストランで皿洗いから始めるといい」

イアンは父親から言われたことを祖母に話した。

「それは名案ね」とマデリーンは言った。「世間には偉そうな愚か者がうようよいるもの」

イアンは今でも祖母が恋しい。

祖母は事実上、母親がわりだった。父が所用で――どういう用事であれ――不在のときに世話をしてくれたのがマデリーンだ。エイミーに会わせることができてほんとうによかった。嬉しいことに、エイミーを気に入ってくれ、結婚式にも出てくれた。マデリーンが亡くなったとき、イアンはまるで赤ん坊のように泣いた。

葬儀で涙ひとつこぼさない父に腹が立った。

「おまえのお祖母さんとは複雑な関係だったんだ」とダニーは言った。

「愛してた?」とイアンは訊いた。

「時間はかかったが」とダニーは言った。「ああ、愛してたよ」

とにかくダニーに言われたことをやりなさい、とイアンに勧めてくれたのもマデリーンだった。一から事業を学びなさい、と。

だからイアンはそうした。

皿洗いとして必死に働いた。

その仕事は愉しくもあり、つらくもあった、もちろん。仲間意識や達成感、かなりきついシフトをこなす満足感。そんなものを覚えつつ、やがて給仕助手に引き上げられ、最後には接客係に昇進した。

市《まち》に残って大学へかよいながら、客室の清掃係とベルボーイを兼務し、その合間や夏休みには駐車係も務めた。心理学の授業を取ると、女性教授からまじまじと見つめられ、それが父親と昔つき合っていた人だったとあとからわかった。

ある日ストリップを父と歩いていたときのこと、その女性教授、ランダウ先生にばったり出会った。が、驚いたことに、先生はまず父に挨拶をした。

「ダニー」と先生は言った。「会えて嬉しいわ」

イアンがさらに驚いたことに、先生はそう言うと父の頬にキスをしたのだ。

「イーデン」と父は言った。そして、彼女の手を取った。そのあとふたりは手を握り合い、そのまましばらく見つめ合った。イアンは自分がお邪魔虫になったような気がした。親密な関係にたまたま立ち入ってしまったかのような。

父が笑みを浮かべて言った。「元気か?」

彼女はうなずいた。「ええ。あなたは?」

「ああ。こっちは息子のイアンだ」

「イアンなら知ってるわ」と先生は言った。「わたしの授業を受けてるもの」

「そうなのか」

「ええ……」

「暑いな……今日も」

イアンが見ているまえで、父は先生の両手を口元に引き寄せると、そっと唇をつけてから手を放して言った。「きみに会えてよかったよ」

「わたしも会えてよかった」

それで終わりだった。それぞれ別々の方向に歩き去った。イアンは先生のことを訊きたかった。が、父の眼には悲しみが宿っていた。それに気づいてやめた。

大学院へ進む頃には、イアンはホテル事業の中身の大半を把握していた。厨房もフロントもさらにはボイラー室のことも。そして、ペンシルヴェニア大学ウォートン校に進学したときには、ほとんどの学生がまだ身につけていない実践的な現場の知識をすでに大いに蓄えていた。学期と学期のあいだには帰省してバーテンダーとして、のちにはブラックジャックのディーラーとして働き、さらに年月を経て、警備と会計の部署でも経験を積んだのだ。

経営学修士号《MBA》を取得し、本社で三年間勤務したところで、父に呼び出されて話し合いの席に着いた。「まだおれの仕事を継ぐ気はあるか?」

「大ありだよ」

「わかった」とダニーは言った。「この数年のあいだに、おまえに譲渡する〈タラ〉の株式をスターン社が管理する信託に移した。二年後にその信託はおまえの名義に書き替えられる」

イアンはまた愕然とした。「どれくらいの株?」

「二年後」とダニーは言った。「おまえは〈タラ〉の株式の五十一パーセントを所有する。それで何かやるといい」

イアンはそうした。

ストリップの覇権を握るのも悪くはなかった。が、イアンもスターン社の若い世代――ジョシュアのいとこたち――も世界はラスヴェガスより広いという意見で一致し、事業を次の段階に引き上げるには、グローバル展開が必要と考えた。で、続く数年のあいだに彼らはリオデジャネイロ、ドバイ、マカオ、メキシコシティでホテルを買収、あるいは新規に建設した。

そうして事業展開の仕上げに、イアンがバリー・レヴァインとの取引きをまとめた。この合併によって、史上最大規模のカジノ複合企業が誕生した。

それでもイアンは常に、どんなときも顧客サーヴィスを怠らず、固定客をつかみ、離さないことに力を注いだ。

父さんはそんな自分を誇りに思ってくれているはずだ――イアンにはそれがわかった。

エイミーと結婚したことも誇りに思い、喜んでくれた。テリが生まれて病院に駆けつけ、孫の名前を聞いたときには、涙ぐみそうになった。そんな父を見たのはあとにもさきにもこのときだけだ。

「おまえの母さんはきっと……」

「わかってる」

さらに双子の誕生にダニーは大喜びし、どこにでもいるお祖父ちゃんになった。かくれんぼをして遊び、テリとはお茶会をした。イースターでは、木にキャンディの首飾りを吊るし、卵を隠し、子供たちを引率して宝探しをしたこともあった。

ダニーは孫とともに過ごすことをこよなく愛した。

ただ、一緒に過ごす時間はそう長くは続かなかった。

始まりは五月の戦没将兵追悼記念日に家族でバーベキューをしたときのことで、些細な異変だった。急にダニーの呂律《ろれつ》がまわらなくなったのだ。そのときはビールを少し飲みすぎただけだろうとイアンは思った。が、その数日後、今度はことばが出てこなくなった。やがて、ダニーはめまいを訴え、転倒した。イアンが無理やり受けさせた脳のスキャン検査の結果、腫瘍が見つかった。

悪性、難治性、進行性。

手術不可能。

十億ドルで雇える最高の医師団が放射線治療やレーザー療法、化学療法で時間稼ぎをしようとした。ダニーも最初こそ協力的だったが、数週間が経つと、治療を頑として拒んだ。実際、クソ食らえと医師団に悪態をついた。

「医者たちへの態度はお祖父《じい》ちゃんそっくりだったね」とイアンはダニーに言った。

「おれの親父も悪いところばかりだったわけじゃない」とダニーは言った。「いいところがほとんどなかっただけだ」

ダニーの死はおだやかにあっさりと訪れたわけでもなければ、大往生だったわけでもない。モルヒネ漬けでほとんど頭がぼうっとしたままだった。

だから、死にぎわに明瞭なことばを言い遺《のこ》したりもしなかった。

次の年の九月にダニーが最期を迎えたとき、イアンはそばにいた。呼吸が止まったときには手を握っていた。

終わってみれば、あっけないものだった。

今はジェフが不思議そうにイアンを見つめている。「今、心がどこかに飛んでました？」

「ええ、過去に引き戻されていた」とイアンは言う。

「お父さまのことを考えてたんですね」

イアンはうなずく。

「ここは記憶を呼び起こされる場所なんですね？」

「そう」とイアンは答える。

エイミーが家から出てくる。

イアンは歩いてくるエイミーを見つめる。エイミーを見飽きることは決してない。くっきりした目鼻立ち。風に乱されたブロンドの長い髪が黒いケーブル編みのセーターの上で揺れている。左腕の下に真鍮《しんちゅう》の骨壺を抱えている。

エイミーはそばまで来ると、イアンの頰にキスをして言う。「今からこれを？」

「うん」

エイミーは骨壺をイアンに手渡す。

父の希望ははっきりしていた――葬儀はなし、埋葬もなし、追悼式もなし、いわゆる〝偲《しの》ぶ会〟もなし。父が望んだのは、ただひとつ望んだのは、遺灰をこの海に撒いてほしいということだった。

エイミーはイアンの肘に手を添え、波打ちぎわまで歩く。子供たちはまだそこで遊んでいる。

波しぶきが波頭を舞う。

イアンは背後のカメラを意識している。それでもやがて頬が涙で濡れているのに気づき、カメラの存在を忘れる。

腕にあてがわれたエイミーの手にぎゅっと力がはいる。「いい人だったわ」

「おかしなものだけど」とイアンは言う。「父さんの経歴にしろ、真偽はともかくその噂にしろ、聞いた話をあれこれ考えると説明するのがむずかしいものもある。そこのところは自分でもまだ納得できていない。それでも父さんは友達の面倒をみた。家族の面倒もみた。だからきっといい人だったんだと思うよ」

イアンは骨壺の蓋を開ける。

骨壺を逆さまにひっくり返し、遺灰を海に撒く。

波が勢いよく砕け、白く泡立ちながら浜辺に打ち寄せ、砂の城にぶつかって城を押し流す。

子供たちは残念そうなうめき声をあげたかと思うと笑いだす。

お城はまた明日つくればいい。

次の日に。

同じ波が引いていき、遺灰をさらう。

ダニー・ライアンは故郷に帰る。

謝辞

で、どうすれば？

長くて幸せな執筆活動を終えるにあたり、私の作家人生に貢献してくれたすべての人たちに――実際のところ、彼らがいなければ作家にはなれなかったかもしれないのに――どうやって感謝の気持ちを述べればいいのか。

事実上、それは不可能だ。それでもやるだけはやってみなければなるまい。

まずは私の両親から始めよう。ドンとオーティス・ウィンズロウに。ともに読書家のふたりは常に家じゅうに本を置き、姉のクリスティン・ロロフソン――同じく作家で、すばらしいキャリアを築いている――と私に、読みたければどんな本でも年齢を問わず読ませてくれた。

さらに私に読み書きを教えてくれた、不当にも低賃金で働き、しばしば酷使される名もなきヒーローとヒロインである教師と司書たちへ。小さな町の子供だった私に好奇心と想像力の世界を教えてくれた。彼ら全員に感謝しているが、とりわけ故ウィンスロップ・リチャードソンとジョセフィン・ゲルンシェイマーに謝意を表する。それに親友のビル・マケニーニー。彼はいろいろなことを教えてくれたが、なんと言ってもジャズに目覚めさせ、そのすばらしさに気づかせてくれた。

次はネブラスカ大学の教授たちへ。今度もまた全員に礼を述べるが、下記の人たちにはことさら感謝を申し上げたい。〝報道基礎〟のクラスで平叙文の書き方を教えてくれたジェイムズ・ニール、アフリカの歴史へ誘《いざな》ってくれたレスリー・C・デューリー、私を信じてくれたマーティン・Q・ピータースン、いろいろと支援してくれたロベルト・エスケナジ＝メイヨー。そして、偉大な軍事史家ピーター・マスロフスキーにとりわけ感謝申し上げる。彼は研究、指導、調査などの方法を私に伝授してくれただけでなく、四十年以上にわたる私の大切な友人でもある。

さらなる謝意を表したいのは、ピカレスク文学（私が愛してやまないノワール小説の原型）に私の関心を向けさせてくれたジェイムズ・G・バスカー教授だ。私が数年間オックスフォードでシェイクスピア作品の舞台監督を務めることになったのも、バスカー教授の影響で、私のキャリア形成にはそのときの経験が大いに寄与している。彼もまた大切な友人だ。

次に謝意を表する相手は偉大なる師であり、今は亡き伝説的な人物ソニー・メータ。わが人生最良の瞬間のひとつは、彼の自宅のキッチンの椅子に坐り、『犬の力』の原稿の余白に丁寧に書き込まれた彼の手書きのメモをふたりで見直していたときのことだ。作家の卵だった頃に夢見ていた出来事で、ソニーとはそんな時間を何度も過ごしたものだ。彼がいなくて淋しい。その死に哀悼の意を捧げる。

さらに言えば、私ほど編集者に恵まれた作家もいないだろう。レーガン・アーサー（私のデビュー作は彼女が編集を担当した初めての作品でもあった）から始まり、現在のすばらしい編集者ジェニファー・ブレールに至るまで。ジェニファーの示唆に富む入念な仕事のおかげでこの三部作は格段によくなった。

私が世話をかけている辛抱強い原稿整理編集者たちへ。私が犯したすべてのミスに対するお詫びと、そのミスを修復してくれたことへの感謝を。

私は出版社にも恵まれた。〈ウィリアム・モロー〉のリアト・ステリックには、その信頼と熱意に、ブライアン・マレーには、そのすべての支援に深く感謝したい。

〈ウィリアム・モロー〉には謝意を捧げるべき人たちが大勢いる。アンディ・リクーント、ジュリアナ・ウォジック、ケイトリン・ハリ、ダニエル・バートレット、ジェニファー・ハート、クリスティン・エドワーズ、アンドレア・モリター、ベン・スタインバーグ、シャンタル・レスティヴォ＝アレッシ、フランク・アルバネーゼ、ネイト・ランメン、ジュリエット・シャプランドへ。私のために尽力してくれてありがとう。

〈ハーパーコリンズ〉と〈ウィリアム・モロー〉のマーケティングおよび広報スタッフの方々へ。みなさんが骨の折れる大変な仕事をなさっていることを私は知っている。だからみなさんがきっちりと仕事をこなしてくださっていることをほんとうにありがたく思う。

顧問弁護士であるリチャード・ヘラーにも心からの感謝を。

ソーシャルメディアでフォローしてくれている人たちへ。Xの@donwinslow、#DonWinslowBookClubのフォロワーや、#WinslowDigitalArmy の兵士たちに。みなさんの支援にはどれほど感謝しても感謝しきれない。戦いは続く。ともにまえに進んでくれてありがとう。

〈ストーリー・ファクトリー〉（もっと言えば下記の人たち）にはどう感謝すればいいだろう？デボラ・ランドールとライアン・コールマンへ。私と大勢のほかの作家たちのためにしてくれたすべてのことに心から謝意を捧げる。あなたたちを味方につけた私は実に運がいい。

長年にわたって多くの作家からもたらされた支援と友情にも私は恵まれていた。実に寛大だった作家仲間と私のヒーローたちへ――マイクル・コナリー、ロバート・B・パーカー、エルモア・レナード、ローレンス・ブロック、ジェイムズ・エルロイ、T・ジェファーソン・パーカー、エイドリアン・マッキンティ、スティーヴ・ハミルトン、リー・チャイルド、ルー・バーニー、アンソニー・ボーデイン、イアン・ランキン、ジョン・カッツェンバック、ジョン・サンドフォード、ジョゼフ・ウォンボー、グレッグ・ハーウィッツ、デイヴィッド・コーベット、T・J・ニューマン、マーク・ルベンスタイン、ジョン・ランド、リチャード・フォード、ピコ・アイヤー、メグ・ガーディナー、デルヴラ・マクティアナン、リード・ファレル・コールマン、ケン・ブルーエン、ジェイク・タッパー、ジョン・グリシャム、デイヴィッド・バルダッチなど、そのほかにも大勢。犯罪小説のコミュニティはまさに家族のようで、その一員でいるのはとても光栄だった。

当然ながら、特別な感謝を偉大なるスティーヴン・キングへ。私に対してどれほど思いやりがあり、親切で、寛大だったことか。

私の作品の情報を世に広めてくれたジャーナリスト、書評家、ラジオやテレビやポッドキャストの番組司会者へ。みなさんの懸命な働きと支援に心から感謝する。

世界じゅうの書店員の方々へ――あなた方の存在なくして私はここまでやってこられなかった。常に支えになってくれ、温かく受け入れてくれた。大きなイヴェントでも寄り添ってくれた。私はみなさんに借りがある。そんな中でも象徴的な書店〈ポイズンド・ペン〉のバーバラ・ピーターズに特に感謝を表したい。ここで開催された私の初めてのサイン会で本は一冊だけ売れた――バーバラが買ってくれたのだ。

世界じゅうの――再度同じ言いまわしだが――読者へ、どうやって感謝の気持ちを伝えればいいのだろう？　みなさんが私にとってどれだけ大切か。そこから始めるとしても、どう表現すればいいのだろうか。人生で手に入れた形あるすばらしいものはすべてみなさんのおかげだ。それだけではなく、さまざまな応援や評価、朗読会などの催しで示してくれた熱い思いに感謝する。かけがえのない宝物だ。私は読者のみなさんのために全力を尽くすことに努めてきたが、失望させなかったことを切に願っている。

人はふたつの機会に真の友に気づく、と私はこれまでたびたび口にしてきた。それは大成功したときと大失敗したときで、どちらのときも相手は同じだ。私はそんな多くの真の友に恵まれてきた――デイヴィッド・ネドウィデックとケイティ・アレン、ピートとリンダ・マスロウスキ、ジム・

バスカーとアンジェラ・ヴァロット、テレサ・パロッツィ、ドリュー・グッドウィン、トニーとキャシー・スーザ夫妻、ジョンとテレサ・カルヴァー夫妻、スコットとジャン・スヴォボダ夫妻、ジムとメリンダ・フラー夫妻、テッド・ターベット、トム・ワラ、マーク・クロッドフェルター、ロジャー・バービー、ドナ・サットン、ヴァージニアとボブ・ヒルトン夫妻、ビルとルース・マケニー、アンドルー・ウォルシュ、ネール・キング、ウェイン・ウースター、ジェフとリタ・パーカー夫妻、ブルース・レオダン、ジェフとミシェル・ウェバー、ドン・ヤング、マーク・ルビンスキー、キャメロン・ピアス・ヒューズ、ロブ・ジョーンズ、デイヴィッドとタミー・タナー夫妻、タイとダニ・ジョーンズ夫妻、デロンとベッキー・ビセット夫妻、〝カズン〟・パム・マッテソン、デイヴィッド・シュニープ……大勢いる。あなた方を心から大切に思っている。

そして、エージェントであり、どこまでも大切な友人でもあるシェーン・サレルノにはどう感謝すればいい？　きみはキャリアを側溝に落としてしまっていた私を拾い上げ、くるりと向きを変え、メインストリームに立たせてくれた。きみがいなければ決して立てなかったところに。きみは疲れ知らずで、勇敢で、独創的で、私のために猛烈に戦ってくれた。どんなふうに感謝すればいいかほんとうにわからない。最高の仕事で応えようとしてきたことを別にすれば。同志よ、ありがとう。

私の息子のトーマスと彼の新妻ブレナへ。この数年、きみたちは大きな喜びと自慢の種をもたらしてくれた。トーマス、私にはわかっている――きみの父親でいることが私の最良にして至福の仕事だ。

私の妻、ジーンへ。なんと言えばいいのか。どう言えば感謝が伝わるだろう？　きみは文字どおり血と汗と涙を捧げてくれた。どんなに大変な時期にもいつも朗らかにそばにいてくれた。それはそれは辛抱強く、温かく、熱意を持って精力的に支えてくれた。苦労をともにしながら人生を築くあいだ、きみはすばらしい母であり、すばらしい伴侶《はんりょ》だった。私はどんなときも人生を謳歌してきた。なぜならきみと一緒に歩んできたからだ。きみを熱烈に愛している。

別れを告げるのはつらいものだ。

長く、すばらしい作家人生——まさかこれほどとは夢にも思わなかった——に幕を引くとき、私がみなさんに言えるのは簡単だけれど嘘偽りのない〝ありがとう〟のひとことだけだ。

ほんとうにありがとう。

解説

杉江松恋

私たちは今、ミステリー史に残る叙事詩の終焉を目の当たりにしている。

『終の市《まち》』は、現代アメリカを代表する犯罪小説作家の一人ドン・ウィンズロウが二〇二一年の『業火の市』、二〇二三年の『陽炎の市』(いずれもハーパーBOOKS)と書き継いできた大河小説の最終巻に当たる作品である。この三部作でウィンズロウは、アメリカ合衆国を動かす金と権力がどのような形で反社会的な存在とつながり、暴力による裏付けを得ているかを克明に描いてきた。現代史を問い直す物語であり、結末にはアメリカという国の姿そのものが浮かび上がるはずである。

もう一つの物語もある。この三部作をもってドン・ウィンズロウは小説執筆から引退することを宣言している。『終の市』はウィンズロウにとっての「白鳥の歌」、つまり作家としての自身を振り返り、そのすべてを注ぎ込んだ惜別の作でもあるのだ。

まず先行作である『犬の力』(二〇〇五年。角川文庫)、『ザ・カルテル』(二〇一五年。角川文庫)、『ザ・ボーダー』(二〇一九年。ハーパーBOOKS)の三長篇に言及すべきだろう。麻薬捜査官アート・ケラーを主人公とする三部作である。このサーガは、麻薬という害悪がアメリカの国家的犯罪によって生み出された宿痾《しゆくあ》だと告発するものである。アメリカの繁栄が光のみから成るのではなく、影の部分を抱えていることを作者は指摘したのだ。『業火の市』に始まる新三部作は、それとは別の方向からアメリカを描いている。

ケラー・サーガで最も重視されたのは、メキシコとの国境の内と外という関係であった。外から来る麻薬という毒が内側にいる国民を蝕《むしば》む。これが物語の最初に示された図式で、ケラーは流入を阻止するために自ら身分を偽って潜入捜査を行い、麻薬組織をいったんは壊滅させる。しかし『ザ・カルテル』の混乱を経て最終作『ザ・ボーダー』で明らかにされたのは、麻薬犯罪を生み出す要因は自国の内にこそあるということだった。金と権力を独占しようとする者たちの構造的腐敗こそが実は悪の根源だったのだ。

これに対して新三部作では、合衆国が東は大西洋、西は太平洋に面した巨大な国土を持つということが物語の前提になる。言うまでもなくアメリカとは、始まりの地である東海岸の入植地から、大陸の西の果てに向けて開拓を行っていった結果に成立した国家である。それと同じ、東から西への動きが描かれる。『業火の市』は一九八六年に東海岸のロードアイランド州で起きるギャング同士の抗争を描く物語だ。主人公のダニー・ライアンは、通称ドッグタウンを仕切るアイルランド系マフィアの一員である。組織はイタリア系マフィアと共存してきたが、些細なことから起きた諍いが全面抗争へと発展してしまう。抗争に勝利したのはイタリア系マフィアで、敗者となったダニーはわずかな仲間を連れて西に逃れる。第二作『陽炎の市』はその逃避行とダニーの再生を描く物語だ。ドッグタウンという領土を失って破滅したはずのダニーだが、意外なことから失地回復のきっかけを得る。それによって巨額の資金を手に入れたダニーが採った策は、かつての汚れ仕事とは程遠いことだった。ハリウッドで映画産業に投資したのである。ここでもまた出会いと別れの悲劇に巻き込まれるが、ダニーは社会的地位を手に入れることに成功する。

『終の市』で描かれるのは、そうやって堅気になって功成り名遂げた後のダニーだ。彼はラスヴェガスでカジノホテルを経営する企業家として有名になっている。ラスヴェガスの目抜き通りであるストリップの覇権を巡って、先住業者であるヴァーン・ワインガードと繰り広げる抗争が物語の縦軸になっており、この部分にほとんど非合法の要素はない。そう、『終の市』の大部分は純粋なビジネス小説なのだ。いかにもな犯罪小説を期待して手に取った読者はいささか拍子抜けするはずだ。前作『陽炎の市』の後半が、意外なことに完全な映画小説になっていたことに驚かされたように。スロットマシン目当てにやってくる中産階級を相手にカジノを経営しようとするヴァーンに対してダニーは、これからのリゾート産業は非日常的な体験を売るべきだと考えて夢のホテル建設を提唱する。このへんのやりとりは緊迫感があり、なかなかに読ませる。犯罪小説なのかこれは、と戸惑う方はいるかもしれないが、まずはウィンズロウを信頼して読んでもらいたい。

前作では映画、そしてカジノ。二つの娯楽産業が題材になっている。過去と訣別して堅気になったダニーではあったが、ギャングであった過去は厳然として存在する。日本でもかつて娯楽産業は反社会的勢力とのつながりを持っていたが、法改正によって厳しく取り締まられ、関与を断つことが義務付けられるようになった。同じような監視の目はアメリカにもあり、そこから逃れるため企業人の仮面をつけたダニーは金と権力を行使しなければならなくなる。果たして彼は過去を振り切れるのか、という興味が話の横軸になるのだ。東海岸から遥か西の果てまで逃れてきたダニーは、大陸を横断するときに過去を捨ててきた。だが振り切ったはずの過去の亡霊が彼を苛《さいな》むことになるのである。距離の隔たりによってダニーは守られてきたともいえるのだが、それが次第に危なくなる。物語の進行とともに、時限爆弾の刻限が迫っているかのような緊張感に物語は包まれていくのである。

犯罪小説作家としてのウィンズロウは、『犬の力』でその名声を新たにした。圧倒的な暴力を描き切ったことが支持を集めた理由だが、続編『ザ・カルテル』は遥かにその上を行く傑作である。『犬の力』で描かれたのは、目的のためにはすべての手段が肯定されるという、正当化された暴力の恐怖であった。ケラーたちの努力によってカルテルは絶対的な力を失うのだが、その結果、麻薬王が統べていた地には絶望的な無政府状態が到来してしまう。その中で行使されるのは制御不能の暴力である。暴力が暴力を生み、死人の数が無限に増えていく。ウィンズロウが犯罪小説作家として最高峰に立ったのは、この無意味な死を描いた瞬間であると言っていい。純粋な暴力はいかなる思想も背負うことがなく、ただ破壊するという行為のみを自己目的として存在する。そうした増殖する無意味、虚無を描くという前人未踏の偉業をウィンズロウは『ザ・カルテル』で成し遂げたのである。

新三部作が犯罪小説として光輝を放つのは、前述したように、過去の闇に苛まれる主人公という人物造形を描いたことが第一の理由だが、ケラー・サーガで到達した無意味な死、暴力の無意味さを悲劇を醸成するための装置として用いていることも大きい。ダニーは運命に翻弄される主人公なのである。彼は才覚によって金と権力を牛耳る支配階級に上り詰めていく。しかし自らの足元を脅かす運命の前には無力なのである。個人はどこまでいっても個人であり、より大きな存在と対峙するときに脆弱さを露呈する、というのがウィンズロウ小説の基本的な構造だ。それでも運命に抗う主人公たちをこの作者は描いてきたが、ついに長きにわたった闘いにも終止符が打たれることになった。

犯罪という現象は、個人と社会との本質的な対立関係を最も端的な形で示す。それを題材として扱う作家たちは、自覚の有無によらず、個人と社会の物語を描いているのである。ウィンズロウはもちろん、自覚的な作家であった。

この作家は、ピカレスク・ロマンに多大な影響を受けていることを自ら明かしている。作品にもそれが顕著で、アメリカ探偵作家クラブ（MWA）賞最優秀新人賞最終候補になったデビュー長篇『ストリート・キッズ』（一九九一年。創元推理文庫）にまず明白な徴がある。同作の主人公ニール・ケアリーは、養父の属する組織のために働く探偵として生計を立てながら、大学で学位を取ろうとしている。その専門分野がピカレスク・ロマンなのだ。第二作『仏陀の鏡への道』（一九九二年。創元推理文庫）は、ニールが『ロデリック・ランダムの冒険』（一七四八年。荒竹出版）のページをめくる場面で終わっている。トバイアス・スモレットの代表作で、主人公が軍医の助手として船に乗り、数奇な運命を辿るさまが描かれていく大長篇である。十六世紀スペイン小説に源流を持つピカレスク・ロマンは、悪漢小説という訳語を当てられるために日本では犯罪小説の一種とみなされることが多いが、恵まれない境遇の若者が困難に見舞われながら身を立てていく遍歴を描く小説と本来は定義されるべきである。社会の中で弱い立場だから、不本意ながら窃盗などの罪を犯すこともある。ゆえに悪漢が主人公となるのだ。〈ストリート・キッズ〉、つまり身寄りのない街の孤児であったニール・ケアリーは典型的な悪漢小説の主人公〈ピカロ〉であり、ウィンズロウは彼の遍歴を描く物語として『ストリート・キッズ』を構想したのであろうと推測できる。

この連作は、第一作が邦訳されたときに読者が期待したであろう展開、すなわちニールが職業人としての私立探偵になっていく、という型通りの成長物語としては終わらなかった。むしろニールは私立探偵の職業に対する忌避を強く唱えるようになり、彼が一人の夫として、家庭に入るべきか否かということに物語の比重は置かれていく。これはピカレスク・ロマンとしては当然の成り行きである。ピカレスク・ロマンとはかつては非社会的存在だった主人公が、道徳心を備えたまっとうな社会人になるまでを描く物語だからだ。

デビュー作の主人公であるニール・ケアリーと、最終作のダニー・ライアンの人生は奇妙な形で符合する。ダニーもまた、東海岸の故郷を追われた後に西海岸にたどり着き、そこで自身の家を構えようとするからである。彼が建設しようとするのが、まだ地上にない夢のホテルであるのは極めて示唆的だ。現実の中では、夢はいつまでも夢のままだろう。

長い作家生活をしめくくる今回の三部作で、ウィンズロウは初めての試みに挑戦している。このサーガはギリシャ神話の悲劇的構造から想を採り、特に古代ローマの詩人ウェルギリウスが著した大作叙事詩『アエネーイス』（岩波文庫）を下敷きにする形で書かれている。『業火の市』の千街晶之氏解説に詳しいので繰り返さないが、『アエネーイス』の主人公であるアエネーアースは戦争で滅びたトロイの英雄であり、放浪の果てに第二の故郷としてローマを建国するというのがその骨子である。ダニーの放浪はアエネーアースのそれに重ね合わされているわけだ。この叙事詩はギリシャのホメロスが著した『イーリアス』『オデュッセイア』（岩波文庫）のローマ人による再話と見ることもできる。ご存じのように『オデュッセイア』は国を失った若者が苦難の果てに再び故郷へと還るという内容で、ODYSSEYという言葉が生まれたように、長い放浪を伴う冒険譚《たん》の源流作品である。先に言及した『ロデリック・ランダムの冒険』など、ピカレスク・ロマンに描かれる放浪も原型の一つはここにある。そう考えればウィンズロウは、ずっと一つの物語類型に魅了されていたのだとも言えるはずで、孤独な魂がどのように遍歴し、どこに行き着くのかということをこの作家は書き続けてきたのである。最後にすべての源流へと戻ったのは、やはり「白鳥の歌」にふさわしい題材を選んだということになるのだろう。

ちなみにウィンズロウが生まれたのはニューヨークだが、育った場所はロードアイランド州である。東海岸を出て西に向かう旅には、ウィンズロウ自身の人生が重ね合わされてもいるのだ。この移住は、作家としての成功がなければ実現しなかったものだった。

初期のニール・ケアリー・シリーズはピカレスク・ロマンへの関心を作品として具現化したという点では意味があったが、それだけでは職業作家としての成功には結びつかなかったという。大きな成功を収めた最初の作品はジョン・ハーツフェルド監督で二〇〇七年に映画化が実現した『ボビーZの気怠く優雅な人生』（一九九七年。角川文庫）で、その契約によってウィンズロウはようやく専業になることができ、お気に入りのカリフォルニアへの移住も実現した。ブーン・ダニエルズものの第一作『夜明けのパトロール』（二〇〇八年。角川文庫）でサンディエゴのパシフィックビーチが舞台になっているのは、そういう理由であろう。作家としての代名詞となった『犬の力』執筆に丸五年をかけて取り組むことができたのも、映画化の話が進行していたからであるはずだ。こうした話をまとめあげたのが、本書の謝辞にも名前が出てくるエージェントのシェーン・サレルノの功績であって、彼との出会いはウィンズロウにとっては幸運であった。盟友と言うべき間柄であり、二〇二〇年には共にドナルド・トランプに対する批判キャンペーンを繰り広げている。二〇一九年発表の『ザ・ボーダー』は、そうした政治的活動を背景にした作品でもある。〈偉大なるアメリカ小説《グレート・アメリカン・ノヴェル》〉という言葉が存在する。移民による新興国であるアメリカ合衆国は建国神話を自身で創出しなければならず、国民性をそれ一作で体現したような物語がいつか書かれるであろうという幻想が生まれた。提言者はジョン・ウィリアム・デ・フォレストだ。南北戦争に従軍したデ・フォレストは戦記文学を多数発表したが、それよりもThe Great American Novelという概念を一八六八年に書いたコラム中で提唱したことで知られている。そうした物語があるべきだが、まだ書かれていないかもしれないと彼は綴ったのである。開拓文学の父、ジェイムズ・フェニモア・クーパー『モヒカン族の最後』（一八二六年。ハヤカワ文庫NV）からデ・フォレストと同時代のハリエット・ビーチャー・ストウ『アンクル・トムの小屋』（一八五二年。光文社古典新訳文庫他）など、数多くの〈偉大なるアメリカ小説〉と呼ばれた作品が書かれている。前出の『仏陀の鏡への道』をお読みの方は、あの中でマーク・トウェイン『ハックルベリー・フィンの冒険』（一八八四年。岩波文庫他）が重要な小道具として使われていたことをご記憶かもしれない。これもまた〈偉大なるアメリカ小説〉の一つである。私見を言わせてもらえれば、犯罪小説という観点からアメリカという国家を見つめ、繁栄の裏にいかなる影があるのかを作品の形で提示し続けたドン・ウィンズロウもまた、その系譜に含まれる作家である。

ニール・ケアリーの物語を離れることでウィンズロウは、個人と社会という二つの対象のうち、社会が取りうる最大の形態である国家を対象とする物語に行き着いた。そのことによって最大の犯罪を手がけるすべを得たのである。すなわち、国家による犯罪だ。『犬の力』三部作でいったんその技法は完成したが、最後にウィンズロウは、国家対個人という関係を個人の側に引き寄せて書くことを選んだ。本三部作で古典悲劇という物語の器が採用されたのはそのためでもあるだろう。巨大なものを前にするとき、個人は常に無力である。その対比こそが世界、国家というものの姿なのだ。まさに〈偉大なるアメリカ小説〉ではないか。そして偉大なり、ドン・ウィンズロウ。

翻訳協力
北綾子
小林さゆり

訳者紹介　田口俊樹

英米文学翻訳家。早稲田大学文学部卒業。おもな訳書にウィンズロウ『業火の市』『陽炎の市』『ダ・フォース』『ザ・ボーダー』、ブロック他『短編画廊 絵から生まれた17の物語』（以上、ハーパーBOOKS）、ブロック『八百万の死にざま』、ベニオフ『卵をめぐる祖父の戦争』（以上、早川書房）、チャンドラー『プレイバック』（東京創元社）、コーベン『ザ・マッチ』（小学館）、テラン『ひとり旅立つ少年よ』（文藝春秋）など。

ハーパーBOOKS

終《つい》の市《まち》

2024年6月20日発行　第1刷

著　者　ドン・ウィンズロウ

訳　者　田《た》口《ぐち》俊《とし》樹《き》

発行人　鈴木幸辰

発行所　株式会社ハーパーコリンズ・ジャパン
東京都千代田区大手町1-5-1
04-2951-2000（注文）
0570-008091（読者サービス係）

印刷・製本　中央精版印刷株式会社

扉写真　Virrage Images/Shutterstock; Miune/Shutterstock
schmaelterphoto/Shutterstock; davemattera/Shutterstock;
Martins Vanags/Shutterstock

定価はカバーに表示してあります。

Printed in Japan
ISBN978-4-596-63718-5